井上ひさし著

新潮社版

2894

目次

下駄の上の卵

第一章　球は転々

毎年、終戦記念日が近づくと――この日を終戦記念日と呼ぶか敗戦記念日と称するかによってその人間の考え方が試されるらしいが、ここではちかごろの風潮に右ならえしておこう――この国の新聞や雑誌は昭和二十年八月十五日についての文化人や知識人たちの短文や随想を恒例のように掲載するが、その多くがこれもまた恒例のように「あの夏の、あの日の午後、空はどこまでも青く澄みわたり、めくるめくような思いがウンヌン」といったようなまくらをふる。むろんこれはあの日の午後の解放感を、青く澄みわたった空に託して言っているのだと理解はできるのだが、修吉は右のような文章にでっくわすたびに軽い戸惑いをおぼえる。ちっともめくるめかぬのだ。というのは昭和二十年八月十五日正午、山形県南部の、人口六千の小さな古い宿場町の裏山で松根油の原料になる松の根っ子を掘っていた国民学校五年生の修吉の頭上には、青く澄んだ空など眼を皿にしても盆にしても見つからなかったからである。置賜《おきたま》米産地の中心としても県内には聞えていたこの宿場町の上空にあの日あったのは厚ぼったい雲ばかりだった。それどころか自転車でかけつけた年とった教師の「どうも戦さに敗けたらしい。もう今日は根っ子掘りはやめにしよう」という解散の合図で唐鍬《とうぐわ》を担いで山をおりようとしたときには雨さえ降りはじめていた。もっとも後年、自分のひそかに敬愛している小説家や評論家たちがまるで示し合せや申し合せをしたようにそろって「あの日の空は青く澄み、めくるめくように眩《まぶ》しかった」と大合唱するのでそれに引き摺《ず》られて修吉も「そうだまったく青かった、あれは目にしむ青さだった」と余儀なく唱和した期間がある。奇態なもので唱えているうちに〈あの日の空は……〉という声がすると即座に〈……青かった〉と思い泛《うか》びすこしはめくるめきだしたが、そうなると今度は自分の記憶が余計者になった。そこで修吉は自分の記憶の方に×点《ばってん》をつけ、付和雷同心と知的虚栄心とを綯《よ》り合せて縄をない、そいつで自分の記憶を幾重にも縛り上げ頭の中の穴蔵へ投げ捨ててしまった。がやがてアイデンティティという片仮名が流行語になると、流行追従心をふたつに折って重ね合せ、その中央を資料という鋲《びょう》でとめて一丁の鋏《はさみ》をこしらえ、穴蔵の底で埃《ほこり》をかぶっていた自分の記憶の縄を切った。と書いたのではなんのことかわからないが、ある日のこと彼は自己の存在証明とやらを求めて、昭和二十年八月十五日の山形県の天候を調べに気象庁へ出かけて行った。自分の記憶の上に厚く降り積んだ埃を払うために彼には事実というはたきが必要だったらしいのだ。気象庁で修吉は「昭和二十年八月十五日の鹿児島、最高気温三一・八度、湿度八六、空模様はれ。長崎、三一・四度、八二、はれ。広島、三一・八度、七五、はれ。高知、三一・九度、七九、はれ。大阪、三五・一度、六八、はれ。京都、三六・三度、七〇、はれ。名古屋、三六・五度、七六、はれ。東京、三二・三度、七九、はれ」という数字につづいて「仙台、二五・一度、九三、くもり。山形、三一・四度、八五、くもり。盛岡、二九・九度、八四、くもり。札幌、二三・九度、八三、くもり」とあるのをたしかめ、それ以来、あの日の空は青かったという大合唱を耳にしても「じつは東北地方と北海道の空は灰色だったのだ」と念仏のように呟《つぶや》いて、もうたやすくはめくるめかぬ。などと妙な理屈を彼に代ってこねくりまわしていると読者の顰蹙《ひんしゅく》を買いかねない、さっそく物語の発端部分にご案内しよう。

あの日から十カ月近くたった昭和二十一年六月四日の午後、ちょうどあの日と同じように雲の低く垂れ籠《こ》めるなかを、国民学校六年生の修吉は野球仲間の横山正と、糀《こうじ》の匂いのぷんぷんする味噌を厚く塗った大きな握飯にかぶりつきながら、田の畔《くろ》を歩いていた。学校は皐月《さつき》休みのさなかで、ふたりは学校から割り当てられた、未帰還兵士を出している農家での苗運びや田植えをし終え、その報酬に握飯を一個ずつ貰って引き揚げてきたところだった。この地方は米作地帯なので農繁休暇が多い。この田植どきの皐月休みをはじまりに、七月上旬の田の草取り休み、十月の稲刈り休みとつづく。一月下旬には寒《かん》休みもある。もっともこの寒休みは農事暦とかかわりはない。この時分には鶏の羽根ほどもある雪が十日も、ことによると半月近くも降り続くので学校へ通えなくなるのだ。仮にスキーをはいてでも学校へ行くという感心な子どもがいたとしても、その子どもはだれからも賞められないだろう。せっかく出かけても学校は雪の下に埋まってしまっており見つけ出すのはむずかしいだろうからである。二、三時間、視力のなくなる雪目《ゆきめ》にかかって帰るのがおちだ。下手をすると今度は自分の家が見つからなくなるおそれもあった。なにしろ雪は待てしばしもなく降り続いているのだから。念のために注釈を付しておくと、農繁休暇や寒休みで遅れた勉強は夏休みにそのおぎないをつける。だから修吉たちの夏休みはいつも三週間もない。

田の畔から小さな川に出たふたりは流れに膝《ひざ》から下を漬けながら、しばらくの間、セネタースの大下弘外野手のはなしに夢中になっていた。前年の秋、明治大学の杉並和泉《いずみ》球場の右翼の木立へぽんぽん本塁打を打ち込んでいるところを見込まれてセネタースへ引っ張られ、十一月下旬の東西対抗戦でいきなり東軍の五番打者として登場し猛打をふるったこの天才を、ふたりは人間に降格した天皇にかわる生き神様としてあがめたてまつっていた。この四月、雪どけを待ちかねて作った自分たちの野球チームに——といってもそれは、ビー玉をひとつ芯《しん》にし、乾《ほ》した里芋の茎をぐるぐる巻きつけ、その上にひょうたんの形に切り抜いた布を二枚かぶせて、畳屋の息子をそのかして持ち出させた糸で縫い合わせたボールを、丸太を削ったバットで引っぱたき、軍手をもとに藁《わら》とボロ布でそれらしい恰好にしたグローブで摑《つか》むという、三角ベース野球チームにちょっと毛の生えた程度のものだったが——小松セネタースという名前をつけたのも、大下弘が好きだったせいによる。ところが春のトーナメント戦でも打ちまくるだけ打ちまくっていたその大下弘が正式戦になるとさっぱりで、四月二十七日の開幕戦から十九試合つづけて本塁打なし、ふたりを落胆させた。守り本尊の不振は小松セネタースの成績にも影響し、日曜日ごとに鎮守の森の横手の公園で行う小松ジャイアンツとの定期戦に五回連続黒星を重ねている。とはいってもふたりの所属するチームの不成績をすべて大下弘の責任にしてしまってはいけないだろう。むしろ九割ぐらいはボールのせいであるといっていい。練習を里芋の茎ボールでやっている修吉たちにとって試合で使用される軟式ボールは、裏山に行くとよくでっくわす蝮《まむし》よりもはるかに扱いにくかった。里芋の茎ボールは二回目のバウンドから弾まなくなり地面を転がってくるだけだからできるだけ早く前進しつまみあげるのがこつだが、軟式ボールはいつまでも跳ねている。前進すれば弾みが大きくて頭の上を抜かれてしまうし、待っていると案外、球足がのろくて打者を一塁に生かしてしまう。それでいて捕球してみると、それがゴムというものの力か、なんとなく侮《あなど》りがたい勢いがあって軍手と藁とボロ布で出来たグローブをぐいと押し、弾き、はね飛ばす。そればかりか軟式ボールはときとして、冬の朝に雪を吹き飛ばしつつやってくる回転雪掻車《ゆきかきしゃ》の羽根車よりも早い回転で地を這《は》う。摑もうとすれば逸《そ》れ、上から押えつけようとすれば後戻りし、掬《すく》おうとすれば腕を伝わって肩まで駆けのぼりまるで鼠花火を相手に試合をしているようだった。修吉は正と交代で投手と捕手をつとめているのだが、軟式ボールはカーブが投げにくい。里芋の茎ボールにはまがりなりにも縫い目というものがあり、こいつをうまく利用するとボールはまがる。ところが軟式ボールは修吉たちの投げ方では外へ逃げようとしてはくれなかった。またすこしぐらい当りどころが悪くても一所懸命バットを振れば里芋の茎ボールは内野の頭を越えてくれた。しかし軟式ボールにはそういう大らかなところがなかった。一糎《センチ》上を引っぱたいただけでぽてぽてのゴロ、五粍《ミリ》下に当てただけで凡飛球という具合に気むずかしい。軟式ボールで練習ができれば球癖にも慣れて、ジャイアンツと五分に戦える自信はあった。だいたい相手は、幼稚園出身者だけでかためているとはいえ、同じ六年生ではないか。

たびたび横道にもぐり込んでわずらわしいようであるが、〔幼稚園出身者〕について注釈をまたひとつ加えておこう。この町の人たちにとってこの言葉は特別な意味があるからだ。戦争のはじまる前まで町には幼稚園がひとつあった。町第一の名刹《めいさつ》千松寺の経営になるもので、園児は有力者の——たとえば町長の、助役の、地主の、造り酒屋の、呉服屋の、旅館の、町立病院の先生の、銀行支店長の、駅長の、郵便局長の、警察署長の——子弟に限られていた。したがって町の人たちにとって幼稚園は良家《ええどこ》の子供《わらし》の行《え》ぐ所《どご》という意味を持つ。昭和六、七年から中国との戦争がはじまったころにかけて町には軟式野球が流行し、チームが六つもできたが、メンバーのほとんどはこれらの有力者たちであった。町の人口の七割を占める百姓たちにはむろんボールを引っぱたく余裕なぞなかった。ある者は、この地方で南京婆《なんきんばっぱ》と呼ばれている人買い婆さんに手をひかれて都会の遊廓《ゆうかく》へ行くのを拒むわが娘の顔を涙ながらに引っぱたくという不幸で疲れ果てていたし、あるものは田ん圃《たぼ》で痩《や》せこけた牛の尻を引っぱたくので手一杯で、いまさら改めてボールなどを引っぱたく気にはなれなかったのだ。小店をささやかに営む人たちや大工や箪笥《たんす》屋などの職人たち、それから小役人たちも町にはかなりいたが、彼等はもっぱら観衆の役をつとめた。そして旦那衆や上司たちの快打や好守に大きな拍手を送り、へまをしでかすと小さく手を叩いた。有力者たちは熱心にプレーをしていたけれども、伎倆《うで》の方はたいしたことがなく、小さく手を叩く機会が断然多かったから、彼等は日頃の鬱憤をたっぷりとはらすことができた。とまあそんなわけでジャイアンツの連中がいま持っている皮のグローブや軟式ボールやバットは、いずれもこのころ野球に血道をあげていた父、もしくは兄からのおさがりなのである。真中に帯、そして小さな四角のいぼいぼが無数にある「学校ボール」、真中に帯、そしてその帯から上と下へ波形の刻みの入った「大衆ボール」、軟式ボールの上にさらに皮を張った、一見、硬式ボールのような「チャンピオン・ボール」、それからアメリカの国会議事堂の円屋根をふたつ上下に合わせて、合わせ目に帯を巻いたような「健康ボール」など、ジャイアンツの連中はいろんなボールを持っていた。が、それを時と場合によって使いわけてくるから腹が立つ。修吉たちが攻撃する番になると、向うの投手はチャンピオン・ボールを使う。こいつには縫い目があるから球がよくまがる。だから修吉たちは空振りばかりした。向うが攻めるときは、投手板の修吉めがけて連中は「おい、これ、使わせてやるよ」と、大衆ボールを投げてよこす。このボールには反撥力があってよく飛ぶ。そこでセネタースの外野手は忙しくなるのだった。しかもこの大衆ボールの波形の刻みは大ざっぱで、そのせいかしばしば不規則にバウンドする。これでは内野の方だって忙しくならないわけには行かない。セネタース五連敗の原因が九割がたボールのせいによると前に書いたのには、これだけの事情があったのだった。

「大下だって打ったんだ、この次の日曜日にはおれたちもがんばらなくちゃ」

正が岸にあがって、ベルトがわりにズボンを支えていた真田紐《さなだひも》の結び目をほどいた。真田紐には藁草履がぶらさがっている。

「七打数五安打、うち満塁本塁打一本、打点五。すごいなあ、大下は」

正は藁草履を抜きとって、それをバットに見立てて構えてみる。前々日の六月二日午前十時半から西宮球場でセネタースと中部日本の四回戦が行われた。スコアは十五対十四、セネタースが打ち負けたが、ひとり大下は大当り、待望の第一号本塁打を打ってくれた。おまけに先発投手として二回三分の一投げてもくれた。彼のこの活躍ぶりがさっきからふたりの話題を独占している。

「一度でいいから大下の打つところをみてみたいな。修吉君、そう思わないか」

修吉も水からあがる。そして正がしたように真田紐に通しておいた藁草履を抜き取った。

「それは思うよ」

幼稚園組を別として、このあたりの子どもたちのほとんどは真田紐でズボンを支えている。履物は藁草履である。これが幼稚園組では、おさがりの古ベルトに下駄ということになるのだが。

「けど、思ってもむだだ。大下を見るには東京さ行《え》がねばならねえもの。どうやって東京さ行《え》ぐのだ」

「汽車に乗ってじゃないか。きまっているだろう」

正は頰をふくらませ、地面へ投げつけるように藁草履をおいた。それを見て修吉は母親がいつだったか「鶏肉屋《とりや》に縁故疎開している正って子はおまえの友だちだろう。そうだったら『東京』って言葉は禁物だよ。お父さんは空襲で亡くなったし、お母さんは病気で倒れちゃうしで、あの子はしばらく東京へ帰れないらしいからね」といっていたのを思い出した。

「そうか。たしかに汽車で行《え》ぐしかねえな」

修吉はそこで曖昧《あいまい》に相槌《あいづち》を打ちながら足の指に藁草履の鼻緒を引っかけた。

「でもセネタースっておもしろいチームだね、修吉君。だって、センターが一言、ライトが長持、それからキャッチャーが熊耳、おかしな名前の選手ばっかりだ」

「んだな、そう言えばおかしいな」

「顔を見てみたいな。熊耳なんてどんな顔をしていると思う」

「さあ。熊と似てっかな」

「案外いい顔してるんじゃないかな」

「んだかもな。で、どうする、これから行ってみっか」

「東京へかい」

「まさか。置賜博品館へ、だよ」

「あ、そうか」

「こっからだと直ぐだげどな」

「うーん……。よし、勇気を出してやってみようか。大下もとうとう打ったんだし、こんどの日曜こそはジャイアンツをやっつけてやんなくちゃ。それにはまず軟式ボールだ」

「ようし……」

修吉は勢いをつけて土手を川下に向って歩きだした。川は間もなく犬川という、このあたりでもっとも大きな川に合流する。その合流点に町で一番の造り酒屋「祝瓶《しゅくへい》」の経営する置賜博品館があり、そしてその博品館のどこかに、母親のいったことがたしかならば、軟式ボールが五つや六つは転がっているはずだった。

ところでこの情報を母親から聞いたのは四日ばかり前の夜のことである。軟式のボールが欲しい、とそればかり考えながら横になっているうちに、今年の一月、家でとっている地方紙にへへえと思うような記事が載っていたこと、そしてそれを切り抜いて机の中にほうり込んでおいたことを修吉は記憶の底から引き出した。さっそく布団から飛び出してその切り抜きを読み返した。それから店におりて売物の半紙を一枚失敬すると、修吉は天皇陛下にあてて、

「請願いたします。どうか軟式ボールを政府が作るようお命じになってください。臣広沢修吉等は軟式ボールがなくて困っております。全国に少年野球チームがいくつあるかぼくは知りませんが、どうか一チームにボールが二個ずつわたるようにお手配をおねがいします。チームの数は文部省に調べさせればよいと思います。ぼくの聞いたはなしでは昭和十七年からずうっとボールは一個も作られていないそうです。これではどこへ行ってもボールは売っていないはずです。ついでですみませんが、物価の値上りと食糧難のほうもよろしくおねがいします。それから……」

とできるだけ丁寧な文字を書くようにつとめながら手紙を認《したた》めはじめた。はなしは前後するが、修吉の切り抜いた記事というのはこうである。

天皇陛下に対しても文書をもってすれば投書（請願）ができます。さきに東久邇宮《ひがしくにのみや》内閣が組織せられた時、首相宮宛に投書を寄せるよう発表せられ、相当のセ

ンセイションをまき起したが、従来より民主主義であられる皇室では過ぐる大正六年四月五日勅令第三十七号で請願令を公布されたがこれによれば、

一、請願書ノ文字ハ端正鮮明ナルコト

一、請願ノ要旨、理由、年月日、族称、職業、住所、氏名、署名捺印《なついん》スルコト

一、相当ノ敬礼ヲ守ルコト（半紙、美濃紙程度デヨイ）

一、天皇ニ奉呈スル請願書ハ封皮ニ請願ノ二字ヲ朱書シテ宮内省侍従職内記部宛郵送スルコト

但し皇室典範や帝国憲法の変更、並びに裁判に干与する事項に関しては請願はできない。また請願に対しては返事は出さない。以上の規定に違反せず当局においてその理由ありと認めれば、内記部長は天皇陛下に請願書の内部を奏聞《そうもん》し、総理大臣に奏聞の旨を報じて処理せしめることになっている。（中略）元旦に昭示せられた詔書にもあるごとく、天皇御躬《おんみずか》ら民主主義に率先せられ民主主義に徹せられたのであるから、国民は過去日本の軍国主義的威圧を払拭《ふっしょく》して食糧問題の解決に民主主義的道義の維持に、敗戦による犠牲者すなわち生活苦のどん底にあえぐ民衆の救済に、各自の意見を開陳して社会国家のため、一刻も速《すみ》やかに新生日本建設に邁進《まいしん》しなければならない。

表に赤いクレヨンで大きく「請願」と書きつけた封筒に苦心の手紙を入れると、机の横の本棚にそっと立てかけ、修吉は布団へ戻った。〈新聞の記事には、朱書ノコト、と書いてあったなあ。やはり面倒でも朱墨を磨ったほうがよかったんだろうか。赤いクレヨンじゃ失礼だったかな〉と、布団の上に腹這いになって修吉は考えた。〈……でも、クレヨンで書いてよかったんだよ、結局。だってボールをおクレヨン、って手紙がなかに入ってるんだから〉しかし、天皇にそれだけの力があるのか。〈あると思う〉修吉は自分の疑問に自分で答を出した。〈なにしろあの方はひと声で戦争をはじめさせたり、またひと声でその戦争を終らせたり、神様だったり、人間になったり、もうなんだって自由自在なんだからな。ボールをだれかにこしらえさせるぐらい軽いもんなんだ〉修吉はすっかり安心して眠りに落ちた。が、すぐに頭の上で母親の声がしたので目をさました。「くだらないことを考えついたものだねえ。でも切手代を損するだけだよ」

修吉の母親は東京の生れである。十八歳の春にこの町の、文房具も扱う薬局へ嫁に来てもう二十年経つが、ちょっと気が立つと、苦労して身につけた土地の訛《なまり》がどっかへ吹き飛び、妙に勢いのある言い方（としか修吉には思えないのだが）になり言葉が焙烙《ほうろく》の上の豆みたいに爆《は》ぜりだす。

「だいたいあんなに口跡《こうせき》のはっきりしない人にものなんか頼んだってむだよ。去年の、ほら、八月十五日にラジオで勅語をお読みになったろう、でもなにをおっしゃっているのかちっともわからなかった。東京のまんまんなかにお住いだってのにどうしてあんなわけのわからないものいいをなさるようになってしまったんだろう。とにかくものをはっきり言えないような人はだめ。それにあの人、今年の正月、マッカーサーと会われたとき、マッカーサーの煙草に火を点《つ》けてあげたっていうじゃないの。もっとしゃんと、毅然《きぜん》となさっていればいいのにもう頼りないったらありゃしない。そうだよ、願いごとならマッカーサーになさい。あの人が今のところ日本一偉い人なんだからね。いや、そうじゃない、ちょっと待ってちょうだい。ボールが欲しいのならもっといい人がこの町にいるよ。いま、置賜博品館の館主さんをなさっている祝瓶の御隠居様、あのおじいさんのところにならボールの五つや六つ、いつでも転がっているんじゃないかしら。ひところ、あのおじいさん、野球に凝ってね、自分は年齢《とし》で出来ないものだから、野球の上手な若い人を集めて自分のチームを作っちゃった。たしか『置賜クラブ』っていってたと思うけど。そのチームの費用を全部自分ひとりで払っていたっていうからたいしたものよねえ。だから野球の道具、ずいぶん残っているんじゃないかな。そうそう、そういえばあのおじいさん、死んだ父さんなんかと一緒に『小松レコード鑑賞会』っていう集りをやっていたこともあった。レコードにも凝っていたのね。つまりあのおじいさんはなんにでもよく凝る性質《たち》の人なわけ。いつか、駅前の広沢薬局の次男坊です、って訪ねてごらん。ボールぐらいくださるかもしれないから……」

しゃべる材料が切れると母親は修吉の請願書をねじりながら部屋から出て行った。

あくる日、勤労奉仕に出かけて行った先の農家のおばさんに、修吉は置賜博品館の老人のことを尋ねてみた。おばさんははじめのうちは、「県会議員までなさった方でなし」とか、「立派な博品館ば作《こしえ》られでまあ……。あれはこげな小さい町《ちちゃこ》さは過ぎたものだ言《つ》うもな」とか、「あの大旦那様《おーだなさ》は山形中学から法政さござった大秀才だもや」とか、いいことずくめのことしか言わなかった。「祝瓶」は町で出来る清酒の三分の一近くをつくりだしている、言ってみれば有力者の中の有力者だ。加えて大地主でもある。博品館の老人はその「祝瓶」の御隠居様なのだからほめていれば祟《たた》りはない。だが、そのうちにおばさんはふっとこんなことを口に出した。

「だども、このごろはすこし変人さなられだ言《つ》うな。こないだあたりは博品館の前の県道さ御仁王様《おにおーさま》みてに突っ立って『マッカーサーのばかやろ、マッカーサーの尻《けっつ》はマッカッカー』て叫ばれて居《え》だった言《つ》う……」

「なんでマッカーサーがばかなんだべな」

「地主衆から田地田畑ば取り上げようて為《し》てっからだべな。それから進駐軍の兵隊衆がときどき博品館さ来てな、柿右衛門の茶碗なんぞを指さして『ギブミ、ギブミ』って言《ゆ》うそうだもな。こうなっと身上持《しんしょもち》も楽でねえごで。……おらの言《ゆ》った事《ごど》は早《はえ》ぐ忘れで呉《け》らい」

おばさんは田の水で白く潤《うる》けた指を皹割《ひびわ》れの走る厚い唇に立て、それからは一切無言で田へ苗を植えつづけた。〈ボールは絶望かもしれないな〉修吉はのろのろと苗をおばさんのために運びながら考えた。田地田畑や柿右衛門の茶碗と軟式ボールとでは格も額も桁《けた》ちがいだが、でもどれも博品館のおじいさんのもの、それを「おくれ」だの「よこせ」だのといったら、自分もコーンパイプの元帥と同じように、ばかやろ呼ばわりされるにきまっている。どうしたらいいだろうか。

その夜、修吉は正と会ってこう決めた。まず、博品館を勉強熱心な国民学校最上級生といった顔付をして訪問する。次に、陳列物に興味を示し大いに感心し、おじいさんをできるだけ上機嫌にするよう努力する。第三に、うまい機会をつかまえて軟式ボールへ話題を移す。このときボールがあるとすればどこにあるのか聞く。第四に、修吉がボールをさり気なくねだる。第五に、ボールをくれたら丁寧に礼を言って帰ってくる。もしも断わられたらさっと諦《あきら》める（ふりをする）。第六に、どちらかがボールを盗む。ポケットに隠してはいけない。ポケットでは気付かれてしまうおそれがある。ボールは窓から庭へ投げることにしよう。第七に、夜になるのを待ってボールを拾いにくる。第八に、次の日曜日、セネタースは幼稚園組に勝つだろう……。

土手の上を二百米《メートル》ほど歩き、修吉と正は犬川へ出た。犬川は、やがては最上川へ注ぐはずの、この町で一番大きな川だ。春から夏にかけて、修吉たちはこの犬川の岸のここかしこに鯰《なまず》用の置針を仕掛ける。頑丈な針をつけた丈夫な糸を川へ垂らし、手許《てもと》に残った糸を岸の川柳の幹にゆわえておく、これが前日の夕方の仕事だ。四時ごろ起きて針を引き揚げる。すると十日に一度ぐらい、大頭の鯰が、逃げようとして暴れまわりそして疲れ切ってしまったのだろう、ぐんなりとなってあがってくる。四、五年前までは毎日のように釣れたものだが、このごろは食料不足のせいか仕掛けるやつが多すぎて、なかなかかかってはくれない。夏になると町中の子どもがこの犬川に集まってくる。泳ぐのもいれば、川の向う岸に集まっている隣村の連中と喧嘩《けんか》をするやつもいる。ときには溺《おぼ》れる間抜けもいた、どこだって背が立つのに……。そんなわけでこれは修吉たちにとって大切な川なのだが、泳ぎ場のすぐ横に木の橋がある。欄干の半分は腐って捥《も》げ落ち、中ほどには小さな穴がひとつふたつ掘れている。しかしこれでも川の南側にひろがる修吉たちの町から北側の村へ県道を渡してやっている橋なのだ。橋の南詰からふたりは県道を引き返す。道の両側には、ふたりに底を向けて、大きな樽《たる》がずらりと並んでいた。底の直径《さしわたし》は一米半はあるだろう。向う側の樽の口は、だから二米は超えているはずだ。樽からは酸っぱいような匂いが錐《きり》の先のように鋭く、つんと鼻の穴へ揉《も》み入ってくる。構わず嗅《か》ぎ進むとそのうちにその匂いは、甘いような、切ないような、やるせないような、なつかしいようなものに変って行った。

「これ、酒粕《さけかす》の匂いだもな」

「うん、知ってる」

「酒粕汁はうまいよ」

「そのまま酒粕を齧《かじ》ったっておいしいぜ」

「酒粕汁を飲むとみんな機嫌よくなる。酔っぱらうからだよな」

「ぼくんとこの伯父さんは機嫌が悪くなるよ」

「怒り上戸なんだな」

うっとりしながら歩いているうちに、左側の樽の行列が終った。そしてこの町ではここにだけしかない芝生の庭が冠木門《かぶきもん》の向うに見えた。この町には牛と馬が多い。そのせいで、野原にも空地にも道の路肩にも学校の運動場にも、とにかくいたるところに馬肥し《クローバー》が植えてあるのだった。芝生は喰えないが馬肥しは牛や馬のエサになるのだ。もっともこのごろは人間だって馬肥しをたべている。たべるのは町屋の人たちだけど、大豆油で馬肥しを揚げると、結構おいしいらしい。芝生のさらに向うに土蔵と蔦《つた》の生い茂った石造りの洋館とがつながって建っていた。

「さあ、行《え》ぐからな」

修吉は芝生の上をまっすぐに突っ切って土蔵の入口に立った。追ってきた正が「財団法人・置賜博品館」と書かれた木の看板の下に下がっている紐を引っぱった。洋館の方で鈴が鳴った。修吉は土蔵の高窓を見上げた。窓が閉っていたらたいへんだ。ズボンのポケットをふくらますという冒険をしなければならなくなる。うまいことに窓は開いている。ほっとして正と顔を見合せにやりとしたとき、土蔵の戸ががらがらと音をたてた。

「見学時間は午後四時までじゃ。あと三十分もないぞ」

博品館の老人は背の高い人だった。痩せていて、顔が小さいので余計そう見えるのかもしれないが。鉄の丸縁眼鏡をかけている。眼鏡のつるの引っかかっている耳はとても大きい。鉄瓶《てつびん》を引っかけたって大丈夫だな、と修吉は思った。

「ここの収蔵品は主に古陶磁器じゃが、中国産が二百五十点、朝鮮産が百点、日本産が二百点、南方産が五十点、全部で六百点もある。しかもそのなかには重要文化財や重要美術品に指定されているものもかなりあってな、とても三十分や一時間では見きれるものではない。出直してくるんじゃな」

「はい」

元気よく、そしてあっさりと修吉は答えた。まず好ましい印象をこの老人に与えることが大切なのだ。正も心得ていて、

「そうします。全部見せていただくまで毎日でも通わせていただきます」

と好印象づくりに励んでいる。老人は、朝顔の花を拡大したような、テューバという楽器を縮小したような、鉄製のラッパ式の補聴器を耳に当てて正の言葉を聞いていたが、

「米沢の興譲館《こうじょうかん》中学の生徒かな」とすこし頬をゆるませた。

「それとも長井中学かな」

「小松の国民学校の生徒です」

「ほう。国民学校の生徒が古陶磁器を見たいというのか。感心なことじゃ。しかし、ここにあるもののよさが君たちにはたしてわかるかどうか……」

「おら家《え》の母《かあ》ちゃが言《ゆ》ってたす。わからなくても良《えぇ》い。よっく見せてもらって来いて」

こんどは修吉が老人の補聴器のラッパ管へ声を吹き込んだ。

「きっと大《おっ》きくなってから役に立つからってし。母ちゃはこげなごども言《ゆ》って居《え》だった。『国府軍の蔣介石《しょうかいせき》か、八路軍の毛沢東か、そのどっちかが日本へ攻めてきたとして、まず彼は日本のどこを最初に占領したいと思うだろうか。答は簡単、中国の人が一番はじめに占領したいのは山形県置賜郡小松町の置賜博品館なのだよ。つまり、それぐらいあの博品館には、中国の、重要な古陶磁器が集められているってわけね。あそこにあるものを中国へ持ってってごらん。たいていのものが国宝級、中国にはいっぺんに国宝が五十も六十もふえてしまう』ってし」

「君はどこの伜《せがれ》かね」

「駅前の広沢薬局の次男です」

「ほう、すると君があの浩太郎さんの……」

「うん、二番目す。母ちゃが、よろしくって言《ゆ》って居《え》だったす。あ、それからこっちが五日町の鶏肉屋《とりや》の物置さ疎開して居《え》る横山正君」

「入んなさい」

老人は補聴器を白髪頭の上に掲げてぐるぐるまわした。ちょうど修吉たちが一塁や三塁のコーチャーに立って味方の走者に「走れ、先へ進め」と指示するときのように。

「今日は特別にこの博品館を君たちの貸切にしてあげよう。閉館を二時間のばす。うん、わしはそう決めたぞ」

土蔵の内部はいたるところ皿だらけだった。皿の大きさはさまざまだが、感じはみんなとてもよく似ている。ほとんどが白地、その上に青でこまかい模様が描いてあった。唐草文、菊、葡萄、鶏頭花、宝相華、蛇、鈴虫、かまきり、そして鳳凰《ほうおう》。青い月夜の花畑を歩いているみたいだぞ、と修吉は思った。蛇のひそむ、ちょっと気味の悪い花畑だ。土蔵の内部を見まわしているうちに修吉と正の視線は、向う側、洋館へ出るガラス戸の横に並べて置いてある二つの茶箱の上にとまった。茶箱にはそれぞれ墨で大きく「小松レコード鑑賞会」「置賜クラブ」と書いてある。〈レコードと野球道具だ。きっとボールもある〉修吉の膝がふるえだした。〈それも五つ六つ転がっているなんてもんじゃない。ごっそりかたまっているんだ〉修吉はとうとう声を出した。

「凄《すげ》えー。宝の山だもや」

「ほんとだ」

正が溜息《ためいき》をついた。

「やっぱりわかるか」

補聴器を耳に当ててふたりの嘆声を聞きとった老人は目を細めながら、

「よろしい。まずこれをごらん。染付唐草文輪花盤という、明《みん》時代の初期永楽年間のもの、県の文化財に指定されておる。青い唐草模様に濃い薄いのムラがあって、それが絶妙な味わいを出している」

入口に近い磁器から説明をはじめた。

老人は、それからたっぷり一時間にわたって、修吉と正を、こっちの明時代の壺からあっちの宋時代の瓶《かめ》へ、そっちの県文化財から向うの重要美術品へ、こなたの北宋時代の水注《みずさし》からかなたの唐時代の美人像へと引っ張りまわした。国民学校の四十五分間の授業でさえ後半になると尻悶《しりもだ》えして落ち着かなくなり、帳面にセネタースの大下弘選手の打撃フォームをいたずら書きしたり、仲間の横ッ面に紙つぶてを投げたりしてしまう修吉にとってその一時間は彼がそれまで生きた十二年間よりもはるかに長く感じられた。老人の説明があと三十分もつづくならその三十分は、これから何年、あるいは何十年生きることになるかわからないが、とにかく自分の一生よりも長い時間になるのではないか。修吉は、わーっと叫んで博品館から飛び出しそうになる自分に〈このおじいさんにできるだけいい印象を与えるんだ〉と何度も言いきかせた。〈そうでないと博品館の隅の茶箱にしまいこんである軟式ボールをわけてもらうことができなくなるぞ。……それにしてもどうして今日はもっとはやく時間がたたないのだろう。まるで吉本さんの言っていた例の加速剤を飲んだみたいだ〉。吉本さんというのは修吉の家の二階の、陽当りのいい六畳を占領している学生で、町から米坂《よねさか》線で四ツ目の米沢の、高等工専の機械科に通っている。下宿人であるから家中でもっともいい部屋で寝起きしているのは当り前だが、吉本さんはほとんど学校へ出かけて行くことがなかった。食事のときに起きてくるぐらいで、あとは万年床から亀のように長く首を出し本を読んでいた。もっとも修吉の家のこの下宿人が学校へ出かけることのすくないのには、学校側に大半の責任がある。食糧難のために学校の方が休暇ばかり乱発するのだ。冬休みは去年（昭和二十年）の十二月十五日から始まって今年の一月三十一日までつづいた。そして春休みが三月一日からで、新学期の開始は四月二十七日、プロ野球の開幕と同じ日だった。つまり去年の十二月から今年の四月までで、学校があったのはわずかの一カ月半、あとは休暇である。教授と学生の半分以上が慢性の栄養失調症でおたがいに授業どころではないらしい。ある教授は教壇に登るのにも「やっ」とか「どっこいしょ」とか掛け声を発しなければならず、登ったあとは五分間ぐらい肩で息をしているばかり、講義をはじめても声がかぼそくさっぱり聞えないという。

黒板を使用する教授などほんの数人だそうで、これは白墨不足のせいもあるが、やはり黒板に字を書くなどという激しい運動をして途中で引っくり返ってはいけないという配慮を教授たちがしているせいだろう、と吉本さんは言っていた。こういうわけで修吉の家の、この下宿人は布団をかぶって本を相手に暇を潰《つぶ》すしか仕方がなかったのだが、月末になると彼はむっくりと起きあがる。そして修吉の母親から一升四十円から五十円の闇米を二斗借りて東京へ出かけて行き、それを渋谷から中目黒あたりの寿《す》司《し》屋や料亭で、一升百円、ときには百二十円ぐらいで売り捌《さば》いてくる。帰りも手ぶらではない。たとえば山梨へまわって牛肉を十貫目ぐらい仕入れてくる。山梨で一貫目百五十円の牛肉が米沢では二百五十円で売れる。米沢の料亭では「ひさしぶりに米沢肉の良い所《えーとこ》が入ったもね」と金持の客にその山梨肉を喰わせるわけだ。牛肉が一升十二円の水石鹼《みずせっけん》や百匁三十円のお茶の葉や一升百八十円の大豆油になることもあるが、とにかくこの下宿人は一回の往復で二千円前後の金を稼《かせ》ぎ、そのなかから修吉の母親に千二百円の下宿代を払い、次の月末まで東京で仕入れてきたらしい古本を相手に布団のなかでじっとしている。ときどき猛烈な勢いで書物のあちこちをノートに書き写していることがあった。読みおえた書物をすべて米沢の古本屋へ持って行く都合があって書き抜きを作っているらしかった。さあれ、おとなしく、下宿代を滞らせたことは一度もなく、まことに下宿人の鑑《かがみ》のようだ、と母親は感心していたが、〈加速剤〉ということばを修吉に教えてくれたのもこの感心な下宿人だった。なんでもH・G・ウェルズという英国の作家に、人間の活動エネルギーを何千倍にもふやす薬、すなわち加速剤の発明に成功した神経学の教授の冒険物語があるそうで、その薬を自ら試飲した教授は、普通人が一時間かかって歩く距離をわずかの一秒でこなしてしまう。

「見方をかえると、この薬を飲んだ者は一秒を一時間に使うことができるわけさ。つまり彼にとって時間はとてものろのろしたものになる」と吉本さんは説明してくれたが、そのとき修吉は〈その加速剤がひと壜《びん》あったら、ぼくは大下弘以上のホームラン打者になれるな〉と思ったものだ。プロ野球でいまもっとも球のはやいのはセネタースの白木投手か近畿グレートリングの別所投手だろう。そこで、別所投手と向いあっていることにして――なぜ、白木投手と向いあうことを修吉が避けたのかといえば、彼はセネタースのファンだからだった。入団するならセネタースしかない。セネタースの選手がセネタースの白木投手の球を打てるわけはないのだ。もうひとつ、修吉はグレートリングというチームのことを考えるとおかしくてたまらなくなるが、おかしな薬を飲んで打席に立つ以上、相手チームもおかしな方がいいと考えたのだ。なぜグレートリングがそんなにおかしいのか。進駐軍の司令部がこの五月に「グレートリングとは英語で男性性器のことを指す。そういう卑猥《ひわい》なチーム名は避けるべきである」という声明を出したことを思い出すからだった。これに対してグレートリングの代表は「親会社の近畿日本鉄道のシンボルマークが大きな車輪なので、それを英語で言いかえただけである。まったく他意はない。ユニフォームその他を作りかえる余裕がないので、今年はこのままでご勘弁いただきたい。来年はもっと穏当な名前に改めることを約束する」と答えているから来シーズンはちがう名前になるだろうが——別所投手の球が投手板から本塁ベースまで〇・三秒で届くと仮定すれば、その〇・三秒は加速剤を飲んだ修吉には二十分間にあたる。これなら停止している球を引っぱたくと同じこと、三塁ゴロぐらいは打てるはずである。三塁手は監督を兼ねる名人山本一人だが、いくら名人上手でも捕った球を一塁に届けるには三秒はかかる。この三秒は修吉にとって三時間に相当する。三時間あればゆうゆうと本塁へ生還可能である。それどころか一塁で弁当を食べ、一、二間で蝶を追い、二塁で昼寝をし、三遊間で蜻蛉《とんぼ》を捕り、三塁で宿題をすませ、三本間の小石を百個拾って帰ってもまだ時間が余るぐらいである。そんなわけで修吉はこの加速剤ということばを聞いたとき〈その薬がひと壜あれば、毎打席ランニングホームランが打てるのに〉と夢想したのだが、現在《いま》この博品館のなかでの時の歩みは、その薬を飲んだみたいにとてものろのろしているように思われる。しかしいくらのろのろでもやはり時というものは経つもので、やがて老人が修吉と正に言った。

「これでおしまいじゃ」

ほっとして正と顔を見合わせていると、

「じゃが、君たちの参観態度がじつに立派であったので、特別にもう一品、見せてあげよう。奥の部屋へ入りなさい」

老人は土蔵を改造した博品館から洋館へ出るガラス戸をラッパ式の補聴器で指した。〈また皿か〉と修吉は卒倒しそうになったが、とっさに「毒くわば皿まで」という格言を思い泛べ、その格言を身体《からだ》の支えにしてガラス戸をあけた。壁に備え付けの書棚をめぐらせた、国民学校の校長室ぐらいの広さの洋間だった。一面だけは書棚のない白壁で、高いところに色ガラスの嵌《はま》った小窓がある。窓の真下に、白壁とぴったりくっつけてがっしりした机がひとつ、そしてその机の上に、高さ一米に近い、白磁胎《はくじたい》に藍色《あいいろ》顔料で鳳凰の描かれた、瓢形《ひょうけい》八角がのっていた。瓶の胴のくびれに何本もの針金が巻きつけてある。針金の端は机のここかしこへ打ちつけた十数本の五寸釘《くぎ》へとのびている。

「倒れて割れたりしては世界的損失じゃ。それで針金で机に縛りつけてある。この瓶を正しくは染付飛鳳文瓢形八角瓶というが、……君たちはトプカピ博物館を知っとるかな。いや、知らぬだろうな。トルコのイスタンブールにある世界的な博物館でな、そのトプカピにこれと同じものがひとつだけある」

老人は皺《しわ》の寄った褐色の手で瓶のくびれをやさしく撫《な》でた。

「ほれぼれするような染付だろう。元時代の景徳鎮窯《よう》の産じゃが、ペルシャの良質のコバルト染料を用いたにちがいない。この鳳凰をじっと見て耳をすませてごらん。賑《にぎ》やかなペルシャの市場の音がするから」

言われた通り耳をすませてみた。小窓の向うの庭の木立ちで鳥がぎゃあと啼《な》いた。

「この瓶は戦争前に重要文化財に指定された。この博品館の、いや日本の宝じゃよ。では、帰る前に参観者名簿に名前を書きなさい」

部屋の中央の事務机の上に古びた帳面が二冊並べて置いてあった。右の表紙には「一般参観者用」、左のには「特別参観者用」と記されている。〈名前を書きながら軟式ボールのはなしを持ち出すことにしよう〉と思いながら「一般参観者用」を引き寄せると、老人が言った。

「君たちの名前こそ特別参観者名簿に記されるにふさわしい。このように熱心に耳を傾けてくれた人間とわしはずいぶん長い間あっていなかった」

帳面の栞《しおり》のはさんであるところを開くと横文字の署名が十個ほど並んでいた。進駐軍がこの博品館へジープで乗りつけて参観を申し込み、帰り際に柿右衛門の茶碗をねだるという噂《うわさ》はどうやら真実らしい。老人の差し出す筆を受け取ろうとしながら、修吉はその頁の右の端に数名の日本人の署名を見つけた。川端康成、菊池寛、何野何某《なんのたれがし》……。他の名前はとにかくとして修吉は菊池寛の名だけは知っていた。死んだ父親の蔵書のなかに春陽堂版の四巻本の全集があり、よくはわからないながらも『身投救助業』や『入れ札』や『葬式に行かぬ訳』などの短篇を読んでいたからである。

「菊池寛がほんとうにここへ来たんですか」

修吉は気おくれがして思わず筆を老人へ返そうとした。

「ああ。ぞろぞろぞろぞろ作家がやってくる」

老人はぐずぐずするなと叱るように頁の余白を指で叩いた。

「もっとも連中のお目当はこの博品館にあるのではない。酒と米だな。五月の山菜、十月のきのこ、それを目当てに繰り込んできて、酒をがぶ飲みし白い飯をたらふく喰い、お土産を付き人に山と担がせて引き揚げる。脳天気な連中さ」

脳天気はこの地方では〔おかしなやつ〕〔調子のいい軽薄者〕を意味する。修吉はそういうものかなあと思いながら金釘流でおそるおそる自分の名前を記し、正に筆を渡した。正は蚯蚓流で署名した。ところで修吉は成人してからずいぶん長い間、何野何某というところへ〈井伏鱒二〉を当て嵌《は》めていた。大学時代にたまたまこの町の出身者と東京でばったり出逢いあれこれ昔話に花を咲かすうち〈井伏鱒二もたしかに博品館に来ている〉と聞き、ああそれならあのときの菊池寛一行にこの作家も加わっていたのだ、と短絡してそう思い込んでいたのである。しかしあるとき必要があって井伏鱒二全集を通読しているうちに、修吉は『還暦の鯉』という文章に出っくわした。

……私は白石川の釣を諦めて、翌日は県境の向うへ出て最上川の上流に行つた。ここでも釣は諦めて、川西町小松といふ物淋しい町の井上さんといふ旧家を訪ね、美術館の古陶器を見せてもらつた。個人蒐《しうしふ》集のものである。町は淋しいが、ちゃんとした美術館で然るべき品が五百点以上もそろつてゐた。

この町は丁字路の両側に家が並んでゐるだけで、裏手は田圃である。話によると、ここでは田圃に豆を順序ただしく蒔《ま》くと山鳩が来てみんな食べるので、わざと不規則に蒔くのだといふ。海の魚も、腐りかけて臭くなくては魚らしくないとされてゐるところだといふ。一年のうち何箇月かは、見渡すかぎりの雪野原だといふ。こんな町に立派な美術館がある。

一読すれば井伏鱒二がそれまでにこの〔物淋しい町〕を訪ねていないことは明々白々であり、そして右の文章は昭和三十年に執筆されているのだ。新聞や雑誌に〔井伏鱒二〕という名前を見つけると修吉は急にかしこまり怖気《おじけ》づいた表情になるが、それは長い間この作家を勝手に脳天気者の一味に仕分けしていたことをうしろめたく思っているからだろう。

「博品館の隅に『置賜クラブ』と書いた茶箱があっとも、あの箱の中味はなんでござっぺねし」

筆を硯箱《すずりばこ》に戻した修吉はついに本来の目的に取り掛った。

「わしはむかし『置賜クラブ』という野球チームを持っていた。そのときの古道具だよ。陶器や磁器が隠してあるわけではないから安心しなさい。君たちは見るべきものはすべて見たのじゃ」

老人は博品館の隅の茶箱の前に引き返し、修吉と正を手招きし、

「わしは決して嘘は言っておらぬ」

茶箱の蓋を外してみせた。革の匂いが修吉たちの鼻腔を駆《か》け抜け脳味噌をぐちゃぐちゃに掻きまわし、生唾が二人の咽喉《のど》を瀑布《ばくふ》となって流れ落ちた。思わず正は革のグ

ロープを手に取り、修吉は新品の健康ボール六個入りのボール紙の箱を持ちあげていた。

「どうかね、たしかに野球道具ばかりじゃろう」

はい、と返事したつもりだが声にはならない。修吉は紙箱の蓋の一隅に〔長瀬護謨《ゴム》製作所・東京市向島区隅田町二丁目〕と印刷してあるのをぼんやり眺めながら箱のなかから匂ってくるゴムの匂いにうっとりとなっていた。四年前の冬、シンガポール陥落のとき、クラス全員にゴムのズック靴が配給になった。あのとき教室に持ち込まれたズック靴の山からもこれと同じ匂いがしていた。この匂いはあのとき以来だ。

「あのう、おじいさんはもう野球チームを持つ気はないんですか」

正が老人のラッパ式の補聴器へ怒鳴るように言った。正はグローブやミットやバットなどの宝の山を目にして計画を変えたようである。ボールを一、二個手に入れるだけでは我慢できなくなり、茶箱をそっくりセネタースのものにしようという気になったのだ。

「だったらぼく、有望な少年野球のチームを知ってますよ。小松セネタースっていうチームなんです」

「そう怒鳴らんでくれ」

老人は補聴器の集音口をあさっての方向へ逸《そ》らせた。

「野球道楽はもうやめた。この道具は米沢の愛宕《あたご》クラブへ譲ることになっている」

正の野望はたちまち潰《つい》え去った。

「なんぼするんでしょ」

「向うは一万で、と言ってきておる。しかしわしは一万五千でなければ渡さないつもりじゃ。結局、向うはわしの言い値を呑むさ。この博品館を維持するためには年に白米二百俵分の金がかかる。一万五千は譲れない」

修吉はボール六個入りの紙箱を元へ戻し、茶箱の底から中古のチャンピオン・ボールを一個摑《つか》み出した。チャンピオン・ボールというのは前もふれたように、軟式ボールの上に皮を張って硬球に似せたやつである。このボールはじつによくカーブする。

「参観記念にこの中古ば貰って行《え》って良《えー》べがねし」

「あ、ぼくも……」

正も大衆ボールを取り出した。真中に幅一糎ぐらいの帯があり、上と下の頂点に向って波形の刻みのあるボールである。よく飛ぶけれど不規則にバウンドするので修吉たちはこのボールにあまり好意を持っていない。しかしこれがセネタースの財産になるのであればはなしはべつだ。

「あのう、記念にサインばして貰えるべがねし」

「よかろう。こっちへきなさい」

老人は洋間の中央の机へ戻った。修吉と正はことが案外すらすらと運んだのでそろって額の汗を拭った。こんなことなら二個ずつ所望してもよかったのではないか。

「さあ、ボールを貸した」

二人はうなずいてボールをそっと机の上に置いた。わしの名前と日付だけでいいかな、と老人はぶつぶつ呟《つぶや》きながらボールへ手をのばしたが、ふとその手を宙にとめて、

「ひとつたしかめておかねばならぬことがある」

修吉をひたと見据えた。老人がそんな鋭い目付をするとは思ってもいなかったので修吉は気押されて半歩ばかり後へさがった。

「君のおかあさんは新聞はなにをとっている」

「と言《ゆ》うど、あのう……」

「君のおとうさんとレコード観賞会をやっていたころ、君の家では朝日新聞を読んでいたと思うが、いまだに朝日かね」

「ん、んだす。それと山形新聞と……」

「君の家ではどうだ」

老人は正を睨《にら》みつけた。

「ぼくんとこでは新聞をとっていません。田町の後藤鶏肉屋《とりや》に疎開しているんです。それに母が病気ですから新聞をとる余裕がないんです」

「もし新聞をとるとしたらなにをとる」

「鶏肉屋《とりや》は読売新聞と山形新聞です。ですからとるとすれば朝日ですね」

修吉たちの町は朝日新聞と読売新聞とでみごとに二分されていた。このどちらかに県内紙の山形新聞をあわせてとるのが常態なのだった。二紙併読は贅沢《ぜいたく》のようであるが、じつをいえばどこの家庭でも記事はとにかく紙がほしかったのだ。子どもの弁当を包む、子どもに玩具《おもちゃ》として与える（子どもたちはそのころ紙鉄砲の弾丸を欲していた）、習字の時間に子どもたちに持たせる、保温用として長靴の底に敷く、壁穴を塞《ふさ》ぐ、後架に落し紙として備える、固くひねって付け木の代用とする、畳の下に敷く、店屋《みせや》ならば包装紙にするなど新聞紙は大いに有用で、これなくしては日常生活がほとんど成り立たない。そして朝日新聞は他紙よりわずかに白く包装紙としては一番とされ、読売新聞は紙質がやわらかで落し紙として他の追蹤《ついしょう》を許さなかった。したがって次の如き仮定は充分に成立する。もしも朝日の紙質が白い上にもっとやわらかなものであったら、修吉たちの町の中央紙は朝日一色となったであろうと。そんなわけで、読売新聞と山形新聞のほかにもう一紙とるとすれば朝日しかない、という正の答は妥当なものだった。

「毎日新聞をとる気にはならないのだね」

「はあ。毎日は紙が硬くて紙の色もちょっと黒っぽいし……」

「どうしても朝日なのだね」

「はい」

「よろしい。じつは野球道具を譲ってくれと言ってきておる米沢の愛宕クラブの連中に、わたしはもうひとつ条件をつけた」

「あの、どの様《どげ》な条件ばつけなさったんだべねァ」

悪い予感がして修吉の声が震えた。

「野球道具がほしければなによりもまずクラブ員全員が朝日新聞の購読を停止することと。これがわしの突きつけた条件さ。その上で一万五千円持ってこい。そう言ってやった。よいか、わしの野球道具を欲するものは朝日新聞を読んでいてはいかんのじゃ。変な理屈かもしれないが、この原則をわしはどんなことがあっても枉《ま》げない。さ、ボールは諦《あきら》めて帰りなさい」

朝日新聞を読んでいる者はどうしてこの置賜《おきたま》博品館に死蔵されている野球道具や軟

式ボールを手に入れることができないのだろう。いったいそんなことをだれが決めたのだ、マッカーサーか、天皇か。修吉と正は老人の次の言葉を、日曜日ごとに自分たちの町の農家の庭先に坐り込み「米でも大豆でもさつまいもでもなんでも結構です。なにか食糧を売ってください。焼跡のバラックでは三人の子どもが腹を空かせて待っているのです」と訴える都会からの買出人が泛《うか》べるのと同じような思いつめた表情で待ち構えた。

「はじめてわしが野球というものを見たのは三十七歳の秋だった。三十七というと明治四十三年だな。名古屋で全国の造り酒屋の旦那衆の寄り合いがあって、わしは山形県の酒屋の代表としてその寄り合いに出かけて行った」

せっかく思いつめていたところへ老人がのんびりした口調で昔話をはじめたので修吉たちはすこしはぐらかされた気分になった。しかし前途にどのようなどんでん返しが仕掛けてあるかわからぬ。表情を硬くしたまま、二人は四方八方から縦皺の寄った老人の口許を見つめていた。

「寄り合いが解散になったので、信州の湯治場にでも一泊して帰ろうと思い支度をしていると、名古屋の旦那衆のひとりが、明日、愛知一中の運動場でおもしろい催物があるからもう一晩泊って行けと引き止めた。ハワイ遠征から帰ってきた早稲田大学の野球部が愛知一中と試合をするからそれを見て帰れというのだよ。野球というものがあるらしいという噂はずいぶん前から耳にしていた。よし、話の種にその野球とやらを見学してやろう。湯治場行きを取りやめ、あくる日、愛知一中の運動場へ出かけた。ちょうど早稲田の主将の飛田忠順が打撃練習をしていた。飛田忠順がバットを振るたびにコーンコーンとじつにいい音がして、白い球が秋の青空に吸い込まれて行く。わしはずいぶん長い間、運動場の入口に突っ立っていた。身動きひとつせずに立ちつくしていた……」

「満員だったんですね」

正が問うというより相槌《あいづち》を打つといった方がいい調子で口をはさんだ。

「坐るところがなかったんだな」

「コーンコーンという音と青空に吸い込まれるように小さくなりながら外野へ飛んで行く白球にすっかり魂を奪われていたのだよ。みるみる胸のつかえがおりた。自分にもあんなことがやれたらなと思ったね。見ているだけでこんなに気分がいいのだから、自分でやったらさぞかし爽快《そうかい》だろう。よし、山形に帰ったらさっそく仲間を募り、道具を取り寄せよう。試合が終ったときはそう心を決めていた。あのまま行けば、わしの名前は日本野球史に残っただろう。といっても『東北で最初に野球をはじめたもののなかに山形の井上甲六がいるウンヌン』というぐらいですまされることだろうが」

「あのう、そのときの試合ですけど、やっぱり早稲田が勝ったんでしょうね」

正がまた訊《き》く。正は今しがたの愚問による失点を挽回しようとしているようだった。

修吉は、しかしひそかに舌打をした。たかが相手は中等学校野球部ではないか。早稲田が勝ったに決まってる。これは前問よりもなおひどい大愚問だ。

「愛知一中とは一対一で引き分けた」

「早稲田がですか」

「飛田忠順は責任を負ってこのあとすぐ退部した。投手の松田捨吉、三塁手の伊勢田剛、中堅手の小川重吉の三人も飛田主将と行をともにした。このときの飛田主将がいまの飛田穂洲《すいしゅう》なんだが、あのまま行けばわしはきっとこの穂洲先生を羽前の地へ招いていただろうと思うね、むろんわしらのチームの指導役としてだ。ところがあくる年、明治四十四年の八月から九月にかけてたいへんなことが起った、東京の博文館から直木松太郎の『現行野球規則』や小泉葵南《きなん》の『野球手引』や伊勢田剛の『野球叢書《そうしょ》・打撃の巻』などを取り寄せて野球の理論を勉強し、杜氏《とじ》を相手に投球術の練習を積んでいたわしに野球を諦めさせるような事が起った」

「大震災ですか」

「大震災はずっと後だ。それにだいたい関東大震災というぐらいで東北とはあまり関係がない。諸君……」

老人は跳びあがるように椅子を立ち、鉄製のラッパ式の補聴器を耳から外すと、根元を口に当てがった。補聴器を拡声器《メガホン》として使おうというつもりらしかった。

「朝日新聞がじつに二十二回にわたって『野球と其害毒』という記事を連載したのだよ」

朝日がついに昇った。とうとう朝日が話題にのぼった。修吉は全身を耳にし、ついでに目にした。

「第一回の冒頭の書き出しはこうだった。……近年野球の流行盛んなるに従ひて弊風百出し、青年子弟を誤ること多きを以《もつ》て本紙はしばしばその真相を記して父兄の参考に供するところありたり。然るに野球に狂せる一派の人々は本紙の記事が己に便ならざるを以て種々卑劣なる手段を以て本社に妨害を為《な》し、或いは担当記者に対して迫害を加へんとす。然れども……、えーと、なんだったかな。そう、然れども本社が青年の前途に対する忠実なる憂慮はこれによつて益〻切ならざるを得ず、ここに数名の記者を派して教育に関係ある先達の公平なる意見を聞き以て最後の鉄案と為さんと欲す」

老人の暗記力に敬意をあらわすべきであると考えて修吉と正は拍手をした。老人は二人をじろりと睨み据えた。修吉たちの拍手が自分の暗記力にではなく、朝日の記事に対してなされたと誤解しているようである。

「よくまあ憶《おぼ》えとられたもんだねし」

誤解をとくために修吉は感嘆の声をあげたが、補聴器を外した耳には届かなかったみたいで、老人は一段とけわしい表情になり、

「第一回には一高校長新渡戸《にとべ》稲造の談話がのっていたが、それはこうだ。野球は掏摸《すり》巾着切の遊戯、常に対手をペテンに掛けよう、計略に陥れよう、ベースを盗もうなどと眼を四方八面に配り、神経を鋭くして遊ぶ遊戯である。故に米人や独乙《ドイツ》人には出来ない。彼の英国の国技たる蹴球《しゅうきゅう》のように鼻が曲っても顎《あご》骨が歪《ゆが》んでも球に齧《かじ》りついているような勇剛な遊びは米人には出来ぬ。要するに野球は賤技《せんぎ》である」

次第に激して補聴器の先のひろがったところで机を叩き出した。それから老人は、乃木希典《のぎまれすけ》学習院長の「対抗試合の如きは勝負に熱中したり、長い時間を費すなど弊害を伴う。要するに本校では野球を必要な運動と認めていない」という談話を読んで小学校の運動場での打撃練習をやめ、川田府立第一中学校長が「大切な時間を浪費せしめる。疲労の結果勉強を怠る。慰労会の名に隠れて牛肉屋や西洋料理店等へ出入りし

堕落の因となる。主に右手で球を投げ、右手に力を入れて、球を打つが為、右手だけが異常発達する」と語っているのを知ってグローブやバットやボールを押入れに仕舞い込み、攻玉舎の某教師の「妙な塩梅《あんばい》に頭脳を用うる遊戯であるので、神経衰弱にかかる」という論に野球理論書を一冊のこらず縄で縛って蔵の二階に閉じこめてしまったと語った。

「しかしそれでもまだ心のどこかに、バットで白球を思い切り叩いてみたい、という欲求はのこっておった。ところが、十何回目かにおそろしい意見が掲載された。その意見を述べたのは順天中学の校長だが、彼によれば『野球をするものは、手の平に強い球を受け、汽車よりも速い球を発止と叩くため、その振動によって脳が侵され、次第に脳の働きが遅鈍になる』というのじゃ。じつにこのときさ、わしが野球を諦めたのは……」

この老人はそのとき心の底から朝日を信じ、朝日を愛していたんだな、ぼくたちの校長先生がいまそうであるように、と修吉は考えた。なにしろ校長先生は朝礼講話のときに必ず「今朝の（あるいは、何日付の）朝日新聞によれば……」と前置きするのだ。去年の二学期の始業式のときにも校長先生はこういった。「八月十六日付の朝日新聞によれば我が国は敗れたのであります……」

だからもし朝日が敗戦の記事を載せなければ、いくらラジオや毎日や読売や山形新聞が百万遍日本は敗けましたと叫んでも、校長先生はとことんまでたったひとりで戦さをつづけるにちがいない。でも元県会議員だというのにこの老人の朝日についての考え方はすこし子どもっぽいな、とも修吉は思う。いくら朝日に自分がやろうとしていた野球の悪口が出ていたからといって四十年近くも恨みつづけるなんてすこしおかしいんじゃないか。

「野球を批判したのがけしからぬ、といっているのではないぞ。朝日が野球を批判したいなら徹底的にそれを貫き通すがいいのだ。わしは朝日を信ずる。故にわしも野球の弊害を力説しよう。朝日とわしの関係はそういうことだった……」

老人は修吉の心の底を読み当てたかのように補聴器で机を叩きながら、

「ところがどうだ。わずか四年後の大正四年に朝日は全国中等学校野球優勝大会を主催したではないか。朝日の論調に自分を合わせて野球を諦め、いやそれどころか町の連中に野球害毒論を説いて回っていたわしはどうしたらいい。まるで引っ込みがつかん。手の平でも返すようにこんなに容易に意見が変っていいのかね」

いいんじゃないのかな、と修吉は心のなかで瞬時のうちに答を出した。そして、この老人に去年の九月一日の朝の教室の黒板を見せてあげたかったな、と思った。修吉たちの学校には、校長が朝日新聞を隅から隅まで睨んで見つけ出した言葉を月間標語に決め、それを各教室の黒板の右肩に掲げておくという習慣がある。そのとき前月の標語も併記しておくのがきまりだ。これは〈標語も物資と同じく国の宝だ。使い捨てにしてはいけない。前月の標語も折りにふれて思い出し、各自の精神によくしみこませておかなくてはならない〉という校長の考えによる。ところで去年の九月一日、職員室の前に貼《は》り出された校長直筆の月間標語を見て教室に戻った級長は、黒板の右肩に次のように書いた。

平和を愛する心は新日本の基

そしてこれと並べてあった七月標語はこうだった。

大和魂は断じて焼けないぞ

四年のうちに朝日の意見が変ってしまったと憤慨しているこの無器用《ぶきっちょ》な老人にあの朝の黒板の右肩を見せてやったらすこしは気が楽になるのではないか。世の中なんてひと月もあればきれいに変ってしまうのだ。ほかにも去年はいろんなことが変った。新型爆弾が原子爆弾と名前を変えたし、盲爆をただの空襲と呼ぶようになったし、鬼畜米兵が進駐軍に、帝国議会が民主議会になった。なかでも一番はマッカーサー元帥の評判で、さすがに器用な修吉たちもこの変りようにはとまどったものだった。なんといっても修吉たちは国民学校に入学したときから四年間、ほとんど毎日のように〽……出て来いニミッツマッカーサー、出てくりゃ地獄へ逆落し、と歌い暮してきたから、そのマッカーサーと天皇とが並んで立っている写真を新聞で見たときにはすこしぎくりとした。しかし年末に、本屋をも兼ねる町の洋品屋に半日も行列して山崎一芳著『マッカーサー元帥』を入手したころはすっかり考えを切り変えていたので、「今や戦ひに敗れた日本は旧日本から脱皮して、コペルニクス的転回をなし、新日本の建設をなさんとしてゐる。而《しこう》して、その建設の鍵《かぎ》を握る人こそは実に聯合《れんごう》国最高司令官、ダグラス・マッカーサー元帥に外ならない。われ〳〵の今後の幸も不幸も、飢ゑるも生きるも元帥の胸三寸にあると云へよう。しかも、日本全国津々浦々、八十の媼《おうな》も三歳の童児も等しくマッカーサー元帥の名に敬慕し親しんでゐるのである」ではじまるこの本をすこしも引っかからずに、ちょうどナポレオン伝でも読むようにすらすらと読むことができた。ただ一カ所、「一九四二年三月、ルーズヴェルト大統領は、改めてフィリッピンを救助するため、元帥に対して、フィリッピンからオーストラリアに向けて、転出を命じた」という文章を読むうちに、前に校長が朝礼で、「今朝の新聞によれば、マッカーサーは卑劣卑怯《ひきょう》にも部下将兵を見捨てて濠洲《ごうしゅう》に逃げてしまったということであります。なんという情けのない大将でしょう」と言っていたのをふと思い出し、はてどちらがほんとうだろうと首をひねったが、〔コペルニクス的転回〕と唱えて額をぽんと掌で叩いたら、校長の言葉はたちまちどこかへ消え失せてしまった。そして「聯合軍最高司令官、マッカーサー元帥は、彼の人格と過去が物語ってゐるやうに、民族相互の協調に基いた、永遠の平和が、東洋の上に、延《ひ》いては、世界の上に訪れることを願望して止《や》まぬ、聖なる平和への使者なのである」という結尾までひといきに読み終えて、こういう天使のような将軍に甘えることのできる日本人は仕合せだなあ、と思った。もっともじつのところ、この五十六頁の薄い本よりも、これを買うための行列で耳にした話のほうがおもしろかった。たとえば米沢の興譲館中学に通っている駅前の旅館の息子は「元帥がかぶっている、前のぴんと立った帽子はラッキー・キャップ、幸運帽というのだぞ」と話してくれた。「元帥は自分のお金であんな金飾りをいっぱいつけているんだ。それであの帽子の前が屛風《びょうぶ》みたいにおっ立ち、金飾りが見えているかぎり、日本軍の弾丸には当らないことになっている。だからな、元帥には専門の帽子係の兵隊がついていて、元帥が食事や用便や入浴のために帽子を脱ぐと、それをさっと取って、前のところを両手ではさんで押すんだそうだ。それから夜は寝押しをする」。そう語る中学生の制帽の前面も松脂《まつやに》と蠟《ろう》の力で絶壁の如く屹立《きつりつ》していた。「このあいだ米沢の床屋で聞いたんだがね」中学生が話し終えるのを待ちかねていたように修吉の家の近くの炭屋の若主人が喋《しゃべ》りだした。「米沢の上杉家の最後の殿様茂憲《もちのり》公と元帥は祖父と孫との関係だそうだ。つまり、茂憲公の末のお嬢様が元帥の親父《おやじ》さんのアーサー中将とわけありの仲になられて、このお二人の間に生まれたのが元帥なんだな。たしかに元帥の親父さんのアーサー・マッカーサー中将は日露の戦役のときに長いこと日本に滞在していた。だからこれはあり得ないことじゃない。そういうわけで元帥は母の故郷の米沢にずいぶん気を使っている。米沢に黒人兵の来ていないのがその証拠だ。米沢の人間が黒人兵を見てびっくりして腰を抜かしたりしないようにとこっそり取り計ってくれているらしい」。この話を聞いて修吉はたいへん心強く思ったが、『マッカーサー元帥』を読んでそれが嘘だとわかった。その本の八頁に「元帥が呱々《ここ》の声をあげたのは、一八八〇年一月二十六日である。だから今年は日本流に算《かぞ》へて六十六歳である。米国アーカンサス州のリットル・ロック・バラックスこそ、この蓋世《がいせい》の英雄の故郷である」と明記してあったからである。

日露戦争は四十二年前、もし親父さんのアーサー中将と茂憲の末娘との間に生れた子であることがたしかなら、元帥は四十一歳以上であってはならないはずではないか。もっとも、元帥の出生にまつわるこの法螺話《ほらばなし》を、考証的には不備でも話としておもしろいと思った修吉はその日のうちに十人近くの友だちへまことしやかに触れ歩いていたが。とまあこのようなわけで、今までは今まで、これからはこれからと、みんなはっきりと区切をつけてやっているのだ。だからもし、今年の八月十五日から再び米国を対手に戦さがはじまるようなことになったとしても、だれひとりまごついたりはしないだろう、むろんこの老人は別にして、であるが。変っていないのは朝礼のたびに唱えさせられる「アエイオウアオ……」と、大豆の入ったかて飯ぐらいのものだ。朝礼にアエイオウアオからワエイオウワオまで唱えるのは方言矯正のためである。

「……朝日が意見ば変えるのど一緒《えっしょ》におじいさんも意見ば変えられだら良《え》がったなし」

修吉は立って老人の耳に口を近づけ大きく声を張った。

「中学野球が始まんのど同時《どーず》にバットとボールば押入《おしえ》れがら出せば良《え》がったんでねえべがなし」

「大正四年、わしは四十二歳になっていた。いいか、四十二歳は厄年《やくどし》だぞ。しかも大厄なのだ。大厄の年に新しいことが始められると思うか」

　三月の嫁入りは桜嫁と言って早く散る、婚礼に割箸《わりばし》を使うと末は夫婦割れする、泥棒の足あとに味噌を塗って釘を打つとその泥棒の足が腐る、落雷の木を伐《き》れば祟《たた》りがある、地震のときに「ハイハイ」と連呼すれば災難を免れる、肺病で死んだ人の顔にすぐ紫の布をかけないと肺病が周囲に伝染する、顔におできの出たとき鏡を見ると倍にふえる、三人で並んで連《つれ》小便すると真中の人が早死する、狸《たぬき》に顔を舐《な》められると程なく死ぬ、尺取虫に全身を計られると先行きは長くない、重病人のうわ言の相手になって受け答えをすると間もなく寿命がつきる、家族のだれかが外出した直後に座敷を掃くとその人が帰らぬことがある、死人の着物を縫うときに「返し針」をしておくと死人が生れかわってくる、死人の顔に真綿をかぶせると美人に生れかわる、神様のお札《ふだ》で鼻をかむと鼻血が出て止まらなくなる、髪の毛を火にくべると縮れ髪になる、屋根から小便すると腰が抜ける、朝日に向って小便たれるとちんぽが腫《は》れる、口をあけたまま大便すると歯が弱るなどと並んで、「大厄に新しいことをはじめると命を縮める」という言い伝えは修吉たちの町の人たちの日常生活を強く縛っていた。噂によればいま中央では新しい憲法が準備されているそうであるが、どのような憲法だろうとこの町においては、たとえば「うまいものをひとりでこっそり喰うと額に角が生える」という言い伝えひとつにかなわないだろう。

「だば、厄年の終った大正五年がらでも……」

「後厄でだめだった」

「んでは大正六年がらでも」

「四十四歳だ。もう身体がいうことをきいてくれない」

老人は溜息《ためいき》をつきながら椅子に腰をおろした。

「つまりわしは三十七歳から数年間の、硬式野球のできる最後の機会を、朝日の野球害毒論を信じたおかげでみすみす逃してしまったわけだよ。しかも朝日は底意地悪くて、わしの身体が硬式野球に向かなくなったとたんその害毒論を取り下げ中学野球の後押しをはじめ、讃美《さんび》論をぶちはじめたのだ。朝日はこの井上甲六をからかっておる」

「四十四歳の身体にはたしかに硬式は疲《こわ》れるなし。だすけ軟式ならば四十四歳でも……」

「大正六年にはまだ軟式ボールは存在しておらなかったのじゃ。軟式野球がひろまったのは昭和恐慌以後さ。不景気で青息吐息だったゴム会社が軟式ボールに目をつけてさかんに軟式野球大会を主催するようになった。それがひろまるきっかけをつくった。

しかしそのころすでにわしは六十歳近く、バットを担ぐだけで息切れがした」

「あのう、テニスボールは明治のときからあったんではねえかと思うけんども《も》……」

「テニスのボールを打ってもカーンという音はしないだろうが」

「んだなし、ブスとかベコッとかゴボとかポコンとかグチャとかベタとか……、それでもなければバシだべなし」

「自分の野球チームを持ってみたがべつにおもしろくもなんともなかった」

テニスボールがバットと衝突したときに出る擬声音をごにょごにょ呟いている修吉を老人は枯枝のような手をあげて制し、

「野球はやはり自分でカーンという音をたてなくてはつまらない。しかし生れ変ってこないかぎり、わしには硬式ボールをカーンと弾き飛ばす機会は二度とめぐってこない。朝日のせいだ。毎日を購読していたら、あるいは読売を読んでいたら、わしはあの益体《やくたい》もない野球害毒論などと出っくわさずにすんだ。すくなくとも一度や二度はカーンという音をたてさせることができたはずだ。どうだな、わしの野球道具を欲するものは断じて朝日新聞を読んでいるものであってはならないというわけがわかったかな。せっかくだがこれがわしの原則なのだよ」

筋道が通っているかどうかはよくわからないが老人の「原則」なる代物が、恨みつらみで練り固められた、岩や石よりも堅いものであるらしいということだけは修吉にも理解できた。修吉は胸のポケットから蠟紙で包んだものを取り出し、掌の上でそれをひろげ、なかから薬包紙につつんだものをひとつ摘《つま》みあげ、「そんじゃらまずさえなら」と別れを述べながら、薬包を老人の前に置いた。修吉のこの仕草を見た正が「さようなら」と頭を下げて立ちあがり「ぼくは先に出て庭の隅で用を足しているよ」と言い残して部屋から出て行った。セネタースでバッテリーを組んでいる二人の間にはいくつもサインが決めてある。サインは多岐にわたっていて、〔直球〕〔スローボール〕〔ウェストボール〕などの穏当なものから、二人が仲たがいするような場合に備えて、〔バカ〕〔間抜け〕〔ドジ〕〔イモ〕〔サバ〕〔三流〕に至るまで作ってあった。ただしこの〔薬包紙の包を出す〕はその日だけの合図で、それがあらわす意味は〈こちらはしばらく老人の注意を惹《ひ》きつけておく。君はその間に博品館の隅の「置賜クラブ」と書いてある茶箱から軟式ボールを取り出して、博品館の高窓から庭の奥へ投げろ。……庭に転がったボールは今夜、拾いに来よう〉とこうである。

「なんだな、これは」

老人は薬包の匂いを嗅《か》いでいた。

「酒石酸《しゅせきさん》だっし。博品館ば見学させて貰ったがら、それで……」

「それはすまんな。これは思わぬ珍味にありついた」

ひよこでも扱うような慎重な手つきで老人は薬包を開き、空《あ》いた手で鼻をつまみ、唇の間から覗《のぞ》かせた舌の先を薬包紙の上の、無色透明のこまかい柱状結晶へ近づけていた。鼻をつまんでいるのは鼻息でうっかり酒石酸を吹きとばしたりしてはならないからで、修吉は老人のこの用意を見て、〈このおじいさん、酒石酸を舐めるときのすべを心得ているな〉と感心した。

「なかなかうまい。甘酸っぱくていい味だ」

たてつづけに三回舐めてから老人は包みを折り畳み、シャツのポケットにおさめた。

「残りの半分は後のたのしみにとっておこう。そうだ、孫のおやつにしようか」

それが賢明だろうな、と修吉は思った。酒石酸は、いまは砂糖の代用品として舐めてたのしむ人が多いが、もともとは利尿緩下剤で、いってみれば便秘薬なのである。いつぞや修吉はこいつを調子に乗って舐め過ぎ、まる一週間、猛烈な下痢に悩まされたことがあった。正が仕事を終えたころを見計って修吉は立ちあがり「それでは、ほんとに、ほんじゃらまず」と部屋を出た。

「薬局の息子はとくじゃ。酒石酸を舐めることができるだけでも相当に恵まれている」

博品館の戸締りをするつもりだろう、修吉と一緒に老人も部屋から陳列場へ出てきた。

「おら家《え》は特別なんだものねし。酒石酸だけは牛《べこ》さ喰《か》せるぐらいもある」

背中の老人に言って修吉は土間の藁草履《わらぞうり》に足を乗せた。修吉の父親が脊髄《せきずい》カリエスで死んだのは七年前の昭和十四年の夏、米穀配給統制法などが公布されてぽつぽつ物資が少なくなるころだった。母親のはなしでは、父親の最後の言葉は「どんな薬でもいい、家を抵当においてもいまのうちに薬を買い集めておけ」だったそうだ。父親の死後、母親は薬種商の免許試験の準備をしながら、薬を集めにかかったが、父親の言い残した程度のことはすでにたいていの人間が気づいていてなかなか思うように薬が集まってこない。ただ、運のいいことに名古屋の小さな薬品工場に東京薬専時代に父親と寄宿舎で同室だったという薬剤師がいて、この人が親切にも薬を八十瓩《キロ》ほど都合してくれた。ただし、この人が主任技師をつとめていたその薬品工場の主要製品が酒石酸だったので、届けられた八個の木箱の中から出てきたのはすべて酒石酸で、だから母親はいまでもときどきうなされて「十六万人、十六万人……」と寝言を言う。母親の計算によれば八十瓩の酒石酸で十六万人の便秘症患者に一度ずつ便通を施すことができるらしい。「これではお店が立ち行かない。いっそ子どもたちと一緒に御飯に山ほど酒石酸をかけてたべ、一家心中しようかとまで思いつめたことがある」と母親はしばしばおそろしいむかしばなしを修吉にする。がしかし、修吉の家に下宿している米沢工専学生の吉本さんのはなしでは、酒石酸で自殺なぞできない相談だそうだ。「なにしろ原料がブドウ糖をつくるときに出る絞りかすなんだ」と吉本さんは教えてくれた。「便所の前に一家全員が陣取って、かわるがわる、入れかわり立ちかわり、後架にしゃがむぐらいが関の山だったろうな」。もっともこの厄介者が戦時中の修吉の一家を支えたのだから皮肉なものだ。企業整備法で町に四軒あった薬屋が半分に減らされることになり、女主人であるところが役所や同業者たちに軽んじられつけこまれたのだろう、母親は店仕舞しなければならない二軒のうちに入れられてしまった。どうやってこの先の暮しを立てればよいのか思案しているうちに、母親は、酒石酸を水で溶かして飲むと、とくに夏場などはおいしくて、飲んだあとにはサイダーまがいの噯気《おくび》まで出ることを思い出し、駅前食堂の女主人にこのことを話した。そういうわけでこの町の少年たちはほとんど例外なく、昭和十六年から二十年にかけての夏に、一杯十五銭の「小松サイダー」で渇いたのどをうるおし、まがいものの噯気を連発した経験を持っているはずである。

戸外《そと》には梅雨特有の、肌にまとわりついてくるようなよどんだ空気が薄紫の黄昏時《たそがれ》の色に染まって立ちこめていた。博品館から修吉の出てくるのを見て、正が近づいて来、目線を左手の庭の木立の奥に送り、右手をさりげなくひろげる。〈木立の奥に、博品館の高窓から、軟式ボールを五つ、投げ込んでおいた〉というサインだ。五つとはずいぶん欲張ったものだなあと思いながら、修吉は博品館の入口に立って片手を掲げている老人に言った。

「おしょうしな」

おしょうしなとはこの地方では最大級の感謝の言葉である。

「また見学さ来ても良《えー》べがねし」

「いいとも。いつでもやって来なさい」

「ほんじゃらまず」

嬉しくて笑い出しそうになるのを必死でこらえながら丁寧にお辞儀をした。

「おじいちゃん、どうしたの」

庭から涼し気な声がした。それも左手の庭からである。

「あずまやの前の草を毟《むし》っていたらどんどんこんなものが飛んでくるんだもの、びっくりしちゃった」

修吉たちもびっくりした。木立の奥からこっちへやってくるのは白いセーラー服の少女だが、両手に一個ずつ軟式ボールを持っているのだ。

「まだあるのよ。全部で五つも飛んできたわ」

訛《なま》りがないところから判断すると疎開の子だろうか。しかし老人に走り寄ってボールを差し出そうとしている少女の顔に見憶えはない。

「逃げようよ、修吉くん。ばれちゃったんだぜ。反対側の高窓を狙うべきだったな」

「このボール泥棒め」

老人がボールを摑んだ右手を振りあげ裸足《はだし》でとび出してきた。

「なにが見学だ」

老人は仕掛《からくり》を見破ったようだった。修吉は冠木門《かぶきもん》目がけて走り出した正の背中を見ながら全速で駆けた。

「二度とここへ来るのではない」

老人の声に驚いたのかどこかで犬が吠えている。こうなると一縷《いちる》の望みは老人の怒りがさらに激越してくれること、怒りのあまり老人が右手のボールを自分に投げつけてくれればしめたものだ、それを拾ってセネタースの宝物にできる。そこで修吉は猿の真似をして後手で尻を叩き、ときには振り返ってアカンベーなどもして走りつづけた。しかしボールは飛んでこなかった。かわりに小石がひとつ、修吉の頭の斜め上をかすめて行っただけだった。それにしてもボールを手に入れることが、どうしてこうむずかしいのか。

第二章　外野の塀《へい》

次の日曜の未明、正確には午前四時きっかり、修吉は、同じ町内の箪笥《たんす》屋の老人にねだって丸太棒をそれらしい形に削ってもらったバットに馬穴《バケツ》を通し、それを肩に担いで家を出た。馬穴の中味は手製のグローブと里芋の茎ボールと平鍋《ひらなべ》各一個、それから薬瓶《くすりびん》に入れた落花生油と餅パン九枚である。馬穴に平鍋に油に餅パンは禁帯出品だ、母親に見つかったら、たっぷり一時間は説教を喰い、おまけとしてその日一日は外出を禁じられるだろう。修吉は家から爪先立ちの抜き足で離れ、五十米《メートル》ばかり行ったところでようやく手に持っていた藁草履をはいた。濃紺の天空の東がわずかに白らみかけている。修吉はその方へ向って、藁草履の尻尾《しっぽ》で踵《かかと》をぱたらぱたら叩きながら歩いて行った。その音で目を覚したのだろう、近くの藁葺《わらぶき》屋根で鶏があわてたように鳴き、続いてその鶏とよく似た声で馬が鋭く嘶《いなな》いた。ところで言葉の浪費は物語の密度を薄め読者の感興を削《そ》ぐ故、極力これを避けなくてはならないが、修吉が担いでいる馬穴の中の餅パンについての説明を節約するのもどうかと思われる。そこで物語が判じものになるのを防ぐために一言すれば、餅パンとは米糠《ぬか》団子（米糠二に配給の小麦粉一、それから葛粉《くずこ》一を加えて米の研ぎ水でとき、よく捏《こ》ねて平べったく押し潰《つぶ》し団子をこしらえ、これを乾《ほ》す。そして焼いてたべる。香ばしくてうまかった）、藁団子（これは藁の根元の、地面から三、四寸までのところに大量に含まれている澱粉《でんぷん》を利用しようというもので、この部分の葉鞘《はざや》を取り除いて、まずよく洗う。それから干して、こまかく切り刻み、さらに薬研《やげん》で粉にし、米と合わせ、捏ねて蒸《ふか》すのである。修吉はこれをたべるたび、ひひんと嘶きたくなった）、野菜餅（野菜の屑《くず》を煮て、煮汁は捨ててよく絞り、こまかく切り刻んで米粉と混ぜ合わせる。それから蒸して搗《つ》く。搗きたてはなによりもうまい。しかし冷めたくなるとなによりもまずかった）、松皮餅（樹齢百年以上の古松でないと、できたものがすぐ黴《か》びてしまうが、とにかく古松の上皮を薄く剝《は》ぐ。上皮は薪の代用にとっておき、その下の甘皮を削り取って、四、五日、天日にさらす。それから搗いて粗い粉にし、一晩水に漬け、また乾して搗く。搗いたものを布袋に入れて二時間煮る。次にみたび乾してよく搗き細粉にする。この松皮粉に米を加えて蒸し、搗いて、できあがりである。松脂くさいのは閉口だが、不思議に保《も》ちがよかった）と並んで、目下、修吉たちの町でもっとも人気の高い代用食だった。作り方は他のものにくらべると嘘のように簡単で、白米飯に同量の配給小麦粉（別名・マッカーサーのプレゼント）を混ぜ、塩を振って練ればよい。このとき、鶏卵を落した牛乳で練ることができれば言うことなしだが、そんな贅沢《ぜいたく》は〔幼稚園組〕の家庭に限られる。修吉の家では水で練るのが普通だった。さて、練り上げたらコロッケの形にし、油を引いた平鍋で両面を焼きすぐにたべるが、冷たくなると数段味が落ちる。そこで修吉の馬穴には落花生油と平鍋が入っているのだった。このほかにも修吉たちの町の大多数の人たちは、虎杖《いたどり》、蘩蔞《はこべ》、葉鶏頭《はげいとう》、萩《はぎ》、楡《にれ》の嫩葉《わかば》、朴《ほお》の木の若芽に若葉、酸漿《ほおずき》、鳳仙花《ほうせんか》、蛇苺《へびいちご》、栃《とち》の実、どくだみ、竜胆《りんどう》、おおばこ、女郎花《おみなえし》の若苗、よもぎ、かたばみ、楮《こうぞ》、かやの実、樫《かし》の実、葭《よし》の若葉や根、蒲公英《たんぽぽ》、なでしこの葉や茎、南天の若葉、苜蓿《うまごやし》、野菊の若葉、桑の実や根皮、柳の芽、藤の若葉、あじさいの若芽、笹の実、薊《あざみ》、桔梗《ききょう》の若葉、金盞花《きんせんか》の苗葉、菖蒲《しょうぶ》の根、榎《えのき》の葉、桃の葉、酸模《すかんぽ》の葉や根など、食べられるものはすべて食べた。上杉鷹山《ようざん》がかつて治めた土地だけに人びとは、なにが食えてどれが食えないか、昔から充分に研鑽《けんさん》を積んできているのである。修吉はそれら非常食のなかでとくに百合《ゆり》の根の煮付と菊のおひたしを好んだ。前者の歯ごたえはほくほくして甘藷《かんしょ》のようだったし、後者はしゃきしゃきして飯の菜としては最上だった。成人してからも修吉の舌はこのふたつの味を憶えていて、白百合学園と聞くと甘藷畑をまず思い浮べてしまう。菊の紋章を見ると生唾が湧《わ》いてくる。

五分ほどで修吉は新山《しんざん》公園に着いた。公園という名は冠せられているけれども、新山神社なる鎮守の社《やしろ》のいわば前庭のようなもので花壇ひとつないただの原っぱだった。西北の隅が小さな丘で、その丘の中央に杉の大木が数本、まだ明けやらぬ空に黒々と立っている。丘の下に人の気配がした。

「そこさ居《え》ん の誰だあ」

修吉は心配になって駆け出した。町には少年野球のチームが十近くある。国民学校六年のは修吉たちのセネタースと、幼稚園卒業組のジャイアンツのふたつだが、他にも、米沢や長井の中等学校へ通学している一、二年たちが六つか七つチームを作っており、日曜になるとこの原っぱを奪い合う。それを見かねたのか、新山神社の神主が公園の入口に、

「野球は民主主義のスポーツです。ですからこの空地も民主主義の精神をもって使うようにしましょう。日曜の朝、一番にここへ来て、丘の下にネットを張ったチームが一時から四時まで、二番のチームが十時から午後一時まで、三番のチームが一時から四時まで、というように使ったらどうですか」

と記した板切れを立てた。修吉たちには野球のどこが民主主義なのかさっぱり理解できなかったけれども、持主にさからっても仕方がないと考えて、板切れの記すところに従って使わせてもらうことにした。ところがそう決まった途端ジャイアンツから次のような申し入れがあった。「ジャイアンツの所有する軟式ボールで、ジャイアンツと試合をしたければセネタースは原っぱを確保しろ。バックネットは前の日に取りに来ること。なお試合は午前七時開始。午後は家庭教師について勉強しなければならない者が、ジャイアンツに三、四人いるからだ」。こういうわけで修吉たちはこのところ毎日曜、午前三時半起きなのだ。修吉の家がこの原っぱともっとも近いせいもあって、ずうっと一番乗りを果してきたが、今朝は他のチームに抜かれたか。

「修吉くんかい」

正の声が返ってきたのでほっとした。

「ジャイアンツから借りたネットを社殿の下から引っぱり出して張っているところだよ」

「おれ、大福餅を五個、持ってきたぞ」

滝沢昭介の声もしている。

「九人で分ける言《つ》うと半分コずつだな」

昭介の家は農家だが、修吉と同じようにかて飯ばかりたべている。父親が戦死し、おじいさんは中風、働き手は母親と姉の二人。女手なので反当り七俵半はとれるところが六俵半がせいぜい、しかも供出の割当が他よりも多くかかってくるらしい。戦さに引っぱられずにすんだおかげで町の農業会の役員になっている男農家たちが、自分たちの供出量をすこしでも減らそうと企んで、女農家に割当を多くしてくるのだそうだ。供出米として出せば一升七円五十銭にしかならないが、闇で売ればその七、八倍になる。それで農業会役員の男農家はそういうことを企むみたいだ。その上、気のきいた農家なら自分たちのたべる分を鶏小屋の板壁の隙間とか、馬小屋の地面の下とかに隠して「なんといわれても家にはもう米はない。一粒残らず出したんだからもう勘弁してください」と開き直るのだが、昭介の母親はそれができない、最後の一粒までも供出してしまうらしい。だから農家でありながらかて飯なのだ。しかしその昭介がどうして大福餅など持って来ることができたんだろう。

「尺祝《しゃくいわ》いがあったんだ」

バットと馬穴をホームベース（といっても板の、であるが）の上に置いてネット張りに加わった修吉に昭介が言った。

「昨夜《ゆんべ》、近くの家《えー》で嫁取りと尺祝いば一緒にやったのす。花婿様《さ》が屋根さのぼって見物衆さ大福餅ば二百、撒《ま》いだんだ。おらよ、全部で七つも捕えだのだ」

昭介はセネタースの中堅手である。ゴロは得意ではないが、フライには強くて、速い足を生かし、ときにはレフトフライやライトフライにまで手を出す。阪急の山田伝外野手のように臍《へそ》にグローブをくっつけたままボールを捕《と》る芸当もできる。きっと大福餅も右や左へ走り回りながら摑《つか》んだにちがいない。

「んでも、なじょにも賑《にぎ》やがなお祝いだったなあ。座敷の床の間さ百円札ば積んでさ……」

闇米で儲《もう》けた男農家では百円札が一尺の高さに貯まると近所の人たちを招いて酒や餅を振舞う。これが尺祝いで、この五月あたりから流行《はや》りはじめた行事である。修吉も二、三度、餅を拾いに駆けつけたことがあるが、どこの尺祝いの座敷にも上座に警察署長の赤ら顔が見られた。帰途につく署長は、右手に濁酒《どぶろく》入りの一升瓶、左手に風呂敷に包んだ重箱をさげ、きまったように林檎《りんご》の気持はよくわかると鼻にかかった声で唸《うな》っていた。担ぎ屋に闇米を流して百円札を一尺も貯め込んだ男農家の祝いごとに署長の顔があるということが修吉にはよくわからない。というのは週に一度か二度、署長の部下たちが午後八時三十分発の最終上り列車を待つ乗客の荷物を検査し、中味が米であれば容赦なく没収しているのを、駅前に住む修吉はしばしば目撃していたからだった。いったいどういう闇がいけないのか、またやっていい闇があるとすれば、それはどんな闇なのか。

ネットを張り終えて丘の上の杉の木の近くを掘って竈《かまど》をしつらえ焚火《たきび》をはじめたころ、闇が朝の光に溶け、空を覆う低雲がはっきり見えだした。丘の裏手は沼でその向うは犬川だった。犬川を渡れば、そこは標高三百二十五米の眺山《ながめやま》の頂上へつながる松の傾斜林の裾である。沼の岸でいきなり蛙《かえる》がゲロッと鳴いた。湿気で澱《よど》んだ厚ぼったい空気を鋭く突き刺すような鳴き方だった。

「蛙《びっき》がまた蛇に呑まれたみてえだ」

昭介が言った。この町の蛇は冬眠から覚めると、田んぼや沼地や堀へ集まってくる。長い断食が原因の空腹《すきばら》を蛙によってなだめようとするのだ。そこで蛙のゲロッという叫び声は町のいたるところで聞かれるのだが、町の人たちはこの叫び声を〈蛙の声遁《せいとん》の術〉であると信じてきた。すなわち、蛇に睨《にら》まれた蛙は最後の最後に声で捨身の攻撃を試みるのである、と。渾身《こんしん》の力をこめて突拍子もない大声をあげ、蛇が顎《あご》を開いて愕然《がくぜん》としている隙に逃げ出すのだ、というわけである。しかし昭介は去年のいまごろ、野良へ出かける途中に偶然、蛙が蛇に呑まれようとしているところを目撃し、町の人たちの言っていることに疑問を抱いた。蛙は必死の勢いでゲロッと鳴いたが、蛇の方は一向に動ぜず、それどころか蛙の十八番《おはこ》を奪って、蛙の面《つら》に小便、といった顔をしていたからだった。そこで昭介は八月末までの三カ月間、二十数回にわたって蛇が蛙を呑む現場に立ち会い、弱肉強食のさまを観察した。二十数回の半分以上は蛇と蛙とを捕えてきた昭介によって人工的に作り出された〔現場〕であったけれども、とにかく一度の例外もなく蛙は声遁の術に成功しなかった。昭介は〈蛙はただ怖くて鳴くにすぎない〉と結論し、折から壁新聞の発刊を担任教師が計画していたところだったので、観察の結果を千字ぐらいにまとめ、それに克明なスケッチを数葉添えて、編集委員会に提出した。編集会議の席で担任教師と委員のひとりが失神した。二人の共通点は女であることで、どうも蛇が蛙を呑もうとする寸前のスケッチがいけなかったらしい——もうひとつ共通していたのは、二人とも幼稚園卒業組に属していたということであった。修吉たちは、昭介の研究がしりぞけられたのはこの第二の共通点に関連があるのではないかと睨んでいるが、どっちにしろ不掲載はこたえたようで、昭介はスケッチをまとめてひねって棒にするとマッチの火をそれに移して焚火をこしらえ、実験材料の蛇（青大将で、蛙のたべ過ぎで昭介の手首ぐらいも太かったが）の皮を剝いで蒲焼《かばやき》にして喰ってしまった。

ついでに記すと、昭介の次の研究も壁新聞の編集会議で没になった。それは「虱《しらみ》の速さ、ただし平面における」というすこし気取った題名の研究で、虱にいろんなものの上を這《は》わせ、一分間に何糎《センチ》進むかを根気よく計測したものだった。昭介によれば室温二十三度（虱は寒いところでは遅く這い、暖いと速く這う、だから室温が何度かはゆるがせにできないのだ、と昭介は言った）において虱は一分間に、

木綿布地の上では……………………二十七糎
ネルの布地の上では…………………十五糎
薄縁《うすべり》の上では……………………十三糎
新聞紙の上では………………………十一糎
粘土板の上では………………………十一糎
硝子《ガラス》板の上では………………………八糎
絹地の上では…………………………六糎
細かい砂の上では……………………二糎
水の上では……………………………溺死《できし》

の速度で歩行するのだという。十回歩かせてその平均をとったからこれは信頼されて

い数字である、とも自慢していた。この研究が没になったのは担任教師が、「努力は認めます。けれどもこの実験を昭介くんは授業中にやっていたんです。授業をそっちのけにしてやっていたことを壁新聞にのせるわけにはいきませんね」と主張したからだが、これを編集委員のひとり（じつは修吉なのだが）から伝え聞いた昭介はこう反論した。

「教室はストーブがあって暖《あった》けえし、室温は一定だし、おまけに寒暖計で室温がわがるし、それで教室でやったのし」

「先生と話すときぐらいどうして標準語が使えないんですか」

担任教師は搦手《からめて》から昭介をとっちめて話を打ち切った。観察が第二の天性で根気が第一の美点である昭介は、次に虱の登攀《とうはん》速度の調査をはじめた。五寸四方の板に三十糎の棒を立て、棒の先に腕木を出し、腕木と板との間に頭髪をぴんと張る。そして虱を下から上へ登らせる、それも、吸血前の雌・吸血後の雌・吸血前の雄・吸血後の雄と、四つの場合に区別して、である。血気さかんな虱と血の気の失せた虱と登攀力がどうちがうか、修吉たちも調査の結果を心待ちにしていたが、春先のある日、学校中、そして町中に白い粉が濛々《もうもう》と降って昭介の研究は中絶した。進駐軍のＤＤＴ班のトラックがあらゆるものを白い粉だらけにして行ってしまったのだった。実験動物の絶対的不足が昭介をふたたび蛙に向わせた。いま彼はヒキガエルの耳線をつついたときに出るミルク色の液についてあれやこれや考えている。その液を鼻に近付けるとつんとくる、眼につけるとぴりぴりと痛み、涙がこぼれる。町の人たちはそこで「がま蛙《びっき》は毒を出す」と言っているのだが、昭介はまたしてもこの常識をひっくり返そうとがんばっているようであった。「がま蛙《びっき》の液を顔や手足さ塗っておぐど絶対に汗ば掻《か》かねえのだ。汗止めの効果があんのがもしらねえ」というのが、昭介の仮説である。

「おれ、沼の蛙《びっき》ば見てくっから。みんなが集って飯になったら声ば掛けてけろて」

昭介は丘の斜面を中腰で滑り降りて行った。正は自分の持ってきた薬缶《やかん》をぶらさげて昭介の後を追った。沼の横手は社である。境内の湧清水《わきしみず》を汲《く》みに行ったのだろう。

修吉は丘の上をあちこち歩き、木の枝や木ッ端を拾い集める。前の日曜、ここへ来る途中で拾い、そのへんに転がしておいた桑の木の根はどこだろう。桑の木の根はたきぎの王様、ほかの倍は火勢が強く、三倍も火保《ひも》ちがいいのだが。

「博品館からボールを持ち出すのにしくじったんだってな」

背の高い少年が右手に野球道具、左手に丼《どんぶり》を持って丘を登ってきた。丼から大蒜《にんにく》の匂いが強くしている。

「正くんがそういってたよ。あ、おれ、大根漬を持ってきた。いつもの辛いやつ」

少年は丼を杉の大木の根方に置くと修吉と並んで木の枝を拾いはじめた。この少年は山形朝彦といい、去年の九月、つまり敗戦になるとすぐ修吉たちの学校へ転校してきたのだが、どうもひとつかふたつ年上のように思われる。自分に関することになると堅く口を閉じてしまうので、修吉たちにも正確な年齢はわからないのだ。勉強は出来ないし、動作もどことなくのんびりしたところがあるので、みんなからは軽んじられているが、一塁をやらせると凄《すご》い。背が高いから内野手が少々高投してもばしっと捕ってしまう。またワン・バウンドする球が来ても決して逃げない、顔に当ててでも止めてしまうのだ。朝彦自身についてはよくわからないけれども、父親のことは町中が噂《うわさ》しているから修吉たちもすこしは承知していた。それによると、朝彦の父親は朝鮮人だそうである。山形県の北東部の金属鉱山で敗戦まで十三年間も働かされていたらしい。その鉱山には百人近い朝鮮人がいたが、彼等に鉱山事務所の庶務課長が片っ端から日本人式の名前を付けた。たいてい十人一組にして命名するのだそうで、たとえば朝日連峰からヒントを得て、まず十人の苗字をすべて朝日と決める。あとは背の順に並べて、背の高い方から一郎、二郎、三郎……八郎、九郎、十郎とやったらしいのだ。朝彦の父親の組はだから十人とも苗字は山形で、父親も背高のっぽなので一郎と付けられたという。この話を耳にしたとき修吉は〈その庶務課長はよっぽど疲れていたにちがいないな〉と思った。山形県だから山形だなんてあまり単純すぎる。疲れていなかったとしたら相当の手抜きだ……。噂はさらにこう伝えていた。鉱山の食堂で働いていた娘がこの山形一郎と恋仲になり、実家や親戚《しんせき》中の猛反対を押し切って一緒になった。やがて子どもが生れたが、実家の両親は「孫の顔が見たい」と言うかわりに「二度と家の敷居を跨《また》ぐでない」と絶縁を申し渡した、と。では、朝彦の母親の実家はどこか。甲は尾花沢の豆腐屋であるといい、乙は新庄の在の小作農家らしいといい、丙は天童温泉の小食堂みたいですよといい、まったく要領を得ない。まあ、そのへんが噂の噂たる所以《ゆえん》だろう。とにかくどういう縁故があったものか、朝彦の一家は町の南外れの小屋に住みつき、父親は担ぎ屋をやっている……。

「博品館の軟式ボールが絶望だ言《つ》うごどは、もうこの町には他にボールがねえわけだから、つまりどうしても絶望だ言《つ》うごどだな」

修吉は自分にもよくわからないようなことを言いながら竈の前に戻った。正が水を満した薬缶をさげて帰ってきたので、それを受け取って竈にかける。正は朝彦にやあと声をかけ、修吉の右隣りに坐った。

「米沢の闇市にもないだろうな」

朝彦が修吉の真向いに腰をおろした。

「ねえべな。なにしろ米沢の愛宕クラブが博品館さ道具買いに来るぐれえだもの」

「福島はどうだろう」

「わがんね」

「郡山《こおりやま》とか宇都宮にはあるだろうな」

「奥羽本線ば順にさかのぼって行《え》ったな。途中はわがんねども、東京にはたぶんあるべど思《も》う」

あるだろうとは思うが、その数はごく僅かにちがいないと修吉は考えた。今年の四月二十七日からプロ野球が再開された。だから硬式用ボールはどこかで作られているはずである。しかし軟式用のボールはどうか。まだどこでも作られていないのだ。それは県内でも指折りの名門チームである米沢の愛宕クラブが軟式ボールや野球用具を求めて博品館へ足を運んでいることからも明らかだ。もしも軟式ボールの製造が始められているならば、愛宕クラブはそっちへ手をのばし、のばしたら手を尽して手に入れようとするだろう、あんな波長の合わない老人の相手をする必要はさらさらないのだ。また、東京に行ったとしてもどこで買えばいいのだろう。運動具店に並んでいるわけはないし、あるとすれば闇市だが、ラジオは、今、東京の闇市は全部で六万軒を越したと言っていた。六万軒！　その一軒一軒をまわるのか。しかも、自分は一度も東京というところへ行ったことはないのだ。それどころか、福島との県境である板谷峠を越したこともない。

「うーん、東京さ行っても見つからねえべな」

修吉は首を横に振って朝彦の途方もない考えを否定しようとしたが、首を振った拍子に脳味噌の奥から十八、九個の漢字がころころと転がり出て、次のような順序に整列したので、思わず、

「あ、あてはねえごどねえぞ」

と叫んだ。ところでその漢字の一団だがこう整列したのである。〔長瀬護謨《ゴム》製作所・東京市向島区隅田町二丁目〕つづいて数日前、正と一緒に博品館に出かけて行ったときの光景が思い浮ぶ。これらの一連の文字は茶箱のなかから出てきた一打《ダース》入りの「健康ボール」の紙箱の横に印刷されていたはずだ。博品館の老人の「昭和十四年の物資統制令で、この日本で軟式ボールを製造するのは長瀬護謨一社に限られたのじゃ。たしか昭和十六年まで作られていたと思うが……」という言葉も蘇《よみがえ》ってきた。この長瀬護謨へ行き土下座をすればどうだろう。すこしは残っているのではないか。

「正くんはここさ疎開してくる前、どこさ住んで居《え》だったべ」

「東京だよ」

「東京はわがっている。んで、東京のどこだっがね」

「城東区亀戸町五丁目……、でも急にどうしたんだよ」

「そこは向島区と離れてっかね」

「隣だよ」

「向島区隅田町ってとこさ行ったことあっか」

「ないなあ」

「でも、そこさ行《え》ぐにはどっからどっちさどう行《え》ぐかわかってたべが」

「こっちからだと上野から浅草へ行って、浅草から東武電車に乗ればいいんじゃないかな」

「ようし……」

修吉は正と朝彦にたったいま思いついたことを話した。朝彦は手を叩き、軟式ボールが手に入ればこっちのものだ、と大声をあげた。軟式ボールがあればもうジャイアンツの連中にへいこらしなくてもいい。日曜ごとにこんなに早くからネットを張りに出てこなくてすむ。交替でここを確保すればいいのだから二回に一回はもうすこしゆっくりしていられるだろう。こっちは早起きしすぎるから試合が始まる頃には目蓋が重くなりつまらないエラーをしでかして負けてしまうのだ。

「……でもさ、その会社、いまもその番地にあるかどうかわからないぜ」

正は二人ほどは嬉しがってはいない。

「どっかへ引っ越しているかもしれないし、空襲で焼けてなくなっていることだってあるもの」

「手掛りがあれば大丈夫だよ」

朝彦が言った。

「まずそこへ行って焼けてなんにもなかったら近くの人に移転先を聞くんだ。それでどんどん行く先をたどって行く。そうして社長の居場所をつきとめて、あとはボールをわけてくれるまで最敬礼をくり返して動かない。社長なら二個や三個は持っていると思う」

「そううまく行ったとしてもお金はどうするんだい。ボールをただくれやしないよ。そのほかにも汽車賃だろう、向うでの電車賃だろう、それから……」

「米を持って行くんだ」

長瀬護謨製作所という名前を思いついたときからずうっと修吉は、月に一度、二斗の米をほとんど枕ぐらいの大きさの荷物にしてふらりと東京へ出かけて行く下宿人の米沢工専学生吉本さんのことを考えていたぐらいだから、米を持って行くという朝彦の言葉にちっとも驚かなかった。しかし正はぽかんと口をあけて朝彦を見ていた。

「その米を向うで売る。ひとり一斗ずつ運ぶとして三人では……」

「四人だべし」

昭介が修吉の左に蹲《しゃが》んで竈の横に木の枝を突き立てた。木の枝には鶏の股肉《ももにく》と似たようなものが六本刺してあった。たぶんヒキガエルの後脚だろう。

「おれも米ば担いで行ぐこったよ《え》」

「よし、四人で行くとしてひとり一斗ずつなら四斗だ、一俵運べる。一升五十円の米を向うで百円で売ると四斗では……」

修吉たちは地面を黒板にして石で数字を書きつけ儲けを計算しはじめたが、答が出るたびにセネタースのメンバーが到着し「おれも行く」と言うので、答は何度も書きかえられた。とどのつまりは全員が参加することになり、利益は四千五百円と確定した。この金額は校長先生の月給とほぼ同じである。みんなはうっとりとなってそれぞれが持ち寄ったものをたべだした。修吉は平鍋を竈にのせて油を引き例の餅パンを焼きにかかったが、なんとなく尻悶《しりもだ》えがしてならなかった。数週先の土曜の午後、家には仲間と山へ登りに行ってくると言い残して出る。そのとき月曜の朝に必ず帰るから心配しないでと念を押しておく。これまでにも、泊り込みで芋煮会だ、徹夜で川くだりだと家を出たことがあるから、ここまでは問題はない。午後の汽車で米沢に出て、零時十三分発上野行を待つ。待ち時間に映画を見る。日本映画ではじめて接吻場面があるというので評判の「はたちの青春」を見ようと全員一致で決っているが、これもいいだろう。汽車は混《こ》むはずだけどこれも覚悟の上だ。米を売る、長瀬護謨製作所へ行く、このあたりもしっかり団結していればなんとかなる。時間があれば、そしてセネタースが試合をしているなら後楽園へ行く。そして上野発午後七時三十分の汽車で帰ってくる。米沢着が午前四時二十分、米沢からは歩く。六時半には町へ戻ってくることができる。学校には楽に間に合う。ひとつひとつ検討するとみんななんとかなりそうだが、全体を通して考えてみると、どこかに大きな穴があるような気がするのだ。はじめは話に乗っていた修吉だが、餅パンが熱く焼けたころは心の方がすっかり冷えてしまっていた。腹ごしらえを終えて丼に注いだお湯をまわし飲みにしているところへジャイアンツの連中が乗り込んできたが、そのなかに君塚孝という駅長の息子がいるのを見付けて修吉は、

「東京さは行げねえてば」

と叫んだ。自分たちの計画のどこに穴があるのか、駅長の息子の顔を見たとたんぴんときたのだ。

「長距離切符ば買うには旅行証明書言《つ》うのが要るんだったもやあ」

修吉の言うように、五十粁《キロ》以上の長距離切符を手に入れるには、たしかに旅行証明書というのが必要だった。修吉たちの町から五十粁といえば南はちょうど福島がそれに当る。北は山形、西は昭和初期に役場の入口へ「娘を売る前にご相談ください」と書き出したことで天下に名をひびかせた貧しい町のうちのひとつ小国《おぐに》、この圏内行きの切符であれば、駅頭での数時間の行列さえいとわなければ、そして幸運に恵まれれば(というのは近距離切符も割当制で、この駅では一列車につきおおよそ三、四十枚と決っていたからである。行列の後方につくと買えないでしまうことが多いのだった)、手に入れられないこともない。しかし、五十粁以上の切符となると役場の判子《はんこ》のべたっと付いた証明書がどうしてもいる。修吉の家の二階に下宿している吉本さんは両親が東京にいるのでそのつど「チチキトク」とか「ハハノヤマヒオモシ」とか「アネジコニアフシキユフオイデヲコフ」とか「アニフクインス」とかいうような電報を打ってもらっている。役場の窓口においてある用紙に必要事項を記入し、証拠となる電報を添えて提出すると吏員が判子を捺《お》して返してくれる。それを持って駅の窓口へかけつけるわけだ。

「東京とこの町とを往復している闇屋のおじさんたちはどうしているのだろう。闇屋のおじさんたちに役場が証明書を出すはずはないし、いったいどうやって切符を手に入れているのかな」

いつか修吉は吉本さんにたずねてみたことがある。吉本さんはこう答えた。

「あの人たちは切符なんてものを持ってやしないぜ」

さらに吉本さんによれば、ああいう専門職たちは羽前小松＝福島間の往復切符で小松と東京の間を往復してしまうのだという。どの列車も蝗捕《いなご》りから帰ってきた子どもがぶらさげているふくべのなかよりも混み合う。だから途中で検札にあうおそれはない。たとえばここに自分の職務に異常なぐらい忠実な車掌《しや》がいて、米沢で最後尾の車輛《りよう》から検札をはじめたとしよう。九時間後、列車が上野駅に着くまでにこの車掌は七輛編成の列車の検札を終えることができるだろうか。ぼくの考えでは、九時間で三輛分の検札ができれば上の部だな。座席はすべて三人掛け、通路には足の踏み場もないぐらいびっしりと人が詰っている。席の下にも人が横になっている。網棚は特等席、そこにも人が寝ているんだ。ひどいときには窓枠《まどわく》に外から摑まって車体に貼《は》りついている人もある。こういう乗客に「切符を拝見」なんて言えるだろうか、どちらかの手を離せば車体から振り落されてしまうというのに。どこもかしこも人の鮨《すし》づめ人の壁、しかも「切符拝見」が「落ちて死ね」と同じ意味を持つ。そんな状態で検札などできるはずがない。だから乗ってしまえばこっちのものなんだ。

「上野に着いたらどうするんだろう。福島までの切符しかないわけでしょう、だから改札口を通り抜けるわけには行かないと思うけど」

上野で降りるようじゃ専門職はつとまらないね。たいてい渋谷へ直行するようだな。渋谷に切符売が待っているらしい。自分は定期券を持っているが、別に切符を買って改札を受けホームで待機している人のことだ。その切符を専門職たちは四、五倍の値段で買い、堂々と改札口を出る。

「帰りはどうするんですか」

上野で赤羽までの切符を買って改札口を入る。ポケットには福島＝羽前小松間の帰りの切符が入っているから、もう大威張りだねえ。

「でもその切符には改札の鋏《はさみ》がないでしょう」

じつはそのへんになるとぼくにもよくわからないところがあってねえ、と吉本さんの口調がここではじめて歯切れ悪くなった。十九時三十分上野発の奥羽本線下り夜行列車が翌朝の四時二十分に米沢に着き、降りた客はひとり残らずホームから待合室に出されることになっているのだけど、専門職たちの切符にはちゃんと改鋏穴《かいきょうけつ》があるんだな。国鉄では無賃乗車常習者を取っ捕えるために、鋏をしょっちゅう変えているって噂だ。たとえば、福島駅では、先週は鋏を山形駅と交換し、今週は盛岡駅のを使い、来週は坂町駅のと取りかえるって具合にたらい回しにしているらしいのだ。おそらく専門職たちは帰りの車中で剃刀《かみそり》の刃かなんかで鋏痕《きょうこん》を入れるのだろうけど、その日、福島駅で使われている鋏の鋏痕、つまり改鋏穴をどうやって知るのだろう。このへんがよくわからない。

「仲間が福島から乗るんじゃないのかな。その仲間はちゃんと改札してもらっている。そこでその穴の形をみんなに教える……」

それだけのために仲間を福島駅に置いておくなんて考えられないな。その仲間に払う日当だってばかにならない。三度に一度は一斉取締で米を没収されるっていうし、そんな余裕はないはずだよ。

旅行証明書が手に入るあてはない、とすれば闇の専門職たちのように福島までの往復切符で東京に行き、そして戻ってこなければならない。しかし、この鋏痕の秘密がわからぬうちは、帰りに米沢で一網打尽の目に遭うだろう。捕まったらどうなるか。汽車の只乗り三倍まし、だ。羽前小松＝東京間の往復運賃の三倍、それを罰金に取られてしまう。東京で米を売った儲けは全部吐き出させられるだろう。そして、駅員や学校の校長や親たちの長い長いお説教……。

「だめだな」

修吉は剣道用のお面を付けはじめた。むろん顔への着脱は紐《ひも》による。守備のときはつけっぱなしである。キャッチャーフライを追うときはうっとうしくてかなわないが、ファウルチップにまともに見舞われ鼻血を出したり歯を欠いたりするよりはましだ。

「里芋の茎ボールで練習するより仕方ねえな」

修吉のひとことでセネタースのメンバーは、少年闇屋になって金を稼《かせ》ぎ、その金でどこからか軟式ボールを手に入れてくるという夢を諦《あきら》めたようだった。「んじゃやっぺか」と口々に呟《つぶや》き重そうに足を引き摺《ず》って、それぞれの守備位置に散った。投手をつとめる正の調子もよくなかった。どうしてもストライクが入らない。二十八球連続してボール球《だま》を投げた。つまり、一番打者から七番打者まで続けて四球を出した。連続押し出しで四点とられ、しかも無死で満塁。

「真ン中さ投げろて」

ジャイアンツでもっとも下手で非力なライトの八番、君塚孝が打席に入ったところで修吉は正のところへ歩み寄った。

「君塚孝はかもだぞ。あいづも歩《ある》がしぇる様《よん》だら投手交替だ」

「わかってる」

正は足もとの土をすくって両手になすりつけた。

「でも、軟式ボールは里芋の茎ボールとまるで感じがちがうんだ」

「泣き言《ごと》、言《ゆ》わねでぴっぴて投げっぺし」

正の肩を叩いて本塁へ引き返そうとしたとき、三塁を守っていた佐藤政雄が投手板に向って勢いよく走ってくるのが見えた。

「君塚孝さは緩《ゆる》こい球投げてやれや」

政雄が正に低い声で言った。

「真ん中の棒球ば投げてやれて。あいづにヒットば打《ぶ》だしえでやっぺよ」

「ヒット打《ぶ》だしえだら、また二点は取られっこったよ」

修吉が異を唱えると、

「おれさ考えがあんのだ」

政雄は手製のグローブで胸を叩いた。

「君塚孝ばこっちさ抱き込むのし」

「抱き込んでなじょするてし」

「それは後《あと》で……」

政雄は三塁に戻った。政雄は駅前の煙草屋の息子である。教室では担任から敬遠されているが、それはときどきとんでもないことを言い出すからで、たとえばいつだったか担任が「酸素は燃えます。それから水素も燃えるですよ」と教えてくれたとき、いきなり政雄が立ってこう質問した。「それならどうして水は燃えないのですか、水は酸素と水素からできているのにおかしいですね」。担任はしばらく目を白黒させていた。また「章魚《たこ》や海老《えび》や蟹《かに》は煮ると赤くなりますが、これは……」と担任が言いかけたとき、「そうするとお稲荷《いなり》様の赤鳥居やポストや赤鉛筆も煮たんですか」と声をあげ、担任の話の腰を折ったこともあった。算数の時間に担任が黒板へこんな問題を書いた。「大工八人で三カ月掛かって建てる家を大工十二人で建てたならば何カ月掛かるでしょうか」。「祝瓶《しゅくへい》」に次ぐ町二番の造り酒屋の息子が黒板の前に出て「二カ月」と答を出した。担任は「よくできましたね」と造り酒屋の息子の頭を撫《な》でてから重ねて「大工が二十四人ならどうかしら」と訊《き》いた。造り酒屋の息子は即座に「一カ月です」と答えたが、このとき政雄が黒板の前にとび出して行き、なにやら小さい字で計算式をいくつも書き、それから大きく、

二十四人……………………………一カ月
七百二十人…………………………一日

一万七千二百八十人……………………一時間
百三万六千八百人……………………一分
六千二百二十万八千人……………………一秒

と記し、担任に向って言った。

「六千二百二十万八千人の大工がいれば一秒で家が建ちます」

「そんなばかな。何千万人、大工が集まったって一秒で家が建つなんてことは……」

ありません、と担任は政雄を叱ろうとしたらしい。だが、担任は政雄を叱れば造り酒屋の息子も——造り酒屋の息子も政雄も同じことをやったにすぎないのだ——、そして結局は自分自身を叱らなくてはならなくなると考えたようで、

「呼ばれもしないのに黒板の前へ出てきてはいけませんよ」

と注意しただけで政雄を席へ返した。修吉がいまでも思い出すたびにくすりと笑ってしまうのは、四月はじめの国語の授業のときに政雄が担任と交わした珍問答で、それはこうだった。

「佐藤政雄君、てれかくしという言葉の意味を言ってごらんなさい」

「はい。てれかくしとは帽子のことです」

こんなわけで職員室では、政雄は屁理屈《へりくつ》をこねる、妙な生徒、と言われているみたいだった。あの妙なところは母親に似たんだ、という噂も立っている。しかし修吉たちは政雄の、この、突拍子もない発想力にひそかに敬意を抱いていた。棒切れを振りまわすだけのただのチャンバラごっこも政雄が加わるとにわかにおもしろくなる。「こっちが新選組、そっちが勤皇の志士」とぽつりというのが遊びを変えてしまうのだ。旧盆の供物を墓地へ盗みに行くただの胆だめしが、政雄の「こないだの晩方、あのお寺の横を通ったら、本堂の障子に出刃を持った和尚《おしょう》の姿が……」というひとことで、しばらくは忘れられないおそろしいものに変化する。その政雄になにか考えがあるという。きっとまたなにか愉快なことがはじまるにちがいないぞ、と思いながら本塁へ戻った修吉は、手の甲が白くなるほど強くバットを握って構えている君塚孝に、

「打《ぶ》たせてやっから」

と囁《ささや》いた。

「緩《ゆる》こい球コ来る。棒球だすけよぐ見てぶっ叩《ただ》げて」

「嘘だ。だます気だな」

「嘘でねえて」

修吉が構えたところへ気の抜けた球がおそるおそる入ってきた。お辞儀のしすぎで

低すぎてまたもやボールになったが、これで君塚孝は修吉を信用する気になったらしい。

「でもどうして打たせてくれるんだ」

「どうしてだべがな。とにかく次の球コ、打《ぶ》ってみろて」

返球し、ミットを叩いて蹲んだ修吉の頭のどこかを〈政雄の突拍子もないところは母親似だ〉という噂がちらっとよぎって行った。たしかにそうかもしれない。修吉は去年、昭和二十年の十一月中旬のある寒い午前のことを思い出した。第一回宝くじの抽籤《ちゅうせん》会の実況を政雄の家で聞いていた修吉は、パイプオルガンの〽お江戸日本橋七つ立ち……の旋律に乗って、藤倉修一アナウンサーが「このへんで日本橋三越本店一階ホールの抽籤会場からお別れいたします。なお、一等十万円と賞品の純綿金巾五十ヤールの当選番号をもう一度申しあげましょう。一等は十三万七千八百四十二番でした。エヌエイチケイ」と言い終るやいなや政雄の母親が新聞紙に墨で、

籤洩《くじも》れ券一枚二円で買います。

と書き、表に貼り出したのを見て驚いたものである。外れ券などただの紙切れにすぎ

ない、それを二円で買うだなんていったいどうしたのだろう。修吉たちの町では宝くじを煙草屋で扱っているが、売れすぎて頭がおかしくなったのだろうか。家へ帰ってこの話を吉本さんにしたら、この米沢工専の学生はうーんうーんと何回も唸《うな》ってから、

「煙草屋のおばさんはじつに策士だ。ああいうおばさんが参謀本部にいたら、日本も敗けないですんだかもしれない」

と言った。いったいどこが策士か。吉本さんの説明はこうだった。こんどの第一回宝くじの発売本数は一千万本だが、これが十日間の発売期間に八六・四％もはけたという。この好成績は「外れ券四枚で金鵄《きんし》十本進呈」という〝等外賞品〟のせいだと思うんだ。なにしろ煙草は一日三本の配給制だろう、みんな煙草がほしい。それで宝くじが売れた。煙草のみたちはたぶん四枚単位で買っているんじゃないかな。ところが四枚のうちの一枚が五等二十円に当ったらどうなる。外れ券は三枚にへって煙草と交換はできない。〈まあ、いいや。四十円投資して二十円返ってくるんだから〉とたいていの人は考える。なかには外れ券を持っている人を探して、どうあっても煙草を、と思っているのもあるかもしれない。ところがそこへ「籤洩れ券一枚二円で買います」という人が出てきた。四枚買って一枚当った人は「また六円もうかった」とよろこんで売りに来るだろう。外れ券の所有者を探している人も〈探す手間がもったいない。

ここのおばさんに売っちまおう〉と考えるかもしれない。そういうわけで煙草屋のおばさんのところへ何十、何百という外れ券が集まる。さて、おばさんは八円で買った外れ券四枚で金鵄が十本手に入る。これを闇でさばけば十円以上で売れる。すなわち、おばさんは外れ券を一枚買い入れるたびに五十銭以上儲けているってわけだな。十二月になって修吉は政雄が中古品ではあるけれどなかなか上等な羅紗《ラシャ》のマントを羽織っているのに気付いた。〈あ、やっぱりおばさんは外れ券で儲けたんだな〉と、そのとき修吉は思ったものだった。

まてよ、そういえばもっとおかしなことがあったぞ。正の投球動作に合せて身構えながら修吉はさらに時を溯《さかのぼ》る。去年の七月十六日、町の煙草屋の表に一斉に〔必勝の勝札を買ひませう〕〔十円で十万円の幸運を〕〔勝札で飛行機を〕といったビラ紙が貼り出された。そしてあくる日の朝礼では校長先生が「今朝の朝日新聞によれば、このたびの第一回勝札の総本数は二千万本だそうです。これは大変な本数でありますが、一本でも売れ残っては戦さに勝てません。発売期間は八月十五日までの一カ月間ですが、それまでに鎮守様の例大祭がある。そのときにお家から戴くお小遣でみなさんも勝札を買いましょう。そして万一、当選したらよろこんで賞金をお国へ寄付いたしましょう」と言った。〈賞金を寄付するんじゃつまらないな〉と思い、修吉は祭の日にもらった小遣を氷水屋と焼イカの屋台にあらかた注ぎ込んでしまったが、大人たちの考えたことも修吉たちと似たり寄ったりだったようで、そのうちにどこからともなく「勝札は半分もさばけていないらしい」という噂が立ちはじめた。ところが売出し期間の最終日の八月十五日の正午すぎから、すくなくとも修吉たちの町では、おそろしいような勢いで勝札が売れ出した。そのきっかけをつけたのが政雄の母親で、玉音放送を聞くとすぐ彼女は、

負け札まだあります。勝札とちがい、
賞金をお国に寄付しなくても、だれから
もうしろ指をさされたりはいたしません。

と表に書き出したのだった。このごろの佐藤煙草屋の店先には「ほんの一枚ポケットマネー／当たりゃ十万ひと財産／夢がなければ浮世はつらい／夢より楽しい宝くじ／カラカラカラッと世界が回る／運も不運もラララで回る」という歌詞を書いた紙が貼ってある。もっともこれは政雄の母親の作ではなく、専門家の手になった『宝籤《たからくじ》の歌』の一番である。松原操と近江俊郎がときどきラジオで歌っているので、修吉もよ

く知っている。がしかしあまり好きにはなれなかった。だいたいこのふやけたような歌の作曲者が〽若い血潮の予科練の……の作曲者と同一人の古関ナントカという人であるとはとても信じられない。『若鷲《わかわし》の歌』を口ずさむとなんとなく予科練習生になりたいな、と心の底に希望の雲が湧いたのに、〽ほんの一枚ポケットマネー……は宝くじを買おうという気をかけらほども起させないのだ。

ぶちっ。修吉の鼻先で音がして、正の投じた軟式ボールがふたたび正の方へ逆戻りするのが見えた。とびあがってグローブをのばした正の頭上をゆっくりと軟式ボールが越えて行き、二塁ベースのうしろにぽてんと落ちた。君塚孝はしばらく自分の振ったバットに軟式ボールが衝突したことが信じられないらしくぼんやり立っていたが、三塁から味方の走者が兎とびをしながら還ってくるのを見てやっと自分が仕出かしたことに得心が行ったようで、「事故だ」と呟きながら一塁めざして走り出した。

五回までジャイアンツは二十三人の走者を本塁へ生還させ、君塚孝は六度の打席で五本の安打を放った。五本目の安打などは中堅越えの三塁打だった。安打を打ったびに度胸が据ってきたのだ。これにひきかえセネタースは七点しか取れず、試合は五回で打ち切られた。ジャイアンツの面々は口々に、

「この次からは四番、打《ぶ》ってけろて」

と君塚孝をほめそやし、公園の北口から出て行った。君塚孝は南口へ向う。修吉たちの町には北から南へ拓《ひら》けていったという珍しい歴史があり、旧家は北部にかたまっていた。ジャイアンツは幼稚園組、幼稚園組は旧家の子弟、だから北口からひとまとまりになって姿を消したのだった。

「君塚孝の後ばついて行《え》ぐのだ」

政雄が言った。

「ほら、あいづの主題歌ばうたってし」

君塚孝は二年前の春、二十五粁ばかり北の鮎貝《あゆかい》というところから、この町の鉄道官舎へ移ってきた。父親が鮎貝駅の助役からここの駅長に栄転したわけだ。なんでもその前は山形市に住んでいたそうで、言葉に訛《なま》りがすくないのは転校が多かったせいだろう。転校してきた日に君塚孝は、

「父と同じように鉄道員になるつもりです」

と挨拶した。

「だから国民学校を出たら仙台の鉄道局教習所に行きます。それではこれから『鉄道精神の歌』をうたいます。北原白秋という有名な詩人が文句を書いて、山田耕筰という有名な作曲家が曲をつけたのです」

　それから二年間、君塚孝はなにかというと、「轟《とどろ》け鉄輪　我が此《こ》の精神／輝く使命は儼《げん》たり　響けり／栄《はえ》あれ交通　思へよ国運／奉公ひとへに　身をもて献げむ／国鉄、国鉄、国鉄／いざ奮へ我等／我等ぞ　大家族二十万人／奮へ我等」とうたった。二番、三番の歌詞はこうだ。「轟け鉄輪　我が此の団結／輝く誠は　耿《かう》たりとほれり／栄《はえ》ある勤労　誓へよ協力／敬愛あらたに　和しつつ進まん／(以下、繰り返し)」「轟け鉄輪　我が此の伝統／輝く魂は　凜《りん》たり　匂へり／栄あれ公正　鍛へよ真実／修養朝夜《あさよ》に　智能を磨かむ／(以下、繰り返し)」

　政雄に言われたとおりに修吉たちはこの歌をうたいながら君塚孝のあとについて歩き、政雄は、ざっざっざっざっ、ざっざっざっざっと口で靴音を入れた。

「その歌は鉄道員だけがうたうんだ」

　駅舎の見える駅前通りへ出たところで君塚孝が立ちどまった。南の、米沢の方角から下り二番列車の汽笛が近づいてくる。

「それ、精神歌なんだぞ」

　米機を欺《あざむ》くために施された緑色の迷彩がまだ残っている駅舎の屋根と壁、そして先輪一軸・動輪三軸・従輪二軸・過熱タンク機関車C一一の汽笛、これらの頼もしい後《うしろ》楯《だて》を得たせいかこの駅長の息子の言い方に力が籠《こも》ってきた。

「面白半分にうたうな」

「頭ぐれえ下げて帰《けー》れて」

政雄が言った。政雄になにか作戦があるらしいことが試合の最中からわかっていたので、修吉たちは黙っていた。

「お前《めー》に緩こい球投げで打《ぶ》だしえでやったの忘《わしえ》だのか」

「……こんなもんでいいか」

君塚孝は微《かす》かに頭を下げた。が、あまりにも微かだったので頭を下げたというより、顎《あご》を突き出したという方が近い。

「そんなもんでええすよ」

政雄はうなずいて君塚孝を駅前空地の隅の桜の木の下へ引っ張って行った。木の下には馬肥《クローバー》しが密生している。

「ちょっと坐れて」

「なんでだよ」

「俺達《おらだづ》ァお前《めー》さ緩こい球ばプレゼント《ぷれずんと》したべあ。今度《こんだ》、お前《めー》がこっちさお返《けー》し《し》する番だなし」

政雄は馬肥しの上に腰をおろし桜の幹に背を凭《もた》れさせた。はずみで黒い桜の実がひとつ落ちた。修吉たちも君塚孝をかこむようにして馬肥しの上に尻を落した。汽笛が鳴ってC一一が動き出す。

「そうか、そういうことだったのか。つまり物々交換てわけだね」

君塚孝の方は桜の木に取り付いてひょいと木の股《また》に腰を掛けた。

「それでまた引込み線のトロッコに乗せてくれっていうんだろう。でもだめだよ。トロッコで遊んだら家から追い出すぞ、と父さんに言われているんだ」

「福島駅《ふぐすまえぎ》の改札の鋏のこと教《おせ》ろや。鋏の穴の形、毎日、変えでるって本当だべがや。他の駅のと取っかえで居《え》るって言《ゆ》うが……」

「どうしてそんなことを聞くんだ」

「そういう噂があっからさ」

「鋏なんか変えるもんか」

羽前小松＝福島間の往復切符で東京へ行って帰ってこようという夢を修吉たちが見ていることなど知らない君塚孝は、

「ただ、日によって鋏を入れるところをちがえてはいる」

としゃべりはじめた。彼によると、なんでも国有鉄道旅客運送規則というきまりがあって、そのなかで、

一般乗車券は右下
急行券も右下
入場券も右下
指定補充乗車券は右上
回数乗車券は自駅名の下

と鋏を入れる位置が決められているそうだ。ただし、このごろは煙管客《きせるきゃく》が多いので、それを防ぐために、月曜は右下、火曜は右上、水曜は上部中央、木曜は下部中央……といったふうにたとえば鋏を入れる位置を毎日ちがえるようにというお達しがあって、たいていの駅ではそうしているという。

「つまり、福島から小松までの帰り切符を持っている闇屋のおじさんがいて、上野の改札口を赤羽までの切符で通ったとする。このおじさんは赤羽＝福島間を煙管しようってわけだね。おじさんは福島駅の鋏の穴の形は知っている。それで切符の右下に剃刀の刃かなんかで福島駅の鋏を入れる。米沢で米坂線に乗り換えるときにそれを駅員に見せる。ところがその日が水曜で、たとえば福島駅では水曜には上部中央に鋏を入れるってことが米沢でわかっているから……」

「すっと右下に鋏の痕《あと》のある切符の持主ァ捕《つか》まっこったな」

「そう」

「んで、福島駅のそういうきまりな、他の駅さはどうやって伝わるのだ」

「謄写版で刷った一覧表が配られてくるもの。それもひと月ごとに変るんだよ」

「この小松駅さも……？」

「うん、ちゃんと配られてくる」

「見しえで呉《け》ねべが」

「冗談じゃないよ。父さんの首が飛ぶんだぜ」

「月曜のだけでもええんだ。教《おせ》ろや」

「断わる」

君塚孝は木からとびおりた。

「『鉄道精神の歌』の三番『……栄あれ公正、鍛へよ、真実』にそむくようなことはできない。さよなら」

「立派だ、たいしたもんだ」

空地の南に六棟の鉄道官舎が並んでいたが、そのうちのひとつへ駆け込もうとしていた君塚孝の背中へ政雄が囃《はや》した。

「母ちゃと較べっと息子の方がずっと立派だもや」

君塚孝が引き返してきた。白くなるほど強く唇を嚙《か》んでいる。

「母さんがどうかしたっていうのか」

「見たんだぞ。お前《めー》の母ちゃが角巻で顔ば隠すようにして切符ば買ってってとこをだぞ。今年の二月末、お前《めー》の母ちゃ、毎朝、一番の下りで隣の犬川さ行《え》って、一番の上りで戻って来て居《え》だった。あれは『鉄道精神の歌』さそむくんでねえのか。鉄道員の家族が鉄道ば利用して釣銭稼ぐでな、栄あれ公正がや」

新円切替えのときのことをいっているのだな、と修吉はぴんときた。今年の二月、インフレ退治のためということで、それまで使われていた十円以上の紙幣——日本《やまと》武尊《たけるのみこと》の千円札や藤原鎌足《かまたり》の二百円札や聖徳太子の百円札や和気清麻呂の十円札など——が三月一日までで廃止になり、翌二日から新しい紙幣を使うことという法令が出て町中が大さわぎになった。その上、銀行や郵便局に預けてあるお金はすべて封鎖預金というものになり、その払い出しは世帯主が月三百円、家族は一人につき百円まで。ただし五円以下のお金は封鎖されないというので、町中の人たちが買物を十円以上のお札でしはじめた。修吉の家へも十円札で一本十五銭の鉛筆を買いに客がぞろぞろと

やって来て、往生した母親は表に、

釣銭ありません

と貼り出したぐらいである。つまり客にとっては鉛筆などはどうでもいいので、菅原《すがわら》道真《みちざね》の五円札、武内宿禰《たけのうちすくね》の一円札、五十銭銀貨、十銭アルミ青銅貨、五銭ニッケル貨、一銭錫《すず》亜鉛貨、五厘青銅貨を集めようとしていたのだった。この釣銭集めの大騒動は修吉たちの町だけのことではなかった、それは政府が間もなく、それもあわてて、菅原道真の五円札も廃止するという改正をしたことでもわかるが、それにしても一番の下りに乗るとは考えたものだ。上りにくらべて下り方面の切符は買いやすい、しかも一番ならまず確実に手に入る。十円札で往復六十銭の切符を買う。釣銭は九円四十銭。それを一円札と十銭玉でもらう、十日で九十四円……。これは三月二日を過ぎても使えるお金だ。

「それもお前《めー》の母ちゃだけじゃねえ、官舎の母ちゃ達《だづ》、みんな犬川さ行って帰って来て居《え》だったもんだった。鉄道員さはパスってのあるはずだぞ。なんで切符買って乗るのだ？　釣銭欲しがらだべよ。おれの家《え》は駅前さある。んだがらわかったのだ」

「そういう君の母さんはなんだよ。宝くじの外れ券買いで大儲《もう》けしたっていうじゃないか」

「客と納得ずくなんだもん、だれがらも後指はさされねえ。だども鉄道官舎の人達《しとだづ》ァ、こそこそと釣銭ば集めたのだ。このごど山形新聞さ投書したらどげなごどになると思《も》う?」

「鮎貝の助役さ逆戻りだべな」

「その前の山形駅まで戻るんでねえが。山形駅の改札係……」

「改札係ならまだええって。鉄道ばやめさせられっこったよ」

セネタースのメンバーが思いつきを一斉に喋《しゃべ》り立てた。政雄がなにを目論《もくろん》でいたのか、修吉たちにもようやく合点がいったのだった。君塚孝は政雄にたちわるく絡まれて白い顔をしている。その丸い、白い顔からの連想だろう、修吉はいつの間にか置賜博品館で見た、白い粉を吹いた軟式ボールのことを思い泛《うか》べていた。遠ざかっては近づき、近づいてはまた遠ざかる夢の球、それがいまはまたゆっくりとこちらへ近づいてきつつあるようだが。

「福島駅では、月曜日、切符のどこさ鋏入れるのだ。教《おしえ》で呉《け》だら……」

政雄はここで脅迫者に似合わない優しい仕草で君塚孝の肩を抱いた。

「……投書などしねえて」

君塚孝は強く唇を嚙みしめて修吉たちを睨《にら》みつけていた。孝の顔色はこの土地で採れる紅花の絞り汁を塗りたくったように赤くなり、小刻みに震えながら握りしめた両の拳《こぶし》は血の気を顔にとられてしまったのだろう、この土地の名産の白菜よりはるかに白い。ズック靴は無意識に馬肥《クローバー》しの上に落ちた桜の実を踏み潰《つぶ》しており、孝の足許《あしもと》は馬肥しが緑色と濃紫色とで斑《まだら》になっていた。

「山形新聞さ投書するごど、まだまだ山の様《よ》にあんのだじえ」

佐藤政雄はのんびりした口調でじわじわと孝を追いつめる。修吉たちは桜の実を口に含んでその苦い味に顔をしかめたり、馬肥しのなかから四枚葉のやつを引き抜いたり、また、ひょろ長い茎の先に白い毬《まり》をくっつけたような馬肥しの花で首飾りを編んだり、あるいは相手をみつけ、びっき草の丈夫な茎を互いに交差し合い「ずいごんむいごん……」と唱えながらごしごしと擦《こす》り、どちらが切れずに残るか競ったりしながら、孝と政雄との対話《やりとり》に耳を澄ませていた。取っ組みあいになることはまずないだろう。孝は頭はいいが非力であるし、政雄は腕力もないではないが、それより口のほうがずっと達者だった。さらに煙草屋の店先に一日中坐っている母親が配給煙草を渡し代金を受け取りしながら町の噂の集配をも同時に行っているので、政雄の言うことにも噂による裏付けがある。そういうときの彼の舌先は鋭く強い。福島駅の改札係は月曜日に切符のどこへ鋏を入れることになっているのか。そのことを孝に吐かせる責道具を政雄は隠し持っているようである。

「お前《めー》の父《とっ》ちゃが、この小松さ駅長で来る前に、鮎貝駅でなにばしたか。このごどが皆さ知れてみろて、お前の父ちゃ、間違《まちげー》い無《ね》ぐ公職追放だじぇ」

政雄によれば、孝の父、すなわち今の羽前小松駅長が鮎貝駅のまだ助役だったころ、ホームに藁《わら》人形を五体立てたのだという。丸太を地面深く打ち込み、その丸太に肋骨《ろっこつ》がわりの横木を何本も縄で縛りつけ、藁束を巻いてボロを着せるという、一年前まではどんな学校の運動場にもかならず立っていたやつ、それに向って生徒（そのときは少国民奉仕隊とか、少国民報国隊とかいう厳《いか》めしい肩書がついたが）や愛国婦人会などが木銃を突き出すやつ、そいつを孝の父はホームに立て、しかもその藁人形に自分の描いたルーズベルトやマッカーサーやチャーチルや蔣介石の顔を貼《は》って面《めん》にしたらしいのだ。そして傍《そば》に木銃を用意しておき、列車を待つ乗客に、「ぼんやり汽車を待つのも時間の不経済です。さあ、一突き、二突きなさってみてください」とすすめていたそうだ。

「進駐軍さ知られだら大事《おおごと》だじぇ。まずG項さ該当すんのはたしかだと思《も》うよ」

「父さんは鮎貝駅では助役だったんだぞ。そういうことは駅長の責任なんだ」

「ところがそのどぎ、鮎貝駅さは駅長が居《え》ねがったと」

音頭ものを歌うのど自慢出場者みたいに政雄は節をつけて、

「お前《めー》の父《とっ》ちゃが駅長代理で、最高責任者と。お前の父ちゃは、駅長病気で寝でだ合間に、点数稼ぎにこげなごどやったのし。鮎貝さ、俺《おら》の母ちゃのよく知ってる人が居《え》んのだ。その人がお前の父ちゃのごど、そう噂して居《え》だのだよ」

「でも、あのころはどこにもそういう藁人形は立っていたんだし……」

「んでも駅のホームさ立って居《え》だつうのは珍しいごどではながったべが。おまけにその藁人形はマッカーサーのお面ばかぶって居《え》だんだものね」

「あのころはアメリカと戦さをしてたんだぞ。だから仕方がないだろう」

「ビサイレント」

政雄が妙なアクセントで英語を使ったので修吉たちはくすくす笑った。これは目下のところ、天皇の〔ああ、そう〕と肩を並べる流行語である。ちょうどひと月前の五月三日、東京裁判がこの〔静粛に《ビー・サイレント》〕という声ではじまったのだ。この声を発したのは法廷執行官のヴァン・ミーターという大尉だそうだが、いやそうではない、大尉は〔時間だ《タイム・アップ》〕と宣したのだという説もある。むろん修吉たちにはどっちがどうなのかわからない、〔静粛に《ビー・サイレント》〕の方が流行《はや》っているから、こっちを使っているだけのことだ。

「日本とアメリカが戦さばしてたつうなあわかってるって。んで、日本が勝ってれば、お前はこげな塩梅《あんべ》に脅かしコかけられることも無《ね》ぐ済んだわげだ。だどもあいにく日本は負けたもんだっけもなあ。んだがら、マッカーサーのお面ば貼っつけた藁人形、駅のホームさ立でだ責任はとらねばな。お前の父ちゃは追放さなっこったよ」

この〔追放〕という言葉も、〔ジープ〕や〔復員〕や〔戦災孤児〕や〔シューシャインボーイ〕や〔隠匿物資〕や〔闇市〕や〔タケノコ生活〕や〔夜の女〕や〔パンパン〕などに伍して堂々と流行語の横綱、とまでは行かなくとも関脇か小結ぐらいの地位をそのころ確保していた。その年の一月四日から始まった戦争犯罪者や軍国主義者狩りは、やがてはこの町の町長や翼賛壮年団の団長や在郷軍人会の分会長まで及ぶだろうと町のおとなたちは噂し合っている。町の旦那衆のひとりである米屋の主人はこの二月から病気と称して臥《ふせ》っているが、噂では、「なあに、追放逃れの仮病だじえ。進駐軍に追放くうのが怖《おっか》ねえのでひと芝居打《ぶ》ってござる」のだそうだ。米屋の主人は開戦当時から翼賛壮年団の団長をつとめてきた。が、彼にとって不幸だったのは、戦時中に米屋が「配給所」と名称を変えさせられ、公職扱いされたことで、翼賛壮年団の団長クラスまで追放ということになれば、彼は米屋、すなわち公職から追い立てをくってしまう。つまり、米屋を廃業しなければならなくなる。仮病を使ってなんとか追放の嵐をやりすごしてしまおうという彼の苦心は、修吉たちにもわからぬではない。ところでこの米屋の長男が修吉たちとは同級で副級長をやっているのだが、一学期がはじまって間もなく、授業中に突然しくしく泣き出したことがあった。担任の女教師が、

「どうしたの。お腹《なか》でも痛むんですか。だったら衛生室ですこし休んでらっしゃい」

と慰《なぐさ》めると、米屋の長男が言った。

「公職追放は三親等にまで及ぶ、と新聞に書いてありましたけど、ほんとうですか」

標準語なのは「教室で汚い方言を使ったものは理由の如何《いかん》を問わず、終業の鈴が鳴るまで廊下に出て立っていること」という校是が奏効していることに依《よ》る。

「ほんとうらしいですね」

「あのう、副級長は公職ですか」

「だと思いますよ」

「俺《おら》、副級長ば辞《や》めだぐねえ」

米屋の長男は教室内では禁忌《タブー》とされている置賜方言で叫んで泣き出した。担任の女教師はこの方言使用者を廊下に出して立たせるのを忘れ、教壇の上をおろおろ歩き廻

っていたが、修吉たちは米屋の長男の心中を思いやって同情した。米屋の主人が公職追放になれば、この長男は家業を継ぐことができなくなるばかりではなく、副級長も辞めなければならないのだ、なんて傷ましいことだろう、雑魚《ざこ》の家に生れたぼくたちはその点では仕合せだ、と。ちなみに〔雑魚〕とは、町の旦那衆がそうでない連中を指して言うときに使うことばである。

「お前の父ちゃの足ば引っ張る材料はまだまだあるぞ」

政雄は孝の肩をとんと小突いた。普段の孝なら突き返すところだが、今日は田ん圃《たぼ》の案山子《かかし》のようにされるがままになっている。

「このあいだ、喜楽《きらく》で、お前の父ちゃ達、女子衆《おなごし》さ、紙幣《さつ》ば撒《ま》えだそうだな」

はーん、あの一件か。修吉は思わずにやっとした。この町には料亭が四軒ある。人口六千の町に料亭が四軒、こいつは相当なものだな、と修吉の家の二階に下宿している米沢工専学生の吉本さんがいつか来たてのころ感心していたが、これは地主が多いせいである。とくに近ごろは地主たちが昨日はこっちの料亭で牛鍋《ぎゅうなべ》で酒盛り、今日はそっちの料亭で山菜で酒盛り、明日はあっちの料亭で鯉の洗いや甘煮《うまに》で酒盛り、と連夜さわいでいる。〔農地解放〕というのも流行《はやり》言葉のひとつで、修吉はそれを〈地主の土地が小作人たちのものになること〉と単純に解していたから、地主の旦那衆がなぜはしゃいでいるのかわからなかった。が、例の吉本さんの話では、「たしかに農地改革の指令が進駐軍からは出たよ。でもね、地主の農地所有限度が個人五町歩なんだ。だから、たとえば五人、家族のある地主は、二十五町歩の田畑を持っていてもよろしいってことになる。でも、この町に二十五町歩以上の田畑を持っている地主なんているかい。いやしないぜ。いるとすれば造り酒屋の『祝瓶《しゅくへい》』ぐらいだろうな。そういうわけだから地主たちが浮かれるのも無理ないよ。もっとも、ソヴィエト側が、こんな農地改革じゃ意味がない、すべての田畑を政府が取りあげて、安い値段で小作人に払い下げるべきだ、と言いはじめているから、この先どういうことになるのかわからないけど。でも、結局は地主たちに有利なように事は運ぶだろうなあ。だって小作人がおとなしすぎるものねえ」というような事情があるらしい。ところで「その一件」とはこうだ。六週間ばかり前の花曇りの或る午後、町一番の桜の名所新山《しんざん》公園で花見酒を飲んだあと、地主の旦那衆十数人が料亭喜楽へ乗り込んで、さらにしこたま濁酒《どぶろく》を仕込み、〽逢ひに来たかよ、松原越しに、銀杏返《いちやうがへ》しに黒繻子《くろじゅす》かけて、意気が融け合ふ赤城《あかぎ》山《やま》、昔、笑うてながめた月も、覗《のぞ》く冷たいこぼれ陽よ、大事に使ふも国のため……と歌いまくったその挙句《あげく》、全員で持ち合せていたお札を座敷中にばら撒いた。そのお札を血眼《ちまなこ》で拾ったのが仲居の女子衆だが、みんなこの町に疎開しているうちに戦地や東京で夫をなくした後家さんたち。そのなかに修吉の親友である横山正の母親がいて、修吉はこの話をじつは正から聞いていたのだった。「母さんは胸が悪いんだけどね、料亭へ出ればお金になるから、気分のいいときはふらふらしながら出かけるんだ。心配だから、ぼくはいつも九時になると迎えに行く。ところが昨夜はすごかった。なにがって、母さんたちがみんな両手をうしろにまわして縛られていたんだぜ。だからお札を拾おうとするには畳の上を転がってお札の落っこっているところへ行き、口で咥《くわ》えるしかないんだよ。咥えたお札は噛んでくちゃくちゃにして口の中に入れておいて、また別のお札に向って転がって行く。母さんは病気だから頬が引っこんでいるだろう。だけど昨夜はお多福みたいさ。こんなに頬が脹《ふく》らんじゃってね。帰り道に母さんと数えてみたら百八十円もあった」と正はここでうっとりとした表情になって、「なんていうのかな、うん、綺麗《きれい》っていうんだろうな、ああいうの。だって女の人が十四、五人、座敷中をごろごろ転げまわっているんだからね。着物もスカートもみんな捲《まく》れてさ。女の人の股って白米の御飯よりも白いんだぜ、ズロースなんかも見えちゃってね」。修吉はこのとき、正に対して深い尊敬の念を抱いた。自分の母親もそのなかのひとりだというのに正のこのたしかな観察力はどうだ。

また、修吉はこのとき正にひそかに感謝した。地主たちが歌ったという「大事に使ふも国のため」から忘れていた歌をひとつ思い出したからである。(……『点数の歌』の一番の歌詞の最後ンとこだぞ、これは。四年前の昭和十七年だったっけ、とにかく衣料切符制がはじまったころ、ラジオで毎日のように三原純子と林伊佐緒が掛け合いで歌っていたんだ)。正と別れて家へ着くまでずうっと、修吉はあの三原純子が後手に縛られて畳の上を転げまわったら、彼女の着物の裾はどんな具合に捲れるだろうかと想像しながら、

三十二点の国民服に
胸のハンケチただ一点
何処《どこ》へ行くにも立派なもんだ
星よりも点数五点増え
無駄にやすまいぞ　点数点数
大事に使ふも　国のため

と歌って帰ったものだった。……

「んでも地主の旦那衆さ招《よ》ばれて、喜楽さ行《え》ったお前の父ちゃは、撒く金、持って無《ね》

がった言《つ》う」

　政雄が孝に言った。

「そこでお前の父ちゃはなじょしたか。駅さ電話コ掛げで、順番札ば持って来《こ》させだのだじぇ」

　切符を買うための行列が長く繋《つな》がって、そのために狭い待合室が混《こ》み合って身動きできなくなることが一日に一回はある。二十時三十分発の上りの最終がたいていそうで、客はあたりがまだ明るいうちからもう行列をはじめるのだ。こういうときに駅では並び順にしたがって客に、厚手の馬糞紙《ボール》に番号を記し駅長印を捺《お》した順番札を渡し、一旦、引き取ってもらう。旅行証明書があり、そして二十番以内の順番札を持っていれば、上野はむろんのこと、名古屋、京都、大阪への長距離切符が確実に入手できるので、二十番までの札は一枚五、六十円で売買されているほどである。つまり、米一升と同じ値打があるわけだ。

「んで、お前の父ちゃはそれば撒えだ。これも山形新聞さ投書すっぞ。それでもええがね」

　孝は両手で顔をはさみ、目をつむっていた。父親の失脚を防ぐために国鉄の重大な秘密、すなわち、毎月曜の福島駅の切符改鋏位置を修吉たちに話すか、あるいは父親はどうなっても未来の国鉄職員として断じて国鉄の秘密を守るか、思案しているのだろう。修吉は隣りで、馬肥しの花を材料に首掛けを編んでいる正の脇腹をそっと肘《ひじ》で突いた。

「あのとき、喜楽さ駅長が来てたか」

「来てなかったみたいだよ」

正が小声で答えた。

「たぶん政雄君のハッタリだろう。ただ、駅長は旦那衆によく順番札をまわしてやっているらしいんだ。だから孝君はなにも言い返せない」

「君たち、だれに頼まれたんだ?」

孝は右手を拳にして、二度三度、左のてのひらに叩きつけた。

「闇屋のおっさんにか。担ぎ屋のおにいさんにか。それでお礼になにをもらうんだい。一袋二十円の南京豆《なんきんまめ》か。一袋のなかに二十四粒か五粒しか入っていないよ」

「他人に教えて南京豆せしめるなんて汚ないことはしないぜ」

滝沢昭介と「ずいごんむいごん」をしていた山形朝彦が、びっき草の茎を孝の足許へ投げつけた。

「じゃあ、君たちが煙管《きせる》をやろうってわけか」

「んだ」

昭介は孝の足許からびっき草を引き抜く。朝彦とまた「ずいごんむいごん」をやる気なのだ。

「東京かい、行く先は」

「んだ」

政雄が頷《うなず》いた。

「軟式ボールば買ってくる、それがらプロ野球ば観でくる。後楽園で、だじぇ」

「金もないくせに」

「米、担《かつ》えで行《え》ぐのだ、バーガ」

「まだ国民学校に通っている少国民が闇屋や担ぎ屋の真似をしていいのだろうか」

教科書を読むときみたいな口調だったので修吉たちはつい笑い出してしまった。笑うだけでは足りず、馬肥しを毟《むし》って宙へ投げ上げる。

「人助けになるんだよ」

正は草色に染った指で頭に載った馬肥しの葉を払い落す。

「東京高校の独乙《ドイツ》語の先生で亀尾英四郎という人が飢え死にしたという記事を、孝君は読まなかったの。それからさ、このあいだの米よこせデモのとき、国民学校の生徒が『ボクタチハ　ワタシタチハ　オナカガペコペコデス』って書いた紙を持って宮城の前に坐り込んだのを知らないの。東京にはお米がないんだ。その東京へお米を持って行く。ぼくたちは義賊なんだ」

義賊という言い方が気に入って修吉たちはまた草吹雪を降らせた。

「さあ、どうだじえ。なあ、損得ば考《かんげ》ーてみろて」

政雄はひと摑《つか》みの馬肥しを孝の頭上に撒いた。

「お前にゃ特別お土産ば買ってきてやんぞ。だっけ、福島駅の改札の鋏のこと教《おせ》ろや」

いかにも都市部で生れて育ったことを証明しているようないい形の上向きの鼻の、その先に緑の葉が一枚貼りついている。それを孝は取り除こうともせず、修吉たちの顔から顔へ焦点の合っていない視線を這《は》わせていた。あ、考えているな、あれこれ計算をしている目付だな、と修吉は思った。だとすれば今すぐにも孝は答を出すぞ、なにしろ孝はこと計算に関するかぎり全校一なんだから。修吉は、孝をあまり好きではない。いつも取り澄した顔付をしているのでどうも馴染《なじ》めないのだ。だが二週間に一回開かれる学級壁新聞の編集会議のときは、正直いって脱帽する。たいしたやつだなあ、といつも舌を巻く。というのは、孝は壁新聞の左下の隅の、葉書半分ぐらいのスペースに毎号、〔もしも……〕という記事を書いているが、これがおもしろいのだ。
たとえば五週間前貼り出されていた壁新聞の〔もしも……〕はこうだった。

問　もしも、羽前小松駅と上野駅との間に、一・五糎《センチ》おきに、将棋の駒を並べて、将棋倒しをしたとすると、羽前小松駅から上野駅まで全部倒れるのに何時間かかるだろうか。また、何組の駒が必要だろうか。

答　この計算に必要なのは、羽前小松＝上野間の正確な距離であります。そこでぼくは、駅長室に備えつけてある「鉄道停車場一覧」を開いて調べてみたのであります。この本は昭和十二年十一月三十日に鉄道省が発行したもので、日本の鉄道、軌道、自動車、並びに航路の駅名、所在地名、営業開始年月日、駅間粁《キロ》、及び、他の線と接続する駅ではその接続線名等がのっている、六百頁以上もある厚い本であります。非売品ですから定価はありません。

さて、この「鉄道停車場一覧」によると、

羽前小松＝米沢間　一六・九粁
米沢＝福島間　四三・〇粁
福島＝上野間　二六九・二粁

でありますから、合計三二九・一粁になります。この距離に一・五糎おきに駒を並べますと、二一九四〇〇〇〇個いります。将棋の駒は四〇個で一組ですから、五四八五〇〇組必要であります。

今度はぼくは駅長の鉄道時計を借りて、一組四〇個の駒が一・五糎おきに並べたとき何秒で全部倒れるかはかってみました。十回やって平均を出しましたところ、答は二・五秒でありました。一組で二・五秒かかるならば、五四八五〇〇組では一三七一二五〇秒、つまり一四日と一一時間三四分一〇秒であります。級友のみなさん、検算してみてください。

なお、ぼくにいろいろと便宜をはかってくれたこの駅長とは、ぼくの父でありますそれから父の鉄道時計は精工舎の特製品であることを付記いたします。

三週間前の〔もしも……〕は職員室でも問題になったようである。というのは孝が闇米の流通を取り扱ったからで、それはこうだった。

問　もしも、秋田始発上野行きの上り四〇六列車が途中で一斉検査にあったら、何俵の米が没収されるだろうか。そして、その米をひとりでたべるとしたら何年もつだろうか。

答　秋田始発の四〇六列車は一六時一〇分に秋田を発ち、あくる朝の九時一九分に上野に着く、いわゆる夜行列車でありますが、別名、闇米列車ともいわれています。父と親しい経済警察の人から聞いたのですから、間違いありません。さて、この四〇六列車は八輛編成で、一客車の網棚には八〇個のリュックサックがのります。また座席の下には五〇個のリュックを押し込むことができるそうであります。リュックには上手に米を詰めますと一斗は入るといいますから、一客車で一三石、つまり三二俵二斗。八客車では一〇四石、二六〇俵になります。

さて、ぼくが一日二合五勺ずつ、この米をたべるとすると、一〇四石では四一六〇〇日もちます。年になおすと一一三年と三五五日であります。一一三年も生きられるはずはありませんから、一日三合たべても大丈夫でしょう。

ぼくにいろいろ教えてくれた経済警察の人の名前はここに書くことができません。情報を洩らすとくびになるのだそうであります。

ものはついでである。最近号の〔もしも……〕もここに転載させてもらうことにしよう。

問 もしも、奈良の大仏が立ちあがり、上野＝羽前小松間をマラソン走者なみの速力で走ったとすればどれぐらいかかるだろうか。

答 ぼくの父は、身長が一米《メートル》六〇糎で、走るときの歩幅が九〇糎であります。奈良の大仏は立ちあがると身長三〇米だといいます。もし、大仏がぼくの父と同じような走り方をしますと、歩幅は一七米弱。九〇糎と一七米弱ですから、大仏は一九倍近い速力を出せる計算になります。

さて、四二粁強の距離を二時間三〇分で走ることのできるマラソン走者は、紙の上の計算では、上野＝羽前小松間三二九・一粁を約二〇時間で完走します。ところが大仏はその一九倍も速いのでありますから、一時間三分とちょっとで走ってしまいます。

なお、ぼくの父は小股《こまた》で走ります。大股で走る人をもとに計算したら、むろん答はちがってきます。

毎回鉄道のことばかり扱っているところが難点といえばいえるが、とにかくたいした計算の天才だな、と修吉は思う。もっとも政雄などは「駅には手廻し式計算器があんのだじえ。泥行火《どろあんか》ぐれえの大きさで、把手《とって》みてえなハンドルをがらがらっと廻すと、ぱちっと答が出んのだ」と言って〔もしも……〕は決して読もうとしないのだが。

「わかった」

孝が言った。

「福島駅の、月曜日の改札鋏《かいさつきょう》の入れ場所を教えてやるよ」

おどろいたことに孝の声音も表情もすこし前とはがらりと変って明るくなっていた。厚い雲層にうすい切れ目が走ってそこからもやった太陽の光が駅前空地に差し込んでいたが、彼の陽気さはその陽光のせいではなさそうだった。孝そのものが芯《しん》から燃えて小さな太陽になっているといった感じである。

「乗車券の左下に、一等や二等や三等の等別が印刷してあるだろう。あそこさ。福島駅の改札係は、月曜日にはあそこへ鋏《はさみ》を入れる。でも口で説明しただけじゃわからないだろうから、乗車券を持ってきて教えてあげる。それから、福島駅の改鋏穴《かいきょうけつ》がどんな形か、みんな知らないだろう。福島駅発行の乗車券も持ってこよう。ちゃーんと鋏の入っているやつを、だ」

あまりの変りように修吉たちはただ呆《あき》れて孝の顔を見ていた。孝は政雄と修吉の間に割って入ってみんなと同じように馬肥しの上に腰をおろした。

「ただし条件があるぞ」

「わ、わがってる」

政雄が引きつったような声を出した。

「父ちゃのごど、新聞さ投書しねで呉《け》ろ言《つ》うのだな」

「それもある。でももうひとつ」

「なんだ言《つ》うのだ」

「ぼくも行くぜ」

「何処《どご》さだ」

「東京へ、だよ。決まってるだろう」

捥《も》げかかったフェンダーをがたがた鳴しながら木炭バスが駅前の空地へ入ってきた。修吉たちの円陣のすぐ傍でバスは停まり、飯豊山麓《いいでさんろく》の村々からの客をおろしはじめた。

「なんだべ、この童《わらす》どもの邪魔なごど」と、このごろ流行のパーマネント頭の車掌が甲高い声をあげる。が、修吉たちは腰をあげることも忘れてしまっていた。

「お前も軟式ボール、欲すいのが」

「そんなでもないや。ジャイアンツには五、六個あるもの」

「んじゃプロ野球が観てえのだな」

「ラジオで聞くだけでいいよ、ぼくは」

「んだば、なんで東京さ行《え》ぐづのだべ」

「汽車だよ」

くるりとでんぐり返って円陣の向う側へ移り、車掌に手を振ってなだめてから孝は言った。

「ぼくは汽車に乗りたいんだ。それから東京駅へ行って『ああそう号』を見る。うまくいてくれれば、のはなしだけどね」

「な、なんだ、その『ああそう号』づなあ」

「進駐軍専用列車だよ。東京駅発博多行き一〇〇二、正式の名前は『デキシー・リミッテッド』っていうんだ。で、あだ名が天皇の『ああそう』からとって『ああそう号』だ」

孝は馬肥しの上をもう一度でんぐり返って修吉と政雄の間へ戻ってきた。

第三章　左翼手が追いついて

　東を奥羽山脈に、北から西にかけてを朝日連峰に、そして南を飯豊山と吾妻《あづま》山とに塞《ふさ》がれた置賜《おきたま》盆地に、分厚い黒雲が梅雨明けの証明書にしろとでもいうように落雷を七つ、八つおいて去った七月中旬の、ある土曜の夜、修吉たちは盆地の首邑《しゅゆう》である米沢市の映画館で、アラン・ラッドの顔を眺めていた。映画館には椅子席がなかった。土間に馬繋ぎみたいな杭《くい》を打ち込んで、あっちの杭からこっちの杭へ丸太を横にのせて釘《くぎ》で固定した柵が、中央に八列、左右に七列並んでいるだけの設備しか施されていないが、しかし例によって満員だった。修吉たちは横の扉から板壁伝いに最前列へ出て、舞台の上に大事そうに抱えていた米袋を置き、縁《へり》に頬杖《ほおづえ》を突いて二米先の銀幕を見つめている。アラン・ラッドの顔にも、主演女優でありながらすこしもきれいだとは思われないエスター・フェルナンデスの胸許にも、無数の穴があいていた。銀幕のうしろのスピーカーからの音声を客席の奥まで届かせるために何千個もの小穴が穿《うが》っであることは修吉も承知だ。だが、今年になってからでも「鉄腕ターザン」に「キング・コブラ」に「風雲のベンガル」に「拳銃の町」に「此《こ》の虫百万弗《ドル》」と五本、この映画館の舞台に肘突《つ》いて観たのにちっとも穴が気にならなかった。こんなに穴が気になって仕方のない映画は初めてである。たぶん「最後の地獄船」という題名にだまされたのだ。まだ海というものを見たことがないせいか、修吉には〔海〕とか〔船〕とかいう文字に惹《ひ》かれるかたむきがある。じつをいうと、修吉たちはついさっきまでこの「最後の地獄船」にするか、東宝の「僕の父さん」にするかでかなり揉《も》めていたのだった。古川ロッパとボーイソプラノ歌手の加賀美一郎の組合せときいて、朝鮮人の山形朝彦や煙草屋の伜《せがれ》の佐藤政雄や駅長の長男の君塚孝の後について切符売場の行列の尻尾《しっぽ》に並ぶところまで行ったのだが、やはり〔船〕の字の持つ力がまさって修吉は横山正や滝沢昭介と雷の鳴るなかをこっちへ駆けつけてきた。もっとも〔船〕の字を含む題名に惹かれたというよりも、むこうの「僕の父さん」という題名をなんとなく敬遠したといった方がより正確かもしれなかった。正も昭介もそして修吉も母子家庭、「僕の父さん」抜きで暮しているのだから。

それにしてもどうしてこれが「最後の地獄船」なのだろうか。船など最初に一場面出てきただけではないか。海ときたら、そのときおつき合い程度にちらと見えただけ、あとはずうっと船室ばかり、甲板の場面はときどき出てくるけれども、海のウの字もあらわれぬ。たぶん陸の上に甲板をこしらえて、そこでやっているのだな、と修吉は思った。貨物帆船ピルグリム号の船長が胴慾な悪玉で航海の費用《かかり》をすこしでも安くあげようとし、乗組員の食事の質と量をぐんとさげる、そこで船内に次々と壊血病患者や餓死者が出るというのが設定だが、餓死者も結構みんな肥っているのでどうもなじめない。餓死者を観ているお客のほうがよっぽど瘦《や》せていて、ずっと可哀想だった。だから、ちっとも同情する気にはなれないし、船長を憎むつもりにもなれない。おまけに善玉の代表のアラン・ラッドは腹を立てて反乱を起そうとする仲間の船員をなだめるだけで一向に立ちあがる気配もない。そうするうちに銀幕の小穴が目についてきたのだ。〈こういうのが、穴の多い作品、ってやつなんだろうなあ〉と修吉は呟《つぶや》いて隣の昭介と正へちらと視線を移した。正は舞台の縁に置いた両腕を枕に居眠りをし、昭介は眠ってはいないけれども表情のない顔をしていた。やはり「僕の父さん」にした方がよかったのかもしれない。むこうの映画館には椅子席がある、居眠りにはもってこい、なんだ。とくに正くんは今夜おそくから明日にかけての十時間、二斗六升の白米を身につけて通さなくてはならない。重労働だぞ、これは。どうせなら椅子に坐って居眠りをさせてやりたかったな……。だれかが拍手をした。アラン・ラッドがどうやら悪玉船長をとっちめようと決心したらしい。修吉は顔を銀幕に向けた――。

――その日の三時すぎ、修吉は母親に「最上川の水源地を探りに、友だち五人と吾妻山の中腹あたりへ行ってくる」と告げて家を出た。春は山菜採り、秋はきのこ狩や芋煮会、一晩野宿の山歩きは修吉たちの恒例だったから、母親は「蝮《まむし》に気をつけるんだよ」と言っただけ、あっさりと遠出を許してくれた。むろん、最上川の水源地探しというのは口実で、目ざすは東京の向島区の長瀬護謨《ゴム》製作所である。白米を運んで行って東京で売りさばき、それで得た金で昭和十六年に作られた軟式野球用の健康ボールを一個でも二個でも手に入れて帰る、つまりどうにかして軟式野球用のボールを入手すること、それだけが目的だった。あくる日の日曜に、水道橋というところにある後楽園球場で巨人《ジャイアンツ》―青踏《セネタース》戦が行われるのを知っての上の上京計画だけれども、観戦はあくまで二の次三の次、必要とあれば夕方の七時三十分、奥羽本線下り夜行列車の発車寸前まで、長瀬護謨製作所で粘る覚悟だ。修吉は玄関から裏の物置にまわり、スキー道具と箱橇《はこぞり》との間に筵《むしろ》で包んで隠しておいた玄米五升入りの袋を担いで駅へ向った。そして駅の近くの精米所で白米に搗《つ》いてもらった。修吉の家の二階に下宿している米沢工専の学生で、ときおり闇米の担ぎ屋にもなる吉本さんが、いつだったか「闇米は玄米ではだめ、七分搗き、五分搗き、三分搗きでも歓迎されない。とにかく白米にかぎるようです。たまに米をたべるときはやはり銀シャリにしたいのでしょうね」と母親相手に話していたのを小耳にはさみ、それを仲間に伝え、それで「持ち寄る米は白米で」という約束になっていたのだった。「搗いて出た粉糠《こぬか》はいりません」と言ったら精米所のおじさんが搗き賃をまけてくれた。三時二十分に駅の待合室で五人の仲間と落ち合い、十分後、米坂線の上り米沢行に乗った。米沢駅から修吉たちが乗り込むはずの奥羽本線秋田発上野行の上り夜行列車は深夜の零時十三分の発車である。十時間も待ち時間がある。これはすこし長すぎやしないかと修吉たちは考えたが、君塚孝が「土曜日には米沢駅に珍しい列車が入っている。どうしてもそいつを見たいんだ。それにその列車を見物したあと、映画館にでも潜っていれば、すぐ十時や十一時になるぜ」と言い張るので孝の意見を容れた。福島駅までの往復切符の手配、きせるの算段、汽車のことはすべてこの駅長の息子に委《まか》せてある。あれこれこまかく註文《ちゅうもん》をつけていやがられ、決行間際で仲間から下りられては大いに困る。そういう思案がとっさにはたらいて孝の立てた予定表をすんなりのむことにしたのである。それに米沢市での映画見物は修吉たちにとっても望むところだ。東京で封切られた映画は二、三週あとに米沢市で上映される。だが、その映画が修吉たちの町にたったひとつの映画館小松座にかかるまでにはすくなくとも半年の時間が要る。米沢＝羽前小松間は一六・九粁しかないのに、いったいその間《かん》、その映画はどこで道草をくっているのだろうか。これは修吉たちにとけない謎《なぞ》のひとつになっている。

米沢駅には相対式ホームが二本ある。この〔相対式ホーム〕ということばを教えてくれたのはむろん孝で、なんでも両側の使えるホームのことだそうだが、その二本のホームの向うの側線《そくせん》（やはり孝によれば、停車場内には列車の運転に常用する線路とその他の線路とがあって、前者を本線路、後者を側線というらしい。「車輛《しゃりょう》の入れ換え、留置、修繕車輛の収容などにこの側線を使うのさ」と孝は説明してくれた）に五輛編成の列車が停っていた。

「ぼくの言っていた〝珍しい列車〟ってあれなんだよ」

米坂線の終着ホーム――ということは同時に始発ホームでもあるということだが――に降りた孝は改札口とは反対の跨線人道橋《こせんじんどうきょう》（これまた孝から教わったことばだ）に向って走り出した。

「どこが珍しいんだ、あんなもの」

二番目にホームに降りた山形朝彦が修吉たちを振り返りながら言った。

「客車が五輛つながっているだけじゃないか。あいつはすこし喋《しゃべ》りすぎるよ。それも鉄道のことばっかりだ。うんざりだなあ」

修吉の意見も朝彦に近い。そこで修吉は同意のしるしに頷いてみせたが、観察力にすぐれた滝沢昭介が、

「汽車そのものは珍らしえごどは無《ね》え。だすけ、汽車の周囲《まわり》さMP《エンピー》の居《え》んのが珍らしえ」

と呟いたので、修吉たちは孝のあとを追いかけて跨線人道橋を渡り、向う側のホームへ行ってみようというつもりになった。

孝はホームの、四番線側の縁石に直接《じか》に腰をおろし『少年野球手帖《てちょう》』をひろげて「一輛目は三等車スハ三二を改造したんだな。二輛目はオハ三五か……」と自分に聞かせるような口調で言いながら、客車の見取図を鉛筆でぎしぎしと彫りつけていた。『少年野球手帖』というのは修吉たちの垂涎《すいぜん》の的で、大きさは文庫本と同じ、頁数七十。紅色の表紙を開くと扉に〔野球は巨人　キャラメルは紅梅　ともに僕らの人気もの〕という紅梅キャラメルの宣伝惹句《じゃっく》がでかでかと印刷してある。惹句のまわりは百三十四輪の梅の花で飾られ、さらに惹句中の〔巨〕の字と〔梅〕の字、そしてこの梅の花が紅色インキで刷ってあるのがまことに豪華である。扉の次には写真が一葉、ボールを握った左手を後方へぐんと突き出し、右足を高々とあげた故・沢村栄治投手の雄姿。「沢村は右投げのはずだぞ。左手にボールはおかしいではないか。インチキな

手帖だな」と、修吉たちはこの手帖をジャイアンツの連中から見せびらかされるたびに口惜《くや》しまぎれに囃《はや》し立てる。郵便局の前の菓子屋で紅梅キャラメルを一個買うと一枚くじを引かせてくれる。(当)というハンコの捺してある紙片をくじの束から引き抜けばこの手帖が貰えるのだが、どういうわけか(当)を引き当てるのはジャイアンツの連中をはじめとする〔旦那衆《だんなし》〕の息子ばかりだった。菓子屋の婆《ば》っぱが〔旦那衆〕の息子には、これ引けの、それ引けのとこっそり指示を与えているらしいという噂《うわさ》があった。べつの噂では、婆っぱが野球好きの息子のいる〔旦那衆〕のところへ一冊ずつ届けているんだ、そして(当)のないくじ束を自分でこしらえて、それを〔雑魚《ざこ》〕の家の童《わらし》どもに引かせているんだ……そうだが、どっちの噂もほんとうだろうと修吉は思っている。

修吉の仲間の佐藤政雄はくじ引きの天才、教室では長靴の配給券を当てる、菓子屋では甘納豆の一等の大袋を当てる、新山《しんざん》神社の宵宮の夜店では樟脳船《しょうのうせん》の大型を当てる、そのほかパチンコで雀は当てる、秋の山の松茸《まつたけ》の在処《ありか》は当てる、かたっぱしからなんでも当てまくるのに、この手帖にだけはただの一度も当たらない、それもこれまで紅梅キャラメルをすくなくとも二十個は買っているのに。政雄に当てることのできないくじはくじではない、もうさじを投げちまおう、と修吉たちは心を決め紅梅キャラメルに手を出さないことにしているが、見せびらかされるとやっぱり口惜しくなって

「なんだ、そんなインチキ手帖」と囃し立てるわけだ。もっとも最近はこのお囃子が効かなくなった。ジャイアンツの一員である米屋の息子が、野球の歴史、野球のルール、野球珍レコード物語、野球の要領、野球こっけい和歌、巨人軍選手名鑑、紅梅キャラメル工場カメラ訪問……と全頁読破し、おしまいの「紅梅キャラメルの出来るまで」という記事の末尾、

……紅梅キャラメルの原料は牛乳、水飴《みずあめ》、麦粉などのほかに特殊なヒミツのおいしい材料と香料などです。コンクリートをまぜるような機械でそれをこねまぜ蒸気で煮つめて鉄板の上にあけてさましのばして切るのです。大きな工場の中はおいしいにおいでいっぱい。長い廊下のようなキャラメルをいちど見せてあげたいものです。

に続いていちだん小さい活字でこうあるのを発見したからである。

おわび。印刷の手ちがいで口絵写真は左右が入れかわっています。沢村投手は右利きです。ご注意ください。それから紅梅キャラメルの類似品にもご注意くだ

さい。

つまり、誤りがきちんと訂正してある以上、〔インチキ手帖がそんなにありがたいのか、バーガ〕という悪態は通らなくなってしまったのだ。が、それはさておき手帖はメモのための余白が六頁ばかり綴じ込んであり、孝はそこへ客車の見取図を描いていた。

四番線ホームと側線上の列車との間には、先頭車輛と最後尾車輛の二カ所、丸太の上に板を敷いた急造の橋が架けてある。橋の上と線路のあちこちに合わせて五人のMPの姿が見えた。米沢へ第九軍団第十一空挺《くうてい》師団（というのを修吉は新聞で読んだ）の一部将兵千三百名が、宮城県多賀城の陸前山王キャンプから、客車十五輛、貨車三百四十輛を連ねて（これは孝から聞いた）進駐してきたのは前の年、昭和二十年十月一日だった。むろん客車が三百五十輛ひとつながりになってやってきたわけじゃないぜ、とそのとき孝は注釈をつけた。客車の全長をいま仮りに一輛二十米とすると十五輛では三百米だろう、貨車は大きさ長さ用途によってさまざまだからむずかしいけど、これまた仮りに一輛七米として三百四十輛では……、二千三百八十米。ひとつながりにすれば約二・七粁になる。こんな長い列車どうやって運転すりゃいいんだ。たとえばさ、先頭が東京駅に着いているのにおしりの車輌はやっと浜松町を出たばかりってわけだ。いったいどうすりゃいい？（「そんなこと知るもんか」とそのとき修吉たちは声を揃《そろ》えて言ったものだった。「おまえがこのはなしを持ち出したんじゃないか」）……これはどうにもならない。それでアメリカ兵たちは十二本の列車でやってきたんだ。それで全員、無賃乗車なんだからいやになってしまう。鉄道はたいへんさ。以来十カ月、米沢へ遊びにくるたびに修吉たちは市内のあちこちでアメリカ兵と出会った。そのたびに、胃袋がずずんと下方に沈み心臓がぐぐんと喉元《のどもと》まで迫《せ》り上ってくるようなおそろしさをおぼえ、修吉たちは思わずズボンの前を押さえて視線が合わないよう目を伏せる。これは八月十五日の玉音放送終了と同時に町中を覆いつくしたあの不吉な噂（女は強姦、男はひとりのこらずチンポコ捥《も》がれてサイパン送り）が仕付けた仕草だろう。間もなく、サイパンは長径二十粁・短径九粁の小島、そんな小島に日本人男子を「ひとりのこらず」収容できるわけがなかろう、という反論が出て「サイパン送り」の六文字は消えたけれども、「……捥がれて」までは数カ月は保っていた。捥ぐどころか「ギンミー」と三文字の呪文《じゅもん》を唱えれば（相手にもよるけれど）チョコレートやガムをくれるとわかった今、以前ほどの恐怖感に襲われることはなくなったが、なにしろ相手は鉄砲持ちなのだ。ふっと気が変って鉄砲突きつけ、こっちを捥ぎにかかるかもしれない。修吉たちは米袋をおろし、なんとなくズボンの前を両手で隠しながらその列車を眺めていた。どの車輛にも窓の下を一本の太い白線が走っていた。もうひとつ五輛に共通しているのは白線の上のアルファベット文字で、四月から週二時間、学校でローマ字を教わっていたから、これは「PX」と読めた。車内を赤や青や白い色がゆっくりと右に左にと往き来している。目をこらすとそれらは洋服のようだった。

「女子衆《おなごし》だじえ」

修吉は隣に立っていた政雄のシャツの袖を引っ張った。

「アメリカの女子衆だじえ」

政雄は相槌《あいづち》を打つ余裕もないようだった。新山神社の池に飼われている亀そっくりに首を客車の窓に向って伸していた。

「アメリカの映画さ出はってくる女子衆とそっくりだなあ」

「……ああ」

ようやく政雄が頷いた。

「おら、生れではずめでほんとに動えで居《え》るアメリカ女子衆ば見だじえ」

「おらもだじえ」

修吉は政雄の袖を離した。が、そのとき、正面の、最後尾の車輌の窓のひとつの下半分が突然、白くなった。立ち暗《くら》みだろうか。それなら目の前が暗くなるはずだが、白くなったとは妙だ。するとこれは新種の立ち暗みか。訝《いぶか》しく思って見直すと、それは卵とよく似た輪郭の白い顔だった。

「……子供衆《こどもし》も居《え》だ」

その子はアメリカ兵がよくやる型の頭髪《あたま》にしていた。例の大工さん刈りだ。口に、白い、細い棒を咥《くわ》えている。

「歯ば磨いで居《え》んのだ」

政雄が感心してしきりに首を振っている。

「朝でもねえのに綺麗好きなもんだな」

その子も珍しそうに修吉たちを見ていたが、そのうちに棒を摑《つか》んで口から抜いた。棒の先には虫めがねのような、丸くて平べったいものが付いていた。鼈甲《べっこう》色をしている。

「歯ブラシではねがったようだ」

政雄がこんどは首を横に振って前言を訂正した。

「あれは飴の様《よ》であったもなあ」

窓の上半分に、同じく大工さん刈りの、軍服姿の大男があらわれた。つづいて、新山神社の例大祭に町を舞い歩き練り歩く獅子頭《ししがしら》の黄金《こがね》色した鬣《たてがみ》そっくりの髪の毛を、肩まで垂らした女のひとが子どもの右手首を握るのが見えた。頭髪の色は獅子頭と似ているが、似ているのはそれだけで他はまるでちがう。獅子頭より何万倍もきれいだ。大男も子どもの左手首を摑んだ。子どもがふわりと浮いた。三人の姿が窓から消えたあともしばらく、上を向いて笑っていた子どもの白い顔が修吉の脳裡《のうり》に留《とど》まった。

「今《いま》しがたのは世帯持ちの兵隊だったのだな」

政雄の呟き声が、修吉の頭の中にアメリカの子どもの白い顔の上に、三週間ばかり前、六月下旬のある朝の新聞記事の〔アメリカ将兵の家族第一陣、二十四日の朝、横浜港に到着〕という見出し活字を重ねさせた。そのなかの何世帯かがこの米沢へもやってきたのだ。

「これがPX列車なんだ」

五輌の見取図を描き終えた孝が『少年野球手帖』をズボンの尻ポケットに納めながら立ち上った。

「PXってなんだ？」

政雄が訊《き》いた。

「日本の軍隊でいえば酒保だな。全部、三等車を改造してある。座席をみんな取っ払っちゃってさ、それで棚を取り付けて、その棚に品物を並べて、全国のキャンプをまわってあるくんだぜ」

「全国の……？」

「うん。品川が始発だ。それから静岡、亀山、奈良、和歌山、岡山、宇野、えーと……」

孝はまた『少年野球手帖』を引っぱり出し、さっきとはちがう頁をめくって、

「宇野から一気に鹿児島へ行って、それから長崎、遠賀川、下関、松江、鳥取、東舞鶴、福井、金沢、富山、新潟、そして米沢だ。米沢から神町《じんまち》。それからは秋田をまわって青森の陸奥《むつ》市川、矢本、大河原、福島、宇都宮、水戸、それで終着は品川と……。一本の列車がひと月かかって全国を一周するんだよ。で、このＰＸ列車はいま十二本あるっていう。だからひとつのキャンプにひと月十二本のＰＸ列車がやってくるわけさ」

「おかしいぞ、おまえ」

訊き手が政雄から朝彦に交替した。

「名古屋とか大阪とか仙台とか、大きな町をみんな抜かして走ってるじゃないか」

「大都市にはちゃんとしたビルジングがあるからいいんだよ。そういうビルを接収してさ、改装してさ、立派なPXが作れるだろ。だけど米沢にビルがあるかい」

「……ない」

「だろう。だからPX列車が回ってくるんだ」

「木造じゃあPXはできないのかな」

「泥棒が入るらしいんだ」

「進駐軍ところへ泥棒か。度胸あるなあ」

「鉄道関係だけで、それも七月に入ってから……」

孝はまた『少年野球手帖』のメモ頁を、唾を塗った指で忙しくめくった。

「七月一日、原町田駅で貨車一八二三〇から進駐軍の米十三俵。五日、品川駅で貨車九六一〇からメリケン粉八俵。七日、大崎駅で貨車五三九一から缶詰《かんづめ》三箱、犯人二名、RTOの輸送士官に射たれ重傷。十三日、秋葉原構内倉庫から毛布六十枚」

「よく知ってるなあ」

「駅長あてに鉄道公安事務局から日報が届くんだ。毎晩、そいつを読みながら眠るんだよ。鉄道で起ったこと、なんでも知ってないと、おれ、気分が悪くなってくるのさ」

孝はすこし胸を張って『少年野球手帖』をぱたんと音高く閉じたが、そのまま丸太棒でも呑み込んだみたいに動かなくなった。孝の視線を辿《たど》って行くと、さっきの子どもが最後尾の車輛の出入台と四番線ホームとを繋《つな》ぐ橋を渡ろうとするところだった。子どもの後を黄金色の髪の女のひとが茶色の紙袋を抱えてつづき、しんがりは両手に大きな紙包をさげた大工さん刈りの大男だった。橋のホーム側で煙草をふかしていたＭＰが女のひとになにか話しかけながら手をさしのべる。女のひとはＭＰに導かれるようにして橋を渡り終えたが、ＭＰとの話の方はまだ終っていないようで、子どもをホームに放ったらかしにしたまま喋りつづけていた。大男も話に加わった。修吉たちといえば子どもの左手をずうっと目で追っていた。というのはほかでもない、子どもは新品の、真ッ赤な皮グローブをはめていて、しかもグローブの中央には白球がおさまっていたからである。もっとも修吉は時間にして一秒ぐらいグローブから目を離した。ＭＰが女のひとに話しかけたとき、ついいつもの習慣でふたりの右上の空間へ視線を泳がせたのだった。アメリカ人が話すのをこんなに近いところで見るのは、アメリカ映画以外では生れてはじめてなのだが、映画ではアメリカ人が喋り出すとかならず銀幕の右肩に日本語字幕が出る。それで修吉は今回ももしや……と思い、字幕の出そうなところへ目を向けたわけだ。そして字幕のかわりに黒い雲が出ていたので、視線を子どものグローブへ戻した。子どもはあいかわらず右手に例の柄付き丸飴を持ち、ときどきそいつを舐《な》めていた。とやがて右の革靴の踵《かかと》を軸にしてくるっくるっと旋回しはじめた。何回目かにグローブから白球がホームに転がり落ちたが、なんということだろう、その白球は修吉たちに向って這《は》ってきたのである。縫い目が妙にはっきりと見える。放っておくと三番線の本線路へ落ちてしまう。修吉は軽く拡げた右手をホームにおろそうとした。が、あと三十糎ぐらいのところで白球が消えた。這ってくるのを米袋で上から押え、隠してしまったやつがいたのだ。見るとそいつは朝彦だった。

「エ、エ、エンピーに射たれんぞ」

「だ、だいじょうぶだよ」

朝彦は子どもの方へ微《かす》かに目配せして、

「あの子、球《たま》がどっちへ転がったかわからないらしいぜ」

小声で言った。

「タナボタってこのことだ」

たしかに子どもはふらふらしながら、青い目であたりを見まわしている。ふらふらしているのは旋回をしすぎたせいだろう。

「ゆっくり歩き出そうよ。走っちゃだめだ」

正はふるえ声だった。

「でも、もう東京へ行く必要はなくなったかもしれないね」

欲しいのは軟式ボールであって硬球ではない。硬球は前の年の十月ごろから作られはじめており、この米沢でだって入手はできた。立町や門東町の闇市をしらみ潰《つぶ》しに探して歩けばたぶんお目にかかれるはずである。米沢でだめなら会津若松へ行けばい い。会津若松は日本一の硬式ボールの生産地なのだ。だが軟式ボールはこの五年間、一個も新品が作られていない。もし在るとすればそこは〔健康ボール〕の、かつての製造元、長瀬護謨製作所以外には考えられない。だから米を背負って上京しようとしているのだ。そういうわけで、正のことばはまったく意味をなしていない。けれども修吉たちには正がそう言ってしまった気持もわからないではなかった。修吉はこの半月の間、米櫃《こめびつ》から朝、午後、夜の三回にわけて一合ずつ米をかすめとって貯めた。他の連中もたいていそうやって五升の米を都合してきているようだ。ところが正の場合、母親が肺病で寝込んでしまって、伯父さんところへ寄食している。それで五升かすめることなどは無理な相談、一升しか持ってくることができなかった。これが引け目となって、上京計画の中止を口走ったにちがいない。もうひとつ、こんどの計画の中心は、六人のなかでもっとも痩せていて顔色もすぐれず、そのせいで病人のように見える正が糖欠病にかかったふりをして上野まで通す、というところにあった。正を糖欠病患者に仕立てあげて途中で予想される一斉検査をかわそうというこの戦術をいったい誰が、それもどのようないきさつから思いついたのか、また具体的にはどういうやり方をするのか、それらについては今よりいっそう語るにふさわしい時と場所に恵まれそうな予感がするのでここでは詳説を避けたいが、さあれ仮病をつかわなくてはならないということも、正はずいぶん気にしているようだった。そこで修吉は、

「怖気《おじけ》づくことは無《ねー》て。きっと巧《うめ》ぐ行《え》ぐと思《も》うよ」

正の肩を叩いて励ました。

「硬球一個《えっこ》まる儲《もう》け。幸先の良《え》ごど。だすけ余計な心配は要《え》らねごったよ」

朝彦のやつ、上手に米袋の蔭に白球を隠して担ぎあげればいいな、と祈りながら、修吉は足許《あしもと》の、自分の米袋に手を伸ばした。が、その手が凍りついたように動かなくなった。目の前のすぐのところ、自分と朝彦の米袋の間に、ぴかぴかに磨き上げた編上げ靴が割って入ってきたのだ。靴の先が朝彦の米袋の下へこじ入れられ、米袋が引っくり返った。靴の先はこんどはそっと白球を斜め前方へ蹴《け》る。白球はゆっくりと子どもの方へ転がって行き、子どもはグローブで上から白球をおさえた。やがて靴が子どもの方へ歩き出すのが見えた。こわごわ目をあげると、広い背中が遠ざかって行く

ところだった。軍服の左腕には緑色の腕章が巻いてある。右手には胴がふくらんで底の方が狭《せば》まった瓶《びん》を持っていた。それにはなにか飲料が入っているらしく、後姿の軍服男はときどき瓶を口へ持って行く。

「RTOの輸送士官だぞ」

孝がひきつった声を出した。

「硬球を隠すところを、どっかから見てたんだ」

そのとき、軍服男がこっちを振り返ったので修吉たちは申し合わせでもしたように、右手を無条件降伏のしるしとして高くあげ、左手をズボンの前へ当てた。汗が背筋を伝って流れるのがはっきりとわかった——。

——場内が明るくなった。海が出てきたのはたったの五回、船の全景は七回、なんてつまらない映画をみてしまったんだろう。ぶつぶつ言いながら修吉は昭介といっしょに正を起した。

「アラン・ラッドは一回しか船長と戦わなかったもね」

昭介も気に入らなかったらしい。

「こりゃ詐欺だじえ」

「んだな」

正がなかなか目を覚まそうとしないので映画館を出るのが最後になった。外の切符売場の前で朝彦と孝と政雄が立っていた。早く終った方が遅い組の入っている映画館の前へ来て待つという約束をしておいたのだ。

「そっちは面白《おもしえ》がったが？」

と訊くと、三人はそろって頷《うなず》いた。

「東京の景色が一杯《えっぺ》出て来たじえ」

政雄が言って駅に向って歩き出した。

「明日の朝、俺達《おらだづ》は東京の真中さ居《え》る。なじょにも信ずられねえような話だて」

「聖林《ハリウッド》期待の大型新人」だとかいう噂のアラン・ラッド主演の、海とチャンバラがちっとも出てこない海洋活劇巨篇「最後の地獄船」を観終って、板張りの、大きな馬小屋のような映画館を出た修吉と正と昭介は、古川ロッパ主演の東宝映画「僕の父さん」を観た政雄や朝彦や孝たちと落ち合って、昼間は売り手買手でごった返す露天闇市を横切り、市の中央部からみると真東の方角にある米沢駅の方へ歩き出した。北の空がときおりぱっと光る。午後にこの盆地の上空を暴れまわった雷雲の残党が、北の山間《やまあい》あたりでまだ気勢をあげているらしい。北の空は光るたびに頭上を暑苦しく覆う厚い雲層を浮び上らせる。もう一、二度雷が盛大に鳴らないと梅雨は明けないかもしれないと修吉は思った。米沢駅に向う大通りは低い家並と空地を利用した畠《はたけ》とが交互に続く。畠に植えてあるのは豆ととうもろこしと南瓜《かぼちゃ》がほとんどだった。畠と道路との境い目には例外なく立札が立ててある。立札の体裁、そして書体はさまざまだが、書きつけてある文句は、

「作物を盗むな」

と、みな同じである。北の空が光るたびにほんの一秒か二秒、この「作物を盗むな」が一斉に見えるのが、なんとなく妖《あや》しい感じだった。〈そういえば……〉と修吉は昨年、戦争に敗けた年の秋のある朝を思い出した。あれはたしか月曜の朝、学校へ行く途中、昭介の家へ寄ると、昭介は裏の南瓜畠でぼんやりなにか考えているところだった。昭介の前には金釘《かなくぎ》流で、「この畠の耕作者である滝沢昭介から作物泥棒のみなさんへのお願い。どうぞ作物を盗まないで下さい」と書いた立札が立っていた。町屋の人が奪《と》るのか、日曜の朝に東京からやってくる買出し人が帰りがけの駄賃に捥いで行くのか、そのどっちかはわからないが、その秋それまで昭介はすでに四個の南瓜を盗まれていた。それでそのような立札を立てたわけだった。「ああ、修吉君が《さ》。この立札さ、此様《こげ》な紙切《かみこ》貼ってあったんじえ」、どうしたのだと問うた修吉に昭介は手帖かなんかの切っ端しを渡してよこした。それにはかなりの達筆で、

「盗む身にもなってくれ」

と書いてあった。

「それで俺《おら》、盗む人の身さなってあれこれ思《も》って居《え》だどごだったのし。盗《と》られだ南瓜《かぼすけ》は二個だ。大きいのが二個。盗んだ人の身になって考えっと、やっぱし『儲がった』つうどごでねえべが。他《ほが》に何《なぬ》が思《も》い様《よ》もあっぺがねし？」

この米沢市は自分たちの町の七倍も大きくその分だけ町屋の人たちが多いし、東京にもいくらかは近い。それだけ大勢、作物泥棒が出回っているのだ。立札がやたらに立っているのはそのせいだろう。そんなことを考えて藁草履《わらぞうり》を引き摺《ず》っているうちに米沢駅の駅舎が見えてきた。電力不足で市内は午後十時になると電気が切られてしまうのだが、駅舎だけは別だ。待合室の灯が駅前広場へ零《こぼ》れている。駅舎の正面の茶色の壁の大時計は十時二十分を指していた。この壁はもともと白壁なのだが、米機による爆撃を避けるために泥で塗り潰され、戦さが終ったいまもそのまま放置されている。

「米沢保線支区は右だ」

広場に足を踏み入れたところで駅長の息子の孝が低声で指示した。これから明日の朝、上り夜行列車が上野駅のホームに停るまでは、孝が指揮官だ。修吉たちは広場を斜めに横切って右手の暗がりへくねくねと曲りながらのびている小道へ入って行った。

畠と、石炭乾留粘液《コールタール》の匂いを強く放つ背の低い建物とに挿《はさ》まれた狭い道だった。石炭の焚殻《たきがら》が敷いてある。踏むたびにざくざくと音がし、ときどき焚殻の角が足の裏の、藁草履からはみ出した部分を刺した。

「……乗務員詰所に乗務員更衣所。……浴場に被服洗濯所。……木工室。……投炭練習所。……倉庫」

孝が建物の行列をひとつひとつ説明してくれた。建物の行列の一番奥が保線区室だった。前庭に枕木の山がいくつかあった。盗難除《よ》けのためだろう、枕木の山には金属《かね》のロープがかけられている。

「ここで荷物をつくろう」

孝は枕木の山と山との間へ顎《あご》をしゃくった。

「ここならだれにも見つかんない」

「保線の人はいないのかい」

朝鮮人の朝彦が孝を真似て建物へ顎を張った。

「夕方の五時でみんな帰っちゃうんだ。むろん脱線事故でもあれば別だけどね。それにここは明るいし……」

たしかに建物と線路との間に電灯柱も立っていて橙《だいだい》色の光を建物の亜鉛屋根《トタン》や枕

木の山へ降らせている。電球泥棒を防ぐための金網が笠ごと電球をくるんでいるのが見えた。

「やはり決行するんだね」

正が誰にともなく呟き、それから、

「わかってるよ、裸になるよ」

と言いながら兵児帯《へこおび》をほどき、肩口や尻のあたりにいくつも継布《つぎ》の当ててある浴衣を脱いだ。それを見て修吉たちは米袋を枕木の山の上に乗せ、シャツの下に巻きつけておいた真田紐《さなだひも》や腰紐をほどきにかかる。

「あとは任せた、うまくやってくれ」

同じように継布の当った猿股《さるまた》ひとつになった正は、面子《めんこ》の羽黒山の写真みたいに力んで立つ、両足をすこし開いて踏ん張り、両手を軽く握って、口をへの字に結んで。

「動がねで居《え》んのだじえ」

政雄がまず自分の持ってきた分の五升入りの米袋を正の下腹部に当てがう。力持ちの朝彦が紐で米袋と正とをぐるぐると巻く。次に政雄の米袋の上部へ修吉が自分の分の五升入りの米袋を積み重ね、それを朝彦がまた紐で正の身体《からだ》にくくりつける。三つ目と四つ目の袋は昭介と朝彦の持ってきたもので同じく五升入である。このふたつは正の腰の後から背中へと積み上げてこれまた紐でぐるぐる巻きにする。身体の前後を一斗ずつの米ではさまれた正はまるで〔少年時代の横綱照国〕といった風に見えた。

「ちょっと歩いてみてくれ」

という朝彦の註文に正が石炭の焚殻を下駄でガリガリと踏みしだきながら一歩二歩と前進する。三歩目でよろめく。

「やっぱり重いや、よろよろする」

「そこがいいんだ」

孝が言った。

「糖欠病で福島医専の病院へ入院する、それが正くんの役なんだからな。米袋が重くてよろよろするのが、経済警察官には病気でよろよろするように見える。うまく行くよ、きっと」

「米袋がずり落ちたりしたら困るなあ。明日の朝までこのままでいてくれるかな」

「たしかにずり落ちるおそれはある。そうだな、こうしてみようか」

朝彦は紐を繋いで長くして、正に六尺褌《ふんどし》をかけた。

「これで十文字に紐を掛けたと同じことになる。ずり落ちる心配はないぜ」

朝彦は余った紐でもう一本、六尺褌をかけた。

「きっと紐擦《ひもず》れができるだろうな」

ぶつぶつ言いながら正はランニングをつけ浴衣を着た。異様にふくれあがった腹と背中、そこから上下左右に突き出した栄養失調寸前の細い手足に首、なんだかちぐはぐだった。やはり〈少年時代の横綱照国〉はひいき目にすぎるかもしれないな、糖欠病にかかった病人がぴったりだ、と修吉は考えを変えた。

「歩くときはかならずおれの肩にすがりつくんだぞ」

朝彦が正に右肩を差し出す。

「その方がもっと病人らしく見えるから」

「助かるなあ」

正が朝彦の肩に左手をかけた。朝彦がゆっくり歩き出した。昭介が孝の持ってきた米五升を右肩に担ぎ、左手に正の醵出《きょしゅつ》分の米一升をぶらさげてそのあとにつづいた。この米六升を一斉取締かなんかで見咎《みとが》められたときは〈この病人の入院中の喰い米《まい》です〉と言い逃れることになっているのだが、身体につけた米の重味に腰をとられてふらふらしながら歩いて行く正の後姿を眺めているうちに、修吉は〈この糖欠病を思いつくまでがたいへんだったんだ〉と、ない智恵を絞ってあれやこれやと米の運搬方法を考えつづけたこの数週間を反芻《はんすう》しはじめた。

——米は担いで持って行こう、途中で一斉取締にでっくわしたり、どこかで経済警察官に没収されたりしたら、運が悪かったんだと思ってまた出直そう。はじめのうち修吉たちはこのように考えていた。がしかし、各自、自分の家の米櫃から米をちょろまかし出した途端、〈運が悪かったんだと思ってまた出直そう〉だなんていかに甘っちょろい考えであるか思い知らされた。たとえば修吉の母親は、米櫃の蓋に紙を貼《は》って米の出し入れを一々克明に書き記すようになった。「このあいだ五升入れといたが、五日でなくなってしまった。五升あれば七日は保つのに、どうも変だよ」というわけである。米の出納《すいとう》をこうきちんとやられてはごまかせない、修吉は別の方法を考え出さなければならなくなった。ある日、修吉はこっそり二合枡《ます》を持ち出し、近くの指物《さしもの》大工のところへ行き、酒石酸五十瓦《グラム》入の瓶を口止料にそこの長男の大工見習を口説き落し、枡の底を七、八粍《ミリ》上方へ移動させてもらった。つまり二合枡を揚げ底にして一合六勺枡に仕立て直したのだ。この工夫は一週間に一升のちょろまかしを可能にしたが、間もなく修吉は枡の底を元に戻してもらうために再び指物大工の長男に頭を下げに行かねばならぬ破目におちいった。母親が日毎に生気を失い、ついに「五合の米を炊くと茶碗で十五、六杯にはなるはずなのに、このごろはどうも変だよ。何回も計ってまちがいなく五合炊くのに十二、三杯で釜《かま》が空になってしまう。なにかがおかしい。でもなにがおかしいのかわからない……」と口説き節を繰り返し寝込んでしまったからである。「おかしいのは自分の頭なんだろうかねえ」と呟《つぶや》くのを耳にしたときなぞは自分の身体全体に寒疣《さむいぼ》が立ち、修吉はそれを眺めて己れが雀か鶏になってしまったような錯覚をおぼえたほどだった。修吉は米櫃から米を盗むのはやめて、薬局の棚から酒石酸を五本持ち出し米沢市の闇市で金に換え、さらにその金で米を買った。こんな苦労をしてようやっと手に入れた米をそうあっさり没収されてはたまったものではない。

ほかの仲間も、農家の息子である昭介は別として、それぞれ米集めには苦心したようだった。ある日、朝彦が左頰をよくできたカルメ焼のように脹《ふくら》まして登校した。なじょしたのだえ、と修吉が訊くと朝彦はこう答えた。

「親父《おやじ》に、『何も言わずに俺に米を五升くれないか』とたのんでみたんだよ。そうしたら何も言わずに張り飛ばされちまった。俺はちょびちょび集めないで、出発寸前に一気に五升掻《か》っぱらうことにする。東京から帰ってきた途端、俺の顔はこんなふうになるだろうな」

朝彦は大きく息を吸って右頰をも特大のカルメ焼にして見せた。

煙草屋の息子の政雄は店の煙草を盗み出し、それを解《ほぐ》して、乾して刻んだ若蓬《わかよもぎ》の葉と混ぜ、倍量に水増しにし、また巻き直して修吉と同じように米沢の闇市へ持って行ったみたいである。孝は保線の資材小屋から、予備用の脱線器を持ち出して米沢市内の鉄工所へ売ったと言っていた。十瓩《キロ》もあったので思ったより高く売れたという。孝によれば脱線器というのは、

「側線には必ずこいつが据えつけてあるんだ。たとえば、側線に停めておいた貨車がなにかの弾みで動き出して本線路に向ったとする。悪いことに本線路にも列車が入ってきた。このままでは衝突だ……。こういうときに脱線器を梃子《てこ》で反位させるんだ。反位っていうのはまあ反対側に動かすってことかな。そうすると線路のどっちか片方のレールの上に、鉄の、短い偽《にせ》レールが乗っかる。貨車はこの偽レールに乗り上げて脱線する。これで衝突は防ぐことができた……」

という装置なのだそうだ。安全のために脱線させるという、この考え方は修吉たちをすこし勇気づけた。軟式ボールを手に入れるという大きな目的をなしとげるためには小さな悪事を働くことがあってもやむを得ないのだ、修吉たちはこう考えて自信を持ったのだった。

どうやら米を確保したところで今度はどうしたら安全に東京へ運ぶことができるかが新しい難問となった。女に生れたらよかったのに。そうしたらお腹に米を巻きつけ

て小ざっぱりした浴衣に赤い帯、妊娠した早熟《ませ》の少女に化けて堂々と汽車に乗れるのに。もっとも女だったら野球をするはずもないし、東京へ軟式ボールを探しに行くこともなくなるけれども。というような男の子ならだれでも思いつく妊娠擬装を手はじめに、修吉たちは十指に余る米の運搬方法を考えだした。たとえば政雄は〈大人用のゴム長を工面してそれを履き、隙間に米を詰める〉ことを提案した。昭介の家に戦死した父親が遺したゴム長があるというのでさっそく押しかけ、昭介の米で実験してみた。結果はまるでだめ、長靴は米で鉄の靴のように重くなり歩くたびにいちいちしつっこく脱げてしまう。ゴム長の底を地面から離さずに渾身《こんしん》の力を振り絞って引き摺って行くなら可能性もないではないが、そういう歩き方では汽車に乗り込むとき困り果ててしまうだろう。客車のタラップはホームよりも高い位置にあるから、ゴム長をホームの上に脱ぎ残してしまうことも大いに考えられる、裸足《はだし》で道中なるものか、だ。この案は六対〇で葬られた。発案者の政雄までが反対の挙手をしたんだから世話はない。正は「去年の夏まで、自分たちが片時も離さず持ち歩いていた防空頭巾の綿を抜き、かわりに米を詰め、それをかぶって行くのはどうだろう」と言った。さっそく実験してみた。いたるところしっかり糸で止めた上に、ぎゅうぎゅう米を詰め込まないと、米が下方にばかりたまってしまうという欠点が発見された。また、この欠点を是正するために、これ以上入らないところまで米を詰めると、頭巾が鱈子《たらこ》の親玉よろしく脹れ上るということもわかった。この異様な米入り頭巾を一人だけがかぶっているのなら、目立つことは目立つにしても、まあなんとかなるだろう。だがしかし六人が揃ってこいつをかぶって歩いたら、それこそ下手な見世物なんぞかなわないぐらい人が集まってくるにちがいない。それに世の中が変ってしまった。いまは防空頭巾のいらない時代なのだ。朝彦の案は〈米を身体に巻きつける〉という点では現行案と同じであるが、その後の〈……その上で浴衣を着るとだいぶ肥って見える。そこで一斉取締にでっくわしたら、取締官に「相撲取りになるために上京するところです。なにしろ力士には配給米のほかに特配の米が一日二合、それから甘藷《かんしょ》が六百瓦ずつ付くでしよう。それが魅力です」と答えるのさ〉が、かなりいい加減なのだ。だいたい、人口六千足らずの小さな町から一度に六人もの力士志願者が出たりするわけはない。いっぺんで見破られてしまうだろう。孝の考えはおそろしく専門的なもので、それはこうである。〈ぼくたちの乗る秋田発上野行夜行四〇六列車は米沢駅で一分間停車する。この停車時間中に車台の下にもぐり込み、そのへんに米袋をぶらさげる手はあるねえ。ただし四〇六列車がその日、どういう編成になっているかが問題なんだ。このごろは有蓋《ゆうがい》貨車が連結されていることが多いから、もしそうならうまく行くかもしれない。

なにしろ貨車はほとんどが菱枠《ひしわく》台車ってやつで、構造が簡単なんだ。だれでも台車の下に入り込める。ところが客車だったら絶望だな。客車の台車は、振動が乗客に直接に響かないようにするために、釣合梁《つりあいはり》式とか軸バネ式とかウィングバネ式とか、いろいろ複雑な構造になっているからね。こんなふうに日によって編成がちがうのは進駐軍のせいらしいや……〉。途中で突然べつのはなしになってしまったのは自信がないからにちがいない。修吉たちはそこでこの案に対してはいいとも悪いとも言わないでいた。孝も二度とこの案を持ち出さなかった。やはりたいした思いつきではなかったのだろう。「米袋に紐をつけとくというのはどうか」と言ったのは昭介だった。「そして取締りに出合ったら米袋を外へ吊《つる》して涼しい顔をしている。終ったら紐を引っぱって米袋を……」。昭介が言い終らぬうちに朝彦が異を唱えた。朝彦によれば、このごろの一斉取締は、まず全乗客を線路へおろすところから始まるのだという。そして荷物の点検の済んだ者から車内に戻ることが許される。だから紐なんかつけといたってなんの役にも立ちはしない。朝彦の父親と兄とはこの方面の専門家、プロの担ぎ屋である。昭介はあっさりと自案を引きさげた。

　ところで修吉はどんな案を思いついたか。彼のは〈米袋に産着を着せて帽子をかぶせ、赤ん坊に仕立てあげる〉というものだった。〈そしてネンネコで赤ん坊を背負って堂々と旅をする〉。これは、ゴム長や防空頭巾や力士の卵と同じ欠点をもっている、という反論が出ておしゃかになった。たしかに少年がひとり赤ん坊をおぶって夜行列車に乗っているのは悪くない光景だろう。深い仔細《しさい》ありと見て同情し、握飯をくれたりする乗客も出てくるかもしれない。だが、同じ恰好の少年が六人ずらりと並んだら、これはもう漫画だ。

米を安全に運ぶにはどうしたらいいかを考えるのに熱中するあまり、この期間の修吉たちは他のことではへまばかり仕出かしていた。農業で保《も》っている町なので、国民学校には学校田《でん》や学校畠があった。この期間のある放課後、修吉はクラスの何人かと職員便所の汲取口《くみとりぐち》から肥壺《こえつぼ》へ肥柄杓《こえびしゃく》を入れて肥《こえ》を汲《く》んでいた。肥桶《こえおけ》に修吉が肥を汲むと、仲間が天秤棒《てんびんぼう》で五十米《メートル》離れた学校畠の、堆肥《たいひ》場へ担いで行き、朝のうちに別の一班が刈ってきておいた草の上に撒《ま》くという作業だった。肥壺をすっかり汲み上げてしまったので、めでたく解散、仲間たちは「んじゃな」「ほえじゃな」と別れの挨拶をしあって引き揚げて行った。修吉は防臭のため、鼻に当てがって頭のうしろで結んでおいた手拭を解《ほど》き、肥壺から肥柄杓を抜こうとしたとき、背後で笑い声があがった。見ると、校長が町立病院の院長の背中を軽く叩きながら裏門を出て行くところだった。修吉はおかしいなと思った。去年の秋からずうっと院長は、行き合うたびに苦虫を噛《か》みつぶしたような顔をしていた。それなのに今日はどうしたのだろうか。院長は去年の秋までは、この町でたったひとりの自家用車の持主だった。むろんガソリン不足で、毎日乗り回すというわけには行かないらしく、院長はたいてい自転車に乗っていたが、それでも月に一度か二度、決って日曜の午前、町の通りを院長の車が走って行く。どこでガソリンを手に入れているのだろう、と母親に聞くと答はこうだった。

「なにしろ町一番の造り酒屋『祝瓶《しゅくへい》』の三男様だもの、ガソリンぐらいなんとかなりますよ。酒がふんだんに手に入る、あとはガソリンを持っているけどお酒がないってこぼしている人を見つければいい。それだけのこと」

昨年の夏、戦さに敗けてからは院長の、車に乗る回数がふえた。もうだれに遠慮もいらぬのだからふえるのが当然だが、さて九月はじめのある朝、この院長が車もろとも運輸省の柏原《かしわばら》という自動車局長に呼び出されてはるばる東京へ向ったらしい、という噂《うわさ》が町中に流れた。噂は本当で、数日後、院長は汽車で町へ戻ってきた。苦虫を嚙み潰したような顔はそのときからである。しばらくしてから修吉は別の、新しい噂を耳にした。その噂を要約すればこうだ。

「日本へ進駐するについてとりあえずこれこれのものを取り揃え、準備していてほしいという要求がアメリカ軍からあったんだそうだ。たとえば、最高司令官のための相当の造作、家具、および四名の副官と三名の使用人のための寝室のある建物。六百名の士官のため、浴室および便所を有するホテル。……そのなかに、上等なる乗用車二百台、十五名以上を収容するバス七十五台、二噸《トン》積以上のトラック四百五十台という要求もあった。そこで運輸省では血眼《ちまなこ》になって車探しをはじめた。院長はその網にひっかかったのだ。院長なぞ東京まで車をころがしてたっぷり別れを惜しむことができたのだからまだいい。東京などじゃひどかったらしい。自動車局の役人が交通巡査と二人で日比谷交差点に立っていて、いい車がやってくるとぱっと停めて、その場で車を召し上げていたというぞ」

院長があんなにたのしそうに笑っているのは車を返すという知らせを受けたからかもしれない、と修吉はここまでを一秒ぐらいの短い間に思い出し、改めて肥柄杓を引きあげようとしたが、その動きをもうひとつべつの記憶の切れっぱしがぴたりと押しとどめた。今年の四月ごろのこと、院長が修吉の家へやってきて、

「酒石酸を大量にお持ちだと聞いてやってきたのですがね、すこし病院にわけてくださるわけにはまいりませんかな。サッカリンはありますか。じつはこのごろ糖欠病が多くて困っているんですよ。それからサッカリンでもなんでもいい、糖分を与えればいい、むくみなんぞすぐへっこんでしまうのですが、それがなかなかない……。なに、葡萄

糖がある？　それはありがたい」

と言っていたのを修吉は思い出したのである。〔糖欠病〕〔むくみ〕、このふたつのことばが修吉の頭のなかで、囲炉裏《いろり》に埋めた栗の実のように爆《はぜ》た。そういえば院長は福島医専の出身だといってたっけ……。

肥柄杓がなぜだか、ずしりと重くなっていた。はてなと思って抜き出すと、重いも道理でヤマカガシのようなのがとぐろを巻いていた。がらりと高窓が開いて、

「なじょにも手のつけられねえ悪童《わるわらし》だごど」

衛生の女《おなご》先生の金切り声が降ってきた。

「先生のばそっくり柄杓で受けて、やーい、あの女先生、此様《こげ》に為《し》たぞって囃《はや》すつもりだったんでしょが。ほんとにまぁいけ好かねごど。『んじゃな』だの『ほえじゃな』だので、嘘のさよなら言《ゆ》って先生ば安心させどいで、こっそり受け止めで居《え》だなんて末おそろすい。暗くなるまでそこさ柄杓ば担いで立ってらい。これ、罰だじぇ。それがら私のもの、肥壺さ返しておぎゃえ」

この罰は有意義なものだった。修吉はたっぷり時間をかけて糖欠病とむくみと福島医専とを結びつけ、米の運搬方法を練り上げることができたからである。

——米沢駅の待合室には、この盆地随一の名門校興譲館中学の生徒たちが大勢いた。

ベンチに行儀よく腰をおろし、英語のリーダーを小声で読んだり、西洋紙に描いた三角形を睨《にら》みながら首をひねってみたり、宙に指で漢字を書いたりしている。市内の電気は十時で消されてしまう。そこで近くの中学生たちが駅の待合室へ勉強に来ているのだ。さすがは興譲館だなあ、と感心しながら修吉たちは用意してきたむすびで最後の腹ごしらえをした。それから水の飲みだめをし、小用を足し、ほんのしばらくの間うとうとした。

「……零時十三分上り上野行の改札をはじめます。なお、これより四時まで待合室の灯りは消させていただきます」

　改札口では駅員が間のびした声をあげていた。その声で目をさました修吉は他の仲間たちと〔病人〕の正を守るように取り囲み、ゆっくり改札口へと向い、行列の末尾についた。脚立《きゃたつ》をかついだ二人組の駅員があらわれ、ひとりは脚立を支え、もうひとりはそれに登って天井の電球を外す。八カ所から十六個の電球を外して二人組の駅員はいなくなった。興譲館中学の生徒たちも舌打ちまじりの欠伸《あくび》をして教科書や帳面をまとめている。

「なんで電球ば外したんだ？」

昭介が孝に訊いた。

「朝の四時まで列車が入ってこない、だから駅全体が休むんだよ。ただしその間に電球を盗まれては困る。それで外したんだ」

「あ、そうか」

「小松駅でも夜は電球を外すんだよ」

「ふうん」

「なにしろ油断も隙もあったもんじゃないからねえ」

「そう言っている当の本人がいちばん危い」

朝彦が孝をからかった。

「脱線器なんてものまで盗ってきてしまう」

「しっ」

孝がシャツのポケットから切符を六枚取り出した。

「改札口が近いんだぞ。聞かれたらどうするんだ」

羽前小松＝福島間の往復切符、これで羽前小松＝上野間を往復できるだろうか。修吉は手の甲で額の汗を拭った。福島まではそっくり返っていていい。でもそこから先はどんな顔をして乗っていればいいのだろうか。修吉は、蝮《まむし》のひそむ裏山の山道を行くときのような覚束《おぼつか》ない足どりですこしずつ前へ進んで行った。

改札口を通り抜けた修吉たちは駅長の息子の君塚孝の指示に従って旅客ホームの、もっとも上野駅に近いところへ歩いて行った。客車はおそらく蟻《あり》どころか体長二粍《ミリ》にも満たない微塵子《みじんこ》でさえも這《は》い出る隙間もないぐらいに混《こ》んでいるかもしれない、そのときは機関車のすぐうしろに連結されている炭水車に乗るのだ、というのが孝の考えらしかった。

「その炭水車つうのにも人《しと》ア鈴《すんず》なりになって居《え》んじゃねえべが」

修吉がたずねると孝は、

「福島までは炭水車にだれも乗ろうとしないんだ」

いかにも自信ありそうな口ぶりであった。

「これは奥羽本線で板谷峠を越す人間の常識なんだぞ。この米沢から板谷峠を越えて向う側の庭坂駅までちょうど二時間かかる。距離にしてたった三十六粁のところを二時間……」

「たしかにかかりすぎっこったな」

「長くて急な上り坂がつづくせいなんだ。だから炭水夫はどんどん石炭をくべる。するとその分だけ余計に煙が出る。ところが、板谷峠はトンネルが多いから、炭水車の上になんか乗ったら顔が真っ黒になってしまう、顔だけじゃない、肺の中も同じことさ。だから福島まではだれも炭水車の上に乗ろうとしない」

これはあまり愉快なはなしではない。修吉はせめて列車が入ってくるまでは孝の言ったことは忘れていようと思い、身に直接《じか》にくくりつけた白米二斗の重みで絶えずよろよろしている横山正の肩を右手で支えてやりながら旅客ホームのあちこちを眺めはじめた。

旅客ホームには百五十近い影が列車の到着を待っている。ほとんどが上出来のカルメ焼のように膨《ふく》らんだリュックやズック袋を持っていた。中味は白米であると一目でわかるような膨み方だった。胡麻《ごま》粒でも撒いたように勝手に散らばっているのは、乗降口から乗り込もうなどとだれも考えていないことを示している。みんな窓からなだれ込むつもりなのだ。たぶん全員が上野を目指す担ぎ屋たちなのだろう。ああいう屈強な、そして旅なれた専門家と同じことを国民学校六年生の自分たちが決行しようとしている。誇らしい気持がした。同時に腹の底の方から恐怖心が胸へ衝きあげて来て、修吉はかすかな吐き気を感じた。

「進駐軍の将校が居《え》っこったじえ」

佐藤政雄が身体を壁に手の動きが背後から見えないようにしながら、指先で斜め後方をさし示した。

「一度に見るな。ひとりずつ何気無《ねー》ふりして見ろて」

修吉は空を見あげて、

「なんつう暗《くれ》え夜だじど」

意味のないことを呟きつつ身体を半回転させ、視線をそろそろとホームの上におろした。それまで気がつかなかったのだが、修吉たちの背後には小さいが、なかなかしゃれた建物があった。屋根の色は暗いのでわからないけれども、入口に点《とも》った灯が緑色のペンキでてかてかに塗りあげた板壁をやわらかく照し出している。入口の横に看板のようなものが打ちつけてあった。看板の地の色も緑だ。その上に赤文字で〔RTO〕とある。そしてたしかに進駐軍がいた。焦茶色の軍服。左腕に緑地に赤文字で〔RTO〕と書いた腕章をつけている。とっさに修吉は、

〈柔道《ゴードー》の強そうな進駐軍だじえ〉

と思った。というのはその将校が藤田進とよく似ていたからだった。戦争もまだたけなわだったころ、修吉たちの町へ「姿三四郎」という東宝映画が五回もやってきた。そのたびに修吉は小松座へ通いつめたものだが、それ以来、藤田進＝姿三四郎、藤田進とよく似た人＝姿三四郎みたいな人、という考えが頭のどこかにこびりついてしまった。ごく最近、修吉は「浦島太郎の後裔《こうえい》」という題の映画を観た。主演・藤田進と

ポスターに大きく出ていたので、それに釣られて小松座へ駆けつけたのだった。藤田進は髭《ひげ》もじゃの復員軍人に扮《ふん》していた。この復員軍人は「ハーアーオー、ハーアーオー」と叫ぶので有名になり、やがて日本幸福党とかいう政党のシンボルに担ぎあげられるが、じつはこの政党はニセの民主主義政党で、といった塩梅《あんばい》の筋書で映画はあまりおもしろくはなかった。さらに不満だったのは藤田進がどんな危機に陥っても柔道の手を使わなかったことで、終のマークがうつったとき、思わず、「こりゃ詐欺つうもんだじど」と呟いたほどだ。とまあそれぐらい「姿三四郎」は修吉に強い影響を与えており、そこで、進駐軍将校＝藤田進と似ている＝姿三四郎みたいに柔道が強い、と連想したわけだ。

「あれが二世というやつじゃないのかな」

正はあいかわらずよろよろしている。

「アメリカ人と日本のアイノコなんだよ」

「RにTにOか。あのローマ字はどういう意味だろう」

朝鮮人の山形朝彦がだれにいうともなく呟いた。修吉はこれを聞いて、ローマ字とちがうんじゃないかな、と思った。修吉たちの買う少年雑誌にはどれにも毎号かならずローマ字についての記事が載っている。どんなに厚い雑誌でも五十八頁を越えないのに、ローマ字の記事は六頁もあるのだ。雑誌の全頁の一割以上がローマ字なのはつまり、いつか『少年クラブ』に土岐善麿《ときぜんまろ》という難しい名前の、偉い学者の先生が、「日本がこんどの戦争にまけたから、それでアメリカやイギリスやフランスの使っているようなローマ字を使うのがよいとゆうわけではなく、じつは明治のはじめから、いやもっと昔から、日本語をローマ字で書いたり読んだりする方がよいとゆう考えをのべて、じっさいにもそうしてきた人たちもずいぶん多いのですが、国民全体が使うとゆうところまでいかなかったのでいっぱんにはひろまらなかったのです。が、いま戦争のすんだあとの新しい日本が、平和の国、文化の国として立ちなおり世界のなかまいりをするためには、われわれの日本語をローマ字で書く方がいい、そうすれば、日本はもっと進んだ国になるとゆうみこみがはっきりとついたので、いよいよ皆さんにもローマ字をおしえようとゆうことになったわけです」と書いていたような理由によるのだろうけれども——修吉たちはこの土岐善麿のことばを暗誦《あんしょう》していた——四円五十銭も出して買った雑誌がまるでローマ字講座の教則本みたいに思われるときもないわけではなく、正直に告白すればあまりありがたくはなかった。それはとにかくＲＴＯがローマ字なら、なんと読めばいいのだろう。

「ローマ字じゃない、あれは英語だぞ」

孝がいった。

「ナントカカントカって英語があって、その頭文字を並べるとRTOになるんだ。ナントカカントカは忘れたけど、そのナントカカントカを日本語になおすと鉄道輸送事務所になる」

やっぱり駅長の息子だ、と修吉は感心した。鉄道のことならなんでもござれだ。

「それでRTOの腕章をつけているのは鉄道輸送士官だ」

孝によれば、全国のあらゆる駅の駅長あてに昨年の秋、『RTOとはなにか』というガリ版刷の文書が送られてきたという。

「でぼくはそいつを今年の寒休みにすっかり帳面に写したんだ」

寒休みとは積雪が二米を超える一月下旬から二月上旬に十日ほどある休暇のことである。

「その文書の最初の文句はこうさ。米第八軍司令官は日本における鉄道の運営および管理に関して責任を有する。それでRTOというのはその米第八軍の、そうだなあ、鉄道省のようなもんだな。鉄道輸送士官は進駐軍側の駅長とおもえばいい」

「どうしたのよ」

修吉たちのうしろから妙な日本語が聞えてきた。見るとそれは例の藤田進によく似た鉄道輸送士官だった。

「どうしたのよ」

進駐軍が声をかけてくるとは夢にも思っていなかったので修吉たちは呆然となった。うろたえることもできないぐらいびっくりしてしまった。

「どうしたのよ」

この質問に答えるのもむずかしい。どうもしてないのにどうしたのよと訊かれてもこまるのだ。修吉たちはやがてのろのろと動き、孝のうしろへつながった。ここは駅の構内である。とすれば鉄道にくわしい孝になにもかも任せた方がいい。

「秋田発上野行の夜行四〇六列車の到着を待っているところです」

孝がこわばった口調で答えた。

「その子どものことよ、どうしたのよ」

RTOの腕章のついた左手をのばし、鉄道輸送士官は正の肩を叩いた。正はふらふらとなって隣の朝彦にしがみついた。

「あのう、病気です」

「やっぱりね」

鉄道輸送士官はにいっと白い歯を剝《む》いた。「その子どもはよく肥っている。けどねえ、それ、自然ではないね。自然ではない肥り方なのね」

「糖欠病です」

「それ、なんのことね」

「糖分が足りないのです」

「トーブン？」

「甘いもの」

「甘いもの足りない？」

「そうです。それで自然ではない肥り方をしているんです」

孝は調子を出しつつあった。

「入院するところなんです」

「ニューイン？」

「病院に入る……」

「アーソウ」

鉄道輸送士官は首をちぢめて猫背になって右手を頭上にかざして帽子をつまみあげた。変なことをするものだな、と修吉は思った。ニュース映画に出てくる天皇とそっくりではないか。そういえば前に、孝が進駐軍専用列車に「ああそう号」という名前のが走っているといっていたっけ。すると天皇は進駐軍に人気があるのだろうか。

「どこの病院に行くのね」

「福島です。福島医専の付属病院……」

「フクシマには午前二時三十分に着く。そんな時間に病院、やってるか。なぜ、ほかの列車で行かないのね」

「ほかの列車というと、あ、そうか、山形発福島行四一二列車のことですね。四一二列車だとこの米沢を発車するのが朝の五時二十分で、福島に着くのが七時四十分か。うん、四一二列車のほうが時間としては便利だな」

「それならなぜ四一二列車に乗らないの？」

ぐっと詰まって孝は足許《あしもと》に目を落し、ホームに敷いてある小砂利をズック靴の先で軽く蹴《け》りはじめた。ズック靴は孝だけでほかの五人は藁草履《わらぞうり》である。修吉は手を合わせたい気持で孝のズック靴の先を見ていた。この鉄道輸送士官は自分たちの目的地がほんとうは上野であることを知っているのではないか。福島＝上野間を無賃で乗ろうとしているのに気付いているのではないか。ここで見破られたら軟式ボールはどうなるのだ。一方、ここで見破られたほうがいいんだという気もどこかでしていた。一個の軟式ボールのために米を担いで東京へ出かけて行くだなんて夢のようなはなしだ。

羽前小松駅を発《た》ったときから自分の足が溶けてなくなってしまったような、身体《からだ》も宙にふうわりと浮いているような、なんとなく情けなく頼りない感じがつづいている。絶えず緊張を強いられているためにかえってすべてに集中できないもどかしさ。ひっきりなしの生欠伸と口の渇き。こういう常でないことからはやく逃れたい……。

「四一二列車は三輛編成でしょう。それにその三輛がワキなんです。ワキというのは小口貨物を運ぶ有蓋貨車のことです。貨車に病人を乗せては悪いもの」

孝はふたたび調子を出して、

「四〇六列車はその点夜行の長距離列車だからスハの三二八〇〇丸屋根客車だし、それに八輛連結されているし、こっちのほうが楽だろうとおもったのです」

と切り抜けた。鉄道輸送士官もこんどはてろてろに光っている皮靴の踵《かかと》で小砂利を寄せ集めたり踏み固めたりしはじめた。

「チチとハハはどうしたのね。どうして一緒じゃないのね」

「死にました。父はサイパン、母は空襲で。な、そうだろう、正くん?」

孝は古典的な嘘を並べたてる。

「オー」

鉄道輸送士官は両手をひろげて空を仰ぎ古典的な感動のあらわし方をした。そのとき北の方角に光がひとつ見えて、つづいて目の前の線路がごうと低く鳴りだした。四〇六列車が入って来たのだ。孝が「さあ、炭水車にとびつくんだ。もっと前へ行っていよう」と指示したので修吉たちはぞろぞろ前方へ移動しはじめる。

「待て、ここで待てなさい」

鉄道輸送士官は右の人さし指で自分の足許を突っつくようにして指し示した。それがどういう意味なのか修吉たちにはわからない、たがいに顔を見合わせてうろうろしているうちに北方の光がぐんぐんと近づき、黒い闇よりもさらに黒い鉄の塊が闇の向うからホームへ滑り込んできた。光はむろん機関車の前照灯で、そのすぐ下に「C五六一二」と記した番号板が見えた。犬川の岸の水車小屋の水車よりも大きな主動輪が三つ修吉たちの前を通り過ぎ、そのあとすぐに黒い鉄の壁が目の前を遮《さえぎ》る。黒い鉄の壁は炭水車だった。炭水車の次は窓の広い客車だ。孝は「おーっ、マロネの三七四〇〇だ」と跳びはねた。「二等寝台車なんだぜ」。数えてみると窓は十四あった。ほとんどの窓にカーテンが降りていたが、ひとつだけ煌々《こうこう》と明るいのがあった。縞のパジャマのアメリカ人がこっちを見ていた。窓の下には太い白帯が走っている。これぐらいなら孝に聞かなくてもわかる、白帯は進駐軍専用車のしるしだ。列車が停った。機関車の下部から白い煙が吹きあがる。機関士が側戸を開けて出て来ると、慣れた身のこなしで機関車の上によじ登る。煙突の次にふたつ釜が並んでいるが、機関士は前の方の釜の蓋をあけ、懐中電灯でなかを覗《のぞ》きはじめた。

「あれは砂箱なんだ。あそこには砂が入っているんだぜ。その砂は砂撒器《すなまきき》で主動輪の下に吹きつけられる。動輪が空《から》まわりするのを防ぐためなんだな。ここからはずうっと上り坂だから砂が充分にあるかどうか確めているんだよ」

孝が熱で浮かされたみたいに喋《しゃべ》りまくっていた。が、修吉たちはそれをほとんど聞いていなかった。寝台車の次に連結された客車の前方昇降口も修吉たちの目の前にあるが、例の鉄道輸送士官はその昇降口にひらりと飛び乗ると修吉たちにこう言ったからだ。

「福島までここに乗って行く。わかったか」

わからなかった。というのはその客車の窓の下にも太い白帯が入っていたからである。これもまた進駐軍専用車ではないか。よく見るとその太い白帯は客車の三分の一ぐらいのところまでしかない。こういう中途半端なのは初めてだ。白帯の下に「慰五番」と書かれた小さな標示板がさがっていた。

「はやくしてね」

昇降口で鉄道輸送士官が手招きしている。

「これも進駐軍の専用車でしょう」

機関車の前で浮かれていた孝もこっちへ駆けつけてきた。

「ここに乗ったりしたらそれこそたいへんだ。列車手に突き落されてしまうぞ」

「なんだ、その列車手つうのは？」

政雄がたずねた。

「列車給仕のことだよ」

「アメリカ人か、やっぱり」

「日本人だよ。白帯車にはかならず乗っているんだ。下手すると車掌よりも偉いんだから。みんな英語はぺらぺらだしさ。大学を出た本省の役人とか、鉄道管理局の主任とか係長とかがやっていることが多いんだぜ。そういう人たちは英語ができるだろう、だから……」

鉄道輸送士官の横に白い、ぴらぴらの上衣《うわぎ》を着た日本人が立っている。英語でなにか書いた腕章を左腕に巻きつけていた。

「福島まで行く病人がいるそうじゃないか」

鉄道輸送士官とふたことみこと小声で話してからその日本人は疋のほうへ手をのばしてきた。

「ジミーが慰五番へ乗せてやってくれといっている。さあ、おいで」

「おじさんが列車手ですか」

孝は学帽を脱いで丁寧な口調で訊《き》いた。

「そうだよ」

「本省から出向なさっているんですか」

「いや、秋田鉄道管理局の管理部渉外室の者だ」

「ご苦労様です」

「しかし、いやに委《くわ》しいな」

「父が米坂線羽前小松駅の駅長をしているんです」

孝は深々とお辞儀をして学帽をかぶり直し、怯《おび》えている正の背中を押しながら昇降口へ乗った。修吉たちもその後につづく。そのとき修吉は後方の客車へちらりと視線を放った。窓から入り込む人たちの姿が見えた。逆に窓からホームへ飛び降りるのもいた。そしてホームの反対側に立って線路へ放尿をはじめる。通路を経て便所へ行くことができないぐらい混んでいるらしい。いやたぶん便所の中も鮨詰《すしづ》めなのだろう。連結器の上の渡板《わたりいた》に正を囲んでひとかたまりになった。寝台車の、すぐ目の前のところが小さな炊事場になっていて、電熱器がふたつ並べてあった。片方の電熱器に白い、背の高い湯沸しがのっている。棚もあった。棚の上には白いコーヒー茶碗が見えた。豆の焦げるような匂いが修吉の鼻を衝く。生れてはじめて嗅《か》ぐ匂いだった。いましがた寝台車の窓から外を眺めていた縞のパジャマのアメリカ人が奥から出て来て、茶碗を取って湯沸しの中味を注ぐ。濃い茶色の液体。修吉はあっと思い当った。〈これがあのコーヒーつうもんでねえべが〉映画で得た知識がはじめて実体として胸に収まる。〈んでもコーヒーつうもんは此様《こげ》に匂《にえ》ー の強《つえ》ーものだったのがや。はでもはでも……〉と感心して眺めているうちに茶碗の中味を啜《すす》っていたアメリカ人と視線がぶつかってしまった。しまったと思ったとき汽笛が鳴った。鉄道輸送士官が正の鼻先になにか差し出した。修吉たちも駄菓子屋でよく買う一枚一円の味噌ゆべしぐらいの大きさの、平べったい板のようなものだった。茶色の紙で包んである。

「チョコレートだ、もらっておけ」

列車手が言った。

「糖欠病にはなによりの薬だ」

修吉たちは鉄道輸送士官に最敬礼した。汽車が動き出し、足許の渡板がもこりと持ち上り、すぐにがたんと沈む。鉄道輸送士官が手を振ってホームに跳びおりた。

「ジミーの当番でよかったな」

「はい。上野までよろしくおねがいします」

「上野だと。ジミーは福島までと言っていたが」

「なんかの聞きちがいです。東京の鉄道病院の福島先生を訪ねに行くところだ、と言ったつもりなんですけど」

修吉たちは孝の頭がよく働くのにただもう恐れ入っていた。

「父にたしかめてくださってもいいです。父は米坂線羽前小松駅の……」

「駅長だったね、さっきも聞いたよ」

「切符もあります」

孝はシャツのポケットを抑えて、

「検札をお願いします」

「わかったわかった」

列車手は腰にさげていた手拭を抜いて額を拭いながら、

「ちょっと此処《ここ》で待っていてくれないか。ジャンゴ・ラインハルトの連中と話をつけてくるからな」

客車のドアを開けて内部《なか》へ姿を消した。孝も同じようにシャツの袖を額に当てて汗を吸い取っている。

「度胸あるな、おまえ」

朝彦が言った。

「でもさ、よろしい。検札をしよう、ということになったらどうするつもりだった。この切符は福島までなんだぞ」

「ごめんなさい、と謝るしかなかったな。ただあの列車手はまず絶対に検札しないだろうって自信はあったんだ」

「どうしてだよ」

「RTOの命令通りにするのが列車手の仕事だし、だいたい列車手は検札鋏《ばさみ》を持っていないもの」

列車手が出てきた。

「座席に坐ることのできるのは病人だけだ。あとの五人は通路に腰をおろすんだな。席はあるんだが、ジャンゴ・ラインハルトの連中、いい顔をしないんだよ。上野まで横になれないのは辛いとかなんとかぬかして一人二座席を譲ろうとしない。こっちが強く出るとすぐRTOに告げ口をするし、あれでも日本人かねえ」

「そのジャンゴなんとかって外国人じゃなかったんですか」

「日本人だよ。ジャンゴ・ラインハルト楽団とか名乗って進駐軍のキャンプを慰問して回っているんだ。アメリカさんには人気があるらしいがね」

「そうか、わかった」

「どうかしたかい」

「白帯の下に慰五番という標示板が出ていたでしょう。これは白帯車は白帯車でも進駐軍慰問専用車だったんだな」

「そう。ただし前部三分の一だけだけれどもね」

「すると残りの三分の二には人がぎゅうぎゅう詰まっているんですね」

「そういうことになる」

「脱線しませんか。だってこの四月に東北本線で進駐軍慰問専用車が脱線したでしょう。客車の後の方が重くて前の方の慰問団席は軽い。それで自動連結器に喰い違いができて前部車輪が浮き上って脱線。利府《りふ》と陸前山王の間だったかな」

「ほんとうに君は委しいねえ」

「ですから父が……」

「駅長なんだろう。それは聞き飽きたよ」

苦笑しながら列車手はドアを開けた。

「君たちも慰問団席に乗ってくれりゃすこしは釣り合いがとれるだろうさ。さあ、入った入った」

孝、朝彦、昭介、政雄、そして修吉の順で内部《なか》へ入って行った。DDTをたっぷり撒《ま》かれた溝《みぞ》に顔を突っ込んだらきっとこうにちがいあるまいと思われるような異臭がこもっていた。これならさっきの豆の焦げる匂いのほうがまだましだ。前部二十席は閑散としている。前部で目立つのは網棚の上の大小さまざまの、それも歪《いびつ》な恰好をした黒いケース類だった。中味は楽器にちがいない。形はギターのケースに似ているが大きさは二倍ほどもあるやつが窓際に立てかけてあった。「楽器のうちでもっとも大きいものはコントラバスだと言われています。もちろんこの町に実物はありませんし、先生でさえまだ見たことがないんです。掛図の絵を見ながら一緒にその大きさを想像してみましょうね」といつか言っていた担任の先生のことばを修吉は思い出した。このケースに入っているのがひょっとしたらそのコントラバスとかいうお化け楽器ではないだろうか。細い麻縄で縛ってあるのはケースの錠前がこわれているからか。

二人掛の座席をひとり占めにし長ながと伸びて寝入っているのがほとんどで、いずれも申し合わせたように肘掛《ひじかけ》を枕にしていた。そして顔にはハンカチや手拭をかぶっているのも共通している。手前から二番目の、進行方向を背にして右側のボックスでは男が三人、目を赤くしながらトランプをしていた。そのボックスからさらにひとつおいたところへロープが二本張ってあった。座席の背凭《せもた》れの高さに一本、肘掛の高さにもう一本。ロープにはそれぞれ大きな、横長の木札がさがっていたが、その木札に書き込まれた横文字は修吉にも馴染《なじ》み深いもので、上のロープの木札には「OFF LIMITS」、下のは「RESERVED FOR ALLIED FORCES」。

ロープの向うでは何十という目玉が光っていた。天井には十六個の電灯があるが点《つ》いているのは慰問団席ばかり、向うは暗い。たぶん電球を外してあるのだろう。だから目玉だけが余計薄気味悪く光って見えているのだ。網棚にも人が乗っていた。頰がこけて長くみえる顔の上方に向う鉢巻をし下方に無精髭《ぶしょうひげ》を生やした男がこっちを向いて通路にあぐらをかき、

「やい、押すな。こっちは去年の八月十四日の日本みたいなものだ。もうちょっとでぶっ潰れら」

と喚く。そのすぐ背後には襟《えり》なしシャツに戦闘帽の若い男が左右の座席の背凭れに両手を突っ張るようにして当て、

「ほんとうに背骨が折れそうだ」

顔を苦しそうに歪《ゆが》めている。

「おい、車掌。その餓鬼どもはなんだ」

戦闘帽のうしろに立っていたランニングの男が怒鳴った。

「なんだってそいつらを特別扱いにするんだよ。こっちはよ、湯沢から立ちっ放しなんだから。それもただ立ってるんじゃねえんだ。うっかりしてると後から押されて倒れちまう、そいでこうやって踏ん張っているんだ。いってみりゃァこっちは壁の代りをしているんだ。この辛さ、おまえたちにはわからねえだろうがよ、死ぬより辛い生き地獄だ。餓鬼どもを坐らせるんだったらおれたちのこともなんとかしてくれ」

ランニング男を支持する声がいくつもあがった。

「この子どもたち全員が座席に坐るわけではありません。ひとりだけです。で、その子というのは病人でありまして、米沢駅のＲＴＯの……」

「つべこべいうな」「こっちだって病人同様だ」「空いている座席は解放しろ」「ロープを外せ」「おい車掌、とにかくちょっとこっちへこい」……。罵声《ばせい》のほかにいくつか紙つぶてが列車手や修吉たちめがけて飛んできた。

「残念ながらわたしは車掌ではないのです。ただの列車手、それも進駐軍専用車の列車手です。もうひとつ残念なことですが、皆さんがそのロープを外しますと、次のＲＴＯのある駅から、ということは福島駅からＭＰが乗り込むことになります。つまり……そういうことです」

列車手はロープの向うへお辞儀をし、それからトランプをしている男たちに、

「では、この子をひとりだけおねがいしますよ」

というと小走りに出て行ってしまった。

「なるほど、ずいぶん膨れあがったものだな」

トランプをしていた三人のうちに顎髭《あごひげ》を生やした男がいたが、この顎髭が正にちらっと目をくれてロープのすぐ傍《そば》の席を指した。

「ロープ際《ぎわ》にひとつかふたつ空席があったはずだ」

「こ、ここでいいです。通路に坐らせてください」

正は肘掛にすがってゆっくりと床に坐り込んだ。ロープの向うにはもう何時間も立ちっ放しの人たちもいるのに自分だけが、と気おくれしたにちがいない。それに本当の病人ならまだしもじつをいえば仮病なのだ。

「勝手にしな」

顎髭が言った。

「ただしこっちの神経に触ってもらいたくないな。つまりおれたちが通る分は明けといてくれよ」

顎髭のボックスに背を向け、修吉たちは正の左右に一列になって腰をおろした。窓

の外が明るくなり、小さな駅舎が通り過ぎて行った。〔関根駅〕という文字がはっきり見えたのは速度が落ちているせいだろう。するといよいよ県境を跨《また》ぐ長い長い上り坂にさしかかったか。転轍器《てんてつき》をふたつ列車はつづけざまに渡り大きく横に揺れた。勢《はず》みで修吉の目の前の座席から床へ人形が落ちた。その座席でハンカチを顔にかぶせて眠っているのはどうやら少女であるらしい。窓の方へ伸ばしている足の小さいことからもそれはわかる。

奥羽山脈と飯豊山地との付根の板谷峠めざし這《は》い登って行く列車の速度はさらに落ち、二輛目の機関車はダッタ、ダッタ、ダッタと爆発音をたてはじめた。車外《そと》に洩れる車内灯のあかりが通り過ぎて行く電柱——鉄道博士の羽前小松駅長息子君塚孝は「あれは正確には木柱のうちの単柱というのだ」といっていたけれども——を、はっきりと浮び上らせている。そのうちに列車は板囲いとも隧道《トンネル》ともつかぬものを潜《くぐ》っては抜け、抜けては潜り出した。隧道はどれも短い。修吉たちの乗る、前部の三分の一は進駐軍慰問団専用車で後部の三分の二は鮓詰《すしづ》めの普通車という奇妙な構造の客車は、それらの隧道を五、六秒で潜り抜けて行った。そのたびに車窓が白く濁る。これは修吉たちの乗る車輛が機関車に近いせいに依る。機関車もろとも隧道に突っ込んでしまうので排煙が窓と隧道の壁との間に立ちこめるのだ。

「防雪小屋だぞ」

修吉のすぐ前の床にあぐらをかいて、例の紅梅キャラメルの景品『少年野球手帖』の余白に隧道の数を記録していた君塚孝が、鉛筆の先で白く濁った窓を突っつくように指し示した。

「正確には雪覆《ゆきおお》いっていうんだけどね。冬の吹雪を防ぐために要所要所に建ててある。雪覆いと雪覆いの間は杉の防雪林のはずだ。暗くてよく見えないけど……」

「うるさいぞ」

修吉の腰をおろしているところから見ると斜め左前方に当る四人掛けボックスでトランプをしていた顎髭の中年男が棘《とげ》の生えた目で孝を睨《にら》みつけた。顎髭は二人の若い男と向い合ってマッチの軸のやりとりをしているがあまり形勢はよくないようで、それは棘のあるその目付からも察することができる。

「おまえの知ったかぶりのおかげでアイ公が目を覚しでもしたら、ただじゃおかないぜ」

顎髭を修吉の目の前で軽い寝息を立てている少女に向けて振った。

「列車手がなんといおうが、おまえたちをこの天国の白帯車から地獄の普通車へ追い出してしまうからな。明日の午後はアイ公がいよいよ六本木のハーディ・バラックの将校《オフィサーズ》クラブの檜《ひのき》舞台へデビューするんだ。寝不足で声が出ないなんてことになったら泣いても泣き切れねえ。わかったか、チビ共」

横文字が多くて修吉たちにはよく理解できない。ただ目の前の少女の呼び名がアイ公というらしいことはわかった。

「バンマスったら、八ツ当りはおよしなさいよ」

顎髭のいるボックスの真うしろ、ということは修吉の真左のボックスで鞭《むち》のように細い体を起こした若い女がある。白のブラウスとスカートに白い靴と白ずくめで、髪の乱れを嫌っているのか煤《すす》を防ぐためなのか、白いハンカチをかぶっていた。戦争中に修吉たちを虜《とりこ》にした映画のひとつに片岡千恵蔵が宮本武蔵に扮したつづきものがあるけれども、女はその映画でお通を演じた相馬千恵子と顔立ちが似ていた。長茄子《ながなす》のように長かったのだ。修吉たちの目を瞠《みは》らせたのは、しかし彼女の長顔ではない。菜種油に浸《つ》けておいたのをたったいま抜き出しましたといわんばかりの、光沢《つや》のある脚だった。

「バンマスの声のほうがこの子たちよりもはるかに大きいじゃないの。現にあたしなんぞはバンマスの声で目を覚したぐらいよ」

女は左腕に大事そうに通していた白色の、小さな手提鞄《てさげかばん》から、アメリカ煙草なのに日章旗とよく似た模様をつけていることで修吉たちにまでよく知られたラッキーストライクを出した。修吉は列車の揺れに便乗して女の光沢のある脚に十四、五糎《センチ》のところまで目を近づけてみた。細い網のようなものが女の脚を包んでいた。

〈これが有名なナイロンのストッキングというやつだな〉

四週間ばかり前に読んだ朝日新聞の記事を修吉は思い出した。その記事は東京のオールド海上ビルが〔ワック宿舎〕と名を変えたこと、そしてそこへ米軍女子部隊が入居したことを報じていたが、こんな小さな記事のことを記憶しているのは末尾に「ワック宿舎の前には数百人の日本人女性が見物に集まった。どうしてなのか、女性にたずねてみると、彼女たちは異口同音に『女子兵士のはいているナイロンのストッキングが見たいから』と答えたものである」と記してあったからだった。それ以来、修吉の頭の中には〔ナイロンのストッキング〕ということばが糸の切れた凧《たこ》のように浮びあっちへ行きこっちへ戻りしていた。だが、たったいまそれが現実とぴたりと重なり一対一の対応をなしとげた。修吉は爽快《そうかい》な気分になり、光沢のある脚を辿《たど》って女を見上げた。清潔なシーツ、アイスクリーム、ボールペン、本皮製のスパイク、バターを塗ったトースト、富士山、女性性器（冬の炬燵《こたつ》で覗き見た友だちの妹の幼い性器は別として成人の）、八階建のビル、セネタースの外野手大下弘選手、電車、輪タク、黒人兵、吉川英治、ターザン、上野駅、浅草、隅田川、真ッ白の軟式野球ボール、民主主義、天皇……、修吉の頭の中には、まだ現実と結びついていないことばがたくさんある。これらの糸の切れた凧ことばがそれぞれ一対一対応をとげたらどんなに仕合せだろう。そのときの自分はよほど賢くなっているにちがいない。

女はラッキーストライクを二本咥《くわ》え、白金懐炉の乾分《こぶん》のようなライターでジボッと火を点けると、座席の背凭れ越しに一本を顎髭に差し出した。

「ポーカーに狂ってばかりいないでさ、バンマスもすこし休んだらどうなのよ」

「この糞暑《くそあつ》いところでどうすりゃ眠れるんだい」

顎髭はラッキーストライクを咥えてカードを切りはじめた。

「無理なことばかりいうジャーマネだぜ」

このへんの二人の会話《やりとり》は修吉たちにも理解できた。去年の秋ごろからこの春まで修吉たちの町の小松座という小屋へ「ワン・ツー・鈴木と金星楽団」なるものが月に一度の割合で巡回してきていた。現代劇ではじまり時代劇でしめくくる、というのがこの楽団のいつものやり方だったが、この二つの劇の間に一時間ほどの歌謡ショーが挿《はさ》み込まれており、修吉たちは劇よりもこのショーの方をはるかに好いていた。このショーでは、すぐ後で国定忠治かなんかに扮するはずの座長ワン・ツー・鈴木が首に造花の花輪をぶらさげてギターを掻《か》き鳴しながら座員を紹介するのだが、そのときに彼は「このわたしがバンマスで」だの「ジャーマネはうちのかあちゃんで、女房ってものはほんとに邪魔《ジャーマネ》ね」だのと〝術語〟を使った。それで修吉たちはこの種のことばに多少は通じているのである。

ついでながら小松座にはマイクロホンがなく、ワン・ツー・鈴木と金星楽団にもその設備はなかった——電力節約のために毎晩のように停電があったから、マイクロホンを持たぬという小松座や金星楽団の方針は妥当なものであった——ので、歌手をも兼ねるジャーマネ役のワン・ツー・鈴木夫人はメガホンを口に当てがって、嗄《しゃが》れ声で、『勘太郎月夜唄』や『流転』を歌った。メガホンに嗄れ声は、富士山に月見草よりよく適《あ》って、修吉たちはいつもうっとり聞き惚《ほ》れた。ワン・ツー・鈴木夫妻には十三歳になるシックスセブン栄子という芸名の一人娘がいて、母親の歌に合わせてやくざ踊りをおどり、修吉たちを痺《しび》れさせた。踊りが物欲しそうに極《き》まると修吉たちはかぶりつきへ走り出てそのために持参してきた南瓜《かぼちゃ》や西瓜《すいか》やトマトを彼女の足許《あしもと》めがけて転がしてやったものだが、このワン・ツー・鈴木と金星楽団はこの数カ月、姿を見せていない。小松座の下足番のじいさんのはなしではワン・ツー・鈴木夫人が急死したのが原因《もと》で解散したのだという。米沢盆地の北端に長井という町があるが、そこの劇場に一座が宿泊中に、ワン・ツー・鈴木が風呂桶《ふろおけ》の中に電熱器をこっそりおろし盗電して風呂を沸していたところ、そうとは知らずにワン・ツー・鈴木夫人がその風呂桶に手を突っ込み感電死したのだそうだ。

「上野駅には奥さんが迎えに来ているかしら」

女が煙草の煙を顎髭のいるボックスへぷうっと吹きかけた。

「多分な。なにしろ東北のキャンプ廻りで十日も留守にしていたからな」

「じゃあ今日こそ話をつけてね」

「おいおい、また無理をいう」

「簡単なことでしょう。わたしたちの仲を奥さんに正直に言う、それだけのことよ」

「そういうことには時期というものがある」

「その台詞《せりふ》はもう聞き飽きました。去年の秋、ぼろぼろの兵隊服と穴だらけの軍靴をはいて、朝霞《あさか》のキャンプドレイクのゲートの前で『われわれはジャズを演奏できる。この門前を借り受けてこれより演奏をはじめるが、気に入ったら石鹸《せっけん》でも煙草でもよろしい、なにかいただきたい』とカタコト英語で哀れな口上を言い、ギターでマイ・ブルー・ヘブンかなんか弾いていたのはだれ？　あのときあそこをこのわたしが通りかからなかったら、あんたたちはまだ乞食《こじき》楽士をやっていたはずよ。ジャンゴ・ラインハルト楽団だか何だか知らないけれど、結構な名前を名乗ってキャンプを回り、殿様道中できるのはだれのおかげよ」

「うるせえ」

顎髭は女にトランプカードを投げつけた。もっとも背後に向って盲滅法に投げつけたのでカードは女に当らず、床に坐り込んでいる修吉たちの上に降った。

「いまそんな話を持ち出して女房につむじを曲げられ、アイ公を連れて行かれてみろ。ジャンゴ・ラインハルト楽団は空中分解だぞ。現在、おれたちの楽団は何で保《も》っている？　おれのギターか？」

「まさか」

「おまえのマネージャーとしての腕か。あるいはおまえがちょこっと歌うフォスター名曲集か？　そうじゃねえだろう。ジャンゴ・ラインハルト楽団がGI《ジーアイ》連中に受けているのは一にも二にもアイ公の歌よ。そのアイ公をここで女房にかっ攫《さら》われてみろ。ギターにリズムギター、ベースにクラリネット、ドラムスにピアノにジャーマネのおまえ、全員飯の喰い上げじゃねえか。そこんところをよく考えてみろ。なあ、だから時節を待つのよ」

女は唇を嚙《か》み、ラッキーストライクを床に叩き捨てた。顎髭は背凭れに頭をつけて腕組みをし、目をつむった。カードをだれも集めようとしない。仕方がないから修吉たちがのろのろ拾い集めた。

「……ルッキン・スルー・ザ・ウィンドウ、ユー・キャン・シー・ザ・ディスタント・スティプル、ナッタ・サイ・ノブ・ピープル、フー・ニーズ・ピープル……」

修吉の目の前のボックスから甲高い声があがった。それは顎髭からアイ公と呼ばれていた少女で、おどろいたことに髪にパーマネントをかけていた。藪《やぶ》のようによく茂った睫毛《まつげ》をパチパチさせながら座席の上に立って、

「……シー・ア・ウィッシング・ウェル、セイ・ア・グッナイ・スウィート・ウェル、ウイ・サンク・スモール・ホテル・トギャザー」

と修吉たちにはまるで見当もつかない歌をうたい、

「なによ、あんたたち」

すこし反り身になって両手を腰に当てがい、修吉たちを見下した。突然の質問に修吉たちがうろたえていると、

「うちのバンドボーイに雇われたの」

また見当のつかないことを訊いてきた。

「座席に立ったりしちゃだめ。転んで怪我でもしたらどうするの」

女が言った。

「でもなんなのよ、この子たちは」

「その子がね」

　と女は靴の先を滝沢昭介と山形朝彦に守られて坐っていた横山正の背中へ向けた。

「病気なんだって。それで東京の病院へ行くところらしいわ」

「なんの病気なの」

「糖欠病です」

正はおどおどした声で答えた。

「栄養失調の一種です」

「長い間、甘いものをたべないでいると起る病気でしょ。わたしの学校にも大勢いるわよ。そういう子はね、こういうキャンディをたべるといいのよね」

少女は座席の隅に置いてあった蟇口《がまぐち》の親分といった感じの赤皮の手提げから、赤や茶や白の派手な包装のキャンディを摑《つか》み出し、

「チョコレートでしょ、ヌガーバーでしょ、チャームの飴玉《あめだま》でしょ、それからピーナツをキャラメルでかためたやつ……」

丁寧に座席の上に並べてから、

「これみんな、あなたにあげる」

と妙にやさしい声で正に言った。

一瞬、修吉の脳裡《のうり》に蘇《よみが》えったのは三年前、昭和十八年秋の大光院の百畳敷の大広間で行われた「牛込区立余丁国民学校三年一組の皆さん歓迎会」の一光景だった。修吉たちは翌日から同じ教室で勉強することになっていた二十三名の疎開児童たちのために餅を搗《つ》き、それを小豆汁のなかに千切って入れてすすめた。疎開児童たちのお返しは『見えない飛行機』をはじめとする講談社発行の少年小説や少女小説が十数冊。これらの書物は教室の隅の、特別製の本棚に収められ、長い間、修吉のクラスの宝物になっていたが、忘れられないのはそのときの校長訓示であった。

「このたびの大東亜戦争が聖戦といわれる所以《ゆえん》は、これまで神国日本の歴史が成そうとして成し得なかった大事業がいともやすやすと朝飯前に実現されているところにあるのであります。少国民諸君の、大都会から地方への大移動もその大事業のひとつ、いまこそが大都会と地方とがひとつに融《と》け合う歴史的瞬間なのであります。都会ッ子の機敏さと在郷太郎《ぜごたろ》の辛抱強さとが程よく混り合うならばどちらにとっても鬼に金棒、などて鬼畜米英をおそれることがありましょうか」

この論法がいまでも正しいとするならば、都会ッ子である少女と在郷太郎の自分たちが仲よくすることも大事業、とまでは行かなくとも中事業か小事業ぐらいの意味はあるかもしれない。修吉は正に言った。

「素直に貰《さぐ》っておいだらどげなもんだべ」

「そ、そうだな」

正は少女の方へおそるおそる右手を差し出した。少女は正の手の上にチョコレートをのせ、突然、

「泥棒ッ」

と叫んだ。正は驚いてチョコレートを放り出し、川底の石の下に身を隠すときの鮠《はや》のように素速く手を引っこめた。

「だれがただであげるもんか」

少女はククと咽喉《のど》を鳴らして鳥みたいに笑った。

「ちょっと言ってみたまでよ」

担がれたらしいとようやく悟って修吉たちは気弱に笑い合い顔を伏せた。だが、朝彦だけはきゅっと眉を釣りあげて、

「この、こまっしゃくれ女餓鬼《めがき》め、輪姦してもらいたいのか」

少女を睨みつけた。怯えが少女を奥目にした。途端に朝彦はにたっと笑って、

「だれがおまえみたいな小便くさい女子《おなご》を相手にするもんか。ちょっと言ってみたまでさ」

と野球の試合にたとえて言えば、たちまち同点にした。国民学校六年生とはいいながら朝彦の実際の年齢は修吉たちよりも少くとも二つは上である。相当な迫力だった。

「あたしはどこのキャンプでも日本一の天才少女って言われているのよ」

少女は大声で喚きたてる。父親の顎髭に聞えるようにと計算しているのだ。

「そのあたしに向ってなによ」

「おまえばかりが日本一じゃないぜ。こっちにも日本一はいるんだぞ」

「へえ、なんの日本一よ」

「鉄道の、だ」

朝彦は真うしろに坐っていた孝の肩に手をのせて、

「こいつはな、鉄道のことならなんだって知っているんだ。孝、なんかやってみろよ」

「そうだな」

孝は相変らず規則正しく車窓を通り過ぎて行く雪覆いの数を『少年野球手帖』につけながら、

「上野景範、塩田三郎、吉井友実、井上勝、太田資政、松本荘一郎、鈴木大亮、平井晴二郎、後藤新平、原敬、床次竹二郎、仙石貢、添田寿一、中村是公、元田肇、大木遠吉、山之内一次、小松謙次郎、井上匡四郎、小川平吉、江木翼、原脩次郎、三土忠造、内田信也、前田米蔵、伍堂卓雄、中島知久平、前田米蔵、永井柳太郎、永田秀次郎、松野鶴平、村田省蔵、小川郷太郎、寺島健、八田嘉明、五島慶太、豊田貞次郎、小日山直登、田中武雄、村上義一、平塚常次郎。以上」

歴代天皇の名を暗誦《あんしょう》するときの調子で一気に並べ立てた。

「孝よ、いまのはなんだった」

「明治三年から現在まで、すなわち昭和二十一年七月までの、国鉄の歴代長官総裁名だ」

「でかした」

朝彦は孝の背中をどしんと叩き、それから少女に重たい石のような声で言った。

「これですこしはわかったろう。おまえばかりが日本一じゃないのだ。すこしは反省しろよ」

「田吾作がいじめる」

少女が針のように尖《とが》った声で泣き出した。

「父ちゃん、田吾作があたいをいじめたんだよ」

正の脇腹の出っ張りを渡り石にし、脳味噌にちくちく突き刺さるような泣き声をあげながら、少女は顎髭の膝《ひざ》に飛び移った。

「この子たち、どうして進駐軍慰問専用車に乗っているの。追い出してよ」

「お、おまえら、うちのアイ公になにをしたんだよ」

顎髭は右手で少女を抱き止め、左手で口許の涎《よだれ》を拭き、右足の踵《かかと》で順に正と朝彦と孝の脇腹を蹴《け》った。目を覚した途端の手さばき足さばきにしてはなかなか見事で、ワン・ツー・鈴木と金星楽団のドラマーよりも器用だな、と修吉は思った。

「親切に白帯車に乗せてやったのに、その恩を仇《あだ》で返しやがって。あっちへ行け。普通車の方へ行っちまえ」

トン、トン、トンと顎髭は今度も鮮やかに正、昭介、佐藤政雄の順に脇腹を蹴った。

「悪いのはおまえさんの娘の方だ」

そのとき、思わぬところから支援の声があがった。修吉たちの乗っている車輌《しゃりょう》が二本のロープと〔OFF LIMITS〕〔RESERVED FOR ALLIED FORCES〕の二枚の木札でふたつに仕切られていて、前部三分の一が進駐軍慰問専用車、後部三分の二が普通車になっていたということは前にも記したが、声をあげたのはそのロープ際に踏ん張っていた戦闘帽の若い男だった。

「その子たちを先にからかったのはおまえさんの娘だよ」

「余計なお世話だ」

顎髭が脂で光った顔を手で拭った。

「ほんとうに神経に触るようなことを言ってもらいたくねえ。こっちはお国のために毎日くたくたになって働いているんだからな。つまりおれたちはあんたがたのために神経をすりへらしているんだよ。とくにうちの娘はそうだ。今夜だって神町のキャンプで八曲も歌ってきたところさ。その娘がこの薄汚ねえ餓鬼どもをからかうぐらいなんだというんだよ」

「ほっ、お国のためとはまた大きく出たものだよな」

戦闘帽の男が隣りの向う鉢巻の男に大声で言った。隣りだから小声ですむはずなのに大声になったのは、あたり近所へも聞かせようというつもりにちがいない。

「それに、おれたちのためにキャンプ回りをしてくれているんだとさ、ありがたいはなしだよ」

「なにがお国のためだ、なにがおれたちのためだ」

向う鉢巻がその鉢巻を、唾を吐きかけた手で締め直した。

「下手な歌を唸《うな》って、いい銭稼《ぜにかせ》いで、御馳走の喰いだめをして、洋モクやチョコレートをせしめて、おまけに白帯の専用車で大名旅行をして、それがお国のためだとよ。笑わせやがる」

そうだ、という声が蜘蛛《くも》の巣のように普通車の中を四方八方へひろがって行った。

「みんな自分のためじゃないか。綺麗《きれい》ごとを言ってやがる」

「アメリカ兵は娯楽に飢えている」

顎髭が立ちあがった。

「おれたちは座席に飢えている」

普通車の奥でだれかが混ぜ返した。顎髭は声のした方をきっとなって睨み据えていたが、やがて修吉たちの脇腹を勢いよく通り抜けてロープ際へ歩み寄った。修吉はうっと唸って左の脇腹をおさえる。顎髭の靴が修吉の脇腹を抉《えぐ》るようにして擦《こす》って行ったのだ。

「連中は日本人のように耐えることを知らん。キャンプの中に娯楽がないとなると、キャンプの外へ飛び出す。そして飛び出したが最後なにを仕出かすかわからない。先月の第一日曜の午後、アメリカ兵が三人、ピストルを振りかざして国電を停めた。場所は高円寺と中野との中間地点だ。連中は運転室に乗り込むとピストルで脅して運転士を叩き出し……」

「正確には運転従業員だ」

孝がたしなめるような口調で言った。

「国鉄では運転士だなんて言いませんよ」

こと国鉄に関しては、孝は間違いを放っておくことができないのだ。

「うるさい。とにかく連中はその電車を東京駅までノンストップで走らせた。こういうことは一切新聞には載らん。だからみんなは知るまいが、これは事実なんだ。さて連中はかけつけてきたMPになんと言ったと思うかね。『おれたちは中野スタッケードの兵隊だ』と連中はMPに答えた。中野スタッケードというのは旧中野刑務所のことだが、それはとにかく、続けて連中の曰《いわ》く『今日の午後、中野スタッケードに〝大島喜一とグランド・スターズ〟が慰問演奏に来てくれることになっていた。それが急に横浜伊勢佐木町の米兵キャバレー〝オリンピック〟に出なければならなくなったとかで中止になった。ついむしゃくしゃして国電を乗っ取ってしまった』……。どうだわかるか。連中とジャズ音楽の関係はおれたちと教育勅語のそれとよく似ている。連中、ジャズなしではなにを仕出すかわからん。つまりジャズをやっているおれたちは防波堤さ。みんなの防波堤をつとめているのだ。お国のため、と言った理由がこれでわかっただろうが」

引き返そうとした顎髭を、戦闘帽や向う鉢巻のうしろにいたランニングの男が止めた。

「お国のために働いているのはおまえさんだけじゃないよ。このおれも一年前は九州の某基地で死ぬ順番を待っていた。いうところの特攻隊の生き残りってやつだな。おまえさんたち、ギターを弄《いら》ったりラッパを吹いたり、一年前までは非国民だったんだろう。一年やそこらで急にそりかえったりしてみっともないぜ」

「冗談じゃない」

顎髭が靴のまま座席の上に立った。そこは進駐軍慰問団専用席の最後部のボックスで、ということは普通席の最前列のボックスと隣接していた。人間はだれひとり坐っていない、コントラバス用のケースが一個立てかけてあるだけだった。ジャンゴ・ラインハルト楽団もさすがに人口密度一平方米に三名という普通席のすぐそばでのんびり寝そべって行くというのは憚《はば》かられ、その左右ふたつのボックスには楽器などを置き、一種の緩衝地帯にそこを仕立てあげていたのだが、顎髭が立ったのは進行方向を背にして右のボックスである。

「おれたちは生れたときからずうっとお国のために働き通しよ。たとえばこのおれだが、昭和十七年の六月には毎日新聞社派遣南方皇軍慰問芸術団というのに加わって、ビルマ、マレー半島、ジャワ、台湾、フィリピンを歩かされてきた。南方各地をひとまわりして、やれやれそろそろ日本に帰れそうだぞと思ったのも束《つか》の間、マニラで日本放送協会南方慰問団に合流しろとの命令がくだった。それでもう一度ビルマの奥地まで逆戻り、帰国したのはあくる年の三月さ。そのビルマでは小戦闘に巻き込まれて、この通りだ」

顎鬚は左手を熊手のように大きくひろげながら頭上に掲げた。四本指だった。人さし指がない。

「帰国したら日本放送協会の対米英音楽謀略班に入れてもらえるという約束だった。音楽謀略班というのどっかで小耳にはさんだことはないかい。シンガポールで捕虜にしたイギリス兵を東京まで連れてきてさ、そいつらにアメリカ兵やイギリス兵の好きそうなジャズのスタンダード曲の歌詞を書き換えさせるわけだ。どんな曲も『ああ、戦地はいやだ。戦さに負けてもいい、早く故郷へ帰りたい。そして恋しいあの娘《こ》と新世帯を持ちたい。それにだいたい日本兵は強すぎる……』なんて内容に変えさせてしまう。で、そいつを森山久やティーブ釜范《かまやつ》なんかに歌わせるのさ。対米英音楽謀略班、これは参謀本部の直轄だし、給料は悪くない、なによりも、大好きなジャズを大威張で演《や》れる。そういう条件でもなきゃ、だれがビルマくんだりまで泥水啜《すす》りに行くものか」
顎髭は自分の声に励まされ、けしかけられ、尻を叩かれて、ますます声高になって
いった。
「ところが流れ弾にこの指を持ってかれてしまった。ギター弾きにとってこれがどう
いうことかわかるか」
「戦艦大和抜きの日本連合艦隊」
「サングラスのないマッカーサー」
「山高帽なしの天チャン」
「汽笛の鳴らない蒸気機関車」
あちこちから声がかかった。おしまいのは孝の掛け声にちがいない。
「もっと深刻だぞ。それまで指先にいくつもタコをこしらえて身につけた技術が一切
合財無駄になってしまうのだからな。畜生、いっそ心臓か頭にその流れ弾が当ってく
れりゃよかったのに、と何度思ったか知れやしない。ところがあるとき楽士仲間のひ
とりが、フランスだかベルギーだかにジャンゴ・ラインハルトという左の人さし指の
ないギターの名手がいて、大活躍しているらしい、と教えてくれた。それに勇気づけ

られたね。発奮して運指の方法を根本から改めた。女房の田舎に籠《こも》って毎日南瓜南瓜で真ッ黄色になりながら練習に没頭した」

「聞くも涙の物語だな」

戦闘帽が茶々を入れた。

「ようやくなんとかなりかけたとき、戦さが終った。そこで仲間を集めてバンドを作った。左の人さし指のないその大先輩にあやかってバンド名もジャンゴ・ラインハルト楽団にした。どうだい、戦中戦後ずうっとお国のために尽しっぱなしだろう。汽車の中ですこしばかり楽をしているからってだれにもがたがた言われたくないな。バンドの連中だって生れたときからお国のために働きづめよ。クラリネットとドラムスは陸軍戸山学校音楽隊の出身だ。ベースにリズムギターは富士音盤で軍歌の吹き込みを専門にやっていた」

修吉は心の中で、あっキングレコードのことだな、と思った。富士音盤がキングに直ったのと同時に、日蓄がコロンビアに、大東亜がビクターに、勝鬨《かちどき》がポリドールに改まっている。戦争が始まったり終ったりするたびに名前が一斉に変ったり改まったりするって、いったいどういうことだろうか。考えてみたが、修吉にその理由がわかるわけもない。頭を振って疑問を追い出し、あらためて顎髭を見上げた。

「それからピアノは陸軍恤兵《じゅっぺい》部派遣松竹南方慰問団に所属していた。こうやってみると、娘とマネージャーを除いた全員が戦争中からお国のために楽器を鳴しつづけていることがわかる。な、昨日や今日の出来星《できぼし》とわけがちがうのさ。そういうおれたちが椅子にゆっくり腰をおろして旅をしても罰《ばち》は当るまい。薄汚ない餓鬼どもにちょいと剣突くわしたぐらいなんだというのだ。気をつけて口をきいてもらいたいね」

進駐軍慰問団専用席と普通席との境い目の座席の上に仁王立ちになったジャンゴ・ラインハルト楽団のバンドマスター顎髭は、ふっと口を閉じ座席の背凭板を、指が一本欠けている左手で摑んだ。右手は窓際に立てかけてあったコントラバスのケースにかかっている。コントラバスのケースは錠がこわれているらしく荷造用の紐《ひも》で十文字に縛ってある。顎髭が右手をかけたのはその紐の結び目である。

「いよいよ県境の板谷峠だぞ」

進駐軍慰問団専用席の通路に腰をおろして顎髭の黒い鼻の穴を見上げていた修吉に隣から鉄道博士の君塚孝がいった。

「いま機関車は一〇〇〇分の三三・三の急勾配《こうばい》を登ろうとしているところなんだ。だからぎくしゃく揺れるんだな。これは日本で二番目に急な坂だから揺れて当り前だけどね」

「一番《えじばん》はどごだづのすか」

「信越本線の横川と軽井沢の間だ。そこは一〇〇〇分の六六・七の連続勾配だってさ。三番目は御殿場線の一〇〇〇分の二五。だからさ、揉《も》めてる場合じゃないんだよ」

孝は顎髭を、それから普通席の最前列で顎髭を睨みつけている戦闘帽の若い男をギロリと見た。

「日本で二番目に急な坂をC五六機関車がひいこらひいこらいいながら登って行くこの感じを、身体で味わう方がずっと大事なことなんだぞ」

鞭《むち》で宙を切るのに似た鋭い汽笛が三回鳴った。

「第二板谷峠隧道《トンネル》、全長千六百二十八米五十五糎」

孝の声とほとんど同時に走行音が、閉め切った体操場で大八車を引き回しているような、籠った音に変った。たしかに列車は隧道に入ったのだ。

「米沢駅からみて五つ目、福島駅からは十六番目の隧道。米沢＝福島区間にある二十の隧道のなかで最長」

孝とつき合うのは本当に骨が折れる、と修吉は思った。なにかといえば鉄道についての知識の押し売りなのだ。「この知ったか振り野郎《やろ》コ」という、いつも投げつけていることばが咽喉から出かかった。がしかし「んでも待って居《え》ろよ」とすぐ思い直した。米沢＝福島間の往復切符で米沢＝上野間を行き戻りし、東京の向島区というところにある長瀬護謨《ゴム》製作所を訪ねて軟式野球用のボールを手に入れるのが目的のこの大旅行の成否が、孝のその鉄道知識の多寡にかかっていると気付いたからである。修吉は孝に、いやあ感心した、といった表情をしてみせ、それから再び演説をはじめた顎髭を仰ぎ見た。隧道に入った途端、揺れは収まっている。

「あんたは戦争中には軍人をしていたと言っていたな」

顎髭の、顎髭の先は戦闘帽の男に向けられていた。

「そのころのあんたたちがどんな旅行をしていたか思い出してみるんだな。おれたちが小さくなって座席に三人掛を励行していたとき、あんたたちはなにをしていた、え？　二等車にふんぞり返って芸者の写真をにたにたしながら眺めていた」

「い、いや、おれは芸者の写真に見とれていたおぼえはないぞ」

戦闘帽が言い返した。

「いくら軟かくてもせいぜい講談倶楽部《クラブ》どまりだった」

「おれたちが鉄道パンや甘藷《かんしょ》弁当をぼそぼそと口に運んでいるとき、あんたたちは食堂車で温かい飯をくっていた」

鉄道パンと聞いて修吉は思わず口中に涎れを溢《あふ》れさせた。昆布《こんぶ》を大量に混ぜて蒸してあったので、鉄道パンは炭団《たどん》みたいな色をしていた。昆布のほかに野菜も入っていたはずである。それにときどき重曹の白い塊を嚙み当てることもあった。そのたびに鉄錆《てつさび》を舐《な》めたときと同じように酸っぱい味がして、まるでサイダーといっしょにパンをたべているような気がして、あれはあれでとても旨《うま》かったと思う。その証拠に家の用事かなんかして小遣いを貰うと、修吉たちは決ったように鉄道パンを買いに羽前小松駅の売店へ馳《か》け出して行ったものだ。もっともたいていは売切れで、食紅で着色した鉄道寒天羊羹《ようかん》をたべながら戻ってくるのが常だったけれども。あの鉄道寒天羊羹は鉄道パンの一〇〇〇分の三三・三もおいしくなかったぞ。

「おれたちが冷いさつま芋を齧《かじ》っているとき、あんたたち軍人は食堂車でコロッケを肴《さかな》にビールを飲んでいた」

「ちょっと待ってください」

孝は、教室で教師の注目を惹《ひ》きたいと思う生徒がよくやるように、右手を高々と掲げながら立ちあがった。

「な、なんだ」

顎髭は孝の勢いにすこし気押されて腰を引き加減にした。

「食堂車で軍人がコロッケをたべていたっていうのはいつのことですか」

「昭和十八年の三月だ」

「たしかですか」

「ああ。毎日新聞社派遣南方皇軍慰問団というのに引っぱられ、十カ月も、ビルマ、マレー半島、ジャワ、台湾、フィリピンを歩かされて帰ってきたときのことなんでな、よく憶《おぼ》えている」

顎髭は左手の中指で自分の頭をコツコツと叩いてみせた。

「神戸に上陸してすぐ慰問団が解散になった。で、大阪で一泊して翌朝、東海道線の上り特急に乗った。そのときに……」

「ふうん、すると『特急富士』かな。大阪発が六時五十五分、それで東京着が十五時二十五分だったでしょう」

「いや、東京駅に着いたのは午後五時ちょっと前だったぞ」

「わかった。それなら大阪を八時〇〇《レイレイ》分に発車する『特急桜』だ」

「どうだっていいんだよ、そんなことは。大切なのは、食堂車にたむろした軍人どもがコロッケでビール飲んでいたってことだ。食堂車のドアには一般客は立入禁止を書いた紙が貼《は》ってあったから、おれは泣く泣く米原で甘藷弁当を買ったが、こんなばかなことってあるかい。こっちもお国のために働いてきた。ギタリストにとって命よりも大事な左の人さし指をお国に捧《ささ》げて帰ってきたのだ。それなのに軍人だけがどうしてコロッケなんだ、なぜ連中ばかりがビールなんだ。しかしいいかね、戦闘帽の兄さん、おれたちはそのときじっと我慢した。そういう差別待遇に文句をつけたところで埒《らち》の明くような世の中ではなかったから一切合財のみこんで耐えたわけさ。だが、世の中は変った。こんどの大将は進駐軍で、その進駐軍がおれたちジャンゴ・ラインハルト楽団に専用席を呉《く》れた。たしかに、ひとつの客車の三分の一がすかすかに空《す》いていて、三分の二はぎゅうぎゅうの鮨詰《すしづ》め、こんなばかなことはない。けどもね、戦闘帽の兄さんよ、こういうばかをはじめたのは軍人どもの方が先なんだ。数年前、おれたちがコロッケを喰う軍人どもを横目で睨んで指を咥《くわ》えていたように、こんどはあんたたちが……」

「国鉄の食堂車でコロッケがくえるはずはないと言っているのに、どうしてわからないのかなあ」

孝は顎髭に何回も何回も首を横に振ってみせて、

「コロッケが食堂車の献立にのっていたのは昭和十六年の暮までなんだ」

紙の破けるような声でいった。声変りがはじまっているので、大きな声を出すと、ビービーと雑音のようなものが入るのだ。

「ビールがあったというのもあやしい。お酒のまちがいじゃないのかな。先着の何十人かに限って、白雪、白鶴、菊正宗、桜正宗、月桂冠、爛漫のうちのどれかが出るということはあり得るけどね。東北本線、奥羽本線の場合はいま言った六種のほかに両関が出る可能性がある。でもとにかくコロッケはなかったんだ。あったとすれば鮮魚フライ、蒲鉾《かまぼこ》、親子丼、鰻丼《うなどん》、煮魚、刺身、葱鮪《ねぎま》、それからカレーライス、このうちのどれかだ」

「うるさい小僧だな。ここはコロッケとビールじゃないとおれの立場がなくなってしまうのだ」

「鉄道のことで嘘が通用しているようだと、ぼくの立場がなくなってしまうんです。なにしろぼくは駅長の息子だし……」

「わかったよ、もう。じゃあ軍人が葱鮪を肴に桜正宗を飲んでいたというのでもいい」

「それならいいんです」

大きな仕事を終えたあとのような、いかにも満足そうな表情を顔いっぱいに泛《うか》べて、孝は通路に腰をおろした。

「とにかくこっちは公用なんだ。しかも進駐軍の用で旅をしている。私用の、それも闇屋ごときにがたがた言ってもらいたくないね」

ここで顎髭は爪先立ちをし、普通席の奥まで睨《ね》め回した。

「いいか。この張り縄からこっちはお召列車と同じなんだ。いわば聖域だ。足指一本だろうと踏み込んでもらっては困る。お召列車に踏み込んだらどうなるか、みんな、それは承知のはずだが」

「こんなもの、お召列車のはずがないじゃないか」

またもや孝が修吉の肩を摑んで弾みをつけ勢いよく立ちあがった。

「第一に編成からしてちがうでしょう」

「またおまえか」

顎髭は天敵にばったり遭遇した針鼠よろしく髭をぴんと逆立てた、ように修吉には見えた。

「こんどはなにが気に入らないんだ」

「鉄道のことで嘘は困る、それだけです。だっておじさんはこの客車をお召列車だといったでしょう。車輛一輛でお召列車だなんて、そんなばかなことはないんだ」

「たとえて言っただけだぞ、おれは」

「たとえにしても無茶苦茶だ。たとえば大礼お召列車の編成は全十一輛でしょう。そして先頭が鉄道職員の乗る第一号供奉《ぐぶ》車。次が近衛《このえ》将校と主馬寮《しゅめ》の技手の第二号車。第三号車は賢所と掌典長の一行。第四号車が侍従武官長、侍従長、内大臣、皇医、薬剤師。第五号車が御座所と剣璽《けんじ》室。第六号車が御座所と供進所。第七号車が皇族に皇族附武官、皇后宮職、大膳寮。第八号車が宮内大臣、宮内次官、式部長官、行幸主務官。第九号車が内閣総理大臣、内務大臣、内務省警保局長、同警務課長、鉄道大臣、鉄道次官、鉄道局長、鉄道省運転課長。第十号車が警視総監、憲兵司令官、憲兵隊長、東京警備司令官、関係府県知事、大膳寮、内蔵寮《くらりょう》。最後の第十一号車は荷物車で乗っているのは鉄道職員。ね、おじさん、お召列車ってすごいでしょう。こんなものと比較にならないんだ。たとえにもならない……」

「言いたいことはそれだけか」

「第八軍司令官アイケルバーガー中将の専用列車のオクタゴニアン号も凄《すご》いよ」

顎髭の眼つきがすっかり変っているのに孝はまるで気づいていないようだった。熱に浮かされたように喋《しゃべ》り続けている。修吉はシャツの裾を引いてやめさせようとしたが無駄だった。孝は修吉の手を払いのけて、

「とりわけ凄かったのはこないだの五月、アメリカの総参謀長のアイゼンハワー元帥がきて日光と神戸に行ったときのオクタゴニアン号の列車編成だ。クラブ車付きの九

輛編成なんだよ。それでも大礼お召列車の十一輛にはかなわない。やっぱり誰よりも天皇陛下の方が偉いんだ」

「それからどうした」

「そ、それだけだよ、今のところは」

「この野郎……」

顎髭は撲《なぐ》りつけるような口調でいい、事実、左手の甲で孝の左の横面を撲った。餅をつくような音がし、事実、孝は修吉の膝の上に尻餅をついた。

「国鉄代表みたいな顔をして人の話に茶々ばかり入れやがって。立て。もう一回、撲ってやる」

「最後までおれに向って毒づきゃいいじゃねえか」

戦闘帽が顎髭のベルトを掴んだ。

「途中で子どもに鉾先《ほこさき》を向けることはねえ。汚ねえやつだ」

「離せよ、おい」

顎髭は自分が高所——といっても座席の上だが——にいるのを利用して戦闘帽の鳩尾《みずおち》を膝頭で突いた。がしかし戦闘帽の方が数段、喧嘩《けんか》馴れしていた。彼は横へ身体《からだ》をかわしながら顎髭の足をしっかり抱えてしまった。

「軍人にもいろいろあらァ」

戦闘帽は顎髭の足を引っ張りながら、

「貴様が見たのは高級軍人だ。ところがこっちは鉄砲玉よ。消耗品なんだよ。あの連中が食堂車でコロッケつっつきながらビールを飲んでいたころ、こっちは体当りの練習してたってわけよ。あいつらと一緒にされてたまるか」

顎髭は右手でコントラバス・ケースの紐の結び目を、左手で座席の背凭れを摑み、一本足でこらえていたが、長くは続かなかった。戦闘帽の力に負けて通路に引き摺《ず》りおろされてしまった。弾みでコントラバス・ケースが修吉の方へ倒れてくる。はっとなって首をすくめた。だが、コントラバス・ケースは座席の肘掛けに鈍い音をたてて当って、そこで止った。紐が切れてケースは全体に、薄笑いをしている河馬《かば》の口みたいに、開いた。その開いた口から床にサラサラと音をたてて白い米が零《こぼ》れ落ちている。

「へっ、なにが公用だ」

戦闘帽が米を摑み、摑んだ手を普通席に向って高々と掲げた。

「なにが進駐軍の御用だ。貴様もおれたちと同じ担ぎ屋じゃねえか。笑わせやがる」

まだ起きあがれずに手足をばたつかせている顎髭の顔めがけて、戦闘帽は米を発止とぶっつけた。そのとき、軽い揺り戻しと共に汽車が停った。

「板谷、板谷……」

　窓の外を鎮守の烏のように嗄《しゃが》れたおばさんの声が右に行き、左に戻りしている。

「列車給水のため十五分間の停車をいたします」

　普通席の窓が次々に開けられ、乗客たちはその窓からホームへ降りはじめる。

「おう、進駐軍御用の担ぎ屋、外の広いところで話をつけようか」

　戦闘帽が顎髭の襟首《えりくび》を摑んで引き起した。

「どうする、え、おい」

「おれはギタリストだ」

　顎髭は元の席に戻った。

「おれの左手はフレットを押えるために、右手は弦を弾くためにある。人間を撲るためにあるんじゃない」

「恰好つけやがって」

　戦闘帽は背をかがめて窓枠《まどわく》に取り付き、

「こんど演説をぶちやがったら承知しねえ」

　鮮やかにホームへ飛び降りた。顎髭は紙のように薄い、頼りない声で白い服の、ナイロンのストッキングをはいた女に、

「米を拾っておけ」

といった。

威勢地に堕《お》ちた感じのジャンゴ・ラインハルト楽団と睨めっこしているのもなんとなく憚られ、修吉たちは偽《にせ》糖欠病患者の横山正を前後左右から取り囲むようにしながらホームに降りた。向い側のホームにも列車が停っていて、そのせいでホームは祭の夜の神社の境内のように人で混《こ》みあっている。

「向い側に停車中のが、上野発秋田行の下り夜行四〇五列車だ」

さっそく孝が例の癖を出す。

「明日の晩、ぼくたちはこの四〇五列車で上野から帰ってくるんだ」

だれももう孝の話には乗らない。素知らぬ顔でのびをしたり深呼吸したりしている。修吉たちの町にいる蛍《ほたる》を一匹残らず捕えてきて放し、一瞬のうちに凍らせたような、無数の、そして大きな星々が燦《きら》めいていた。それもふっと息を吹きかけると曇ってしまいそうなほど近い。流れ星がひとつ窓硝子《まどガラス》を滑り落ちる雨粒同然の素早さで、百米とは離れていない山の向うに走って行った。

照明灯の光の輪のなかで機関車がぜいぜいとせわしく息をしていた。炭水車の上で、詰襟にモンペの女子駅手が、水槽《すいそう》にホースを入れているのが見える。首のまわりに白いシャツの襟を出しているが、その襟がときおりぴかっと光る。きっとブローチかなんかつけているんだな、と修吉は思った。

同じ詰襟姿のおばさんが機関士と話をしていた。たぶん、この駅も自分たちの町の駅が一時期そうだったように、駅長と助役のほかはみんな女なんだ、と修吉はまた思った。たしかあれは三年前、ということは昭和十八年、隣組の九月常会が修吉の家の茶の間であったときのこと、組長の農機具販売店のおやじさんが、

「今夜は厚生省がらの重要《づーよー》なお達《たっす》があっこった」

と前置きして、

「これがらは次《ちぎ》の仕事ば男がやっと罰ば喰うごどになるづよ」

ガリ版刷の紙を捧げ持って読みはじめた。農機具販売店のおやじさんの読みあげた「男子がやってはならない職種」を、修吉は全部おぼえているわけではないが、事務助手、現金出納係、小使、給仕、呼売、受付係、店員、売子、行商人、外交員、注文取、集金人、番頭、客引、給仕人、料理人、理髪師、美容師、携帯品預り係、案内係、下足番などに混って、出札掛、改札掛、車掌、踏切手があったことは記憶している。このお達しどおり、間もなく修吉の町の駅員は孝の父親である駅長と助役を除いて全員、戦争に出かけて行った。そして出改札掛や踏切手ばかりではなく、連結手も荷扱

手も、それどころか保線作業員まで女になってしまったのだった。たいてい出征した駅員の奥さんたちが夫の職種を継いだ。いまではかつての駅員が復員してきたり、農家の次男三男を新規に採用したりして女子駅手は二、三人になってしまったが、この駅では様子がちがうらしい。戦争に出かけて行った駅員がまだ戻ってきていないのだ。それに山の中の駅だから新規採用もままならないのだろう。

水飲み場と便所の人集《ひとだか》りがすこし減ったようだった。修吉はみんなの首や肩から水筒を外して回り、水飲み場へ行った。

「福島から旅客巡察員が二名、乗り込んできたぜ」

蛇口をいっぱいにあけて頭から水をかぶっていた中年の男が、並んで顔を洗っている若い男にいった。

「MPも一緒だったぞ。気をつけろ、お目当てはどうやら上り列車の一斉取締りらしいからな」

「すると、その巡察員とMPは此処《ここ》で降りたんですか」

「そうよ。最後尾の郵便車に福島から乗り込むところ、それから此処でこっそり降りるところ、この二場面をおれがちゃんと見ている」

「昨日の大宮、浦和、赤羽はどうでした？」

「その三カ所で一斉があったらしいな。おれは運よく逃げたがね」

「すると今日と明日はまず一斉はないとみていいですね」

「だがよ、福島駅でなにか起りそうだぜ。気をつけろよ」

二人の男は顔を拭きながら情報を交換し合い、それから『お使いは自転車に乗って』の節で〽担ぎ屋は　汽車に乗って　気軽にゆきまっしょ　取締り　なんのその　明るい青空　担ぎ屋は　汽車に乗って　颯爽《さっそう》と　お米一俵　ちょいと抱えて　颯爽と……と唱和しつつ切符の取り換えっこをし、中年男は向い側の下り列車の窓に、若い男はこっち側の上り列車の窓に攀《よ》じ登った。

「旅客巡察員て、何だか知ってっぺか」

水飲み場で六本の水筒に新しい水を満して進駐軍慰問専用車の昇降口へ戻ってきた修吉は孝に訊いた。孝の長広舌は欠伸《あくび》が出るほどうんざりだが仕方がない。

「無賃乗車、キセル乗車、スリ、置引き、輸送中の物資抜き取り、略奪、暴力スリ団、闇屋なんかを取り締る鉄道員のことだ。鉄道司法警察官吏というのが正式の呼び名なんだ。進駐軍の命令で出来たんだぞ」

その巡察員がMPと一緒に福島からやってきて、この板谷駅から上り列車に乗り込むらしいぞと、修吉は水飲み場で立ち聞きした通りに孝に伝えた。孝はうーむと鹿爪

らしく腕組みをして、

「この列車に貨車破りでも乗っているのかなあ」

と珍しく自信のない口吻《くちぶり》でいった。孝によれば、今年に入ってから進駐軍用物資を満載した貨車が次々に襲われているということだった。この七月に入ってからでも、原町田という駅で貨車一八二三〇車から米十三俵、品川駅の貨車九六一〇車からメリケン粉八袋、仙台駅の貨車四〇一〇車からグリンピース六袋が盗まれているそうで、羽前小松駅の駅長あてに、

「進駐軍貨物列車が貴駅に停車の際は、全駅員をあげて監視すること」

という文書が届いたばかりだという。

「進駐軍の貨車が襲われで居《え》る言《つ》うなァ初耳《はづみんみ》だじえ。朝日新聞さも載って無《な》がったぞ」

修吉がいうと孝は鼻先でふんと笑った。

「進駐軍が差し止めているんだよ。新聞に載ったら、皆が『あ、そうか、そういう手があったか』って真似するじゃないか。巡察員が出来たのは今月だ。ぼくの父さんもいってたけど、巡察員制度は進駐軍の貨車泥棒を捕えるために出来たんじゃないかな。表向きは列車内の犯罪の取り締まりということになっているけど、どうもちがうな

あ」

「田舎ッペ」

このときデッキから針のように尖った声が降ってきた。顎髭からアイ公と呼ばれていた少女が修吉たちを睨みつけていた。

「田吾作のザイゴタロ。芋百姓のくせに知ったか振りなんかしちゃってなによ。あんたがこまかく口出ししなきゃ、お父ちゃんもあんな目にあわずに済んだんだ。ばか」

少女は右の人さし指で突き刺すように孝を何回も指さした。

「なんだ、蝗《いなご》ヤロコ」

佐藤政雄が突然の指名でうろたえている孝を庇《かば》って言い返した。これは戦争中の禁句だった。修吉たちの町へ集団疎開児童がやってきた朝、小松町立国民学校の全校生徒が彼等を駅頭まで出迎えた。が、そのとき、修吉たちは都会からやってきた子どもたちが、申し合せたように、細い手足とギロギロと大きく光る目玉を持っているのに驚いた。驚くと同時に「なにかさ似で居《え》んぞ」と思った。

そのときだれかが呟《つぶや》いた。「蝗だ、蝗さ似で居んぞ」。「んだ、蝗だ」、「たすかに蝗ヤロコだ」、……蝗ということばは一瞬のうちに全校六百の生徒に伝わった。そして翌日から、このことばは禁じられた。大人たちの間には「疎開《そけー》ッ子は、置賜米《おきたま》を喰い荒しにやって来たんだすけ、蝗ヤロコとは巧《うめ》ぐ言《ゆ》ったもんだ」と感心する向きもあったようだが、修吉たちはこのことばを二度と口にしなかった。修吉たちが立派な少国民であったからではない、町の子どもも食料不足ですこしずつ蝗に似てきていたからである。

「田舎って嫌い」

「嫌《きれー》いで結構《けっこ》、好かれぢゃ困る」

「あたしを性病にしたのは田舎なんだからね」

政雄は呑まれて黙ってしまった。

「昭和十八年の八月末、あたしたち、栃木県の川治温泉に集団疎開させられちゃったんだ。あたしはそのとき、国民学校三年生」

なんだ、おれと同じ年齢《とし》じゃないか、と修吉は思った。ふたつかみっつ年下だと見ていたのに、同じ昭和九年生れか。かすかな親近感をおぼえ、修吉は少女の話を、すこし身を入れて聞く気になった。

「川治ホテルってとこがあたしたちの宿舎だった。毎晩、寝る前に大風呂に入れられた。でもぬるいお湯で……」

「はーん、大人に性病患者がいたんだな」

山形朝彦が頷《うなず》いた。朝彦は同学年だが実際の年齢は修吉たちよりは少くとも二つは上だった。だからこういうことには詳しい。

「それで伝染したんだな」

「そうよ。お湯の出が悪くて、底の方にいつもどろどろした、泥みたいなものがたまっていた。……それでね、ひとりずつ小さな部屋に入れられてお医者の診察を受けさせられた。あんな恥しいことなかったわよ。だから田吾作は嫌いなんだ。それにあたしの石金庫をあばいたのも田舎っぺどもなんだから」

石金庫、これも懐しいことばだった。疎開児童たちは修吉たちの町に着くと、まず最初に石金庫つくりをした。お金や缶詰《かんづめ》や飴玉《あめだま》をそのまま身につけていると先生に没収されると気づき、宿舎である信光寺の裏手の土手や墓地のあちこちに小さな石室を作り、そこへ私有品を隠したのだ。墓地で旗奪《と》りなどをして遊んでいるうちに、そういった石金庫をいくつも修吉たちは踏み抜いたものだった。

「お父ちゃんから送ってもらったばかりの石鹸《せっけん》を三個も猫ばばされちゃった。そのとき、あたしは一生、田舎を憎んでやると決心したんだ」

「俺達と関係ねえべな」

滝沢昭介がのろのろした口調でいった。

「お前様《めさ》が疎開先《そけーさき》は栃木県だじぇ。ところが俺達は山形県東置賜郡《ひがすおぎだまぐん》……」

「田舎は全部敵よ。あたしたちが団栗《どんぐり》拾って石で叩いて日光に乾《ほ》してたべているとき、田吾作どもは横でこんなでっかいお握りにむしゃぶりついていた。蜜柑《みかん》の皮も日に干してたべた。日に当てるほど甘くなるから、何日も何日も生唾を飲みこみ一所懸命、日に当てた。そのすぐ横で田舎っぺは乾燥芋をくちゃくちゃ下品に嚙んでいたわ。あたし、もう、絶対に許さない」

「ぼくも、じつは、疎開児童、なんだ」

二斗の米を身体に巻きつけているので横山正は絶えず真夏の犬よろしくはァはァ喘《あえ》いでいる。

「東京のどこ？」

「牛込の、余丁国民学校」

「あたしは芝の白金国民学校よ」

馬鹿にしたような口吻だった。

「とにかく、地元の人は、ぼくたちに、着るものの世話まで、してくれたんだ。自分の子どもには、ボロ着せて、一張羅を、疎開児童のために、供出してくれた」

「裏切者。なによ、東京ッ子のくせにザイゴタロの肩なんか持っちゃって。だいたいね、ザイゴタロの一張羅なんて着られたものじゃないでしょ。田ん圃《たぼ》の案山子《かかし》の晴着にするぐらいが精一杯よ」

詰襟のおばさん駅手の吹く笛がホームに鳴り渡った。給水のおかげで機関車がやる気を取り戻したのだ。

「都会の子どもが田舎で住まなければならなくなったのは戦争のせいじゃないか。田舎を憎む前に戦争を憎め。ところで性病は治ったのかい」

朝彦がデッキに乗ろうとした。少女が靴で朝彦の腰を蹴った。

「洗浄とお薬で半年かかったわ」

「おい、どけよ」

「まだ言いたいことがあるのよ」

汽笛が鳴った。

「ひとことで済むわ、聞いて。あたしはいまに一流の歌手になる。でも、ギャラを山と積まれても、田舎の巡業はお断りよ」

言い終った途端、少女は修吉たちが予想もしていなかった行動に出た。思いがけない素速さでデッキのドアをばたんと閉めてしまったのである。修吉たちは数秒間、呆然としてドアを眺めていた。がしかし、ドアがゆっくりと前方へ移動をはじめたので、この列車で上京し、米を軟式野球ボールにかえてくる、という自分たちの「仕事」にはっと思い当った。

「前のデッキに乗るんだ」

朝彦は叫ぶと同時に自分でその手本を示した。修吉たちは朝彦にならって次々に進駐軍専用寝台車の後部デッキに飛び乗った。がただしひとりだけ飛び乗ることのできない者がいた。身体に二斗の米を巻きつけている正だった。

「ぼ、ぼくを置いてかないでくれ」

と叫びながらよたよたホームを列車について走っている。朝彦がデッキから身体を乗り出し右手を後方へ伸ばせるだけ伸ばし、

「正、おれの手を摑め」

と大声をあげたが、朝彦の指先と正の指先とはぐんぐん距離をあけて行く。やがてホームが尽きた。

第四章　遊撃手めがけて好返球

重さ三十瓩《キロ》を超える二斗の白米を腹部と背中に括《くく》り付け奥羽本線板谷駅の上りホームをよろつきながら走る横山正の姿は、その正に向って進駐軍専用車の昇降口から手を差しのべている修吉たちの視野中から瞬間のうちに消えた。ホームが尽きると線路は右方へ切れ込むようにカーブしており、正は後部車輛《しゃりょう》の蔭《かげ》に隠れてしまった。

俺達《おらだづ》の計画づものは根っ子からぐれはまになってしまった、と修吉は思った。冬季の主な副食物《おかず》である白菜漬に漬け込まれている唐辛子を丸ごと齧《かじ》ったときのように頭がカーッと熱くなり、細かいところまでとても考えが及ばないが、とにかくなにかたいへんな喰い違いが生じたのだ。

「正が居《え》ねば、東京さ行《え》っても仕様《しやあ》ねえべ」

修吉たちの仲間では最も頭の回転の速い駅前煙草屋の倅《せがれ》の佐藤政雄がこの突発的な事態を最初にことばとしてまとめた。

「正の背負《しょ》って居《え》だった二斗の米、一升百円で売るづど二千円にはなる筈《はんず》だったんだじえ」

「父さんの月給の二倍近い大金を、板谷駅のホームに置き忘れてきたようなものだな」

駅長の息子の君塚孝が溜息《ためいき》をついた。

「もったいないな」

「米ば売ってす、その銭コ《じぇん》で軟式ボールば手に入《え》れで、後楽園でセネタースの試合ば見で帰《けー》って来る。これが俺達の計画だったんだども、もう無理づもんではねえべがねす」

まったくもって政雄のいうとおりである。修吉たちは項垂《うなだ》れてのろのろと進駐軍専用車から連結器の上の渡板を通り進駐軍慰問専用車へと移動した。

「まだ六升の米があんのだけっとも……」

ドアに手をかけていた滝沢昭介が修吉たちを振り返って、

「車内《なか》の網棚の上さ、正の背負《しょ》え無《ね》がった分の六升の米、載《の》さって居《え》っこったども、六升ではどうにもなんねえべなあ」

語尾はほとんど口の中。喋っているうちに自分でもどうにもならないことに気付いたらしかった。

「福島駅で降りで小松さ帰っぺ。んで、また何時《え》か出直すべ」

修吉がいった。心のどこかで「やれやれ、良《え》がったごど、良《え》がったごど」という声がした。東京で闇屋の真似をし米を売り払い、その金で健康ボールを手に入れる、しかもプロ野球を見物して帰る。こんな夢のような大事業をやれると思ったことがそもそもおかしいのだ、大それた望みだったのだ。おとなしく福島駅から折り返すこと、それが一番だ。心のどこかでしている声は、そう修吉に説教をはじめた。

「みんな、小遣いをいくら持ってきたんだ」

孝がズボンのポケットから帳面の表紙を折って作った紙蟇口《かみがまぐち》を取り出した。覗《のぞ》くと小さく畳んだ百円札が入っている。

「ほかに十五円ある。だから全部で百と十五円だ」

そこで修吉たちもそれぞれ全財産を公開し合ったが、五人の所持金を集めても四百円に達しなかった。孝以外の者は割当ての五升の米をちょろまかすのに精一杯で金をくすねる余裕まではなかったようである。

「もっと握飯ば持ってくれれば良《え》がったんだけっともな」

昭介が腰にしっかりと結びつけた風呂敷包を撫《な》でた。その通りだな、と修吉はまた思った。申し合せで握飯は三食分と決めてあった。つまり日曜の昼食分までである。夕食分と月曜の朝食分は、千円ぐらいは残るはずの資金で仕入れて帰る南京豆を一掴《つか》みずつ齧って間に合せようということになっていた。だが二斗の米が正と共に消えたいま、南京豆でひと儲《もう》けするはなしも画にかいた餅である。したがって当然のことながら画にかいた餅を齧って腹《ふく》を脹らますという計画もできない相談、絵空事というものだ。

孝は紙蟇口を丁寧にズボンのポケットにおさめた。

「ぼくは行くぜ」

「どうしても東京に行くからな」

というとどういうことになるだろう。修吉は考えた。六升の米を売って六百円、それに四百円の現金で千円。すると一人あたま二百円にしかならないが、それでなにができるというのだろう。軟式ボールがいくらするかわからないが——その前に軟式ボールがあるかどうかもはっきりとしないのだが、首尾よく軟式ボールにめぐり合えたとして——それを五百円として計算してみよう。すると残金は五百円、一人あたま百円だ。百円で東京での交通費やセネタースの試合の観覧料や二食分の食費がまかなえるだろうか。ここで修吉は自分の家の二階に下宿している米沢工専学生の吉本さんのこ

とばを思い出した。吉本さんは修吉の母親にたしか、

「上野駅近くの闇市で南京豆を片手ひと握り買ったら二十円とられました。そいつをたべて水をたらふく飲んだが、おなかがいっぱいにならない。それで屋台でおでんを一皿たべたんです。八十円でした。つまり一食百円ないとだめだということですね」

と話していたはずだ。となると一人あたま百円で二食たべるというのはかなりむずかしいのではあるまいか。セネタースの試合の観覧料は小人七十円だったと思う。だから野球見物ははじめっから不可能である。

「やっぱり福島駅で降りっぺし。出直した方が利口だじぇ」

修吉はさっきと同じことを繰り返した。

「いや行く。ぼくは東京駅へどうしても行く。東京駅で進駐軍専用列車の『デキシー・リミテッド』を見るんだ。どんなことがあってもこの『ああそう号』を見る」

「んでもさあ……」

「ここではっきりいっておくけど、ぼくだけはきみたちとは別なんだ。きみたちは、丸太ン棒を削ったバットに軍手改造のグローブに裸足《はだし》の小松セネタースだろう。そして東京へ軟式用の野球ボールを探しに行こうとしている。ところがぼくは小松ジャイアンツだ。本物のバットに本皮のグローブにズック靴の小松ジャイアンツの一員なん

だ。軟式ボールだってちゃんと持っている。だからぼくは東京駅でいろんな列車を見てくればそれでいい。ぼくはきみたちとちがう行動をとってもかまわないわけさ」

たしかに筋は通っている。修吉は黙ってしまった。

「ぼくは別勘定なんだ。だからぼくは自分の持ってきた白米五升をいますぐ返してくれと要求することもできる」

なんて頭の良いやつなんだろう。修吉たちは半ば呆《あき》れ半ば感心しながら、孝のよく動く、薄い唇を見つめていた。残念ながら孝の考えに反駁《はんばく》するだけの智恵がとっさには湧《わ》いてこない。

「横山正は小松セネタースのメンバーだ。だからその正の仕出かしたヘマによって生じるあらゆる不都合を、同じチームのメンバーであるきみたちがかぶるのは当り前さ。それが共同責任てもんなんだ。でもぼくは小松ジャイアンツのメンバーだから、正のヘマとは一切関係ない。ということはだ、車内《なか》の網棚の上の六升の米のうちの五升はぼくのものであるという結論になる。ぼくの米を返しておくれよ。ぼくはひとりで東京へ行ってくるんだからさ」

「如何《なじょ》にする？」

修吉は、さっきから黙りこくってなにかじっと考えている様子の山形朝彦に助けを求めた。朝彦は同学年だが実際の年齢は修吉たちより少くとも二つは上である。こんなときには頼りになる。

「孝はどげなごどがあっても東京さ行《え》ぐど言《ゆ》ってんだどもす」

「この先どうしたらいいか、おれにもよくはわからない。ただひとつだけやっておかなけりゃならないことがあるぞ」

朝彦は右手を握って拳骨をこしらえ、それを左の掌にぱしっと叩きつけた。

「正が乗り遅れたのは、ジャンゴ・ラインハルト楽団のアイ公とかいう女の子が意地悪してデッキのドアを閉めたのが原因なんだ。このカタはきちっとつけさせてもらうからな」

朝彦はドアを勢いよくいっぱいに引き開《あ》けた。列車の走行音より高くドアが鳴った。

「うるせえぞ、田吾作……」

ジャンゴ・ラインハルト楽団のバンドマスター顎髭《あごひげ》が肘掛《ひじかけ》の枕からぬっと頭を擡《もた》げた。

「ドアの開け方も知らねえのか。この山家育ちの猿どもが」

板谷駅に列車が入る寸前、コントラバスのケースが倒れ、内部《なか》に隠匿してあった白米が床にこぼれ散ったはずだが、いまはきれいになっている。白ずくめの服装にナイロンストッキングの女——歌手兼マネージャーらしい——が板谷駅に停車中に拾い集めたのだろう。朝彦は顎髭の方へゆっくりと近づいて行った。その朝彦にすこし距離をおいて修吉たちも及び腰でついて行った。

「ドアの開け方ぐらいは知っている。でもね、おじさん、おれたちは腹を立てているんだよ。だからちょっと乱暴に開けてしまったわけです」

「な、なんだ、おまえは」

顎髭が起き上った。顎髭の向いの席で例の少女がチューインガムをくちゃくちゃと嚙《か》みながら、膝《ひざ》の上に分厚い本をひろげているのが見える。頁いっぱいに楽譜が印刷してあった。少女は「イフ・ゼイ・アスク・ミー、アイ・クッド・ライト・ア・ブック……」とずいぶん大きな声で歌い出した。

「お、おまえ、おれになにか文句があるのか」

「おじさんに、ではなく、この女の子にいいたいことがあるんです」

少女は素知らぬ顔で「……アバーヴ・ザ・ユー・ウォア・アンド・ウィスパー・アンド・ルック」と続けている。

「板谷駅を汽車が出る寸前に、この女の子はデッキのドアをいきなり閉めてしまったんです。その上、おれたちを汽車に乗せまいとして中からドアをしっかりと押え込んだ」

「でもよ、おまえら、そうやってちゃんと汽車に乗っかっているじゃないか」

「前の進駐軍専用車に飛び乗ったんだ」

「そんならいいじゃないか」

少女は相変らず楽譜を睨《にら》んで「アイ・クッド・ライト・ア・プレファス、ハウ・ウイ・メット、ソー・ザ・ワールド・ウッド・ネバー・フォゲット」とやっていた。国民学校六年生のくせに英語がすらすら読めるんだな、と修吉ははじめのうちは感心していた。だがよくよく見ると、英語の歌詞の下に片仮名が書き連ねてあった。

「アンド・シンプル・シークレット・オブ・ザ・プロット、イズ・ジャスト・トゥ・テル・ゼム・ザット・アイ・ラブ・ユー・ア・ロット……」

「よくはないんだ」

少女の歌う声に負けまいとして、朝彦は怒鳴るようにいった。

「ひとり乗り遅れたんだから。米を身体《からだ》に、いや、糖欠病でぶわーっと脹れあがった子がいたでしょう。あいつがね、身体が重くて走れないもんだから、とうとう乗り損なってしまったんだ」

さすがに少女はどきっとしたようで「アンド・ザ・ワールド・ディカバーズ、アズ・マイ・ブックエンド、ハウ・トゥ・メーク・トゥ・ラバーズ・ア・フレンド」と声が次第に低くなるところへ、朝彦の平手打が飛んだ。

「ほんとうはぶっ殺してやりたいところだけど、一発で勘弁してやる」

歌の本が通路へばさっと音をたてて落ち、少女はわっと泣き出した。その泣き声には高低があり、緩急自在で、しかも強弱つきだったので、修吉には少女がまだ歌っているように思われた。

「この野郎、なんてことをしやがる」

顎髭が朝彦の腹へ右の拳《こぶし》を叩き込んだ。

「アイ公は明日の午後、六本木のハーディ・バラックの将校《オフィサーズ》クラブで歌うことになっているんだぞ。唇でも切ったらどうするんだ」

「こっちの知ったことじゃないや」

朝彦は少女の脳天をごつんとやった。

「このアイ公とかいう女の子のために病人がホームに置き去りにされたんだ。その落し前をつけているだけです」

「や、やめろ、というのに」

どす、どす。朝彦の腹へ顎髭が二発突き入れる。朝彦はそのお返しのように少女の脳天をごつごつと二回叩いた。

「この女の子は殴られなきゃあいけないんだ。そうしておれたちには殴られる筋合いはない。だからおれはおじさんにやられた分だけ、この女の子に殴り返す。そういうことなんだ、おじさん」

「お、おい、皆、起きろ」

顎髭は朝彦の傍《そば》をすり抜け、修吉たちを突き飛ばし、前部座席で眠っていた楽団員たちを起して回った。

「妙な餓鬼が因縁をつけてきやがったんだ。慰問専用車に乗っけてやったのに、その恩を忘れて、なんだか逆恨みしやがっているのさ。皆で性根を叩き直してやろうじゃないか」

「そうよ、半殺しにしちまって」

少女が針金のように尖《とが》った声をあげた。騒ぎが大きくなるにつれて、ロープに吊《つ》り下げられた「OFF LIMITS」や「RESERVED FOR ALLIED FORCES」の横長木札の向う、つまり一般席の方も湧きはじめた。中でも、

「子どもひとりを相手に大人が総がかりかよ。見っともないぜ」

と戦闘帽の男が最も熱心である。朝彦がジャンゴ・ラインハルト楽団の大人たちに袋

叩きになりそうだったら、あの戦闘帽の男に仲裁に入ってもらおう、と修吉は作戦を立てた。列車が板谷駅に入る直前、戦闘帽は顎髭と喧嘩《けんか》をし圧倒的な勝利をおさめている。だから顎髭は戦闘帽のいうことを一も二もなくよく聞くにちがいないのだ。ようし、朝彦がどうしてあのアイ公とかいう小生意気な女の子を殴りつけなくてはならなかったのか、その事情を戦闘帽の耳に入れておこう。そう考えて修吉は車内をふたつに区切るロープの方へ移動をはじめた。が、そのとき、背後の――ということは前部の――ドアががらがらがしゃんと大きな音をたてて開《あ》き、

「うしろの車輛がない」

孝が叫びながら入ってきた。

「この客車が最後尾なんだ」

孝が狂ってしまったと修吉は思い、戦闘帽との話は後まわしにして、前部ドアへ駆け寄った。米沢駅からこの列車に乗り込もうとしたとき、たしかに孝は例の二世の鉄道輸送士官に「この四〇六列車は夜行の長距離列車だからスハの三二八〇〇丸屋根客車だし、それに八輛連結されているし、こっちのほうが楽だろうとおもったのです」といっていたはずである。また修吉自身も、米沢駅で、そして先ほどの板谷駅で、黒々とした客車の列がこの進駐軍慰問専用車の後に繋《つな》がっているのを、はっきりと見

ている。うしろの車輛がなくなっているなんて、そんな馬鹿なことがあるものか。

「でも、本当なんだぜ」

孝がいった。

「デッキのドアからぼんやりと外を眺めていたんだ。きみたちがすんなりぼくに米を五升渡してくれないかなあ、なんて思いながらさ。そのうちに線路がぐんぐん左に曲りはじめた。こんなに急なカーブなら七輛目や八輛目の客車が見えるはずだと思ってうしろを見たら、なんにもない。びっくりしたなあ。そんなことがあってたまるか。なにかの見まちがいにちがいない。そうとしか考えられないからね、デッキから身体を乗り出してもう一度、たしかめてみた。そしたら同じことだった。やっぱりこの客車が最後尾なんだ。つまりC五六一二機関車は進駐軍専用車とこの慰問専用車の二輛しか引っぱっちゃいないんだよ。嘘じゃないぜ。嘘だと思うんなら自分の目で見てみろよ」

顎髭をはじめとする楽団員たちがてんでに窓をあげて隙間をこしらえ、そこから外へ首を出している。朝彦の性根を叩き直すはなしは、すくなくとも五分や十分は宙ぶらりんになったままだろう。修吉たちはデッキに出てひとりずつ外へ首をのばして後方をたしかめてみた。暗くてはっきりしたことはわからないが、列車は左へ左へとカーブする長い坂を滝のような音をたてながら下っているところだった。客車の窓から洩れる明りのなかに、木の幹や電柱がふっと現われ、ふっと消えて去る。そしてたしかに孝のいうとおりに、後続の客車は影も形もなかった。慰問専用車のうしろからはコールタールのような闇がついてくるだけである。

「どごが途中で連結器が自然《ひとりで》に外れたんではあんまいか」

政雄がシャツの袖で額の油汗を拭った。

「そんな後《あど》の方《ほ》の客車がどごがさ置《ざ》ぎ去り喰ったんだじえ」

「そういう馬鹿な事故はこれまで一度だって起ってやしないぞ」

孝が政雄の肩をどんと突いた。

「日本の鉄道をあんまり馬鹿にするものではないよ」

「い、いや、馬鹿にして居《え》んのではねえ。ただそうとでも思わねえば、なんとも説明がつかねもんだがらねす」

「日本の鉄道が採用している自動連結器は柴田式っていってさ、作用確実で故障はほとんどなし、世界的な大発明なんだから」

「わがったよ。んでもなあ、孝よ。なんで後《あど》の方《ほ》の客車が消えでしまったのすか」

「わかんない」

玉手箱から白い煙が吹き出すのを見たときの浦島太郎も面喰ったろうけど、それでもいまの自分にはかなわないだろう、と修吉は大いに面喰いながら思った。こと鉄道に関するかぎりなにひとつわからぬことがないはずの孝が、あっさりと首を横に振ったので、修吉は肩透しを喰い、そのはずみで精神的に転んでしまったのだった。ぼんやりと孝を眺めているだけである。

「こらこら、こんなところでなにをしているのだ」

進駐軍専用車から駅員の服装をした、肩幅のいやに広い男が修吉たちに声をかけた。男の背後には白色の鉄兜《てつかぶと》をかぶったアメリカ兵がいた。血色のいい金時のような顔が白色の鉄兜の下にあった。眼の色は、修吉たちの町の裏山の沼の水の色そっくりに青い。左腕に「ＭＰ」と記した腕章を巻いている。そして腰には鉈《なた》ほどもありそうな拳銃をさげていた。

「あ、旅客巡察員のおじさんですね」

孝がお辞儀をした。

「ぼくの父は米坂線羽前小松駅の駅長なんです。米沢駅のジミーという鉄道輸送士官が慰問専用車に乗るようにといってくれたんです。列車手のおじさんがそのとき傍にいました。ぼくのいっていることが嘘でないってこと、列車手のおじさんが知っています。あとで聞いてみてください」

「よく舌のまわる子だ」

孝に巡察員と呼ばれた男は苦笑いをし、

「話がある。さ、車内《なか》へ入った、入った」

牛でも追うように、だらりと下げた両手を前へ振った。

「乗客の皆さん、わたしは旅客巡察員の高梨という者でありますが、しばらくお耳を拝借いたします」

修吉たちに続いて車内に入って来た巡察員は、例の少女の坐っていた席へ土足のまま登り大きな声を張りあげた。ＭＰはドアに寄りかかってガムを嚙んでいる。

「前の車輛、すなわち進駐軍専用車に第三鉄道輸送司令部の司令官代理のヴァンデンバーグ大佐が乗っていらっしゃいます」

「第三鉄道輸送司令部ってのはさ」

孝は小声で早口で得意の注釈をつけた。

「日本を占領しているアメリカ第八軍の鉄道輸送をなにもかもやってのけているところなんだ」

「こら、うるさいぞ」

巡察員は孝を睨みおろしてから、

「このヴァンデンバーグ大佐の奥さんを乗せた船が今朝九時に横浜港の埠頭《ふとう》に着岸する、という知らせが三時間前に福島駅に入りました。普段でありますとこの四〇六列車は午前九時十九分に上野に到着いたすことになっておりますが、それではヴァンデンバーグ大佐は奥さんをお迎えに出ることができなくなってしまいます。上野に遅くとも八時に到着しないと間に合いません。そこで……」

巡察員はここで更に大きな声になった。

「この列車は途中の駅に一切停車せずに、上野へ直行いたします」

拍手が起った。ジャンゴ・ラインハルト楽団が全員、手を叩いているのだった。驚いたことに孝も楽団員の仲間入りをしている。

「板谷駅で三輌目以下を切り離したのも、じつはそのためであります。ところで、皆さんのなかに、上野の手前の途中駅で下車なさりたいとおっしゃる方はおいでですかな」

奥で「白河」という声があがった。それから「宇都宮」がふた声。いずれも遠慮がちな声だった。ＭＰを気にしているのだな、と修吉は思った。そしてまた次のようにも思った。四〇六列車の本体は、「多数」を重んずる民主主義の精神にのっとっても、この二輛ではなく、板谷駅で切り離された六輛の方である。この二輛は八輛編成の四〇六列車に附録としてつけられたものにしか過ぎない。つまり、横山正は乗り遅れたわけではない、自分たちの方が乗り早やまったのだ。正はすぐあとから、すなわち本体に乗ってやってくるにちがいない。だから上野駅で四〇六列車の本体の到着を待てばいいのだ。となると福島で降りなくてもいいのかもしれない。

「お気の毒ですが、只今のお三人は上野からお戻りください。途中の駅を素通りして上野へ直行、これが第三鉄道輸送司令部の命令です。この命令に逆うことは、この列車がたとえお召列車であったとしても許されないのです。そのかわりと申してはなんですが、この列車にお乗りのお客様にかぎり、上野駅到着まで一切闇物資の取締りはいたしません。お約束します」

今度は普通乗車席から歓声があがった。それは大きな歓声で、修吉はいきなり耳許《みみもと》を殴られたと同じような気がしたほどだった。普通乗車席の乗客のほとんどが闇物資の担ぎ屋らしい。

「ということは、あれですか、板谷駅に残っている客車のお客には取締りをするってことですか」

朝彦が訊いた。巡察員は頷《うなず》いて、

「それ以外にすることがないだろう、きみ。ただ何時間もお客を放っておくわけにはいかないじゃないか。機関車と前部の白帯車が一輛、すたこらさっさと逃げ出した……」

巡察員の表情に微妙な変化が生じている。泣きそうな顔になったのだ。

「その理由たるや、占領軍の高級将校が女房の出迎えに間に合うようにというのだから、どうにもならない。そんなことをお客さんにいって了解を求めたりしては大騒ぎになってしまう。新手の機関車が到着するまで一斉取締りでもやって時間を稼《かせ》ぐしかないでしょうが」

「置いてきぼりにされた上に、虎の子の闇米は没収される。板谷駅に残されたお客はそれこそ踏んだり蹴《け》ったりだな」

戦闘帽も泣き出しそうな声で言った。きっと他人事《ひとごと》ではないのだろう。

「それで、その新手の機関車が板谷駅へかけつけるのはいつになるんだい。夜明けごろかね」

「天童駅に一台、休んでいる機関車があるらしいのですな。それが板谷駅に急行することになっていますが、どうも発車は朝の八時ごろになりそうですよ。上野着は午後でしょう。では……」

「ちょっと待った」

　戦闘帽の隣りのランニングの男が手を挙げて、前部ドアに引き返そうとして座席をおりた巡察員を呼びとめた。

「おまえさんがいま言ったことは占領軍機密ってやつじゃねえのか」

「かもしれませんな」

「それをどうしておれたちにバラしたんだい。占領軍の命令でこの列車は上野に直行します、とだけいえば通じるんだ。おれたちとしては『また来なすったか、しょうがねえや』とおとなしく観念するほかねえんだし、なにも司令官代理の嬶《かかあ》がどうしたの、こうしたのまで話すことはねえじゃねえか」

「どうして細かいところまでお話しするつもりになったのか、わたしにもわかりません」

　巡察員は肩を落して出て行った。ＭＰは十秒間ぐらい残って車内をじろじろ眺めまわしていたが、やがてにやっとひとつ笑って、修吉たちに敷布ほども広い、カーキ色の背中を見せて去った。

　顎髭は朝彦のことなど眼中にない様子で、

「こいつはうまい。肥料臭《こえ》い田吾作鈍行が特急列車に化けちまったぜ」

さっそく座席に横になる。朝彦と揉《も》めれば当然、戦闘帽あたりが口ばしを突っ込んでくるだろう。いや、進駐軍に対する反感があちこちにきざしている。進駐軍慰問専用車の主客である自分たちにそれがわっと爆発するかもしれない。顎髭はそう考えて朝彦とのいざこざなど忘れた風を装っているのかもしれない。

「正は間に合わねえな」

昭介が呟《つぶや》いた。

「それに米だって没収《ぼっすう》されでしまうがも知れない《しゃーねえ》しよ」

「んだんだ」

政雄が通路に坐ってしまった。

「種々《えろえろ》あったども、板谷駅ば出だどぎど今《えま》ど、話《はなす》コは何も変って無い《ねー》のだよ。変ったごどは、なにがなんでも俺達《おらだ》ァ、上野駅さ連《つえ》れで行《え》がれで仕舞《しま》う言《つ》うごど位《ぐれえ》なもんだてハ」

「この方がよかったんだよ」

修吉たちが腰をおろすのに合わせて、孝も床にあぐらをかいて、

「福島で降りて引き返すかどうか思案しなくて済んだだけでもよかったんだ。なあ、これぐらいのことで考え込むなよ。進駐軍によるダイヤの変更なんて珍しくないんだ

ぜ。しょっちゅうだよ。ぼくが父から聞いた話では、去年の十月の第八軍司令官アイケルバーガー中将の日光、東北視察旅行なんか滅茶苦茶だったらしいよ」

またも鉄道事情の大安売をはじめた。「これも〝機密〟に属する話だから、他へいうなよ」というややうやしい前置きをつけて孝が語ってくれたことを要約するとこうである。

第八軍司令官の旅行スケジュールは、第三鉄道輸送部と運輸省渉外室鉄道部が一週間にわたって細かい打合せをしながら作成した。

十月二日　横浜発〇九・〇四
　　　　　日光着一三・四六
　　　　　日光発一八・三二
　　　　　（車中泊）
三日　仙台着〇七・二三
　　　仙台発二〇・五〇
　　　（車中泊）
四日　青森着〇八・〇〇

青森発一八・〇〇
（車中泊）
五日　新潟着〇七・三五
新潟発一九・一五
（車中泊）
六日　東横浜着〇八・二〇

全部「車中泊」なのは、中将の乗るのが天皇の御料車だったからで、つまり孝によれば「日本の天皇の御料車は世界一快適だという評判が高いんだ。中将はきっと天皇の気分を味わいたかったんだろうな」ということらしいが、とにかくこのダイヤは東北地方のすべての駅へ配られた。ところが出発前日になってマッカーサー元帥夫人が自分も日光へ遊びに行きたいと言い出し、それも「どうしても上野から乗る」とだだをこねる。それを聞いて中将は「それなら日光見物をマッカーサー夫人と一緒にいたしましょう。ついてはもうすこし長い時間日光に居たいが」と申し入れてくる。折角つくったダイヤは第一日から役立たずになってしまったという。

「でも、これぐらいは序の口でさ、たとえば列車が青森を発つだろう。すると中将は膝の上に日本地図をひろげて『やっ、青森と新潟の途中に、秋田という大きな都会があるではないか。わしはこの秋田というところを見たいな』なんてことを突然、口にするわけなんだよね。で、秋田に四時間停車だ。そのくせ『十月六日の朝には横浜へ着かないとひどいぞ』と列車長を脅かしているんだからいい気なものさ。結局は夜中にスピードをあげて遅れを取り返さなければならない。秋田・新潟間には機関車が四台もついたそうだよ。そういうわけで進駐軍はダイヤを変更するのをなんとも思っていないんだね。だから気にするなよ。黙っておとなしく上野へ行こうじゃないか」

「上野さ行《え》っても米が六升しか無《ね》えんだ。なんにもなんねえぞ」

修吉は孝の長話にうんざりしてすこし怒った声でいったが、そのとき朝彦が、

「米はある」

目顔で右手の窓際に立てかけてあったコントラバスのケースをさし示した。

「みんなもさっき見ただろう、あのケースのなかから米がこぼれていたのをさ。上野駅であのケースを持って行ってしまうんだ。おれたちにはそうしてもいい理由がある。なにしろ正と、おれたちの米二斗は、あの女の子のおかげで板谷駅に置き去りにされたんだからな」

進駐軍慰問専用車に君臨するジャンゴ・ラインハルト楽団の顎髭団長は、自分たち

にたいして白米を二斗返却すべき責務がある。しかし彼は自ら進んでその責を果そうとはしないだろう。そこで白米を隠してあるコントラバスのケースをそっくりいただいて、こっちの方から彼にその責を自然に果せるように仕向けてやろうという山形朝彦の提案、簡単にいえば、顎髭の米をちょろまかしてやれという思いつきは、修吉たちの気に入った。たしかに顎髭は、横山正と米二斗を板谷駅に置き去りにする原因をつくった自分の娘の不始末をつぐなうべきである。もっとも顎髭の目の前で、顎髭の米を盗む相談をするのはさすがに気が引けたので、修吉たちはまたもやドアの外の出入台へ出た。「出入台」とは耳馴れないことばだが、鉄道博士の君塚孝によると、客車の昇降口の床一帯を正式にはそのようにいうのだそうだ。

「上野駅で顎髭のコントラバス・ケースを持って行っちゃおうと思ったのは、横山正のことを考えたからなんだ」

連結板へ出るところに付いている鉄製の手すりに後手で掴まって朝彦がいった。板谷駅で後尾六輛を切り捨てた列車はいまや恐しいような速さで闇の中を驀進《ばくしん》している。すごい揺れだ。巨大な洗濯板をスキーで滑ったらきっとこんな具合だろう。修吉は佐藤政雄や滝沢昭介にならって出入台の床の上に腰をおろした。君塚孝は左手のドアに掴まって外を見ている。

「おれたちは約束通り一人五升ずつ白米を担いできた。でも正は一升しか持ってこなかった……」

「母親《かあちゃ》の塩梅《あんべ》が悪《わり》ィンだもの、仕方《すかだ》ねえべ」

昭介がいった。

「正は母親《かあちゃ》の外《ほが》さは家族《えのもん》も居《え》ねえし、そすてがらに疎《そ》開者《げーもん》だすけ町《まづ》さ知り合《すりえー》いも居《え》ねえし、一升《えっそ》すか算段つかねがったのス」

「でも、おかしいとは思わないか。米は五升、これが約束だろう。それなのに一升しか持って行けない。肩身がせまいぞ、これ。正はあれで肩身のせまい思いはぜったいにしたくないって性格《たち》だぞ」

その通りだ、と修吉は思った。去年の秋、みんなで裏山へ芋煮会に出かける計画をたてたことがあった。朝彦の父が牛を密殺したので、牛肉が二百匁ばかり手に入ったのだ。修吉は鍋《なべ》と醬油、政雄と昭介は芋を出すことにして正を誘った。すると正は涎《よだ》れをたらしながら断わった。「なんにも出さずにただ喰いするのはいやだ。それにぼくにはなになら出せるというあてもない。だから断わる」。そこで修吉たちは「裏山で茸《きのこ》でも見つければいいじゃないか。しめじが見つかるかもしれない。そうすれば正も、自分の割当を出したことになるだろう」とすすめた。「とれなかったときはどうなる」と聞き返してきたので「そのときはそのとき、運が悪かったな、でいいじゃないか」と答えると、正はきっぱりといった。「お情けはいやだ。やっぱり断わる」。「人生はもっと割り切った方が楽だぞ」と朝彦が説教したが無駄だった。

「そういう性格《たち》の正が、なぜおれたちと一緒に東京へ行く気になったのか」

「東京《とーきょ》が懐《なづが》すいがらだべ」

政雄が答えた。

「あい《え》づは疎《そ》開者《げーもん》だ。そうすっと東京《とーきょ》は故郷《ふるさと》だじぇ」

「ちがう。正は、おれにこういったんだ。『どうしても第四二ゼネラルホスピタルへ行くんだ』ってな」

このごろの新聞によくあらわれる固有名詞なので、修吉にも見憶え聞き憶えがある。戦争中の「大東亜病院」のことだ。その前は「聖路加《せいるか》病院」といっていたらしい。

「な、なんでそのホスピタル《ロ》なんだべな」

「薬だよ。進駐軍の病院にはさ、結核によく効く薬が入っているんだそうだ。名前は……なんていったかなあ。ハクマイだかドンマイだか、なんかそんな感じの名前だったけどな」

「ストマイでねえべが」

修吉がいった。いつだったか正が朝日新聞の切り抜きを示しながら興奮して「結核の特効薬が出来たんだ。結核のバイキンが騒ぎ立てるのを一時おさえる、つまりタイムをかける、そういう薬なんだってさ。タイムがかかってバイキンが動けなくなる。そのすきに患者は体力をつけ直して、バイキンをやっつけるんだそうだ。これ、ストマイっていうんだけどね、東京の進駐軍の病院でも試験的に使われることになったってさ」と喋《しゃべ》っていたのを思い出したのだった。

「うん、そんな名前だったな、たしか。とにかく正は第四二ゼネラルホスピタルに行きたがっていた。だから恥をしのんでついてきたんだよ。進駐軍の病院でも看護婦さんは日本人だろ。正はその薬のことを看護婦さんにいろいろ聞こうと思っていたんだ。おれはさ、正のかわりに、その第四二ゼネラルホスピタルに行ってみようと思っている。できればその薬を手に入れてきてやりたい。それには金がいるだろう。そこで顎鬚のコントラバス・ケースの中の米に目をつけたんだ」

「売ってくれるもんか」

孝が薄笑いをうかべて、

「そんな貴重な薬をだれが……」

「うるさい。頼んでみなくちゃわからないよ。まあそういうわけなんだけど、困ったことがある」

　朝彦は坊主刈の頭をごしごしと掻《か》いた。

「あのコントラバス・ケースを盗むのは簡単だけど、きっと捕まるのも簡単だと思うんだ」

　たしかに目立ちすぎる。修吉は心の中で頷いた。朝彦にいくら力があるといっても一人で抱えて逃げるのは無理だろう。となると上海《シャンハイ》事変の江下、北川、作江の肉弾三勇士にならって、数人でケースを横抱きにして駈け出すことになるだろう。これではいっそう目立って仕方がない。

「もっとうまい方法はないかなあ」

「俺《おら》ァ、あのケース《シ》の中ばちらっと見《なが》だけだども、米の量はまず三斗言《つ》うどこだと思《も》う」

　昭介が立った。

「一俵《えっぴょ》は入らない《へーんね》。すたれども二斗《ぬど》ではきかねえ」

「おまえは農家の息子だ、米を扱いなれている、信用するよ」

「だすけケース《シ》ごと奪《と》る言《つー》うど、俺達《おらだづ》は余計《よげーと》奪《と》った言《つー》うごどになっぺ。あの少女《おなごわらす》のせいで俺達《など》が失ぐすたのは米が二斗《ぬど》だ。三斗も奪《と》っては不正直だべ。奪《と》んならぴったり二斗《ぬど》でなんねばねえ」

　律儀な昭介の考えそうなことだった。ためしに学校田《でん》に立てば、昭介が苗を植えた区域は一目でわかる。蛇行してきた苗の列が不意に定規を当てたように真《ま》ッ直《すぐ》になっているところ、そこを受け持ったのは昭介にちがいなかった。野球のときも律儀で、セネタースの中堅手の彼は、失策した次の打席では必ずといってもいいぐらい安打を放つ、それも連続二失策したあとでは二塁打を、三失策なら三塁打という具合にだ。そして守備でファインプレーを演ずると次の打席では三振を喰って引き揚げてくる。常に貸方と借方との平衡に意を注ぐ銀行員のようなところが昭介にはあった。

「今《えま》、網棚の上さ米《えー》が六升乗《の》さって居《え》っとも、あの袋は俺《おら》ので、二斗《ぬど》入《え》りの袋だじえ。コントラバス《シ》のケース《シ》がら、あの袋さ一杯《えっぺ》、米ば貰《もれー》えば貸《かす》し借りなしなんだス」

「どうやってやるんだよ。上野駅に降りたところで、顎髭に頼むのかい。えー、すみませんが、そのケースから米を二斗盗ませていただきますって申し込むのかい。あっ、福島駅だ」

　孝が窓の外へ手を振った。構内照明の灯りが大きな黄色の蛾《が》のように一瞬出入台のなかを飛び交った。

「俺《おら》に考《かんげー》えがあっと」

政雄も手を振って灯りの蛾を追い払う。

「上野《えーの》駅《えぎ》さ汽車の着ぐ前《めー》に、米ばケース《シ》がら抜ぎ取れば良《えー》いのだ」

「抜き取るって簡単にいうけど、いったいどうやってやるつもりだい」

「先《まん》ず、今《えま》、六升米の入《へー》って居《え》る袋ば空《から》にすんのだ。そすてがらに、その袋ばケース《シ》の底《そこ》の下さ当でがって、ケース《シ》ば縛《すば》って居《え》る紐《ひも》ば緩《ゆるん》めるのだ。そうすておいでケース《シ》の底《そこ》ば押す開げる。先刻《さつぎ》も見だ通《とーる》り、米はケース《シ》の中《なが》さ直接《づが》に入《へー》って居《え》る。だすけ米はサラサラて袋の中《なが》さ落ち《おづ》で来《く》っこった。袋の口《くづ》まで米が落ち《づ》だ処《どころ》でケース《シ》の底《そこ》ば元《もど》さ戻《もんど》す。そうすたれば、まんず米が二斗《ぬと》、俺達《おらだづ》の袋《ふぐろ》さ宿替《やどげ》え《ー》為《す》て居《え》っ事《ごど》さ成《な》っこったよ」

「六升入っている袋を空《から》にするといったな。どうやって空《から》にするんだい？」

「それはス、他《ほが》さ移し《うづす》て置ぐんだじえ」

「他に移すって、他にも袋があるのかい？」

「袋の代用品《でーよーしん》ば利《る》用《よー》すんのだ」

「代用品？」

「ズボン《ジ》の事《ごど》ス」

政雄は孝のズボンを摘んで引っ張った。

「ズボン《ジ》さは、何個《なんぼ》の穴が有《あ》っぺ？」

「裾が二本で二個。上に大穴。計三個だ」

「したれば、裾ど裾ば結んで仕舞《しめー》えば何個《なんぼ》さ成っぺ」

「上の大穴一個」

「だべ？　袋と同《おな》じ事《ごど》に成《な》んべよ。今《えま》、袋さ入《ぬ》って居《え》る六升《へー》ば、裾と裾ば結んだズボ《ジ》ンさ移《うづ》すのだ。そうなっと、俺達は二斗入りの空袋は持づごどさ成《な》っぺ」

代用品の袋をズボンで作るとは、政雄のやつ、うまいことを考えたな、と修吉は感心した。二斗入りの空袋があれば、たしかに列車走行中に、コントラバスのケースから米を抜き取ることも夢ではない。馬鈴薯入りの代用飯《かて》、アルマイトの弁当箱で蒸した代用パン、粘土が入っているので時々肌に引っ掻き傷のできる代用石鹼《せっけん》、饐《す》えた味のする甘藷《かんしょ》入りの代用味噌、同じく甘藷からこしらえた代用飴《あめ》、青空の下に黒板を据えた代用教室、自分たちのまわりにあるのは代用品ばかりだ。代用品の袋を考えついたのもそのせいだろうか。

「ばかなことを考えるのはよしてくれよ」

急に孝が怯《おび》えた表情になった。

「この五人で、穴のあいてない、まともなズボンをはいているの、ぼくひとりだぞ。ズボンを米袋にするとなると……」

「んだ。孝のズ《ジ》ボンば供出《きょーすづす》して貰う外《ほが》に方法《みぢ》は無《ねー》って」

「いやだ」

孝はズボンを右手でおさえ、左手をドアの把手《とって》にのばした。

「ぼくは内部《なか》で寝てるよ」

「待てよ」

朝彦が孝のズボンのベルトを摑んで引き戻した。

「孝よ、いまのままだと五人に米が六升しかない。一人当り一升二合だ。それっぽっちじゃ東京へ着いてもなにもできない。口惜《くや》しいだろう」

「そ、それは口惜しいさ。で、でも……」

「ところがおまえがズボンを脱いで貸してくれれば、二斗の米が手に入る。金にしてざっと二千円だぞ。一人当り四百円も取り分がふえるんだ。な、頼むよ」

「ど、どうしてもか」

「うん。いやだといっても、四人がかりでお前のズボン剝《は》いじゃうぜ。おとなしく脱ぎなよ」

「米が売れるまで、ぼくは猿股《さるまた》一枚か」

「夏《なづ》だもの、涼《すずす》しくて良《えー》いが」

政雄の手が孝のベルトのバックルにかかる。孝のベルトのバックルには機関車の動輪が打ち出してあった。父親である羽前小松駅長からのおさがりにちがいない。

「やめろよ」

狭い出入台を右へ左へと動き回った。が、そのうちに孝の目が、客席へ通じるドアに向って右の、上方の小さな箱の上にとまった。

「よしわかった。ぼくのズボンは供出するよ」

どうしてだか、孝の表情はすっかり落ち着いている。

「そのかわり、だれかぼくにズボンを貸してくれないか。うん、修吉のがいいや。四人のうちでは一番ましだものな」

修吉はどきんとなった。

「自分のズボンは供出するからさ、修吉のズボンをはかせてくれよ。そうしてくれたら、仕事がうんとしやすいようにしてあげる」

「どういう意味だ、そりゃ」

朝彦が訊《き》くと孝は例の小箱を指して、

「あれ、配電棚といって、あの中のスイッチで車内の電灯を消したり点《つ》けたりすることができるんだ。棚の中のスイッチを切る。すると車内は真ッ暗になる。客席が騒ぎはじめる。だれかが前の車輛の列車手のところへ文句を言いに行く。列車手がこの配電棚のスイッチを入れる。ここまで五分間はかかる。その五分間に米の抜き取りを済ませてしまうんだ。誰にも見つからずに仕事ができるぞ」

孝はさらに詳しく客車の電気装置について説明した。それによると、どんな客車も台枠《だいわく》の下に車軸発電機というものを釣り下げているのだそうだ。車軸に取り付けてある調車《プーリー》で平ベルトを回転して発電させ、電圧が二十五Vから二十七Vに達すると、蓄電池と電気回路に電気を送り出す仕掛けになっているという。列車速度が落っこちたり、列車が停ったりしても電灯が消えないのは、蓄電池の電気のおかげだが、配電棚は床下のその発電機や蓄電池からの幹線と、天井灯や尾灯や扇風器への電線とを繋《つな》いでいるのだそうだ。

孝の説明の途中で修吉はベルトがわりの真田《さなだ》紐《ひも》をほどき、ズボンを脱いだ。どう考えたって仕事中に電灯が消えた方がいいに決っている。孝の言い分が通るのは間違いない。それならぐずぐずせずに脱いでしまおうと思ったわけだった。

孝がズボンをはきかえている間に、昭介が車内から六升入りの米袋を持って来た。朝彦が孝のズボンの裾をしっかりと結ぶ。そこへ昭介が米をあけた。米はズボンの左右の腿《もも》の部分におさまった。朝彦はそのすぐ上を絞って真田紐でしっかりとくった。

孝のズボンは今や、海軍の水兵が首にかける浮袋のようだ。

「政雄はここに残って、孝が配電棚をいじるときの踏み台になってやってくれ。修吉と昭介とおれの三人は内部《なか》で仕事をする。いいか、おれが両手を上にあげて伸びをするのが合図だぞ」

朝彦は出入台に残る孝と政雄にこう言い、把手を摑んでドアを開けた。修吉は、シャツの裾を下へ引っぱって猿股を隠すよう努めながら朝彦の背中について行った。昭介も修吉にぴたりとくっつく。進駐軍慰問団席のジャンゴ・ラインハルト楽団の団員のほとんどが軽い鼾《いびき》を立てている。起きているのは顎髭団長と白ずくめのマネージャーの女のふたりだけだ。

「女房が上野駅でおれたちを待伏せしようったって無理な相談よ。なにしろ、この汽車は定刻の一時間以上も早くホームに滑り込むんだからな。女房が上野駅にやってくる頃にゃこっちは家へ着いているわけだ。ついてる、天佑《てんゆう》だね。な、そういうことだからこれからもうまくやろうぜ」

「ということはこれからもわたしにはずうっと日蔭者《ひかげもの》で通せというのね」

「そのうち日向《ひなた》に出してやるよ。……なんだ、またお前か」

すぐ横に朝彦が立っているのに気付いて顎髭の表情が硬くなる。

「今度は何だ」

「お願いがあるんです。友だちが腹をこわしてまいっているんです。うしろの座席にちょっと横にならせてもらっていいですか。ほかの者はもちろん床に坐ります。ひとりだけでいいのですが……」

「勝手にしろ。そしていいか。お前のにきび面《づら》を二度とおれの前へ出さないでくれ」

「はい。わかりました。これからは顔を伏せておじさんの前を歩かせてもらいます」

「調子のいい野郎だよ、まったく」

顎髭は煙草の煙を朝彦の顔に吹きかけた。

「さっそく消えてくれ」

顎髭の背後の座席にコントラバスのケースが乗っていた。頭部を網棚に突き刺すようにし、胴を座席の背摺《せずり》に凭《もた》れさせて立っている。頭部は紐で網棚の枠にくくりつけてあった。修吉はコントラバスのケースに寄りかかるようにして坐った。修吉の足許の床に昭介が腰をおろした。朝彦が両手を高々と突きあげて伸びをし、昭介の隣りに並ぶ。

修吉はまずコントラバスのケースの錠に軽く触れてみた。思った通り壊れている。次に十文字にかけてある紐を撫《な》でた。これは相当きつく縛ってある。ケースの底部のあたりの紐をずらしてみた。力を入れて紐を手前に引く。底部はまるい。するっと外れた。

「こないだの上野駅の一斉取締は圧巻だったぜ」

真横の座席に例の戦闘帽が坐っていた。担ぎ屋仲間といっしょに堂々と煙草をふかしている。進駐軍慰問団専用席に掛けることを顎髭が許したのだろうか。

「青森始発で朝の五時丁度に上野駅に着く東北本線の長距離列車なんだがね、おれはそのとき、八戸で仕入れたするめを十貫目担いでいたんだ。それでね、列車がホームに入った途端……」

途端に天井灯が消えた。

「なんだおい、客車まで節電かい。ま、いいや。とにかく列車が入った途端に、十重《とえ》二十重《はたえ》に警官隊が客車を取りかこんだんだよ。後できくと、これが松戸警察署の武装警官でね、その数なんと百三十名。呆気《あっけ》にとられているところへ上野駅の駅員が、これも百二十名もだぜ、ぞろぞろやってきて『荷物を持ってホームに並んでください』と言いやがる。持って出りゃあ違反で取っ捕まる。泣く泣く十貫目のするめを網棚に置いてきぼりにして列車を降りたよ。あのときの口惜しさ、おれはいまでも時どき夢に見て泣いちまう」

修吉たちは抜き取りをはじめていた。昭介がケースの底へ袋の口を当てがったのをたしかめて、修吉と朝彦がケースの蓋を引いたのだ。吹雪の夜の雪片が障子に当るときのような、小さい、乾いた音をたてながら昭介のひろげている袋がふくらんで行く。

「これもあとで聞いた話だが、その列車一本の違反件数は七百件だったそうだぜ。で、召し上げられた米が五百俵、するめが六百貫、干柿が二百連……」

「よし……」

昭介が小声でいった。修吉は朝彦と共に蓋を元に戻した。そして紐を押して元通りにケースの底へ嵌《は》め込む。昭介は袋の口を、縫いつけてある細紐できりきりと縛りあげた。

「ちぇっ。いつまで停電してるんだ」

朝彦が立ちあがった。

「ちょっと列車手へ言いに行ってこよう」

「まったく一斉取締さえなきゃあ担ぎ屋もこれでなかなか悪くねえ商売なんだがね。でも、今回は気が楽だな。こっちには進駐軍のお墨付きがある。大威張りで米を担いでホームに降りれらあ。……おい、どうした。なんだ。三人揃《そろ》って舟を漕《こ》いでやがる」

戦闘帽が大きな欠伸《あくび》をした。

「こっちもひと寝入りするか」

そのとき天井灯が点いた。戦闘帽は舌打をして、帽子を顔の上にずらした。

「俺《おら》も寝っぺがな」

昭介が二斗入り袋に寄りかかりながら修吉に向ってにかっと笑ってきた。

「修吉《すーぎづ》も寝ろてば」

「うん」

頷いたところへ朝彦、政雄、そして孝の三人が戻ってきた。政雄と孝も昭介が脇息《きょうそく》がわりにしている米袋を見て頬を弛《ゆる》めた。修吉は座席をおり、通路に、朝彦と背中合せになって腰をおろした。そして間もなく互いに互いの背中に寄りかかり合って寝に入った。


目を覚すと列車は朝の平野を走っていた。進行方向に向って左手の窓の向うに、赤黒い、銅の金盥《かなだらい》のような太陽が見えた。その下に薄墨でさっと刷《は》いたみたいな低い山《やま》脈《なみ》がある。平野のあちこちに緑のかたまりが点在し、遠くのそれはゆっくりと、近くのそれは素速く、後方へ移動している。修吉は左手の窓の遠い山々と、右手の窓の、これも同じようにはるかな山の波とを、何度も眺め直しながら、ああこれが平野というやつか、と感心した。なるほど広いや。それまで修吉は山形県南部の小さな盆地から、外へ一歩も足を踏み出したことがなかった。南を向けば吾妻《あづま》の連峰が屋根の高さに、西へ頭《かしら》をめぐらせば飯豊《いいで》連山が軒の高さに、北へ身体を回せば大朝日や西朝日が鴨居《かもい》の高さに、そして東に首を捻《ね》じれば蔵王《ざおう》が窓の高さに見えていた。いつも前方を山で塞《ふさ》がれていた。ところがどうだ、左右の山々の高さは窓の敷居ほどもなく、前方ときては真っ平《たいら》の、のっぺらぼうだ。

「東京は近《つけ》いのか」

修吉は猿股やシャツに付いた泥を払い落しながら立ちあがり、左手の窓から外を見ていた孝に声をかけた。

「大宮駅を通過してからだいぶ経ってる。もう間もなくじゃないかな」

「間もなく東京すか。すたれば此様《こげ》な野ッ原が東京すか」

「うん。そのうちに川口駅を通るはずなんだ。するとすぐ鉄橋でさ、鉄橋を渡れば赤羽駅だ。赤羽はもう東京だぞ。でも、ぼくは鉄道地図と鉄道停車場一覧でしか東京を知らないんだよ。だからあんまりしつっこく訊いてくれるなよ」

「でも上野駅の構内の様子は知っているんだろ」

朝彦は握飯を齧《かじ》っている。修吉たちは朝彦にならって、それぞれの小風呂敷包や網袋から握飯を出した。もっと大きな風呂敷に包んでくればよかったな、と修吉はすこし後悔した。そしたら風呂敷で米袋の代用品ができたはずなんだ。ということは、孝はズボンを米袋の代りに供出せずにすみ、自分はその孝にズボンを貸さずにすんだのだが。

「上野駅と東京駅は任せておいてよ。小松駅に備え付けの『全国主要駅構内地図一覧』という本で暗記してきてある」

「おれたちは渋谷というところへ行くんだ。その渋谷で……」

「切符売りのおじさんを摑まえるんだろ。渋谷なら山手線に乗ればいいんだよ。上野の次が御徒町《おかちまち》この区間六百米《メートル》。御徒町の次が秋葉原、この区間千米ちょうど。その次が神田、この区間七百米……」

余裕綽々《しゃくしゃく》といった態度で孝は唱えはじめた。だが、声が態度を裏切った。ときどき震えたり、かすれたりするのだ。鉄道地図と鉄道停車場一覧と全国主要駅構内地図でしか知らない東京、それと現実の東京とが果してぴったりと合うのか、孝にはそれが心細くなってきたのではないか。そう思う修吉も、新聞と二階の下宿学生吉本さんの話と絵葉書でしか東京を知らない。知識量は孝以下である。畳の上の水練という諺《ことわざ》が修吉の頭の中を通り抜けて行った。

　列車は不意に黒っぽい襤褸《ぼろ》の中へ飛び込んだ。石とゴミの平地の上に黒トタンを屋根や壁にした鶏小屋のようなものがいくつも後へ流れ去る。ひとつの小屋の入口に人が立っていた。あ、これが焼跡のバラックというやつだな、と頭の中のコトバがひとつ現実と結びついた。

「……五反田の次が目黒、この区間千二百米。その次が恵比寿《えびす》、この区間千五百米。そしてその次が渋谷、この区間千六百米」

　孝が渋谷まで唱え終ったとき、床の下で雷が鳴り出した。列車は長い鉄橋にさしかかったのだった。この音を目覚しにジャンゴ・ラインハルト楽団員たちが、立ち上ったり、伸びをしたり、煙草に火を点けたりしはじめた。一般席はとっくに目を覚している。

「出て居《え》んべよ」

　昭介が二斗入の袋を抱きかかえて通路を前部の出入台に向って歩き出した。修吉の頭の中をまたひとつ、儲《もう》けたところと糞《くそ》したところに長居すると碌《ろく》なことはないという諺が通り抜けた。修吉は前後を政雄と孝に隠してもらって出入台へ向った。殿《しんがり》は朝彦で、米六升入りのズボンを小脇に抱え込んでいる。朝彦は顎髭の前で立ち止まり、

「いろいろ失礼いたしました」

と頭をさげた。返事は聞えなかった。顎髭だけはまだ眠っていたのだろう。アイ公と呼ばれていた少女のけたたましい笑い声が修吉の背中に刺ってきた。これは自分の猿股姿を笑っているのにちがいない。

前に立っている昭介と政雄の肩越しに窓外の光景が見える。黒っぽい襤褸はますます広くひろがっていた。ところどころに骨組だけのこったビルの残骸が枯木のように立っている。修吉の頭の中に漂っていた戦争、空襲、焼夷弾《しょういだん》などのコトバが、ビルの残骸と結びついた。修吉たちは空襲を知らない。知っているのは警戒警報までだった。だがこうして空襲のあとを垣間見ただけで胴震いがしはじめている。自分たちはなにも知ってはいなかった、やっぱり田吾作だったのだ。修吉はそのことを痛切に感じた。「東京で餓死者一日十人。上野では平均一人」「東京に拳銃強盗団」「上野駅、日に平均六件の傷害事件」「東京における強盗件数、一日平均十一件」「東京に偽札みだれとぶ」「満員電車の犠牲者、日に必ず一人」……、新聞から仕入れただけのコトバが自分の頭の中に山と積まれている。これらのコトバが本物の東京とどう向き合い、どう結びついているのだろうか。修吉の胴震いがますます烈しくなった。

「やあ、病人の具合はどうかね」

前部の進駐軍専用車から列車手が顔を出した。

「東京の鉄道病院へ行くといっていた糖欠病の子どもがいたろう。ほら関取のように肥った子だよ」

「い、います……」

列車手の一番近くにいた朝彦が不意を衝かれて嘘をついた。正直に板谷駅で置き去りにされたといえばいいのに、と思いながら修吉は二人の対話《やりとり》を聞いていた。では糖欠病の子はどこにいるのだね、と訊かれたらどうするつもりなのだろう。

「見えないね、糖欠病の子は？」

「こ、こいつですよ」

朝彦が修吉を指さした。

「ずいぶん身体の形が変ってしまったでしょう」

列車手は修吉を出入台の中央へ引っ張り出し、まわりをぐるりとまわった。

「一晩中、下痢をしていたんです。米沢駅で親切にしてくれた鉄道輸送士官がいたでしょう。あの士官が気の毒がってチョコレートを一枚くれました。で、そいつをたべさせたらすぐに下痢がはじまりました」

「ずうっと便所さ籠《こも》って居《え》だのス」

政雄が朝彦の援護を買って出た。

「ズボン《ジ》ばはぐ暇も無《ね》がったんだ」

「水ぶくれしていた分が全部出ちゃったわけです」

孝も加勢した。仕方がないので修吉もふらふらっと身体を揺らしてみせた。

「ほうら、こいつ立っているのがやっとなんです」

またも仕方なく修吉は連結台への出口の手すりに摑まって肩で息をしてみせた。

「こいつは困った」

「どうしたんです、列車手さん」

「いやね、進駐軍専用車のヴァンデンバーグ大佐に、糖欠病という珍しい病気にかかった子どもが乗っている、といったんだよ。ほんのお愛想のつもりでね。そしたら大佐が一目、見たいと言い出した。スナップ写真をとりたいんだとさ」

「……写真？」

「ああ、写真が好きなんだな、大佐は。カメラを三つもぶら下げているんだ。いいのがとれたら、アメリカの雑誌に送る、と言っていた。出来がいいと表紙にだってなるそうだよ。しかし、こうしぼんじまったんじゃ写真にならないね。とにかく事情を報告してこよう」

列車手はあたふたと前部車輛《しゃりょう》へ去った。第三鉄道輸送司令部の司令官代理が、普通の少年とまったく変らない体つきの糖欠病患者を見てがっかりしないだろうか、いやがっかりするぐらいですめばいい、もし腹を立てたりしたらどうなるだろう。修吉の胴震いはさらに一層ひどくなり、その震えぶりだけはもう立派な病人だ。

出入台で胴震いしている修吉の背後でドアが開《あ》き、こまっしゃくれたきんきん声で「イン・マイ・イマジネーション、アイ・サーチ・ザ・スターリット・スカイ・ソー・ブライト、イン・マイ・イマジネーション、ゼア・アイ・ソウ・ユー・イン・ザ・ナイト……」と歌いながら、ジャンゴ・ラインハルト楽団の〝天才少女〟が姿を現わした。きらきらと金色に輝く、金物《かなもの》の、真四角な小箱を左手にさげ、楽譜を掲げた右腕で大きな西洋人形を抱きかかえていた。英語の歌を進駐軍キャンプでうたっていることを常に鼻にかけて、自分たちを田吾作扱いにする、鼻持ちならぬ女の子――というのが修吉の印象だが、いつも楽譜を睨《にら》んで歌の練習をしているところは感心だ。「アンド・ゼン・ワン・デイ・アイ・ファウンド・ユー、ハウ・クッド・アイ・ヘルプ・バット・リアライズ、マイ・ラッキー・スター・ウワズ・スマイリング、ライト・ゼア・ビフォア・マイ・ヴェリイ・アイズ」。ここで少女は金物の小箱を床に置き、空いた左手の拇指《おやゆび》と中指をパチンパチンと鳴しはじめた。「ユー・アー・マイ・

ラッキー・スター、アイ・ソウ・ユー・フロム・アファー、トゥ・ラブリィ・アイズ・アト・ミー、ゼイ・ウェア・グリーミング、ビーミング、アイ・ウワズ・スターストラック」。楽団のマネージャーと歌手とを勧めているらしい例の白ずくめの女が少女のまうしろへやってきた。左手に革製の大きなトランクをさげている。右手の指は少女の歌に合わせてやはり鳴っていた。修吉は彼女たちの指鳴しが気に入って、さっそく真似をしようと思い、右手の拇指と中指をこっそり擦《す》り合わせてみた。どす、どす。春先に軒先の湿った雪が地面に落ちるときのような、濁った、不活潑な音しか出なかった。「ユー・アー・マイ・ラッキー・チャームズ、アイム・ラッキー・イン・ユア・アームズ、ユーヴ・オープンド・ヘヴンズ・ポートル、ヒア・オン・アース・フォー・ジス・プア・ドーター、ユー・アー・マイ・ラッキー・スター」。妙に長々と声をのばして歌い終り、床の金物の小箱を持ち上げた少女に、白ずくめの女が、

「九十五点」

と声をかけた。

「なかなかよかったわよ、アイちゃん」

「百点」

少女がいった。

「九十五点だなんてひどすぎる」

　百点も九十五点も同じようなものじゃないかと思いながら、修吉は背中を耳にしていた。修吉たちの通う小松町立国民学校では試験で九十五点以上とると通信簿は「秀」なのだ。八十点から九十四点までが「優」である。

「じゃあ百点つけなかった理由をいいましょうか。いいこと。『……ライト・ゼア・ビフォア・マイ・ヴェリイ・アイズ』までがヴァースで、『ユー・アー・マイ・ラッキー・スター……』からがコーラスでしょ。アイちゃんの歌い方、このヴァースとコーラスとがはっきりしないのよ。英語の意味、教えてあげたじゃない。ヴァースの部分では、少女が星明りの空を見上げて自分の王子様を空想している。だからこの部分はうんとおセンチに歌わなくちゃ。祈るような気持、わかるでしょ。で、コーラスに入ったとたん、空想が現実になる。星のひとつがほんものの王子様に見えてくるわけよ。そういう気分。だからコーラスの部分は思い切りリズムに乗って……」

「わたしが歌うのよ」

　少女はぴしゃりと白ずくめの女の口を封じた。

「歌の解釈はわたしがするわ」

「アイちゃんのためを思っていってあげているのよ」

「自分のためでしょ、点数稼《かせ》ぎでしょ。わたしにお世辞使って、お母さんに告げ口されないようにしようとしてるんでしょ」

「告げ口？」

「白っぱくれちゃって図々しいわね。こんどの旅行では、毎晩のようにお父さんといちゃついていたじゃない。ちゃーんと知っているんだから」

〔いちゃつく〕というのは、修吉たちの町へ週に一度やってくる地方巡回劇団の間で、最も使用頻度《ひんど》の高いことばだった。このことばのあるところに必ず、女役者と密着した男役者が、外掛けの得意な力士のように、自分の右足を女の左足に掛けるというポーズがあった。具体的にそれがどういうことを意味するのかよくわからないが、とにかくこのことばは修吉たちの胸を甘く切なく擽《くすぐ》る。修吉はそっとうしろへ首をまわした。白ずくめの女が少女を睨み据えている。醬油を二、三合飲み込んだみたいな、赤い顔をしていた。少女がどんな表情をしているか、修吉に背を向けているのでわからない。通路をこっちへ顎鬚《あごひげ》がやってくる。トランクとギター・ケースをさげていた。顎鬚のうしろに従うのは華奢《きゃしゃ》な身体《からだ》つきの、青白い顔の青年で、背中にリュックをくくりつけ、右手でコントラバスのケースを抱え、左手にリンゴ箱ほどの大きさの黒い楽器ケースを持っていた。アコーデオンでも入っているのだろうか。

「おかしいな」

青白い顔の青年のいうのが修吉たちのところまで聞えてきた。青年は楽器ケースを傍らの座席の上に置き、コントラバス・ケースを両手で持って、持ち上げたり床におろしたりしはじめた。そのコントラバス・ケースには紐が縦横にかけてある。やっぱり気が付いたんだなと修吉は蒼《あお》くなり、列車が一刻も早く上野駅のホームへ滑り込んでくれるようにと祈った。ここでケースの内部《なか》を改められては、白米を二斗抜き取ったことがばれてしまう。

「どうしたんだよ」

顎髭がうしろを振り返った。

「なにをがたがた騒いでやがるんだ。ひさしぶりに東京へ帰ってきたんだぜ。もうちょっと機嫌のいい顔で汽車を降りられねえのかい」

「それがね、楽団長《バンマス》、どうも妙なんです。このケースがばかに軽いんですよ」

「軽いだと。三斗入っているんだぞ、おい。目方にしてすくなくとも四十五瓩《キロ》は……」

いいながら顎髭はギター・ケースを置き、コントラバス・ケースを青年にかわって抱きあげた。

「ないね、こりゃ。四十五瓩はない」

「どうしたんでしょうか」

「おれが知るか。米の運搬はおまえの仕事だろ。調べてみろよ」

青白い顔の青年が紐をほどきにかかった。

「な、なじょすっぺが」

修吉はすぐ前の、山形朝彦の大きな背中をつっ突いた。

「顎髭達《だつ》がス、米の無《ね》ぐなったのさ気付《きぜー》いだ様《よん》だじえ」

朝彦は修吉の頭越しに通路の様子を観察しはじめた。

「やっぱり減ってます」

右と左の肘《ひじ》掛《か》けに水平に横たえたケースの蓋を開《あ》けて青年がいった。

「一斗も入っていませんよ」

「お、おまえが責任者なんだぞ、ばか。他人事《ひとごと》のようにいうな。天童でたしかに白米を三斗、闇買いした。これはまちがいない。米を買う時にはおれも立ち会った。一升五十円、三斗で千五百円。その金を払ったのもこのおれだ。それでそれからなにがあったか」

「楽団長《バンマス》の見ている前で蓋をしめ、錠前がバカになっているので厳重に紐を掛けましたよ」

「それで……」

「それから汽車に乗っけました。蓋が開《あ》いたのは一度だけです。楽団長《バンマス》が闇屋と喧嘩《けんか》になって、そのはずみでこのケースが倒れて……」

「うん。あれは板谷駅に着く寸前のことだったな。米が一斗ばかり床に零《こぼ》れた」

「でも、すぐに掬《すく》いあげてケースに戻しました。床油やゴミや埃《ほこり》で汚れたのは残念だけど捨てました。しかし、捨てたのはほんの一合かそこらですよ」

「すると板谷駅まではたしかに米は三斗あったわけだ」

「はい。なくなったとすればそのあとです」

「しかし、どこでどうやって、それにだれが……」

朝彦が横に立っていた滝沢昭介を肘で突いた。昭介は二斗入りの袋を両手でしっかり抱きしめている。この二斗の白米の正統の持主こそ、ジャンゴ・ラインハルト楽団なのである。

「昭介、おまえ、前に行け。ドアのすぐ前へ行っていろ。それから政雄の六升も昭介が持つんだ」

佐藤政雄が頷いて昭介の首に六升入りの君塚孝のズボンを掛けた。太腿《ふともも》の入る部分に米が詰まっているので、君塚孝のズボンは海軍水兵用の浮き袋そっくりだった。うまい具合にズボン袋は昭介の首に嵌《はま》った。

「いいか、昭介。汽車が停ったらすぐ飛びおりて、山手線のホームへ突っ走れ」

「良《え》いよ《がす》」

この春の運動会の呼び物だった米俵を担いで五十米走る競走で一等賞をとり、膂力《りょりょく》に自信を持つ昭介はにっと皓《しろ》い歯を剝《む》いて、

「山手線のホームだな」

「上野駅構内図によると、とにかく右だ。右へ右へと行くんだぜ」

君塚孝がいった。

「わからなくなったら駅員にきけばいい」

「わがった」

「ホームに着いたらじっとしていろ」

朝彦がさらに念を押す。

「おれたちが行くまでホームを動くな。きっとおれたちが探し当てるから。もうひとつ、米は絶対に身体から離すなよ」

昭介はドアを開けた。線路がはるか彼方《かなた》へ何十本となく並んでいるのが見える。が

たがたがた。転轍機《てんてつき》を連続して通り過ぎながら列車は右へ右へと横滑りをして行く。

「上野だ。上野駅は空襲を受けていないんだぜ。昭和七年に完成した駅本屋がそっくり残っている。第二地階は地下鉄と繋《つな》げてある、第一地階は駅前広場と同じ高さだから半地階にして降車広間や手荷物引渡所を作った。それで一階に、出札広間や待合広間、それから改札広間を集めて、二階が事務室だろ。これは世界的に見ても……」

このとき、通路で顎髭が叫んだ。

「あの餓鬼どもだ。コントラバスのケースの傍《そば》に一晩中へばりついていたのはあの連中だ。細工する時間はたっぷりあったはずだぞ」

「上野駅をゆっくり見物している暇はなさそうだな、孝」

朝彦がいって修吉と入れかわった。顎髭の矢面に立つことのできるのは自分しかないと朝彦は覚悟を決めたようだった。

「ぼくたちが何をしたっていうんですか」

「とぼけるんじゃねえ」

白ずくめの女と少女とを押しのけて顎髭が朝彦の前へ出てきた。

「コントラバスのケースから米を盗んだろう」

「コントラバスってなんですか。ぼくら田舎の国民学校の生徒なもんで、コントラバスといわれてもよくわかんないのです」

「舐《な》めやがって……。持物を調べりゃすぐわかる。いいか、ホームに降りたら動くんじゃねえぞ。持物検査だ」

そのとき列車が停った。

「おじさんは警察の方ですか。それとも鉄道の巡察員ですか。でなきゃあ、ぼくらの学校の先生ですか。これ以外の人が勝手に持物を検査することはできないんじゃないでしょうか」

「うるせえ。通路を塞ぐな。早くホームに降りろ」

昭介は停る寸前にすでに昇降口からホームへ降りてしまっていた。

「持物検査をして濡れ衣《ぎぬ》だとわかったらどうしますか」

「つべこべいうな。おまえたちが盗んだに決まっている」

「どうしますか」

「早く降りろといっているのだ」

修吉は昇降口から顔を出して右方を見た。昭介の右に折れる姿がちらと見えた。

「朝彦よォ、そごで押《お》し問答《すもんど》ばすて居《え》でも仕方《すっかだ》ねえベス。降《お》りで話《はなす》コつけんべ」

修吉はホームに降りた。すると前部客車の昇降口に列車手がいて、

「おい、きみ、ちょっと待ちたまえ」

と手をあげた。

「大佐が、とにかく写真を撮りたいとおっしゃっている」

両手に皮のトランクをさげて列車手が降りる。そのあとからアメリカ人の将校が六人。そしてＭＰに鉄道巡察員。将校のひとりが首からカメラを吊《つる》している。鼻の下には鳶《とび》色の髭。この将校が第三鉄道輸送司令部の司令官代理ヴァンデンバーグ大佐か。鉄道博士の君塚孝によれば「第三鉄道輸送司令部というのは、日本を占領しているアメリカ第八軍の鉄道輸送の仕事をなにもかもやっているところだ」というが、修吉は自分の前にしゃがんでカメラを構えたアメリカ人がとても若いのでびっくりした。ひと月前に米沢市の洋画封切館で観た「此《こ》の虫百万弗《ドル》」に出ていたケイリー・グラントという俳優よりもまだ若い。この将校がほんとうに第八軍の鉄道輸送の責任者なのだろうか。

「マッカーサー司令部には、わけのわからないのが多いみたいだな」

修吉の家の二階に下宿している米沢工専学生の吉本さんのいっていたことを修吉は思い出していた。

「経済科学部長のウイリアム・マーカットは『シャトル・タイムズ』とかいう田舎新

聞の記者だ。それがマッカーサーの随員を五年やっているうちに少将だろ。それから物資調達官のハリイ・ブレン大佐は戦争が始まるまでフットボールの選手だったらしいね。民間情報教育部長のケン・ダイク准将は昭和十八年までNBCって放送会社の人事部長さ。それがいきなり少佐として軍籍に入ったというんだから、どうなっているんだろうねえ、ほんとに。なかでもおかしいのは特別事業部長のウオルター・メトカルフという大佐だ。このおっさんはほんの数年前まで、オーストラリアの米軍酒保の経営者だったんだぜ。米軍のためのパンパン宿もやっていたそうだよ。ところが日本へやってきたとたん大佐なんだから」

修吉がびっくりして「ほんとだべが」と呟《つぶや》くと、吉本さんは本棚から薄っぺらな書物を出してきて、

「今年の三月に人事興信所というところから出版されたやつだ」

と修吉に手渡した。たしかに表紙に「株式会社人事興信所」と刷ってあった。書名は『マッカーサー元帥とその幕僚』、定価は二円である。頁数は二十八頁だった。

「扉には『本全文写真マッカーサー司令部検閲部検閲済』と刷ってある。だからどの紹介もべたぼめさ。でもね、じっくり読むと、ぼくがいま言った通りのことが浮びあがってくるんだ。読みたかったら、いつでも持ち出していいよ」

吉本さんの話で全部わかったようなつもりになって修吉はその書物をまだ読んでいないが、このヴァンデンバーグ大佐のことも載っているだろうか。載っているとしたら大佐の前歴はどう書いてあるのだろう。カメラに凝っているのは田舎新聞社のカメラマン出身のせいか。いや、鉄道輸送の仕事をしているのだからやはりアメリカの田舎駅の駅長か。さもなければ車掌か。

ぽーっと上気した頭でそんなことを考えているうちに大佐は十回以上もシャッターを押し、やがて胸のポケットからラクダの絵の描いてある煙草を一個取り出して修吉の手に持たせた。そのとき大佐はなにか喋っていたが、むろん修吉にはなんのことかわからない。

「大変に不満足である。大佐はそうおっしゃったのだよ」

RTOという木札のかかった改札口へ大佐が大股《おおまた》で歩き出し、そのあとを追うために列車手はトランクを持ちあげた。

「糖欠病という奇病にかかっているというから期待していたが、普通の子どもとまったく変らない、だとさ」

「申す訳《わげ》もな《も》ーがス」

修吉は恐縮して大佐の一行に頭をさげた。そして下半身が猿股一枚なのに気付いて赤くなった。

ところで修吉が大佐の被写体になっている間、後部車輛の昇降口の前で、朝彦が顎髭をはじめジャンゴ・ラインハルト楽団の面々と睨み合いをつづけていた。だが、修吉がラクダ印の煙草を貰ったあたりから情勢は奇妙な按配《あんばい》に変りつつあった。モンペにブラウスの中年のおばさんが背中におぶった赤ん坊の尻を右手で叩きながら、顎髭に文句をいいはじめたのだ。おばさんは干魚《ひざかな》みたいに痩《や》せている。出っ張ったおでこに髪の毛がこびりついていた。汗が糊《のり》の役目を果しているのだった。

「やっぱりその女が一緒だったのだね」

おばさんは左手に持っていた木の枠《わく》つきの買物袋を顎髭めがけて投げつけた。袋の中から濡れたおしめが落ちて、顎髭のギャバのズボンの裾に当った。

「アイコが立派に一人立ちできるようになった。ジャンゴ・ラインハルト楽団はもうあの女を必要としない。今度の旅からあの女は馘《くび》だ。あんたは旅に出かける前にはっきりそういっていたはずだよ」

「ど、どうしておまえはこんなところにいるんだ」

顎髭はうろたえホームの柱を楯《たて》にした。

「いつ帰るか、知らせたおぼえはないぞ」

「アイコから葉書をもらったのさ。昨夜の十一時のか、今朝の九時ので着く、と書いてあったよ。だからあたしは昨夜からずうっとここで張っていたんだ」

「アイ公、おまえ、告げ口したな」

顎髭は少女を摑《つか》まえようとした。が、少女の方がずっと素速い。少女はおばさんのうしろにかくれて、

「お母ちゃんにありのままを正直に書いただけよ。それがどうして告げ口になるの」

「ま、とにかくよそう。話は家に帰ってからだ」

「此処《ここ》でその女と手を切りなさい。でなきゃ動かない。さあ、誰だというんです」

「ちょいと。それ、あんまりないい方じゃない」

白ずくめの女がおばさんに向っていった。

「乞食楽士の集りをキャンプ回りのちゃんとした楽団に仕上げたのはだれだと思っているのよ。英語の喋《しゃべ》れるわたしが……」

「うるさい、泥棒猫」

「なによ、雑巾」

「ぞ、ぞうきん？」

「あんたの御亭主がそういったのよ」

「お父ちゃんはその女に、お母ちゃんのことを配給の介党鱈《すけとうだら》みたいだなんていってたよ。味もそっけもなくてパサパサだって」

「口惜《くや》しい……」

おばさんは顎髭に摑みかかろうとした。が、楽団員たちがそれを押しとどめた。おばさんの背中で赤ん坊が空襲を告げるサイレンのように泣き出した。

「満天下に恥をさらすことはない。家で話し合おう。その前に、そこにいる小僧どもと話をつけなきゃ。連中は米を二斗もちょろまかしやがったのだ」

「ごまかさないで」

「いや、ほんとうなんだよ」

「どうしてもここでケリをつけてもらいますからね。あんたたちはどっかへ行って、さあ」

朝彦や修吉にいいながら、おばさんは下駄を脱ぎ捨て、ホームにぺたりと坐り込んだ。修吉たちは孝を道案内役によろこんで「どっかへ行って」しまうことにした。

ホームを真直《まっすぐ》に進み、駅本屋の屋根の下に入ったところで右に折れる。日曜の朝だからだろう、覚悟していたほどの人出はない。改札口がいくつも並んでいるのに修吉は胆を潰《つぶ》した。改札口の向うは、修吉たちの学校の体操場が三つはすっぽりとおさまってしまいそうな大広間だった。改札口からはるか彼方に見える出入口まで十数列の行列ができていた。改札を待つ長距離列車の乗客たちが、新聞紙や風呂敷の上に坐り込んでいるのだった。宏大な広間は薄暗くて、巨鯨《きょげい》の胃袋の内部のように思われる。改札を待つ人たちはピノキオやジュゼッペじいさんたちの仲間だ。どの顔にも生気がない。

「待合広間の左に出札広間があるはずなんだ。あれかな」

頭の中の上野駅構内図と目の前の現実とを付け合わせるのに孝は熱中している。

「帰《けー》りはどげな事《ごど》さ成《な》っぺ」

政雄が孝にたずねた。

「俺達《おらだづ》も並ばねくてはなんねえべ。この長《なん》い行列《ぎょーれぢ》の最後《げっぽ》さ並ばねくてはなんねえべ。今夜《ばんげ》の終列車《すーれっさ》さ乗《のさ》されっぺかね」

孝はぐっと詰まった。そこまでは考えていなかったらしい。

「それによ、福島《ふぐすま》がら小松行《えき》の切符《ちっぷ》で、どげして改札口《けーさづぐづ》ば通《とー》るのだ」

「それは後で考えようぜ」

朝彦が孝に代って答えた。

「その前に、どうやったら福島行の切符で渋谷駅の改札口を通ることができるか考えようぜ。渋谷駅のホームには闇屋相手の切符売りがいるとおれのおやじが言っていた。その切符売りを探そう。それが先決だ」

その通りだ、と修吉は思った。自分たちは鉄道の敷地のなかにいる。まず、鉄道の敷地から出なくては軟式ボールを手に入れることはできない。階段があった。それをのぼるとトンネルのような通路に出た。通路の向うで昭介が手を振っていた。

「えやー、魂消《たまげ》だス」

修吉たちに向って昭介が叫んだ。

「山手線が二本あんだもん。どっちが渋谷さ行《え》ぐ山手線でごぜえすか、って他人《ひと》さ尋《た》んねだら、答がおめえ、どっちも渋谷さ行《え》ぎますよ、だづー。俺《おら》ア怖《おっかね》ぐなってお前《め》達《だ》探すに戻っぺど思《も》った居《え》だどごろだったのス」

「山手線は環状線なんだ。なにもこわがることはないさ」

孝が一番奥の階段を登って行った。

「でも上野からなら右回りの方が近いんだ。おい、はやくおいでよ。電車が入ってくるぜ」

修吉たちは猛獣にでも追われているみたいな勢いで階段をかけのぼった。左側のホームに赤土に黒土を混ぜて擦《なす》り付けたような色の電車が入ってきた。

「サロハ66を改造して片側四扉にしたサハ78形電車だ」

孝が歓声をあげる。修吉たちにはむろんなんのことかわからない。電車が停ったので、修吉はドアに手をかけて押し開けようとしたが、ドアは自分の方からガラガラと動いた。修吉は驚いて一米もとびすさった。その横を孝がげらげら笑いながら通り抜けて車内に足を踏み入れた。修吉も体勢をたてなおして泥田を歩くときそっくりの足取りで、内部《なか》へ移った。内天井が張ってない。腰掛は二米ぐらいのが片側に二個ずつ、計四個。腰板は一枚もなかった。乗客は十人ばかり、どういうわけか一人残らずおじさんばかりである。申し合わせたように黒っぽいズボンに白の開襟《かいきん》シャツといういでたち、黒の皮短靴に使い古しではあるが茶の皮鞄《かわかばん》というのも共通している。さすがは東京である。乗客がみな、町長か校長先生のような恰好をしている。ドアがまたひとりでに閉まり、電車が動き出した。自然に視野が開けて来、〝東京〟が見えはじめた。地面から黒い草の茎がぼうぼうと生えている。だが、目をこらすと、それは草の茎ではなく鉄筋の焼け残りだった。あちこちに白い石の山も目についた。これまたよく見ると石壁やコンクリのかたまりだった。そのうちに葭簀《よしず》張《ば》りに継ぎはぎのトタン屋根の列が目の下にひろがる。これはどうも闇市らしい。

「これが東京かい」

朝彦が溜息《ためいき》をついた。

「米沢の方がまだずっとましだな」

同感だった。修吉も思わず溜息をついた。

「次は御徒町だ。ここは去年の五月二十五日の夜の空襲で官舎二棟が全焼しているはずだけどな。アメリカはどうしてだか、去年の五月二十五日に山手線を集中的に狙ったんだぜ」

孝だけははしゃいでいた。以下、駅に電車が入る毎に、孝のつけた注釈を並べてみると、秋葉原と神田、ここは去年五月二十五日の空襲を奇蹟《きせき》的にまぬがれた。東京駅はひどくやられた。局庁舎、駅本屋、物資部配給所、線路分区班全焼。中央線と山手線のホーム上家半焼。駅舎周辺詰所、鉄道ホテル、本省写真室、工事課全焼。汽車線特殊枕木十五本焼失。わあ、見ろよ、駅本屋に復旧工事の足場が組んであるぞ。この復旧工事ではさ、以前は円屋根だったのを角屋根に変更するらしいよ。向うが宮城だろ。そしてあれが国会議事堂だな。あッ、富士山だ……。(この三つには修吉たちも感動した。)有楽町は被害なしと。左側の円い、でっかい建物が日劇だぞ。新橋は、管理部庁舎木造部分が全焼、御成門《おなりもん》官舎一部焼失。浜松町では橋用の枕木七十本焼失。田町はA口本屋焼失。田町=品川間では京浜線北行きの枕木二百八十本焼失。だからここが一番復旧がおくれたんだ。復旧開通したのは五月二十八日の始発からだ。品川、ここもずいぶんやられた。東京機関区本屋、合図手詰所、非常用室、ボイラー室、炭水手室、札《ふだ》ノ辻《つじ》信号扱所全焼。品川＝大崎間では下目黒川橋枕木五十一本。五反田と目黒は被害なし。恵比寿では電車六輌焼失。渋谷も散々だったんだ。線路班詰所焼失。橋枕木二百本、高架線枕木三百七十本、並み枕木百十本焼失。渋谷＝新宿＝新大久保間の復旧開通も五月二十八日の始発からだった。でも、去年の五月二十五日の空襲でいちばん徹底してやられたのは新宿駅でね、まず電車が四十輌だろ、貨車が五十輌だろ、鉄道病院だろ、旅客ホーム上家全部に、二番線を除く貨物ホーム上家全部……、おい、みんな、ここで降りるんだ。ここが渋谷だぞ。

渋谷駅のホームに降りてうろうろしていると、髪を油でぴったりとなでつけた国民学校四、五年の子どもが、家鴨《あひる》のように首を前に突き出しながら修吉たちに近づいてきた。

「切符屋探しているのかい」

朝彦が代表して頷くと、少年は半ズボンのポケットから鋏《はさみ》の入った切符を十枚ばかり取り出して、

「新橋から渋谷行きの切符がこれだけある」

といった。顔にもつや気がないが、声はそれ以上に干涸《ひから》びている。

「……全部で十一枚だ。うん、十枚で百円でどうだい」

「こっちは五人だ。五枚しかいらないんだよ。五枚で五十円なら買うぞ」

「十枚で百円」

「どうせ、改札口でちょろまかしてきたんだろう」

朝彦に代って孝が交渉をはじめた。

「つまり原価はタダなんだ。欲ばらずに五枚五十円で渡しなよ」

「ぼくから切符を買わなきゃ当分、改札口を出ることはできないんだよ」

「でも、そのうちに別の切符屋を見つけるさ」

少年切符屋はしばらく線路へ目を落してなにか考えていた。が、やがて顔をあげて、

「米を運んできたのかい」

昭介の抱いている米袋を指さした。

「そんなとこだ」

「どこから来たの」

「どこからだっていいじゃないか」

朝彦が孝の前へ出た。山形県から来たなどと答えたらますます足許《あしもと》をみてくるにち

がいない、と朝彦は踏んだのだろう。

「それで米は何斗あるの」

「二斗六升」

「そ、それがらチョコレートが一枚《えづめー》に煙草一箱《たんばこえっぱこ》」

修吉が補足した。

「訛《なまり》があるね。だいぶ遠くから来たんだな。米の買い手はいるの」

「いないよ。これから探すのさ」

「いい買い手を紹介してやろうか」

少年切符屋はにやっと笑って、

「紹介料を入れて切符十枚で二百円」

と一気に百円も釣り上げた。

「ぼく、高く買うところ知っているんだ」

渋谷の少年の「米をいい値で買ってくれるところを知っている」というひとことは、修吉たちの不意を衝いた。どうやって改札口を通り抜けようか。それにばかり頭が向いていて、改札口の外側のこと、つまりどこへ行き、どんな方法で宝物の米を売り捌《さば》くかについてはまったく何も考えていなかった。だがしかし、この少年は二百円で、改札口を悠々と通り抜けることのできる切符を五枚くれた上に、米の買い主まで紹介してやるという。決して高くはない。修吉は思わず頷《うなず》いた。ほかの四人も同意見のようで、揃《そろ》って首を縦に振っていた。「十分も歩くと御屋敷町にぶつかる」

少年はズボンの尻のポケットからきちんと折り畳んだカーキ色の戦闘帽を抜き取り、それで一方を指し示した。太陽とは正反対の方角である。ということは西か。

「そこの町内のおばさんたちが食糧管理委員会というのをつくっている」

少年は慎重な手つきで戦闘帽をかぶりながら、

「どこの家でも米が欲しい。担ぎ屋がやってくると我れ勝ちに自分とこへ呼び入れる。それを横から高い値段つけて奪い返しちゃうのもいる。同じ町内でそんなことやっていたんじゃみっともない。そこで委員会ができたんだ。『なんとかさんの家は一週間前にお米を五升買ったはず、だから今日は遠慮してくださいな。そこへ行くとだれとかさんの家は二週間前に三升手に入れただけだからもうそろそろだわ。だれとかさん、今日はお宅の番ですよ』なんてさ、てきぱきと割りふるわけだ。それでそのだれかさんはお金の持ち合せがあればむろんよろこんで買うし、都合が悪ければ闇米を買う権利を委員のおばさんに返上する」

修吉は続けざまにフーンフーンと低く唸《うな》った。最初のフーンは一瞬の淀《よど》みもなく滑らかに回転する少年の舌に捧げられたもので、第二のはこの一月の読売新聞に対する敬意のフーンである。今年の一月下旬の読売に、小石川の白山というところの三つの町会が、米、味噌、醤油などの配給をみんなで監視する食糧管理委員会をつくってウンヌンという記事が出ていたけれどやっぱり本当だったのだ。白山は配給品、こっちは闇米、管理するものはちがう。でも委員会は委員会だ。

「きみはその町会の食糧管理委員会の何なのだい」

朝彦は年かさだけあって感心ばかりしていない。鋭い口調で質問の矢を放つ。

「その町に住んでいるんだ。名前は木村弘三郎」

少年は指で宙に字を書いてみせた。

「それで渋谷区立道玄坂国民学校五年一組」

「いつもここで担ぎ屋を待っているのか」

「いつもってわけじゃない。当番制なんだ。町内の子どもが順番でここへ出張《でば》っているのさ。一週間に一回ぐらいの割合で順番がまわってくるかな。担ぎ屋さんを連れて行かないと、家の人が田舎へ買い出しに行かなきゃならなくなるだろう。だからこれでも必死なんだぜ。それで米の品種はなに」

「置賜米《おきたまめー》だ」

農家の長男である昭介が答えた。

「ちまり山形米ス」

山形米と昭介がいい直したので修吉はほっとした。修吉たちの宝物二斗六升のうち、六升はたしかに置賜米だが、残りの二斗は天童の進駐軍キャンプ慰問から帰るジャンゴ・ラインハルト楽団からの弁償米だ。天童は山形盆地に属するから「置賜米」では嘘が混じる。

「細《こまけ》ぐ言《ゆー》うづと所不嫌《ところきらわず》つう一等米《えっとーめー》ス」

「山形米というと亀の尾だな、ぼくの知っているのは」

担ぎ屋とつきあいなれているのだろう、少年はなかなかくわしい。

「それから巾着に半坊主」

「所不嫌は冷害《れーげー》さ強《つえ》いのだ」

「まあいいや。山形米ならお母さんたちも大よろこびだ。それにこっちは売っていただく方だもの、たとえ外米だって文句はいえないんだ」

「きみのところの食糧管理委員会は一升いくらで買うんだい」

みんなから手持ちの金を集めながら朝彦は訊《き》いた。

「このごろの相場は一升九十円から九十五円かな。でも約束する。九十円以下ということはぜったいにない。責任持つよ」

「まああってとこだな」

政雄から五十円、昭介から三十円、修吉から百円、合せて百八十円の金が朝彦の右の掌に載せられた。朝彦はその上に百五円加えた。孝だけは知らぬ振りして向い側のホームに入ってきた電車を眺めている。百十五円持っているはずなのに渋っているのだ。それにあとで米が金になればそっくり戻ってくるのだが。

「とりあえず半分だけ払っておく」

朝彦は少年に百円札を一枚突き出した。

「あとは委員会のおばさんに会ったときに渡す。途中で逃げられちゃあかなわないからな」

「逃げたりするものか」

少年は丁寧にお札をシャツのポケットに収め、それから切符を高々と掲げながら、かなり足早に階段の方へ歩き出した。

「こっちで売って欲しいとたのんでいるんだよ。きみたちを連れて行かないとおばさんたちから大目玉を喰っちまう」

「そのくせ紹介料をとったりして、抜け目のないやつだな」

朝彦は少年の脇にぴたりとついて行く。昭介は二斗入りの袋、政雄は六升入りの修吉のズボンを抱えて二人のあとに続いた。修吉はシャツの裾を引っ張りおろして猿股を隠しながら孝と並んでみんなを追いかけた。

階段をおりると改札口があった。だがもう怖がることはない。修吉たちは「お早《はえ》っし」「御苦労さんでごぜーす」「いいお天気で」などと改札掛に挨拶をしてそこを通った。広場に出た。まだ九時前だというのにずいぶん混《こ》み合っている。切符売場にその源を持つ行列が四列、大蛇のように広場をくねっていた。「帝大ピーナツはどうでしょうか」「えー、慶応ピーナツです」。行列に沿って学帽の学生が落花生の入った新聞利用の小袋を売り歩く。行列にはなぜだか女の人が多かった。リュックを背負い、手に風呂敷包を持っているのも共通している。例外なく白シャツにもんぺ、足許は下駄である。さすがは東京だと感心したのは、なかに数人、シャツともんぺを共布《ともぎれ》で仕立てて着ている若い女の人がいたことだった。修吉がこれまでに見た最大の都会、米沢市にも洒落《しゃ》れたもんぺの女《ひと》はいないわけではない。が、これほど凝ったのははじめてである。広場の周りを縁取《ふちど》るように、内に靴磨き台が、外に輪タクが並んでいた。米沢駅前にも靴磨きがおり輪タクがいるけれども、その数はせいぜい三、四人に五、六台、とても較べものにならない。これで一生分の靴磨きと輪タクを見たぞ、と修吉は思った。そのうちに、レコード会社の看板犬と肩を並べるぐらい、いやそれ以上に有名な犬の置物があったのはこの広場だったはずだぞと思いついた。戦争で大砲の砲身になったか、それともまだ主人の帰りをこの広場のどこかで待っているのか。しかし修吉はそれを確めることはできなかった。例の少年はよっぽどいいものをたべつけていると見え、競歩選手そこのけの速さで歩く。立ち止まって犬を探していると置いてきぼりを食うおそれがある。そこで修吉は帰りに犬を探すことにした。戦場に駆り出されていなければ相手は置物だ、どこへも逃げはしない、きっと見つけ出せるだろう。

交差点の向うに、トタンの生子板《なまこ》の屋根の波が見える。周囲にいくつか、壁の芯鉄《しんてつ》の網のところどころに漆喰《しっくい》の小さな塊をぶらさげてやっと立っているといった態《てい》の焼けビルの残骸があるが、生子板の屋根のバラック群はその焼ビルよりも見すぼらしく思われた。交差点を渡った少年は右と左の広い道には目もくれず、そのバラック群のなかへ突っ込むように入って行った。「おいしい肉入り代用うどん五円」「イワシバタ焼二尾五円」「お好み焼二枚五円」「落花生らくがん二ケ五円、落花生ジュース付」といった貼紙《はりがみ》が次々に修吉の目に飛び込んで来、同時に何十ものたべものの匂いが投網《とあみ》よろしく頭の上からかかって来た。バクダン、どぶろく、焼トン、モツ焼、ゴッタ煮、コッペパン、銀シャリ、干しバナナ、切売り西瓜《すいか》、真桑瓜、かき氷。バラック群はありとあらゆるたべものを商っているようだった。たべもの屋ばかりではない、「軍隊の鉄カブトを鍋《なべ》に直します。直し賃五円」「焼夷弾《しょういだん》円筒利用の包丁、一丁五円」「旧軍払い下げのノミ取粉一袋五円」などの貼紙もあった。雑貨屋台の多いのも目についた。どの雑貨屋台もタバコ手巻器、パン焼器、食器、電熱器を山のように積みあげている。その中に米つき器というのがあって修吉を思わずにやりとさせた。米つき器といえばなにやらもっともらしいが、その実体は空《から》の一升罎《びん》とはたきを紐でくくって一組にしたものだった。

ところどころに生子板の屋根と葭簀の壁の途切れた数坪の空地があり、雑嚢《ざつのう》に戦闘帽の大人たちが円い人垣をつくっている。人垣の中から錆《さ》びた声で「さあよく見ておくれ。このピースには裏に窓がある。こっちには窓がない。こっちのものっぺらぼう。さてこれがひょいひょいひょいとこうなって、ひょいひょいひょい。さあ、どっちだ。当れば倍返しだぞ。おい、そこのおじさんよ。あんた、今朝の八時からずうっと眺めているばかりじゃないか。見ているだけじゃ金にならないよ」といい立てるのが聞える。米沢市の闇市でもやっているピース空箱の〔モヤ返し〕だな。

人垣の向うは例の焼けビルだが、二階は手入れがしてあって、「ダンスホール・マンダリン」「麻雀荘《マージャンそう》オフリミッツ」と書いたボール紙が窓ガラスがわりに嵌《は》め込まれている。三階四階はまだ瓦礫《がれき》を積んだまま放置されていた。右と左の屋台からイワシやモツを焼く煙が吹き出し、焼けビルの壁を這《は》って昇って行く。右と左の煙がひとつになるあたり、ちょうど二階の窓の下に、これだけは色鮮やかな、アメリカ映画のポスターが並べて貼ってあった。煙を通して見ているせいか、「情熱の航路」のベティ・デービスも、「アリゾナ」のジーン・アーサーも、「恋の十日間」のジンジャー・ロジャースもゆらゆら揺れて踊っている。ほんとうにいつもきれいなのはアメリカのものばかりだ。

「おい、修吉、おくれるな」

朝彦の声でジンジャー・ロジャースたちは踊るのをやめた。まもなく生子板の屋根が尽きて住宅街に入った。住宅街とはいっても、窓にセロハンを貼り、屋根を防水加工紙で葺《ふ》いた応急住宅が並んでいるだけだった。二軒だけ周囲とちがう住居があった。一軒は半焼けの共同便所にムシロを下げた家で、別の一軒は色も寸法もちがう数百の板をうってこしらえ上げた掘立小屋だった。修吉は自分の町の家々の冬の炬燵《こたつ》掛けを連想した。炬燵に入るたびに観察するのだが、襤褸《ぼろ》を綴り合せた炬燵掛けに一組として共布はない。あの炬燵掛けのようにじつに見事な掘立小屋だ。感心して見とれていると、空地の隅の小さな野菜畑に水をやっていた品のいい老人がエヘンと咳払《せきばら》いをした。

やがて右手に岡が見えてきた。長い金網でかこってある。

「進駐軍のキャンプができるんだ」

珍しく少年が足を停め、修吉たちに説明してくれた。

「三千五百人の進駐軍家族が住むことになるそうだぜ」

そう言えば岡の奥に、ざっと数えても二十を超える木組みが見えている。緑の草の上に行儀正しく並ぶ白い木組み。海の底の鯨《くじら》の墓場でも見ているような気がする。

「学校も映画館も、それから商店街までできるらしいや。困ったはなしさ」

「なんできみが困るんだ」

朝彦がいった。

「進駐軍の兵隊屋敷ができることときみと、べつに関係ないだろう」

「ここは練兵場のあとなんだけどさ、ところどころに木が生えてるだろう。その木をこの冬、ずいぶん薪にしたんだよ。おかげでこのへんの人たちは凍《こご》えずにすんだ。でもこの次の冬からどうなるか……。さあ、行こう」

少年は急に左の小路へ駆け込んだ。しばらく行くと、生垣や石の塀《へい》をめぐらせた立派な家の立ち並ぶ道に出た。どの家にも何本か庭木があって、蝉《せみ》の声が方々でしている。

「このへんは空襲を受けなかったんだよ。あ、その角がぼくの家さ」

表札がわりに門柱に板が打ちつけられている。筆頭が「木村文治」で、最後が「弘三郎」だった。

「食糧管理委員会の委員長のおばさんがいるのはこの奥だよ」

少年は戦闘帽を脱いで、エイと自分の家の庭へ投げ込んだ。

「奥といっても五十米ぐらいだけどさ」

似たような構えの家を七軒ばかり通りすぎると小さな十字路があった。斜め向いの家は相当大きい。立木の向うで西洋館の緑色の屋根が夏の午前の陽を受けて鈍く光っている。鉄の門だった。門の横に一尺四方の白塗りの立札が立っていた。国民学校ではローマ字を習い、この二月からはラジオの「カムカムエブリボーディ」を聞いているので立札の字が読める。〔U.S. HOME NO. 123〕と書いてあった。

「このお屋敷には去年の八月まで兵器庁の長官閣下が住んでいたんだ」

少年はその西洋館を左に見ながら右手へ折れた。

「それで今年の六月から進駐軍家族用に接収されたの。でも住んでいるのは軍人じゃないよ。GHQの偉いお役人……」

生垣の塀が途中から白い柵になる。同じく白く塗った木戸が柵の真中辺にあった。

「あの木戸がお勝手口さ。今日は日曜日だね。すると居るのは日本人だけだ」

「日本人も住んでいるのか」

「うん。コックにメイドに書生さんの三人」

「メイドってなんだ」

「女中だよ。ここの主人夫婦はね、土曜、日曜はかならず車でお出かけさ。子どもを連れてだよ」

「どこへ行くんだろ」

「江の島とか日光とか箱根とかへ遊びに出かけるんだ。そのあいだはコックさんたち、のんびり骨休めだ。そうだ……」

少年は政雄の担いでいた六升入りのズボン袋を指して、

「それはここのコックさんに売ろう」

命令口調でいった。

「前から頼まれていたんだ」

「そのアメリカ人のお役人は米を喰うのか」

「ううん、三人の日本人の飯米用だよ」

「食糧管理委員会のおばさんたちが文句をいわないかい」

「いうもんか。進駐軍に協力できてかえってうれしい、光栄ですわ、というはずだよ。じゃあ、きみたちはここで待っていてくれ」

少年は道の奥へ入って行き、「担ぎ屋さんを連れてきましたよォ。山形米です。所不嫌という一等米です」と大きく声を張りあげた。すると左右の門からおばさんが四人あらわれた。ひとりだけ眼鏡をかけている。このおばさんは一升枡《ます》を入れた盥《たらい》を抱えており、他の三人は白い布袋を持っていた。少年は修吉たちのところへ戻ってくると、

「だれか立ち会うかい」

ときいた。朝彦は二斗入りの袋を昭介の肩から少年の腕の中へ移しながら、

「ここで見ているよ」

と答えた。

「でも一升九十円以下じゃだめだぞ。そのときは一切ご破算だ。おれたちは米を取り返して、ほかで売る」

「ほかで売るだって」

少年の片頬がぴくぴくと引き攣《つ》った。少年はつまり笑ったのである。

「さっきの銀シャリの屋台へ持っていこうってのかい。それとも寿司屋や料亭を探すか。きみたちは子どもだ。足許を見られちゃうよ。六十円か六十五円に買い叩かれるにきまってる。きみたちに出会ったのは、ぼくにも、ここの食糧管理委員会にもしあわせなことだった。でもね、きみたちにはもっとしあわせなことだったんだよ。それがわからないのかなあ。まあ、いいや。きっと九十円以上で売ってあげるよ」

少年は腰をひょろつかせながら米をおばさんたちのところまで運び、袋の中味を盥にあけた。そしておばさんたちと二言三言なにか話し、

「九十円で買うってさ」

とこっちへ引き返してきた。

「紹介料の百円、まだ貰ってないよ」

「おばさんたちから米の代金を集めるだろう。そのなかから取ればいいじゃないか」

「そういうのはいやなんだよ。紹介料は紹介料でいまきちんと貰う。お米の代金は代金でおばさんたちから受け取った分をきみたちにそっくり渡す。ひとつひとつぴしぴしと決めて行きたいんだよ」

「わかったよ」

朝彦は少年の胸のポケットに百円札をねじ込んだ。

「ありがとう」

少年は頭をさげ、そのついでだとでもいうように政雄の足許にあった六升入りのズボンを担ぎあげた。

「これ、コックさんに売ってくる。あ、そうだ。きみたちの住所、紙に書いといてくれないか。この町内でどうしても米が入り用になったとき速達葉書を出すよ。その葉書が届いたら、ああ木村弘三郎の町内の人民どもは飢えているな、と思ってくれよ。そして米を運んでいってやろうかなと思ってくれればうれしいな」

「いい考えだ。いっそ住所を書いた紙を交換しないか。そうすればおれたちも、きみに速達葉書が出せるぜ。何月何日朝何時、渋谷駅に着く。切符の手配たのむ。そう書いた葉書が出せる」

「それはいいや。それじゃあ、おばさんたちから代金貰って、この米をコックさんに届けてくる。それから住所を書いて渡すよ。なんだったら家でお茶ぐらい飲んで行けばいいんだ」

少年はおばさんたちのところへ行って金を受け取り、向いのU.S. HOMEの白い木戸を押しながら叫んだ。

「権藤さん、お米が入ったよ。山形米だよ。所不嫌といってね、一等米なんだってさ」

孝がはやくも紅梅キャラメルの景品の『少年野球手帖』を出し、手帖の中ほど、巨人軍選手名鑑のページのはじまる直ぐ前に十枚ばかり綴じ込んである白紙のうちの一枚を破き、そこに「山形県東置賜郡小松町駅前鉄道官舎内君塚孝」と書きつけ、紙と鉛筆を修吉に回してよこした。

「あの弘三郎って子の家にあがってお茶なんか飲んでる暇はないね。ぼくの分五升の代金四百五十円受け取ったら、真っすぐ東京駅へ行くんだ。そして進駐軍列車の『デキシー・リミッテッド・ああそう号』を見物して、次に鉄道神社におまいりしなくちゃ。いそがしいんだぞ」

「鉄道神社？　何処《どご》さ在《あ》んのだ、其様《そげ》なものは」

紙と鉛筆を隣の昭介に手渡しながら修吉がきいた。

「国鉄本社の屋上だよ。修吉くんたちはどうする」

「軟式《なんすぎ》ボールば探《さがす》しさ行《え》ぐ」

修吉の脳味噌には、置賜博品館でちらと見た〔長瀬護謨《ゴム》製作所・東京市向島区隅田町二丁目〕の、十九字が鑿《のみ》で彫りつけた如く深くはっきりと刻みつけられている。まずそこへ駆けつけてみよう。

「それがら後楽園球場さ行ぐ。んで、セネタースと巨人軍《ちょずんぐん》の試合《すえー》ば見る。試合開始《すえーけーす》は午前十時《ごーず》だったと思《もー》う。一回《いっけー》の表《おもで》がらは見られ無《ねー》いがも知《し》れ《ん》な《ね》い」

「じゃあ、鉄道神社からぼくも後楽園球場へ行くよ。どこで落ち合おうか」

「決まって居《え》っぺ」

昭介がいった。

「右翼《ラエト》の観覧席さデーンと構《かめー》えで、大下弘先生のホームランば摑むのだ」

「じゃ、ぼくは川上一塁手のホームランを捕ることにする。全員の集合場所は後楽園球場の右翼席と……」

「おれも五回か六回までには後楽園球場に行けると思うよ」

朝彦は鉛筆の先を爪で剝《む》いて芯を出している。芯を折ったらしい。

「おれは聖路加病院とかいうところへ行ってくる。横山正のためにストマイを買って帰るんだ」

「高価《たげー》な薬だべ」

政雄がいった。

「アメリカの新薬《すんやぐ》だぞ」

「そのときは何回も東京へ米を運ぶさ。木村弘三郎という仲間ができたんだ。出発前に電報を打てばあいつが切符の手配をしてくれる。渋谷とはいわずどこの駅の改札口だろうが大手を振って通れるぜ。それにあいつに前もって買い手を見つけさせておけば、仕事は早くすむ。足を棒にして買い手を探し回ることもないんだ。このやり方で山形と東京との間を十回も往復してみろ。おれひとりでも五千円にはなるだろう。次の回から横山正も加わるから二人でざっと一万円だ。どんなにそのストマイという薬が高くても一万円はしないんじゃないかな」

一万円。大学出の初任給の約二十倍だ。修吉は気が遠くなった。朝彦にくっついて自分も十回、東京との間を往復しよう。五千円稼ぐことができれば軟式ボールの五、六個ぐらい手に入れられるだろう。丸太ン棒のバットともさよならだ。手製の布グローブともグッドバイだ。だが、ひとつだけ気がかりなことがあった。それは上野駅の待合ホールのあの長蛇の列だった。

「帰《けー》りの汽車の事《ごど》だども……」

修吉は孝にたずねた。

「改札口《けーさつぐづ》の前《めー》さ、長い《なんげー》行列が出来《でぎ》で居《え》だったよ。上野駅《えーのいえぎ》がら出る汽車さ乗さるには二日も三日も行列《ぎょーれぢ》しねばならねえんでねえの」

「岩倉鉄道学校の横から構内に潜り込むんだ」

「岩倉鉄道学校ってス？」

「車坂側にあるんだ。まかしとけよ。上野駅の構内地図はすっかり暗記してあるんだからさ。構内に潜り込めばあとは簡単だぜ。福島＝米沢間の切符を持っているんだから大威張りだよ。途中の検札なんかありっこないし……」

「若《も》す潜り込めねがったらどうなんべ」

「最後の手段がある。上野駅の駅長室に泣き込むんだよ。『ぼくは米坂《よねさか》線羽前小松駅の駅長の息子です。切符をすられて帰れなくなりました。助けてください』といって泣く。駅長の息子となると上野駅長も捨ててはおけない。すぐさま小松駅に電話をかける」

「捨ててはおけない？　そういうものだべがね」

「そういうもんなんだ、国鉄というところは。二十万の国鉄職員、ひとつの大家族なんだ。上野駅長から電話を受けた小松駅長、すなわちぼくの父は『仲間と山に登るといって出かけたのですが、じつは東京に行っていたのですな。帰ってきたら思い切りお灸《きゅう》をすえてやりますから、ひとつご勘弁ください。ところでどうか息子とその仲間を今夜の夜行に詰め込んでくださいませんか』と頼む。上野駅長は『わかった』といって電話を切る」

「そう巧《うめ》ぐ行《え》くべがね」

「大丈夫、二十万の鉄道員は互に団結しあっているんだ。ぼくは無料《ただ》になるだろうと思うけど、きみたちは正規の乗車賃を払わなければならなくなるかもしれないよ。上野＝羽前小松間は三二九・二粁。大人三等料金二十八円。小人で十四円。だからどんなことがあっても十四円だけは確保しておけよ」

「わ、わがった」

「この最後の手段は、東京に来たことがバレるから、よくよくでなきゃ使わないけど、まあ、そういうわけで帰りはなんとかなる」

「ほんとに国鉄言《つー》うなァ良《え》ぐ纏《まど》まって居《え》んのだなあ」

これで帰りの心配はいらない。そう思うとほっとした。ほっとした気持が国鉄を称えることばになって出た。

「チームワーク《ツーム》が良《ええ》いのだな」

政雄も頷いて、

〽轟《とどろ》け鉄輪　我が此《こ》の精神

と『鉄道精神の歌』をうたい出した。孝の十八番で彼はこいつをよくうたう。それでいつしか耳の底に残り、修吉たちはこの歌を『憧《あこが》れのハワイ航路』と同じぐらい上手にうたえるのだった。

〽輝く使命は　儼《げん》たり　響けり
栄《はえ》あれ交通　思へよ国運
奉公ひとへに　身をもて献げむ
国鉄　国鉄　国鉄　国鉄
いざ奮へ　我等
我等ぞ　大家族二十万人
奮へ我等……

修吉たちに気押されて蟬は黙った。米を分配し終ったおばさんたちは修吉たちに笑いかけながらそれぞれの家へ引き揚げて行った。
「又《まんだ》、来《く》っからねし」
「又《まんだ》、買って呉《け》さいよ」

てんでにそう叫び、修吉たちは二番にかかった。

〽轟け鉄輪　我が此の団結

輝く誠は　耿《こう》たり　とほれり……

「おい、静かにしろ」

U.S. HOME の白い木戸から白ずくめの男が出てきた。

「主人はまだベッドのなかなんだぞ」

短く刈り込んだ頭の上にコック帽をのせている。

「寝が足りないと主人は不機嫌になる。一日中、周囲《まわり》に八ツ当りだ。英語でポンポンポンポン怒鳴りつけられるおれたちの身にもなってみろ」

「ご主人はお出かけでしょう？」

朝彦がいった。

「土曜には車で江の島や箱根に出かけるんでしょう。それがきまりだって弘三郎君がいってましたよ」

「主人が留守ならこんな白い服着てるか、ばか。とうの昔に家へ帰ってら。だいたいなんだ、その弘三郎ってのは？」

「弘三郎君から米を買ったはずですよ」

「米？　だれが？」

「コックさんがです。ついさっき、弘三郎君は米を六升、コックさんのところへ届けたはずですよ」

「知らねえぜ」

白ずくめの男は肩をすくめてみせた。アメリカ人の主人からの直伝の仕草なのだろう。ぴしゃりと様《さま》になっていた。

「だいたいおれたちは闇米なんぞいらねえものな。主人家族のたべのこしたパンの耳が毎日ボールに一杯は出る。それを齧《かじ》っていれば腹の虫はおさまる」

「それじゃあ弘三郎はなぜ、その木戸を入って行ったんだろう」

「そんなこと知るか。とにかく歌がうたいたきゃあ、よそでうたってくれ」

白ずくめの男は朝彦の足許へ唾をはき捨てると木戸の向うに消えた。いったい木村弘三郎という少年はどこへ隠れてしまったのだろう。修吉は遠くからこっちへ太鼓の音が近づいてくるのに気づいた。はてなと思って耳をすますと、それは自分の心臓の鼓動だった。不意に朝彦が木戸に駈け寄って内部を覗《のぞ》き込んだ。修吉たちもそれにならった。柵に沿って植込みがある。植込みの向うは芝生だった。芝生は表門の手前で切れている。表門の横に黒塗の自動車があった。学帽をかぶった男が自動車を磨き立てていた。

「す、すみません」

朝彦が大きな声でたずねた。

「この木戸から表へだれか通り抜けて行かなかったですか」

「ああ、子どもが走って行ったよ。叱りつけようとしたときには、もう門の外さ。すばしっこいやつだったなあ」

「ちきしょう、やられたなあ」

朝彦は拳《こぶし》で木戸をがんがん叩いた。

「静かにしろといったのにまだわからねえのか」

目の前の勝手口のドアが開いてバケツをさげた白ずくめの男が飛び出してくるのが見えた。

「さっさと消えて失せやがれ」

押し殺した罵声《ばせい》といっしょに修吉たちの頭上にバケツの水が降ってきた。

第五章 遊撃手は振り向きざま

一時間近くも例の屋敷町を探し回ったけれども、〔渋谷区立道玄坂国民学校五年一組、木村弘三郎〕と名乗った少年の姿はどこにもなかった。少年の姿がなかったばかりではない、まことに面妖《めんよう》なことに、訊《き》いて回るにつれて、〔渋谷区立道玄坂国民学校〕と〔木村弘三郎〕の、二個の固有名詞さえも、日向《ひなた》に置いたアイスキャンデーのように溶けてなくなってしまった。いや、アイスキャンデーなら棒ぐらいは残るからまだ救われる。あの頭髪を油で要塞《ようさい》の如くこてこてと塗り固め家鴨《あひる》よろしく首を前に突き出しながら歩く癖のあった少年は、棒一本残さなかった。まず、〔渋谷区立道玄坂国民学校〕という固有名詞は、米を買ったおばさんの、

「ここには昭和二年から住んでいるけど、そんな名前の学校は初耳だわ」

という一言できれいに消え失せてしまった。「この界隈《かいわい》の子はみんな大向《おおむかい》国民学校へ行くことになっているのよ。大向の聞きちがいじゃないの。さっきの子はときどき闇

屋さんを案内してくるわよ。そうねえ、十日に一遍ぐらいかしら」

屋敷町のとっかかりの家の門柱にたしか〔木村弘三郎〕と書いた表札が出ていたはずだったと思い出して訪ねて行くと、

「木村弘三郎はぼくだけど……」

と言いながら出てきたのは、ワイシャツの袖をまくり上げた学生らしい青年で、修吉たちの話をきくうちにふっふっふと笑い出した。

「きみたちの相手をしたのは相当の知能犯だね。まず、このへんを下見しておき、ぼくの名前を憶《おぼ》え込んだ。それからきみたちに狙いをつけてこの町内に連れてくる。そのときにちらっと『ここがぼくの家だよ』なんていう。きみたちとしては、その子が名乗ったのと同じ名前が表札に出ているから、安心してなにもかもまかせるつもりになる。その子はさらに駄目押しをしておこうと考えて、帽子を塀越《へいご》しに投げ込んでみせた。そこできみたちはますますその子を信用した。そうそう、そう言えばその子がついさっき帽子を取りに庭へ入ってきたぜ。『友だちが悪戯《いたずら》して投げ込んじゃったんです。すみません』なんて言いながら」

ついさっきって何分ぐらい前ですか、と訊くと、本物の、本家元祖家元の木村弘三郎氏はいった。

「きみたちのやってくる三分ぐらい前かな。代々木練兵場の方へ走って行ったぜ」

それなら下手な推理など聞かせずに、あっちへ逃げたぞ、すぐあとを追えと言ってくれればいいのに。小声で毒づきながら練兵場へ走って行ったが、すぐにオフリミッツという、去年の秋からお馴染《なじみ》の札をぶらさげた金網で行手を塞《ふさ》がれてしまった。金網の向う側には平屋の家屋ができかかり、屋根の上に麦藁《むぎわら》帽子の職人が赤い瓦を並べている。そこで、これこれの風体のしかじかの顔付の少年を見かけなかったかと問うと、

「かくれ鬼ならどっか他所《よそ》でやんな」

職人は修吉たちに作業ズボンの尻を向けた。彼の尻は何度も修繕されたらしく糸の目が縦横に走り、まるで刺子《さしこ》みたいだった。

あてもなく練兵場の金網に沿ってしばらく歩き、線路伝いに忠義の秋田犬で名高い駅の広場へ戻ったが、地面は鉄で足が磁石のようだった。睡眠不足と空腹、それになによりも虎の子の米を一粒余さず騙《かた》り盗《と》られたことが、修吉たちの足を固く重くしていた。とくに修吉は半ズボンまで失くしている。できれば泣き出したいところだった。

「ここでさよならするよ」

三階から上はまだ残骸で一階と二階にしか客を入れていない百貨店の入口に辿《たど》りつ

き、入ってすぐのスピード籤《くじ》売場の柱時計が十時半を示しているのを眺めながらシャツの裾で汗を拭いていた修吉たちに、駅長の息子の君塚孝がいった。

「午後六時までに上野駅に集合だからね。落ち合う場所は駅構内待合ホールの派出所の前だ。上野発秋田行四〇五列車は七時半の発車だから、遅れないでくれよ。あ、それから小人三等料金は一人十四円だぜ」

「ちょっと待て」

君塚孝の襟《えり》を朝彦が摑《つか》んでぐいと引き戻した。

「お前は百十五円持っているはずだ。こっちは、おれと政雄と昭介と修吉の四人で八十円しかない。一人当り二十円なんだ。そのうちから汽車賃に十四円とっておくと、使えるのは六円だぞ。ここから上野駅へ行く金もみとかなくちゃあ。そうすると五円だ。うどん一杯くったらおしまいじゃないか。だからさ、行くなら五十円おいてけよ。小松へ帰ったらかならず返す」

「ぼくはもうすでに米五升損しているんだよ」

「それはみんな同じだぜ」

「これ以上、損するのはごめんだ。東京駅。鉄道神社。それから後楽園球場。計画がびっしり詰っている。時間がなくなる一方だ」

「ひっぱたくぞ。それも一回や二回じゃない、小松へ帰ったら毎朝、おはようのかわりに一発ガーンとやってやる。来春の卒業式の朝まで毎日だ。それでもいいのか」

「その前に小松へどうやったら帰れるか、よく考えてみることだな」

孝は頬を地震のときの蒟蒻《こんにゃく》のようにぶるぶると震わせて笑った。これまで朝彦の膂《りょ》力《りょく》に一目も二目もおき、へっぴり腰でつきあってきた孝にしては珍しい態度である。

「ぼくがいなけりゃ切符なんて買えやしないんだよ。それは二日も行列すればなんとかなるだろうけどさ、そのあいだどうやって喰いつなぐ気なんだ。また切符がうまく手に入ったとしても乗車制限というものがあるんだ。そこでまた二日は並ばされるだろうな。つまり順調にいっても汽車に乗るまで四日はかかる。四日間、水だけで辛抱できるかい。たぶん二日目ぐらいで、もう切符なんかどうでもいいって気になって食物を買ってしまうだろうね。でもぼくがついているかぎり今夜の四〇五列車には乗れるんだよ。すこしの我慢で明日の朝は自分の家で白い御飯がたべられる。どっちがいいんだよ。それでも金を出せっていうんなら出すけどね」

シャツのポケットから孝はきっちりと畳んだ百円札を抜き出して朝彦の目の前にかざし、「ただしこの金とられたら、ぼくはひとりでこっそり汽車に乗ることにする」

百貨店の中は半分が駅の構内になっているようだった。入って左へ行くと大きな階段があり、そこをひっきりなしにいろんな人たちが昇り降りしているが、その階段の横の小さく凹んだところから、二人の子どもがこっちを窺《うかが》っていた。頭髪は代掻《しろか》き時《どき》の田の、とろとろの泥水をかぶったように汚れ、その汚れがポマードの役を果しているのか、髪は数本ずつ縒《よ》り合さっている。顔は田の畔《くろ》の如く黒くてらてらと底光りし、ズボンの裾はぎざぎざに千切れて半ズボンみたいだった。ぼんやりした目付きをしているが、ときおり夕晴れの空の一番星よろしくキラッと鋭く光る。どうやら二人とも修吉に笑いかけているらしかった。目が光るたびに自分のズボンを指してみせることからもそれはわかる。パンツしかはいていない自分に同情しているのだろうか、あるいは笑っているのか、どっちなのかわからないが、二人の視線はそのたびに固い石つぶてとなって修吉の頰を打った。孝に臍《へそ》を曲げられてしまったら、あの二人を「兄貴……」と呼ばなくてはならなくなるかもしれない。

「孝《たがす》、行《え》っても良《えー》いス」

昭介も修吉と同じ不安を抱いたとみえて、ぽんと孝の肩を突いた。

「そのかわり上野駅《えーのいえぎ》、六時《ろくづ》の約束ば守んねば駄目《わがんね》だぞ」

「うん」

孝は大階段に向って二、三歩踏み出したが、急に立ち止まって、

「きみたちは向島区の隅田町へ行くんだったたっけね。それならここから地下鉄に乗って浅草へ出るのが正解だ。それで浅草から東武電車に乗る。うまく軟式ボールが手に入るといいけどね」

といい、階段を一段おきに駆け上った。

「使える金が二十四円しかないのにどうやって向島とかいうところまで行けるんだよ。あんまり人を馬鹿にするものではない」

朝彦が怒鳴ったが、孝には聞えたかどうか。

「さて、これからどうしようか」

「後楽園言《つー》う所《どこ》さ行《え》ってみねえか」

昭介がいった。

「でも入場料はたしか小人で三十円だったと思うぜ。そんな金はないんだ」

「試合ば見んのではねえ。選手ば見んのス。ちまり選手の出入りすっ所《どこ》さ陣取《づんど》って、試合終って出てくんのば見学するわげだべ」

「きっと混《こ》んで居《え》っぺ。押《おす》くら饅頭《まんづ》の連続だべ。サイン貰えっかも知んねえよ」

修吉はパンツ姿で大下弘選手にサインをねだるのはみじめだと思った。

「それよりもス、上野駅さ引っ返した方が良《えーん》いのではあんまいか。んでス、上野駅の近くで五円払ってうどん喰う。あとはただじーっと為《す》て孝ば待つわげだなス。良《え》ぐ噛《か》まねえでうどんば丸呑みにする。そすてがらにとぎどぎウッて気張って戻してス、又、丸ごど呑んでしまうわげだす。腹の虫ば、そうやって騙《だま》し騙して、腹保《も》ぢ良《え》ぐして汽車ば待づのス」

「そうすっと東京ばあんまり良《え》ぐ見ねえで小松さ帰る事《ごと》になんべ」

「東京はもう沢山《しこだま》見だス。どさどさど見だス。これ以上《えぞー》見だら塩梅《あんべ》悪《わり》ぐなっぺした」

「んだなあ」

「おれも聖路加《せいるか》病院は諦《あきら》めるか。この次にしよう」

とにかくうどんを喰ってしまおうという修吉の案に朝彦も賛成した。

「政雄、おまえ、さっきからどこを見てるんだ。上野駅へ行ってうどん喰うことに決ったんだぞ。さ、歩《あい》べ」

政雄は血走った燃えるような巨《おお》きい眼をしてスピード籤売場を睨《にら》みつけていた。

「……二十四円あればスピード籤ば十二本引けっと」

蟹《かに》の泡《あわ》みたいなぶつぶつ声だった。

「一等当でる言《つー》うど百円だど。なあ、うどん喰った積りで籤ば買うべ」

政雄は籤売場の背後の壁に貼《は》ってあるポスターを指さしながら、ふわふわと歩き出した。政雄の細かく煽《あお》ぐように動く指先の向うに、「幸運が即座に分るスピード籤一枚二円」という文字があった。その隣りのポスターの文句は「一本ひいて煙草にしょ！　スピード籤　一枚二円」だった。さらにそのまた横にはこんな紙が貼り出されている。

一等……………百円（副賞キンシ十本）

二等…………二十円（副賞キンシ十本）

三等……………三円（副賞ナシ）

四等……………〇円（副賞キンシ十本）

四等の書き方がちょっと変だぞ、と修吉は咄嗟《とっさ》に思った。〇円に当るということは、つまり何も当らないということではないか。となると何も当っていないのに副賞がつくのはおかしい。「四等……キンシ十本」と書くべきだろう。

「政雄、よせよ」

修吉がつまらぬ思案をしている間、朝彦たちはすべきことをしていた。政雄をとめたのである。

「大人しくうどんを喰った方が得だぞ」

その通りだと思って修吉も政雄の右肩を摑まえた。たしかに政雄は仲間うちでは籤引きの天才であるといわれている。教室ではゴム長靴や運動靴の配給券を当てる、駄菓子屋では甘納豆の一等の大袋を当てる、鎮守の宵宮の夜店では樟脳船《しょうのうせん》の大型を当てる、秋の山の松茸《まつたけ》の在処《ありか》を当てる、夏の川の鰻《うなぎ》の居所を当てる、漢字書取り試験のヤマを当てる。パチンコで雀を当てる、破れものには上手に継布《つぎ》を当てる、なんでも当ててしまうのだ。当らないのは打席にバットを担いで立つときぐらいで、政雄は小松セネタースではずっと八番を打たせられている。まあ、野球のことはどうでもいいが、いつだったか修吉は、ゴム長靴の配給券（五十名のクラスにゴム長靴が二足配給になり、次の要領で籤引きが行われた。教師が当り番号を紙に記して教壇に伏せる。クラス全員がジャンケンをして一から五十までの順番を決める。そして一番から順に一から五十までのうちの好きな数を言う。書記役が黒板に告げられた数を書いて行く。下位の者は空き数字のなかから気に入ったものを選ぶ。最後の者にはひとつしか数字が残っていないから、この者に限っていえば選ぶというよりは残りのものを押しつけられるといった方がはやい。全員が数を選び終ったところで、教師が伏せておいた紙をとって当り番号を読み上げる）を教師から受け取って席へ戻ってきた政雄に、

「なじょすれば当り番号がわかるのだべな」

とたずねたことがある。政雄はそのとき煙《け》ったような目付をして、

「だれがが耳許《みみもど》で教えで呉んのだよ」

と呟《つぶや》いた。

「ひとつひとつ番号ば頭さ浮べんのだよ。すっと或る番号さかかった時《どき》に、『それだ、それだよ』言《つー》う声が聞えで来《く》んのス」

「それァだれの声だべな」

「母《かあ》ちゃの声の時もあるし、サブローの声の時もあったな」

修吉は二の句が継げず黙ってしまった。サブローとは政雄の家の飼犬の名前だったからである。それも野良犬出身《あがり》の雑種で、慢性の栄養不良で痩《や》せこけており、加えて皮膚病たかりの名人で禿山《はげやま》よろしき禿げちょろけ、肋骨《ろっこつ》が現われて洗濯板を二枚合せたような犬なのだ。野良犬時代に大人たちから取って喰われずにすんだのも、余りに貧弱で、肉がないと判断されたせいだろうと思われるのだが、とにかくあんな犬のお告げなど当てになるのだろうか。

「政雄、やめろてば」

修吉は、松の廊下で血刀《ちがたな》振う浅野内匠頭《たくみのかみ》をとめた梶川与三兵衛《かじかわよそべえ》のように、政雄を背

後から抱き止めた。

「此処《こご》は東京だべ。政雄は小松町では籤引きの天才だども、此処《こご》では通らねえべ」

「離せってば。俺《おらー》は、俺《おら》の取り分の六円で勝負すっと。それなら文句ねえべよ」

国民学校二年のときに繰り返し五回も観た溝口《みぞぐち》健二の「元禄忠臣蔵」では、梶川与三兵衛は大力の持主だった。だが、修吉は政雄よりはずいぶん非力で、政雄の肘《ひじ》によ
る突きを鳩尾《みずおち》にくらってあっけなく両手を離した。

「スピード籤ば三枚引かせて呉《け》ろ」

たいそうなスピードで政雄は籤売場へ駆けて行った。

二時間後、修吉は政雄と連れ立って東武浅草駅から五つ目の駅で降り、おぼつかない足どりで東へ、隅田川の方角に向って歩いていた。ところで当り籤を引き当てる才能は東京で引こうが小松で引こうがどうも場所とは無関係のようで、まず政雄は最初の三枚で、二等を一枚当てたのだった。あとの二枚は外れたけれど、とにかく六円が二十円とキンシ十本にふえたのだ。こうなると政雄よりも修吉たちの方が夢中になってしまい、朝彦《か》などは、

「有金全部を賭けよう」

と言い出したほどだった。政雄はさすがに籤引きのプロだけあってすぐには引かず、水飲み場へ行って口を嗽《すす》ぎ、顔を洗って引き返して来、籤売り場のおねえさんに、

「この箱の中さ、籤は全部で何本位《ぐれえ》あるんだべな」

と問うた。

「昨日の朝は十万本あったのよ。昨日一日で一万五千は出たかしら」

これは籤売り場からサヨナラするときに聞いたのだが、おねえさんは日本勧業銀行の宝籤部から出向してきているのだそうだ。

「それで今日は三千本は出たはずよ」

「すっと此《こ》の箱さは、今《えま》、八万二千本の籤があるわげだねス」

「まあ、そういうことになるわね」

「んで、当り籤だども、十万本の中さ一等が何本位入《へ》って居《え》んのだべな」

「十万本につき、一等が五本。それから二等が百本に、三等が千本だったかな。でもそれはあくまでも、そういう割合になっている、というだけのことよ。この箱の中には一等は一本も入っていないかもしれない。またひょっとすると十本以上混っているかもわからない」

「昨日《きんな》から今《えま》まで、一等ば当でだ御仁《ごづん》は居《え》だたべがなス」

「うるさいわねえ。まだいないわよ」
ここで政雄は再び水飲み場へ口を嗽ぎに出かけた。そしてさっき日本勧業銀行から分捕った二十円と修吉たちのうどん代金十八円、合せて三十八円を投じて十九本の籤を引いた。政雄の第二回の戦果は次の如くである。

二等…………二本
三等…………四本
四等…………二本
外れ…………十一本

つまり政雄は、三十八円で五十二円とキンシ四十本を稼《かせ》いだのだった。キンシを勘定に入れれば四人の財産は二倍にふえた。政雄はみたび水飲み場に籠《こも》り、五十二円で二十六本引いた。第三次の戦果は大本営発表のそれよりも赫々《かくかく》たるもので、こうである。

二等…………五本

三等…………一本
四等…………五本
外れ…………十五本

金額にして百三円、またもや倍増だ。キンシに至っては前の四十本と一回目の十本を合わせて百五十本になった。

「こうなったら弁慶の心境でやれ」

額を油汗でねっとりと光らせ肩で息をついている政雄を、朝彦が激励した。

「キンシを千本ためようぜ。そしたらこの東京で煙草屋がやれる」

「ん。もう一回。やってみっぺかな」

政雄は汗をシャツの袖で拭いて、

「今日は調子コ、良《えー》いんだわ」

「神技《かみわじゃ》だべヨ」

昭介が手拭を出して政雄の額を拭いてやった。

「あと十回やれば十万二千四百円になっこったぞ。やる度《たんび》に倍々《べーべー》ど殖えで行ぐべ。だすけ計算すっとそう言《ゆー》う事《ごど》になる」

「十回は無理だべ。神経《すんけ》が保《も》だねえス」

「サブローが当り籤ば教《おせー》えで呉《け》で居《え》んのが」

修吉は肩のあたりのゴミを払ってやった。

「それとも母《かっ》ちゃがや」

「違う《んね》。板谷駅で別《わが》れ別れさ成った横山正が頭の中さ現われで『それ引け』『それ引くな』ど号令ば掛げで呉《け》んのだ。だども何故《なして》、横山正なんだべなあ」

首をひねりながら政雄は四度《たび》水飲み場へ出かけて行った。さて第四次戦果は左のようになった。

一等…………一本
二等…………二本
三等…………六本
四等…………五本
外れ…………三十七本

百二円投じて、五十一回籤を引き、百五十八円の収入である。キンシの数は八十本。

これまでのを合わせると二百三十本だ。修吉たちは政雄が五回目の戦さを仕掛けるのを期待したが、

「今度は倍《べー》さ成《な》んながったべ。そんじぇ、一等もぶち当《あで》だごったし、ここらでやめっぺ。おまけに見物人が多くて気《き》が散《ち》んのだ。頭の中の横山正も『政雄ちゃ、そろそろ引け時だよ。サエナラ』って言《ゆ》って居《え》る……」

どんどん百貨店を出て行ってしまった。たしかに籤引きの天才を見ようという人たちで売場にはいつの間にか三重か四重の人垣ができていた。それに日本勧業銀行から出向のおねえさんが、政雄の手が箱のなかをかきまわしている間中、

――もう当っちゃだめ。

――わたしたちの銀行を潰《つぶ》す気なの。

――いったいどこの田舎から出てきたのよ。

――キンシを喫ったりしちゃ駄目なんだから。

――未成年者に籤を売ってはいけなかったんじゃないかしら。たしかめなくちゃ。

などと気を削《そ》ぐようなことばを連発する。いかに天才でもこれではやりにくいだろう。

そこで修吉たちも政雄のあとを追って百貨店を出て、例の露天街でうどんをおかずに丼《どんぶり》で一杯ずつ白い飯をたべた。代金はキンシ六十本で払った。うどん屋台のおじさ

んが「キンスで払ってもらうより、キンシのほうが有難いね」と洒落《しやれ》まじりでいったからである。

駅で二手に分れた。朝彦と昭介は、五十円とキンシ九十本持って聖路加病院に向った。キンシはお医者さんへの袖の下にするつもりだという。キンシにものをいわせ、横山正の母親の病気に絶対的なきき目のある新薬についていろいろ訊いてくるんだと二人は張り切っていた。修吉と政雄は、八十八円とキンシを八十本携えて地下鉄に乗った（二十円残ったわけだが、これは四人のそれぞれの交通費に充《あ》てた）。キンシ八十本、この威力で向島区隅田町の長瀬護謨《ゴム》の社員を味方につけ、なんとか軟式ボールを手に入れよう。そういう計画だった。

東武浅草駅で、隅田町へはどの駅で降りればいいか訊き、そうやって教わった鐘《かね》ヶ淵《ふち》駅の、駅前交番で、さらに長瀬護謨はどこかたずねた。おまわりさんは「東に行って、煙突を左へ折れる」と教えてくれたが、しかしこの一帯、なんとひどい原っぱなのだろう。基調は、見渡すかぎりの赤黒く焼け爛《ただ》れた土である。ぽつりぽつりと、一間《ま》か、せいぜい二間《ま》ぐらいのバラックが建っているが、大部分は焼土《やけつち》の平地だった。ところどころに黒い穴があり、穴の傍《そば》の杭《くい》に洗濯物が引っかけてあった。よく見ると黒い穴は防空壕《ぼうくうごう》の出入口だった。すこし先に珍しく土蔵がたっている。近づいて行くにつれ屋根のないことがわかった。その土蔵の壁に、馬穴《バケツ》一杯の墨汁を下からばしゃっと叩きつけ浴びせかけたような、烈しい模様が見られる。

「アメリカの落《おど》す油脂焼夷弾《しょういだん》の痕《あど》でねえべが」

政雄がいった。

「多分、政雄の言《ゆ》う通りだべ。凄《すげー》いもんだな」

修吉は改めて周囲を見回した。右前方に屑《くず》煉瓦やぼろぼろの鍋《なべ》や触った途端に崩れてしまいそうなトタン板やコンクリの破片を積みあげた高さ一米《メートル》ぐらいの小山があり、そのまんなかから太く高い煙突が青い空をひとりで支えているかのようにしゃんと突っ立っている。煙突だけが無疵《むきず》で、それがどうもふしぎな感じだ。小山の横に黒い穴があった。寄り道して穴の中を覗いていると、

「なんだ、お前たちは……」

ランニングに猿股《さるまた》のおじさんが出てきた。修吉も猿股なのでなんとなく、そのヒョロヒョロに痩せたおじさんに親しみを感じ、

「あの蔵の事《こつ》たども……」

とはなしかけた。

「壁の黒い《くれー》痕《あど》ァ、やっぱり油脂焼夷弾の痕《あど》で御座《ごぜー》居すか」

「そうだよ」

「んで、この焼野原は全部、油脂焼夷弾が火元《ひもと》で御座居すか」

「火元といえば、まあそういうことになるわな」

「この煙突は、最近、立った物《もん》で御座居すか」

政雄がおじさんにキンシを一本すすめた。

「だとすっと、これァ何の為の煙突で御座居すか。空気抜ぎの煙突だべか、防空壕の……」

「ふしぎに焼け残ったんだよ」

おじさんはキンシを耳にはさんだ。

「おじさんはな、去年の三月九日の夜までここで銭湯をやっていたんだ。焼夷弾が何百となく落っこってきて、このへんはきれいに焼けてしまった。焼け残ったところもあったがね、それも四月十五日の空襲ですっかりこっかり焼野原よ」

新聞記事では、そう大事《おおごと》ではなかったはずだがなあ、と修吉は思った。修吉たちの町にも、三月十日未明、東京下町に物凄《ものすご》い空襲があったらしいぞ、という噂《うわさ》は伝わってきていた。噂を町へもたらしたのは十日の午後おそく仙台出張から帰ってきた小松農学校の校長だった。ところが十一日の毎日新聞には「Ｂ29約百三十機、昨暁帝都市街を盲爆／約五十機に損害、十五機を撃墜す」という見出しの下に、こう書いてあった。「……右盲爆により都内各所に火災を生じたるも宮内省主馬寮《しゆめ》は二時三十分、其《そ》の他は八時頃迄に鎮火した。……この敵の夜間大空襲を邀撃《ようげき》してわが空地制空部隊は帝都上空及び周辺上空において壮烈な邀撃戦を敢行して大規模な初の夜間戦闘において撃墜十五機、損害五十機の赫々たる戦果を収めた。……また帝都各所に火災発生したが、軍官民は一体となって対処したため、……間もなくほとんど鎮火させた」。修吉たちも、また疎開児童たちもこの記事を読んで、なーんだと胸を撫《な》でおろし、さっそく農学校の校長に〔ほらふき大根〕という綽名《あだな》をつけた。以来、修吉たちはあまり空襲を怖いとは思わなくなった。それにB29がやってきても修吉たちの町には一発の焼夷弾も落そうとしない。落すのはきまって宣伝ビラで、それを拾い集めるのはメンコや釘刺《くぎさ》しよりもずっとおもしろかった。修吉は三種類のビラを拾った。一枚は、

日本国民は次《つぎ》の自由《じいう》（私権《しけん》）を享有《きやうゆう》すべきである。

一、欲望《よくばう》の自由《じいう》

一、恐怖《きようふ》からの自由

一、言語《げんご》の自由

一、圧制《あっせい》からの自由
右の自由を得《う》る道《みち》は唯一《ただひとつ》ある。
この戦争を惹起《じゃくき》した軍閥《ぐんばつ》を除去《ぢょきょ》し、自由国民の仲間入《なかまい》りをし給へ。

というもので、親切に仮名まで振ってあったが、意味はよくわからなかった。二枚目は内容が具体的で、これは理解できた。

軍閥が支那と戦争を未《ま》だ始めて居なかつた昭和五年には十円で次の物が買へた。
一、上等米二斗五升
一、或ひは夏着物八着分の反物
一、或ひは木炭四俵
支那事変勃発《ぼっぱつ》後の昭和十二年には十円で次の物が買へた。
一、下等米二斗五升
一、或ひは夏着物五着分の反物
一、或ひは木炭二俵半
世界の最大強国を相手に三年間絶望的戦争を続けた今日、十円で次の物が買へる。

一、暗取引にて上等米一升二合
一、木炭少額（買ひ得れば）
一、木綿物なし
以上が諸君の指導者の云ふ共栄圏の成行きである。

三枚目は、二枚目のビラと一緒に降ってきた拾円札で、よくよく見れば偽造とわかるものの、なかなかの出来栄えで、修吉の級のある者などはこれを二千円分ぐらい集めていた。もっとも間もなくこれらの宣伝ビラは、校長命令によって取り上げられてしまった。教師が「隠し持っている者があれば警察へ突き出すことにします」とひどく怖い顔をしたので、出さないわけには行かなかったのである。

とまあこんなわけで、正直いって修吉たちは空襲を舐《な》めてかかっていたのだが、戦さが終って一年たったいま、はじめて身震いのようなものが出た。

「ところで、何をしているんだい、きみたちは」

修吉と政雄が急に黙ってしまったのを見て、おじさんは怪訝《けげん》そうな表情になった。

「尋ね人かね」

「あのう、長瀬護謨言《つー》う工場ば探して居《え》んので御座居す」

政雄がいうと、おじさんはにやっと笑って、右手を差し出しながらこういった。

「無料じゃ教えられないね。キンシをあと五、六本貰おうか」

修吉と政雄に長瀬護謨製作所への道を教えてくれた、ランニングに猿股という軽装の、ヒョロヒョロに痩せたおじさんはなかなか狡《こす》っ辛《から》かった。修吉たちがタバコを八十本ばかり持っているのを目ざとく見つけ、

「向うに焼け残った通りがあるだろう」

と言ってから、また右手を差し出し、

「それで、その先を聞きたかったらキンシをも一本お出しよ」

ちびちびと小出しに教えるのである。しぶしぶキンシを彼の手の上にのせてやると、

「で、焼け残った通りのまんなかへんからニョッキリと煙突が立っているな。あれがこのへんの住人が全員お世話になっているタヌキ湯という銭湯の煙突だ。さて長瀬護謨はあのタヌキ湯の……。おっと、ここでもう一本、キンシを貰おうかね」

とこうなのだ。結局、政雄たちは、

「……あのタヌキ湯の手前に小っちゃな十字路がある。それを東武電車の線路の方へ五十米ばかり入って行くと、線路のすぐ手前、右側に板塀でかこった工場がある。木造平屋建ての二棟、そこが長瀬護謨だよ。線路に向って入口がある」

ここまで聞き出すのに、さらにキンシを三本も差し出さなければならなかった。だが、修吉も政雄も案内料のキンシをそう惜しいとは思わなかった。なにしろキンシはまだ七十本以上もあるのだし、それよりなにより、あの憧《あこが》れの長瀬護謨へ、自分たちが渇望してやまない〔健康ボール〕をかつて何万個となく作り出していた工場へ、あと一歩のところまで近づいたということがうれしくてたまらない。ありがとうをいう間も惜しく頭をちょこっとさげると二人は彼方《かなた》の焼残りの街めざして全力で駆け出した。

焼残りの街は全長百米足らず、東武電車の線路と平行して南北にのびている。線路と街との間は七、八十米ぐらいか。線路と街との間にはなにもない。ただ白っぽい焼野原がひろがっているだけだった。焼残りの街の西側も一面の焼跡だった。遠くに橋が見えた。橋の架けられている川は、ついさっき電車で渡ってきた隅田川だろう。

焼残りの街に入ると、当然のことながら左右の焼野原が見えなくなった。幅が一間半のせまい通りに屋台店が二、三十も並んでいる。そして一体どこから湧《わ》き出したのか、奇異に思われるほどの人出があった。人出はなんとなく行列をなしている。行列の横を駆け抜けて行った修吉たちは、その行列が例のタヌキ湯の入口からはじまっているのに気付いた。

「押してはいかん。だいたい押しても仕方がないんだから。あと十分で先の組と交代だ、もうしばらくの辛抱だよ」

汗止めに、手拭を襟《えり》にはさんだ巡査が行列の整理に当っていた。

「あと十分待てば、三十分ゆっくり身体《からだ》が洗えるんだぞ。耐えて待つんだ。内部《なか》にも巡査がおる。板の間稼ぎの活躍する隙はない。だから安心していい。女湯の脱衣場……？　うむ、そっちではタヌキ湯のおかみさんが見張っているよ」

タヌキ湯は三十分毎の入れ替え制をとっているようだった。

タヌキ湯からなおも十数歩奥へ行くとたしかに十字路があった。十字路を右に折れると小路は板塀沿いとなる。黒褐色に色変りした古い板塀で、途中が小路の方へもたれ、倒れかかっている。板塀の板はいたるところで剝《は》ぎ取られ、ところどころに、

「これは板塀です。薪ではありません。無断伐採を禁じます。長瀬護謨製作所」

と記した紙が貼り出してあった。

〈このままいくと、この冬あたりは板は一枚もなくなってしまいそうだな〉

小路を東武電車の線路に向って小走りに駆けながら修吉は考えた。

〈そして貼紙はふえる一方で、しまいにこの塀は、板塀ではなくて紙塀になってしまうかもしれないぞ〉

修吉たちの駆ける速さが板塀の向う側の様子を浮び上らせる。すれちがう満員列車越しに向う側の景色が見えるのと同じ原理で、駆けると板塀の盗伐のあとが次つぎにすばやく現われるので内部《なか》が透《す》けて見えるのである。木造平屋の大きな建物が二棟並んでいた。ひとつは国民学校の教室を四つぐらいは収容できそうなやつで、もうひとつは教室ふたつ分ぐらいの大きさだった。大きな建物は板葺《いたぶ》き屋根で、小さな方は波型の亜鉛鉄板《トタン》で葺いてあった。

〈大きな方が工場だ。そして小さい方には人が住んでいるみたいだな〉

と修吉は思いながら線路と向い合った門へ着いた。二棟の建物によって西と南を、板塀によって北をかこまれた前庭がある。教室三個分ぐらいの大きさだ。その前庭の隅で十八、九の娘がバケツの前にしゃがんでいる。洗濯ではないことはたしかだが、ではなにをやっているのかとなると修吉たちには見当もつかない。

小さな建物の前に、自転車と連結したリヤカーが停っている。リヤカーには茶箱がくくりつけられ、四十歳ぐらいのおじさんと、それより十歳ぐらい年をとっていそうなおじさんが茶箱にゴムの長靴を積み込んでいた。ゴム長靴の数は二十足を優にこえている。

〈なんだ、これがあの健康ボールの長瀬護謨製作所なのか。ぼくらの町の燐寸《マッチ》工場と

おっつかつ、いい勝負じゃないか〉

軽い落胆に、軽く打ちのめされていた修吉たちは、ゴム長靴の数に目をまるくした。二十足をこえる新品のゴム長靴。ここには人口六千の自分たちの町に一年間で配給になる数と匹敵するゴム長靴がある。

〈やっぱり東京だな。すごいものだ……〉

暑い風が建物からこっちに向って吹いてきた。一年に一回、秋の終り、修吉たちの学校に十八足の新品ゴム長靴が届く。そしてあくる朝、一学級に一足ずつのその新品ゴム長靴をさげて担任教師が教室へ入ってくる。すると教室にえもいわれぬゴムの匂いのする風が微《かす》かに吹くのだった。なんとかうまくクジに当ってあの新品ゴム長靴が自分のものにならないかなあ、いまはいているゴム長は兄貴《あんちゃ》のお下りで穴だらけ、まるで如露《じょろ》をはいているみたいなんだ、どうにかして当らないものかなあ、と修吉たちは切ない思いであのゴムの匂いのする風を嗅《か》ごうとして鼻をひくひくさせたものだが、いま吹くゴム風は教室のゴム風の何百倍も濃い。修吉たちはうっとりとなってゴムの匂いを嗅いでいた。

「では、また次の日曜日に……」

若い方のおじさんが、年とった方のおじさんに最敬礼した。

「たのみますよ、社長さん」

修吉たちはおどろいて年をとった方のおじさんを見た。角張った輪郭の顔に、大目、大鼻、大耳、大口を武張った感じに配置させたそのおじさんは、頭にかぶっていた手拭をとって、

「この次は米をおねがいします」

と頭をさげた。

「毎度、さつまいもや落花生ではどうも工員たちが保《も》ちません」

「あとひと月ちょっとすれば新米が出まわるのですがねえ。一年のうちでいまが一番、米のすくない時期なのでして」

答えて年の若い方のおじさんが自転車を漕《こ》ぎはじめた。社長のおじさんは頭をさげたままの姿勢で自転車とリヤカーを見守っている。修吉は、いまだと思って政雄を見た。自転車とリヤカーが門を出たら、入れちがいに社長さんの前へとびだして「健康ボールを一個おめぐみください」と土下座し、「かわりにキンシを七十本さしあげます」と直訴するのだ。わかってるさ、というように政雄が大きく頷《うなず》き返してきたので、修吉は自転車とリヤカーのそばを通り抜け門内へ駆け込もうとした。がそのとき、線路沿いの一本道を玉の井方向からこっちへ、白い竜巻のようなものがおそろしい速さ

で近づいてくるのが眼の端に入り、修吉の足がとまった。

「ありゃー、ジープでねえべが」

白い竜巻とみえたのはジープが巻きあげる土ぼこりだった。

「跳ね飛ばされッつォ」

二人は門柱を楯《たて》にして小さくなった。

ジープは鳥の鳴き声のような音をたてて門の前で停まった。運転台に乗っていたのは、細縁の眼鏡をかけた二世の将校だが、ジープに行手をはばまれた自転車の漕ぎ手のおじさんは機敏な反応を示した。いきなり自転車からおりると稲妻型《ジグザグ》に空地を走り抜けて大きな建物のなかへ逃げ込んだのである。

「いまの馬鹿はどこのだれです」

助手台からは日本人がおりて、社長さんの方へ歩み寄った。白いワイシャツの袖に〔経済査察官〕と記した腕章を巻きつけていた。

「その前に、あなたが長瀬泰吉さんですな」

社長さんが首をひとつ縦に振った。

「この長瀬護謨製作所の責任者の、長瀬泰吉さんですな」

「はあ……」

「じつはGHQへ匿名の投書があったんですよ」

　査察官は社長さんより二十歳は若く見えた。青白い顔の、痩せた男である。もっとも「痩せた男」という描写は、なにもいわないのと同じかもしれない。その時分の日本人で「痩せていない」のは珍しかったからだ。

「そこでGHQと経済安定本部とが合同して調査することになったんですが……」

　査察官は左の脇の下にはさんでいた書類板に視線を落し、

「長瀬護謨製作所は、軟式野球用ボールを専門に作るように、という命令をGHQから直接《じか》に受けているはずなのに、割当配給の生ゴムでゴム長靴をこっそり作って、米をはじめとする食糧と交換している。匿名の投書の内容はこういったところですが……」

　視線をあげると、門前で立往生しているリヤカー付き自転車へ泳がせ、さらに大きな建物へ向けた。

「どうも当っていたらしいですな」

　二世の将校は大きな建物へ踏み込む途中で道草をくっていた。空地にバケツをおいてなにやらやっていた娘の傍にしゃがみ、芋ヨーカン一切れぐらいの大きさの、ぴかぴか光る若草色の紙で包装されたものをすすめている。

〈お菓子だな〉

修吉はそう直感して生唾をのみこんだ。

「この六月、マッカーサー元帥は側近のニュージェント中佐と、日本全国の児童にいますぐ必要なのは、服やズック靴や本やお菓子ではなくてゴムボールである、と話し合われた。このことはむろん御承知でしょうな」

査察官の視線はふたたび書類板の上に落ちている。

「はあ。わたしもGHQに呼び出されて、そのニュージェント中佐から直接《じか》にはなしをうかがいました」

小さな建物の入口の前に床几《しょうぎ》がおいてあった。社長さんは入口に立ってポンポンと手を鳴らして、

「おかあさん、お客様だよ」

といい、それから査察官に床几をすすめた。入口の柱に「長瀬護謨製作所事務所」と書いた看板がさがっていた。新しい看板だった。入口の上には「長瀬泰吉」の表札がある。これは古ぼけており、国民学校六年生の修吉たちよりも年を喰っていることは確実と思われる。事務所は住居をも兼ねているらしかった。

「で、そのとき、ニュージェント中佐は、民主主義を日本の子どもに教える手段とし

ては野球が最高のものである、とおっしゃっておいででした。さいわい日本には国民学校生徒にも向く軟式野球というものがある。これはグローブやミットを必要としない……」

「そのへんがどうも占領軍は乱暴なことを考えますな」

査察官は、娘に若草色の包みをすすめている二世将校を顎《あご》でしゃくって床几に腰をおろす。

「彼等は、日本の子どもの手の平がよっぽど厚いとおもっているにちがいない」

「とにかくボールの数と民主主義思想との普及度には密接な相関関係がある、すなわちこの両者は正比例する、とおっしゃっていた」

洗い晒《ざら》しの浴衣をぴしっと着たおばさんがお盆にコップとふかしさつまいもをのせて出て来た。コップの中味は当然のことながら水である。おばさんはお盆を床几の上におくと、最敬礼して引きさがった。〔経済査察官〕という腕章に最敬礼したように修吉には見えた。

「ほう、これは大いに怪しいさつまいもですな」

査察官が指先でさつまいもを軽く押した。

「ゴム長靴がこれに化けたんじゃありませんか」

「ニュージェント中佐はつづけておっしゃった。そこでボールの作れる工場はないかと探したところ、東京にただ一カ所、長瀬護謨というところが焼けずに残っていることが判明した。好都合なことに長瀬護謨は戦前から軟式ボールを手がけてきた日本一のメーカーである。原料の生ゴムを早急に手配するから、軟式ボールをどんどんつくってほしい……」

自分の放った皮肉になんの反応も示さずに喋《しゃべ》りつづける社長さんを、査察官は憎らしそうに見ていたが、そのうちに諦めてさつまいもを口へ運びはじめた。

「うちは三年前の昭和十八年十月の第二次企業整備令で廃止工場になりました」

社長さんは自分の皿の上のさつまいもを査察官の皿へ移してやった。

「昭和十四年三月からこの方、日本で軟式野球ボールをつくっていたのはうちだけですからね、そのうちが廃止工場になったということは、そのう……」

「昭和十八年十月以降は、この日本では軟式野球ボールは一個も作られていなかった、ということになりますね」

「その通りです。機械は献納しましたよ。ただし二台ほどかくしておきましたんでね、さっそくそいつを引っ張り出し、油を差してやった」

「どこへかくしてたんです」

　さつまいも二切れは査察官の口のきき方に微妙な変化をおこしていた。彼の語調は前よりよっぽどおだやかになっていたのである。

「工場の地下室です」

　社長さんは大きな建物を指さした。

「ときに占領軍の威光というやつは大したものですなあ。機械を磨き終らぬうちに生ゴムがどんと九トンも届きました。同時に、一トンで千八百打《ダース》のボールを作るように、というGHQからの命令も届いた。ざっと計算しますと、九トンで二十万個のボールを作れってわけです。これは問題ですよ」

「ほう……」

「一トンで千六百五十打がいいところです。千八百打も作っちゃペコペコのボールしかできませんよ。投げる瞬間に……。ちょっとお待ちください」

　社長は事務所に姿を消した。査察官はズボンのポケットからハンカチを出して額を拭く。ハンカチの四隅は洗いすぎで、角がとれ、まるくなっている。そのうち査察官は皿のさつまいもの上にふわりとハンカチをかぶせた。さつまいもも汗をかくのだろうか、と修吉たちは目を丸くした。査察官はハンカチをとった。皿からさつまいもが消えていた。査察官はハンカチをズボンのポケットへ押し込む。ポケットがふくれあがった。手品としたら下手だな、と修吉は思った。たぶん査察官は家族に持って帰ってやろうと考えたのだろう。

「ジョージ……」

査察官が二世将校に声をかけた。

「また映画に誘っているのかね」

「いや、将校クラブのパーティだよ」

二世将校は達者な日本語を査察官へ返した。

「このお嬢さんは箱入娘だよ。なかなかイエスといってくれないね」

「せいぜい粘ることだな。調べるのはぼくに任せておいてくれ」

「向うに逃げ込んだ男はどうするかね」

「ここの責任者に住所氏名を聞いて、あとで呼び出すさ。そのとき、こってり油をしぼってやる」

「オーケー」

「一トンで千八百打のボールは投げる瞬間に指の圧力で、ペコッと表面が凹《へっ》こんでしまうのですわ」

社長さんが右手に白いボールを握って出てきた。やはりここにはボールがあったのだ。修吉と政雄はすこし身体を乗り出した。妙なことに社長さんは下駄をゴム長靴にはきかえていた。

「こんなボールじゃカーブは投げられませんよ。カーブは指の圧力が余計にかかりますからな。また打った瞬間に……」

社長さんはボールを足許《あしもと》へ落した。ボトン、と鈍い音がした。

「ボールがひどく凹こむ。これでは力のロスが大きくて、ちっとも飛びませんな。ときにこっちのボールはうちが昭和十八年九月に作った健康ボールです」

社長さんはズボンのポケットから、やや黄ばんだ色のボールを出し、同じように地面へ落した。こんどはポコンと引き締った音である。

「ね、音もだいぶちがいましょうが」

「懐しいなあ」

査察官はポコポコポコと弾んでいるボールを拾いあげ、両の手の平でこねまわした。

「わたしも野球少年のひとりでしてね、この健康ボールがなければ夜が明けなかった方の口です」

「お持ちください」

あっさりと社長さんがいった。

「お子さんはおありなんでしょう」

「来年、学校へ上るのがいます。男の子ですがね」

「ではぜひお持ち帰りください」

社長さんは一トンで千八百打の方のボールも査察官の手に持たせた。

「来月には全日本軟式野球連盟という全国組織の創立総会が開かれるそうですね」

「だからこそこの投書がニュージェント中佐を怒らせたのですよ」

査察官は健康ボールを一個ずつ、ズボンの左右のポケットにねじ込んだ。さつまいもがハンカチのなかで潰れてしまいやせぬか。修吉はつまらぬことが心配になった。

「全日本軟式野球連盟は、むろんGHQの肝煎《きもい》りで出来る団体です。創立総会へは来賓としてニュージェント中佐が出席することになっている。その際、中佐は各県代表に三、四百打ずつ軟式野球ボールを土産がわりに持たせてやりたいと考えている。公定価格の方も一打四十五円八十四銭と決定した。占領政策のひとつとしての軟式野球の普及、これがいまようやく軌道に乗りつつある。しかるに長瀬護謨製作所だけがこの新体制に逆行している。ボール用の生ゴムで長靴をつくり、それを食糧と交換して私腹を肥やしているとはなにごとだ。徹底的に究明して来い……。これが中佐の命令なんですな」

「工員がおらんのですよ。わたしと家内、それに娘の三人だけでは、一カ月で二十万個のボールはとても無理です」

「おや、あの方はお嬢さんで？」

バケツの前の娘はようやく二世将校のプレゼントを受け取ったところだった。

「別嬪《べっぴん》さんですな」

「とにかくすくなくみても五十人の工員が必要です。ところがいま人手は容易なことでは集まりません。そこでまずゴム長靴をつくることにした」

「そこんところがよくわかりませんが」

「工員を集める方法はただひとつしかない。給食つき、これです」

社長さんはゴム長靴を脱いで裸足《はだし》になった。

「ボールをつくるために、米や麦やいもを集めなきゃならない。つまりゴム長靴をつくっているのはそのためです」

「なるほど」

「七月いっぱいは、だれになんといわれようと食糧集めです。人手さえあれば二十万個ぐらい二十日でできますよ。そのことをニュージェント中佐におっしゃっておいてください」

「し、しかし……」

「あ、このゴム長靴もおはきになってくださいよ。なかなかはき塩梅《あんばい》はよろしい」

「これはおそれ入ります」

査察官は皮靴を脱ぎ、長靴をはいた。

「ぴ、ぴったりです」

「やはり十一文半でしたか」

「見ただけでわかりますか」

「それはもうこっちも必死ですからな。もうひとつ中佐にお伝えいただきたい。一トンから千八百打のボールはつくれない。ぎりぎり譲っても千六百五十打ですね。以上のふたつをお認めいただかないと、長瀬護謨としては仕事ができない」

「わかりました。ところでさっき工場へ逃げ込んだ男ですが、やつの住所氏名は……」

「いいじゃありませんか、そんなことは」

「それもそうですな」

査察官は長靴の内側へ皮靴を突っ込んだ。

「要は八月の全日本軟式野球連盟の創立総会で、中佐の顔が立つかどうかだ」

「ふたつの条件さえみとめていただけるなら、そのことは約束します」

「わかりました」

査察官はジープの方へ歩き出した。

「ジョージ、帰ろう。この長瀬護謨に問題はない。それどころか、長瀬さんは非常に良心的な人間だ」

「このお嬢さん、まだイエスといってくれないよ」

「時間をかけなくちゃだめだぜ、ジョージ。お土産を持って何度も通うんだな」

「お土産？」

「食料がいいだろう。大缶《おおかん》入りの乾燥玉子とか、携帯食糧百食分とか……」

「わかった」

二世将校は娘と社長さんに帽子を振ってジープへ戻った。

「また来ますネ。おお、それから逃げた男はどうした？」

「やつはアメリカ嫌いだ。アメリカ人の顔を見ると、本能的に逃げ出すのだそうだ。弱虫だからではない。近くにアメリカ人がいると飛びかかりたくなってしまうらしいのだ。なにしろもと特攻隊員だというから無理もない」

「かわいそうに」

ジープがぶるぶるぶるんと唸《うな》りだした。

「いつか治るのかな」

「一年もすればな」

ジープは来たときと同じ勢いで玉の井方向へ後退して行った。工場からおじさんが出てきた。

「いやあ寿命が縮まりましたよ。こんどから時間をかえますか。深夜とか明け方とか……」

「真昼間で大丈夫です。ボールの前に食糧、こっちは順序を踏んでいるんだ。びくびくすることはありゃしない」

「そうですかね。それならどうも」

おじさんは自転車にまたがってエイエイと声をかけながら鐘ヶ淵駅の方角へリヤカーを引っぱって行く。社長さんはリヤカーを見送ってから空地の娘に声をかけた。

「お昼にしようか」

「うん」

父娘《おやこ》は揃《そろ》って事務所へ入った。間もなく裏で水道の音がしはじめた。父娘が手足を洗っているのだろう。

「声《けー》ば掛げそびれだっちゃな」

修吉は政雄の方を振り返って照れくさそうに頭を掻《か》いた。父娘二人になったらすかさず直訴するのだと心に決めていたのに、いざそのときになるとやはり足が動かない。健康ボールがまだ遠くに在ったときは、ボールのためなら何でもするつもりだった。だが、ボールにあと数米と近づいた今、かえって足が金縛りになってしまう。ずいぶん妙なはなしだ。

「一《えっ》、二の三で声ば掛げっぺ」

そういって入口へ近づいて行く政雄と修吉は肩を並べ、

「んじゃ、やっか」

と呟《つぶや》いたが、またも足が動かなくなってしまった。入口をはいってすぐのところに机があるが、その横におかれた木箱に白いボールがぎっしり詰まっているのが見えたからである。あるところにはあるものだ、と思った。東北の田舎町でボールがなくて肩身のせまい思いをしていた自分たちはまるでばかみたいだ。

「あのう……」

気が軽くなって楽に声が出た。

「下さい《くだせー》」

「なんだね」

　手拭で顔を拭きながら社長さんが出てきた。

「キンシがあるんだけっともっス」

　政雄が土間に新聞紙をひろげた。渋谷の屋台のおじさんからもらったその新聞紙に、政雄はキンシをつつんできたのだ。

「七十五本《ななづー》、あんのだけっともス、こればあのう……」

「売りたいというのかね」

「んでねえス」

　修吉はボールの入った木箱にとびついた。

「ボールど取り換《とっけー》えっこ、して呉《く》んねべが」

「あ、いいよ」

「はあ……？」

「いいよといっているんだがね」

　あんまり簡単すぎて二人とも面喰ってしまった。前夜からなにかというと手ちがいばかり起っている。当然、ここでもなにか手ちがいが起ってしかるべきであった。それがこうやすやすと話が通じるとは。気が抜けて涙がこぼれそうになった。

「じつはタバコを集めているところだったのだが、どうした、なにが悲しいのだね」

「うれしいのす《すー》。んで、このボールは一トン《えっ》で千八百打のだべが、千六百五十打のだべが」

社長さんはぎょっとしたようだった。

「千六百五十打の方だよ。昭和十八年につくったボールですよ。でも、きみたちはずいぶん詳しいんだな」

「はあ、ちょっと心得《こころえ》があるもんだがら」

「んで、七十五本で何個のボールど取っ換えでもらえんだべがなっス？」

政雄がたずねた。

「相場は、キンシなら五十本で一個だがね」

「良《え》がった」

思わず二人の声が揃ってしまった。

「お願《ねげ》いします」

「中古の神宮ボールがあるが、残りの二十五本とどうだろう」

社長さんは事務所の隅の石油箱から、つるつるに擦《す》り減った、すこし黄ばんだボールを一個とりだした。

「使って使えないことはないと思うのだが」

「神宮《ヅングー》ボールづど」

「なんだべなス」

「健康ボールの前に、うちがつくっていたボールだよ」

社長さんはその黄色っぽいボールを政雄にトスしてよこした。政雄はどすんと胸板で受けとめ、ボールが落ちる寸前、両手で蓋をした。胸板グローブによる捕球、これは政雄の得意技だった。

「摺《す》り減って模様がなぐなって居《え》る」

「だから二十五本でいい」

「良《えす》い、良《えす》い」

「こちらも大いに助かった」

社長さんは棚の上からお茶の缶をおろし、そのなかへ丁寧にキンシを仕舞《しま》った。それから木箱から健康ボールを一個とり出して修吉に渡した。

「タバコならいつでもボールと取り換えさせてもらうよ。また、来てくれ」

「あのう、八月に全日本軟式野球連盟づのが出来《でぎ》るのすか」

「いろいろとよく知っている子どもたちだな。たしかに連盟ができるよ」

「すっと健康ボールも出廻《でまわ》っすぺ」

「うむ。ぼつぼつとだが、ね」

「山形県さボールが出廻んのは何時頃《えづごろ》だべがなス」

「秋かな、それも遅く、だろうな。ひょっとすると来春になるかもしれない。それがどうかしたかね」

「んではもう一回位《ぐれー》、参上《あが》するかも知《つ》んねえス《す》」

「そん時《どぎ》は、又《まんだ》、よろすぐ」

二人は最敬礼をして事務所をとびだし、さっきジープの引き揚げて行った道を後になり先になりしながら、素手でキャッチボールをして玉の井駅へ着いた。二人の左の手の平は赤くなりひりひりと痛んだが、それはいうまでもなくうれしい痛みだった。

左胸のポケットに四十円の虎の子を収め左手に長瀬護謨製作所が昭和十八年に作った菊形模様の健康ボールをしっかりと握りしめた修吉と、同じように胸のポケットに四十八円捩《ね》じ込み、左手に戦前の長瀬護謨が作った中古の神宮ボールを摑《つか》んだ政雄の二人は、東武電車の終点で、角帽をかぶった大学生らしいのに、

「ほう、新品の健康ボールだね」

と声をかけられた。そこはもう浅草だった。修吉の町の大人たちがそこの噂《うわさ》話をする

たびに、生《え》ぎ馬《ンま》の目ば抜ぐだの、油断して居《え》っと尻《けづ》の毛羽まで毟《むす》られるだのという枕《まくら》詞《ことば》をきっとかぶせる盛り場である。修吉の家の真向いの箪笥《たんす》屋のおじさんは二軒おいて東隣りの殖産館のおじさんと昭和十六年の四月に東京見物に出かけた。殖産館というのは町一番の農耕具店だが、この二人の大人は、東京の話をせがまれるたびに「なん言《つ》ってもおっかねえのは浅草だべ。『人か鬼か?! 昭和の怪人、密林の牝豹《めひょう》が悪食の現場を見よ。信州は白馬山中の密林より、昨日東都にお目見得したる鬼娘が蛇を生のままくらふ』言《つ》う看板が出《で》でたのでな、木戸銭払って入《へー》った。すっとたしかにボサボサ髪の女子が居《え》だった。この女子が長さ一米二、三十糎《センチ》はあるかと思われる青大将ば、むんずと摑んでな、ぴーっと皮ば剝《へー》いで、焼酎《しょうちゅう》ばガブガブ飲みながら、青大将の生身ば喰いはじめた。それも醬油ばつけながらだ。あの時《んどき》は魂消《たまげ》だなあ」と語ってきかせた。この話にはつづきがある。二人はこの鬼娘の見世物小屋を出ると近くのそば屋へ入ったが、そこへ例の鬼娘が天麩羅《てんぷら》うどんをたべにやってきて、そば屋の帳場のおばさんとぺちゃくちゃやりはじめた。そのときの鬼娘とそば屋の女主人の会話を要約するとこうである。〈生の蛇など食べられるわけがない。仁丹塔の下の蛇屋と特約して、蛇の皮を安くわけてもらい、代りに茹蛸《ゆでだこ》の足を詰める。するといかにも蛇の生身らしく見えるから、そいつをむしゃむしゃやりながら、焼酎と見せかけた水をがぶがぶやるのだ。茹蛸の喰いすぎ、水の飲みすぎで、このごろ胃の調子が悪くて仕方がない……〉二人はこのほか、浅草で「大イタチ」の見世物を見たそうだ。入ってみると大きなマナ板に鶏かなんかの血のついたものが麗々しく飾ってあったという。「ちまりヨ、イタチづっても動物のイタチでは無ぐ、板に血のくっついたイタチだったわげだな。いや大損したべ。みんなも浅草さ行ぐような事《ごど》があったら、よっぽど気ばつけねえど駄目《わがんね》だぞ」と、二人の大人は話をいつもこう締めくくった。その浅草でなれなれしく口をきいてきた大学生、修吉と政雄は警戒して互に寄り添うと肩を組み合った。

「その健康ボールは他の軟式用野球ボールと較べてどこがすぐれているか。ちょっと貸してくれるかい」

「嫌《やん》だ」

二人は揃って首を横に振った。このボールを手に入れるためにどれほど苦労したか知れやしない。ここで持ち逃げでもされたら泣くにも泣けぬ。

「健康ボールはゴムが二重張りになっている。そこが画期的な発明なんだぜ。軟式ボールはプレー中によく割れることがある。バシッと打った瞬間にポカッとふたつに割れてさ、破片のひとつが一塁フライになり、もうひとつの破片が投手へのフライになったりする。両方とも捕球されれば問題はない。でも投手は捕球したけど、一塁手が落球してしまったときなんて、揉《も》めるんだよねえ。攻撃側は一塁手が落っことした方が本球だからセーフだと主張し、守備側は、いや投手が捕った方が本球だからアウトだと主張する。そこで審判が、ふたつの破片を見較べて、どっちの部分が大きいかを判定したりしてそれはたいへんなんだ。ところが健康ボールは二重張りだからね、めったにそういう面倒はおこらない。たとえ割れても繋《つな》がっている。そこだよ、そこが健康ボールのすぐれているところなんだよ」

「はあ、そう言《ゆ》うもんだべが」

「はーん、君達は東京の子どもじゃないな」

大学生はにやっと笑ったようだった。

「それなら、君たちにぜひ見せたいものがある。ついておいで。おびえなくたっていいよ。すぐそこなんだ。ここから三百歩もない」

大学生はぐんぐん歩き出した。修吉と政雄は困り果てて顔を見合せた。他人から誘われたとき、断わりもいわず黙って別の方角へ去ってしまうという習慣は、二人の生れ育った町にはない。大学生はそれを知っているのか断わる隙を与えずに、終点のデパートの東側の道を北に向ってさっさと歩いて行く。「あのう……」だの、「そのう……」だのと口籠《くちごも》りながら二人は大学生のあとについて行った。間もなくコンクリートの手摺りのある大きな橋の袂《たもと》に出た。

「この橋をよく見てほしい」

橋には「言問橋」と刻んであった。

「とくにここをよく見てくれ」

大学生はコンクリートの手摺りの、ある個所を指さした。

「黒い汚点《しみ》があるだろう」

たしかに手すりの所々が黒く煤《すす》けていた。

「これは人間の脂なんだぜ。昨年の三月九日の夜、東京下町に大空襲があった。右も左も火の海だ。そこで大勢の人間がこの橋の上に避難した。ところが両側で燃える火によって橋の上の人たちが焙《あぶ》られてしまった。七輪の上のサンマのように脂を出しながら焼かれたのだね。そのときの脂がコンクリートに染み込んで、今だにこのように残っているわけだ。この汚点をどうか心に刻みつけてほしいね。この汚点こそが戦争というものの正体なのだ」

疑って悪いことをしたと修吉は反省した。この大学生は自分たちに戦災のものすごさを見せてやろうとしただけなのだ。政雄が首を垂れて黙禱《もくとう》をするような仕草をしたので修吉もそれにならった。

「ぼくの家族もこの橋の上で焼け死んだ。両親と姉がひとり……。この汚点のうちのどれかが父の脂かもしれない。母の、そして姉の脂かもしれない。さて、橋の袂にこで死んだ人たちの名前を彫った招魂碑を建てる計画が、今、進められている。五円でも十円でもいいんだけどさ、君たち、寄付をしてくれないか。お金がないのなら、その健康ボールでもいいけど……」

修吉と政雄は五円出した。大学生は目に涙をうかべているし、とても断われるような雰囲気《ふんいき》ではなかった。大学生は、

「来年の夏、きっとこの橋の袂へ来てくれたまえよ。君たちの浄財によってできた招魂碑がちゃんとたっているはずだからね」

角帽で顔を拭うと口笛を吹きながら去った。修吉がまっさきに考えたのは、ひょっとしたら自分たちが騙《だま》されたのではないかということだった。口笛を吹いて去ったところがどうもあやしい。だが、いまにも涙がこぼれ落ちそうだった大学生の目を思いうかべると、本当の話のような気もする。橋の手摺りの汚点をしばらく眺めていた修吉はやがて、自分に言いきかせるつもりで、

「とにかくヨ、寄付はこれでおしまいにすっぺな」

と呟いた。

「んだな」

隣で政雄が頷《うなず》いた。

二人は東武電車の発着所のあるデパートに引き返し、そこから西へ向って歩き出した。一足ごとに人の波が厚くなった。上野駅まで歩き、電車で秋葉原というところへ出て、そこで乗り換えて水道橋駅で降りる、するとすぐ前が後楽園球場だから、右翼席で皆と落ち合う。――これがこれからの予定だった。だが、人の波が途中で右に折れたので、二人は人波にさからわずについて行った。両側にはぎっしりと店や露店がつづいている。やがて目の前に四間四方のお堂が現われた。お堂の右手の柱に「金龍山浅草寺仮本堂」と記した大きな木札がぶらさがっていた。人の波はその仮本堂の前でとどまり、巨大な賽銭箱《さいせんばこ》になにがしかの金を投げ入れると左方へ折れて流れ去る。賽銭を投げないとかえって目立つような気がしたので、二人は一円ずつ「寄付」した。一円分だけ願いごとをしようと思ったが、念願の健康ボールはもう手に入れてしまっている。〈そうするとまた一円ずつ騙し取られたのかもしれないな〉と思いながら修吉は健康ボールをはさむようにして手を合せた。左へ行くとおみくじ処《どころ》があった。

「全部で五本引いたけど、みんな小吉だわ」

「観音様のおみくじにはね、昔から大吉と凶は入っていないの。それが観音様の方針なのね。大吉を引きたけりゃどっか他所《よそ》へ行くことよ」

「どうして大吉と凶を入れないのかしら」

「さあ、どうしてかしらねえ」

母娘《おやこ》らしい二人連れの会話に送り出されるようにしてなおも左へ行く。古着屋が並んでいた。「ズボン二十円より」という紙の下で客と主人とが口論している。

「一本二十円という正札がちゃんと付いているじゃないか。それがどうして四十円なんだよ」

「あのね、旦那、右足の入る方が一本で二十円てことなんですよ。左足分も二十円だから、左右二本でしめて四十円になります」

「それなら最初から四十円と書いておけ」

「旦那、戦争に負けたんだからそう堅いことといわなくてもいいじゃありませんか」

古着屋の列にたべもの屋の屋台が混《ま》ざりはじめた。「アズキ餡《あん》が確実に入っております」という貼紙《はりがみ》を下げた今川焼屋、「レモン水。甘味入り一杯二円。色付き味無し一杯一円」のレモン水売り、「冷し汁粉。ただしお茶代は別途、実費で戴きます」、「ホンモノの金指環五円均一」、「オカラ丼《どん》一杯五円」。景気のいい音をさせているのは焼そば屋で、鉄板の上におねえさんがソースをざァーっとかけるたびに湯気と音が立つ。ちょうどおなかが空きかけていたので、「一皿五円」ならたべてもいいなと修吉は思ったが、そばを掻き回すおねえさんの手つきを見ているうちに、これはやめた方がいいぞと思いとどまった。おねえさんはそばと葱《ねぎ》と玉菜《キャベツ》を混ぜ合せ掻き回しているのだが、その分量はそばが二に葱と玉菜《キャベツ》の連合軍が八、圧倒的に連合軍が分量ではまさる。だがおねえさんの手はそばを引き立てるように動いているので、どう悪く見積っても五分と五分に見える。そして焼き終った分を、おねえさんがそばで葱と玉菜《キャベツ》を包むようにして鉄板の隅へ押しつけるので、もう分量の関係はみごとに逆転し、そば八、連合軍二、に見えるのだった。

「あのおねえさんは、まるで大本営発表みてえだな」

政雄が溜息《ためいき》まじりにいった。やはり修吉と同じことを考えていたらしい。

「そばの形勢、絶対に不利なのに、手つきでそば優勢の様《よん》に見せで居《え》るのだもの」

屋台の列が途切れたところに大きな池があった。水は、指を突っ込むとたちまち染まってしまいそうなほど濃い緑色で、猫の死骸や紙切れや棒切れを浮べたまま死んだように淀《よど》んでいる。池の中央に島があった。浮浪者が五人、池に釣糸を垂れている。ひとりが叫び声をあげて釣竿《つりざお》がわりの木の枝を頭上へあげる。糸の先で鮒《ふな》が躍っていた。浮浪者は針から鮒を外すと、背後においてあった七輪の上にのせた。

「泥も吐かせねえで直ぐ喰うみてえだぞ。凄《すげー》いなあ」

修吉が政雄にいった。

「こっちの方さもっと凄《すげー》いもの《ん》があっぺ」

政雄は反対の方角を向いていた。寿司屋とてんぷら屋にはさまれて「桃芳《ももよし》」というダンゴ屋があった。政雄の視線はそのダンゴ屋の店先に貼り出された紙に釘《くぎ》づけになっている。その紙には、

「ダンゴ党に告ぐ！　ダンゴ五十個を十五分間で召し上ったお客様に賞金百円を差しあげます。むろんダンゴ代はいただきません。但し(この二字は赤で書かれていた)、五十個、召し上ることができなかったお客様からは、召し上った分の代金をいただきます。その場合、ダンゴは一個二円です」

とあった。

「おれ、挑戦してみっぺがな」

政雄がいった。

「自信あっぺ」

「やめろて」

修吉は政雄のズボンの、ベルト代りの真田紐《さなだひも》を摑んだ。

「ここは浅草だぞ。裏さどげな仕掛けがしてあっか判ったもんでねえべ」

「だどもダンゴ五十個位《ぐれえ》、ぺろっだべ」

それは修吉も認める。修吉たちの町の親光院《しんこう》という寺はお霜月《しもつき》なる行事で四里四方の置賜《おきたま》盆地の隅々までその名を知られていた。毎年十一月二十八日、親鸞上人《しんらんしょうにん》の命日に大法要を営み、そのあとに報恩講が行われる。糯米《もちごめ》を五合持参すれば誰でもこの報恩講に加わることができ、小豆餅だろうが納豆餅だろうが自分の好きなものを好きなだけたべることができる。自然これは置賜地方の最も権威ある餅喰い競争となり、参加者はそれぞれ国民学校低学年、中学年、高学年、中等学校、青年、壮年、老人の各部に分れて、嚥下《えんか》した餅の数を競い合う。各部の優勝者の氏名があくる日の山形新聞に掲載されるぐらいだから大したものなのだ。そして政雄は一昨年（昭和十九年）国民学校中学年の部で優勝している。餅の数は四十四個半だった。半というのは四十五個目をのみこんだ途端、失神して戻してしまったせいによる。昨年は、時節柄餅喰い競争でもあるまいというので報恩講は中止になったが、もし行われていれば、政雄は多分五十個は容易にこなしただろう。

「あのう、子供の部というのは無《ねー》いんだべがなっし」

政雄はもう頭を汚れた暖簾《のれん》の中へ突っ込んでいる。

「子供の部だって」

木製の丸椅子に腰をおろし、団扇《うちわ》で襟許《えりもと》に風を送り込んでいた丸顔のおねえさんが聞き返した。

「どういう意味なんだよ、それは」

鼻の頭あたりのお白粉《しろい》が円形に剝《は》げ落ちていた。

「大人は五十個だども、子供は三十個で無料《ただ》づ様《よん》な規則《きめ》は無《ね》ーいんだべがなっし」

「ないよ、そんなもの。大人も客なら子供もお客。お客はみんな平等なんだ」

「平等か。つまり民主主義のダンゴ屋さんだべなス」

政雄は学校で毎日のように教師から聞かせられている流行言葉を使った。

「うちは浅草では老舗《しにせ》のダンゴ屋だよ」

民主主義という流行語はおねえさんには受けなかったようだ。

「五十個たべたら百円あげるよ。そしてダンゴ代は無料《ただ》だ。桃芳の屋号にかけても嘘はいわないよ」

「ダンゴの大《おっ》きさはどれ位《ぐれー》だべなっし」

「自分でたしかめたらいいだろ」

おねえさんは団扇で横のカウンターを指した。カウンターにガラスのケースがおいてあった。なかにピンポン玉の大きさの白ダンゴが整然と積み上げられている。ケースのあちこちに付木《つけぎ》が立てかけてあり、それには、「甘醤油のタレ、一個二円」「黄粉《きなこ》、一個三円」「アズキ餡、一個四円」と書かれている。

「なかなか大《おっ》きなダンゴだなっし」

「昔からあの大きさなんだよ」

「五十個に間違《まつげー》い無《ねー》いんだなっし」

修吉が念押しをした。長い間のつき合いで、政雄がここまできたらもうあとに引かないだろうと察したのだ。相手の投手がノーコンだから待球主義で行こうと申し合せても、政雄にはなにか閃《ひらめ》くらしく、バットをぶんぶん振りまわし、高い球を大根切りにして外野へかっ飛ばす。また、その日の午前にもあったように、やはりなにか閃いてみんなの反対を振り切るとスピード籤《くじ》を買いまくり、当てまくる。思いつめたら誰の言うことも聞かず、「あげな無茶《むっちゃ》ばして一体どうする気なんだべや」とはらはらしていると、結局はそれがみんなに幸運をもたらす。政雄にはそういう不思議なところがある。〈政雄の好ぎな様《よん》にやらせてみっぺし。だどもその前におれが仕掛けがあんのか、無《ねー》いのかじっくり当ってみっぺ〉と修吉は心を決めた。

「後《あど》で、五十個は書き間違いだった、ほんとうは一本さダンゴば三個ずつ突ッ通した串《くし》、五十本だったんだ、なんて言《ゆ》っても駄目《あがんね》だからねっし」

「そんなことというもんか」

おねえさんは団扇でテーブルを叩いた。団扇の下で大頭の蠅《はえ》が一匹藻掻《もが》いていた。

「それじゃダンゴ五十個に挑戦するんだね」

「ん、やってみっぺ」

政雄は中古の神宮ボールを修吉に手渡すと丸椅子に腰をおろした。

「んでは、ダンゴ五十個、おれの目の前さ積み上げで呉《け》ねべが」

「その前にひとつふたつたしかめておきたいことがあるんだ」

おねえさんはさっきの蠅を団扇で払い落し、

「五十個喰えなかったときは、喰った分だけお代を払うんだからね。そのお金は持ってるかい。たとえばだよ、四十九個で降参したとする。そのときは一個二円だから九十八円払ってもらわなきゃならない。お金、いくら持ってんだい」

東武電車の終点で降りたときの二人の全財産は八十八円だった。大学生に五円寄付をし、二円お賽銭に出し、現在高は八十一円である。

「案の定だ。四十一個で降参されたらうちが一円損するところだったよ」

修吉と政雄がテーブルの上に並べたお金を見て、おねえさんの団栗眼《どんぐりまなこ》が三角になった。

「四十九個で降参されてみな、こっちが十七円の損だよ」

「その代りこのボールがあっぺ」

修吉は中古の神宮ボールをテーブルの上の灰皿へ置いた。

「中古《つーぶる》だども二十円にはなっぺ」

「ボールか。まあ、いいだろう。もうひとつ言っておくことがある。用意ドンで始まったら、もう中止はきかないからね。とにかく喰った分は払ってもらうよ。それからついでにもうひとつ、ダンゴは白ダンゴだからね。甘醤油のタレも、黄粉もアンコもつかないからね。始める前によーく考えな」

「白ダンゴの方が良《え》ー。腹さもたれねえがら」

「じゃあ、ほんとうにやるんだね」

「やっぺ」

きっぱりと政雄は頷いた。

「用意ドン、だ」

いつの間にかカウンターのなかにおじさんがひとり入ってきていて、おねえさんの掛声と同時に白ダンゴを盛った大皿をどんと出してよこした。

「十五分間で五十個だよ」

「わがって居《え》る」

「じゃあサービスに景気をつけてやろうかね」

白ダンゴを盛った大皿を政雄の前に置くと、おねえさんは正面に据えつけてあった蓄音機の蓋をあけ、竹針をチョンと切ってレコードをかけた。並木路子《みちこ》がリンゴの唄をうたいはじめた。

「並木路子はもううんじゃりだ」

擦り減った音が政雄の胃袋の働きに悪い影響を与えるのではないかとおそれた修吉がいった。

「やめて貰うべ」

「良《え》いって」

政雄は白ダンゴを三個摑んでぎゅっと握りしめる。テニスボールぐらいの大きさになった。それを政雄はたったの二口ですとんと飲み下す。修吉は頼もしく思い、政雄の背後へまわって背中をこすってやった。政雄は次に四個を握り直しそれを三口でこなした。勢いに乗って三回目はまとめて五個摑みあげ、

「おねえさん、こげな調子でどうだべ」

おねえさんに笑いかけた。

「みごと、みごと」

おねえさんもなぜだか余裕たっぷりだった。

「それ行け、やれ行け」

並木路子の声に合せて腰なんぞ振っている。

「水コ、貰うべ」

五個の白ダンゴを四回で平らげると、政雄がいった。

「一寸《ちっと》、咽喉《のど》コの滑りが悪くなって来た様《よん》だ。水コで油ば敷《す》ぐべ」

「規則違反だね」

おねえさんは蓄音機の上方に貼ってあった映画のポスターを団扇でぴしゃぴしゃと叩いた。それは伊沢一郎、折原啓子、宇佐美淳主演「夜光る顔」のポスターだった。下に「浅草富士館にて、六月十三日より絶賛上映中」という紙がさがっている。

「夜光る顔がなじょしたのス？」

修吉がたずねた。

「一カ月前の古ポスターでねえべが。おれ、米沢の遊楽館つう映画館でとっくに観だべ。原作は放送探偵劇なんだどもス、映画より放送の方がずっと面白《おもしえ》いがったなっし」

「どこに目をつけているんだよ」

おねえさんはポスターにくっついている紙のさらに下を団扇で煽《あお》ぎ立てた。もう一枚、紙切れがぶらさがっていて、そこには、

「五十個に挑戦のお客様へ。途中で便所に立つこと、水、お茶、レモン水、ビールなどの飲料をとること、厳禁」

と書いてあった。

「水なしで五十個は辛《つれー》い」

政雄の言い方から、かすかではあるが、さっきまであった自信のようなものが抜け落ちていた。

「詐欺だべ」

修吉は怯《おび》えた声を出した。

「始まる前に言《ゆ》うべきだと思《も》うけっともなっし」

「おいおい、そこの瓢箪池《ひょうたんいけ》にゃ蓋がねえんだぞ」

カウンターの中のおじさんが咥《くわ》えていた楊子《ようじ》をポキッと歯で折って、

「滅多なことを言ってもらっちゃ困るぜ」

ペッと楊子を吐《ほ》き出した。

「いまごろ文句を並べやがって、この田吾作どもめ。文句をいう暇があったら、なぜ自分たちは最初に『水はどうなっていますか』、『お茶を飲んでもいいんでしょうか』と聞かなかったのだろと素直に反省したらどうなんだ。それが筋ってもんじゃねえのか」

なにが筋なものか、おじさんのいってることにはまるで説得力がないな、と修吉は思った。ただ、そのどすのきいた言い方には非常に説得力がある。これまでたべた十二個の代金二十四円を払って退却した方がいいかもしれない……。

「ようし、喰ってやっつォ」

政雄のほうはぶるると武者振いをし、

「五十個だろうが百個だろうが喰ってやっぺ。見てろ。この店ば喰い潰《つぶ》してやっから」

四個、五個、六個とつづけざまにダンゴを口へ押しこんだ。だがやはり気合いだけではダンゴを飲み込むことができないようで、政雄の目は四十二個目を咥えたときに、白ダンゴのように白くなった。そして、

「……修吉君、悪《わり》いな」

息も絶え絶えにいうとよろよろと立って便所へ倒れ込み、閉じ籠《こも》ってしまった。

「ハーイ、お代いただきネー」

おねえさんはテーブルの上の八十一円と中古の神宮ボールをおじさんに渡した。不足はたったの三円なのに、そのかたに神宮ボールを取り上げられた……。これはこたえた。泣きたくなった。

「吐《へー》いだらすこしすきっとしたべ」

政雄が意外にさっぱりした顔で便所から出てきた。修吉はかっとなったが、待てよと思い直す。考えてみれば、全部、政雄がスピード籤で稼《かせ》いだ金なのだ。稼いだ当人が何につかおうと不平をいうべきではない。新品の健康ボールが、それこそここにちゃんと「健康」でいるのだから、いいではないか。

「政雄ちゃ、気分コ、直ったか」

「直った」

「良《え》がった」

二人は「桃芳」を出た。

「電車賃も無《ね》ぐなった。後楽園さ行《え》がれ無《ねー》いな」

「ほんとに悪《わり》いごどした」

政雄は腹を撫《な》でながら修吉に頭をさげた。

「おればかり腹一杯喰ったりして」

「水飲んで保《も》たせっから心配《すんぺ》すんな。上野駅でみんなば待ってっことにすんべ」

「坊やたち、なにか御馳走してあげようか」

そのとき横から声がかかってきた。見ると白いパラソルの、化粧の濃いおばさんだった。おばさんといっても修吉たちの母親より若い。三十一、二といったところだろうか。正確にいえば、「おばさん」と「おねえさん」とのちょうど中間である。肩にふんだんにパットを詰めた白いツーピースを着ている。脚は薄い焦茶色だった。これはストッキングをはいているせいである。（米沢だと、ストッキングばはいで居《え》る女《ひと》は、皆、進駐軍《すんつーぐんえーで》相手の夜の女づごどになってんだども……）

修吉はそんなことを思いながらパラソルの下の女の顔を見上げた。「夜光る顔」のポスターを見てすぐだからか折原啓子に似ているような気がした。厚目の唇に口紅を濃く塗っているところは大ちがいだが、鼻筋のばかに長いところや、目の大きなところは共通点がないこともない。

「今、何も喰いたく無《ねー》いス」

政雄がいった。そこで修吉も、

「おれは腹、減《へ》ってっけっとも、もう浅草では誰とも口ばききたく無《ねー》いス」

と答えた。

「坊やたち、浮浪児じゃないわね」

「ちがうス」

「どこから来たの？」

「山形県の東置賜《ひがしおきたま》郡づどごからボールば買いに出て来たんだぢゃ」

「山形県ねえ。ますます持って来いだわ」

「なにが、持って来い、だべがなス？」

これ以上、人間に騙されるのはごめんである。修吉は政雄をかばうようにしながら後退した。

「逃げることないでしょう。誰もとって喰おうだなんていってやしないわよ」

「だども……」

「一時間でいいから、おばさんに力を貸してくれないかしら。お礼に千円ずつあげる」

「嘘、言《ゆ》っては駄目《わがんね》だべなス。千円つったらおら方《ほー》の国民学校の校長先生の月給と同じだべス」

「こう見えてもね、おばさんは一日に五千円も稼ぐのよ。二千円ぐらいどうってことないわ」

「あのう、どげな仕事ばなさって居《え》んので御座居《ごぜー》スか」

「ちょっと説明しにくいわねえ」

「ま、まさか泥棒とか、スリとか、エートそのう進駐軍相手の夜の……」

「凄《すご》い勘だわ、坊や。最後にいったのがそうよ」

「んだからやっぱりストッキングばはいで御座《ござ》るんだなス」

「まあ、そういうことかしらね」

女は苦笑していたが、不意に手にしていた白いビーズのハンドバッグをひょいと修吉へトスした。修吉思わずそれを胸で受けとめる。

「そのハンドバッグの中には、いいこと、お金が五万円ばかり入っているのよ。坊やたちがもし、おばさんのあとについてこないようなら、大声で『ハンドバッグ泥棒』って叫ぶわ。これだけ大勢、人が出ている。すぐ捕まってしまうでしょうね。それでもいいの」

「良《え》ぐ無《ねー》い」

「じゃ、おばさんのあとについてらっしゃい」

女は池の縁《ふち》に沿って北へ歩き出した。

「政雄ちゃ、どうすっぺ」

「また、騙《かた》られたんでねえべが。ま、仕方ねえ。行《え》ってみんべ」

「んだな」

二人は女の白いパラソルを追って駆け出した。池の中の小島では、浮浪者たちがあいかわらず魚釣りに精を出している。薄焦茶色のストッキングで包んだ細い脚をせわしなく動かし、詰め物で尖《とが》った白い上衣《うわぎ》の肩をさらに高々と聳《そび》やかせて歩いていた女が、不意に白いパラソルを畳みながら立ち止まった。

「打ち合せなしで行っても仕方がないわね。腹ごしらえをしながら相談しようか」

女はパラソルの先で通りの右側のバラックを指した。入口の上にでかでかと「洋食日の出」と書いてある。ガラス戸に貼り出された西洋紙にはちまちました字で「まちがいなくホンモノの牛のチキンカツあります。銀シャリ付きで十五円」と記してあった。

「ここの牛のチキンカツはおいしいんだから」

女はガラス戸を開けると内部《なか》に向って、

「カツ、三人前」

と大きな声でいった。修吉と政雄はしばらく貼紙を睨《にら》みつけて考えていた。牛のチキンカツとはなんだろう。チキンは鶏のはずだ。

「牛のカツと鶏のカツが一枚宛《えづめーずつ》、皿コの上《えー》さ乗《のさ》って居《え》るんだべな」

修吉が政雄に小声でいった。

「つ《ち》まり、『牛とチキンのカツあります』の書ぎ間違《まづげー》いだべ」

「だべな」

「如何《なじょ》すっぺな。御馳走《ごっつぉ》になっぺが」

「なっぺなっぺ」

「だども政雄ちゃはたった今《えま》、白ダンゴば四十二個、平《てー》らげたばかりでねえか。腹の皮、裂げだら困っぺ」

「案じ《づ》るな。全部《すっかりこっかり》、吐《へー》いで来たがら大丈夫《でーぞーぶ》だばい」

山形県南部の小盆地の国民学校生徒の間では広く名を知られた大喰《おおぐら》いだけあって、政雄はこともなげに言い放った。

店内には客はだれもいない。十五円というべら棒な値段が客を遠ざけているにちがいない。右手の板壁に棚が取り付けてあり、ラジオと扇風機が載っていた。扇風機はコトコトコトコトと小言をいいながら店内の熱い空気をかきまわしている。

「いい風だわ」

女は扇風機の前に立ってうっとりと目を閉じた。修吉と政雄はその後に立って、女の髪や洋服から吹きこぼれてくるいい匂いにうっとりとなった。

「遠慮してないでお坐りなさい」

残念だったが匂いを嗅《か》ぐのは諦《あきら》めて、二人は床几《しょうぎ》に腰をおろした。

「まず、おばさんの名前をしっかり憶《おぼ》えてちょうだい。おばさんは小宮山和枝というの」

そこで二人はお返しに自分たちの名前をいった。

「あんたたちの名前はどうでもいい。というのはね、あんたたちには偽名を使ってもらうことになっているの」

小宮山和枝と名乗った女は二人と向い合って坐りながら、

「あなたが昭夫さん」

と政雄を見て頰笑んでから修吉へ視線を移し、

「そしてあなたが和夫さん」

といった。

「昭夫と和夫で昭和。いかにもよくありそうな名前じゃなくて」

「そうすっとおばちゃんは俺達さ兄弟の真似ばしろっていうのすか。ちまり、俺《おら》が兄貴《あんちゃ》どいうわけだ」

「というごどは、俺《おら》が舎弟《しゃでー》だな」

「飲み込みのいいこと。二人とも頭が切れるじゃない。さすがはおばさんが惚《ほ》れ込んだだけのことはある。この仕事、きっとうまく行く」

この女のひと、すこし褒めすぎではないだろうか、と修吉は思った。修吉の学級には「和夫」「和男」「和雄」「和子」というように「和」のつく者が多い。そして「和」の字のつく者にはかならず兄や姉がおり、その兄や姉には例外なく「昭夫」「昭男」「昭雄」「昭子」と「昭」の字がついていた。親たちが「昭和」という元号へ安直にもたれかかって命名するのでそうなってしまうのである。去年の八月十五日まで、名前に「昭和」のどちらかの字を組み込んだ子どもたちの羽振りのいいことといったら大したもので、四月二十九日の天皇誕生日には、彼等だけが学校へ呼ばれて行って校長に、「昭和の聖代《みよ》を支えるのは、昭和の御字を名前に持つ君達である。君達こそ昭和の聖代の屋台骨なのである」と誉《ほ》めそやされ紅白の餅をもらって帰った。そこで修吉たちのような、「昭和」元号と関係のない名前の子どもたちは、天皇誕生日にはきっと親たちを恨み、「親の見通しが悪いから、今年もまた餅をもらいそこねたではないか」と文句をいうのがきまりだった。

八月十五日以後は、当然なことに「昭和」のどちらかを名前に組み込んだ子どもたちは小さくなっている。天皇が今度の戦争の一番の責任者である以上、退位するのはたしかであるという噂が流れたからだった。退位し頭をまるめて托鉢僧《たくはつそう》となり、このたびの戦争でふたつとない命を失った日本人の菩提《ぼだい》を弔うためひっそりと全国を巡回なさる。その巡回は天皇の寿命ある限り、何回、いや何十回となく繰り返されるはずだという噂がもっとも有力で、「さすがは天皇様だな」と修吉たちは感激した。「大人たちはそうやって責任というものをとるんだな」……。いずれにせよ元号が変るのは必至とだれもが考えていたから、「昭」だの「和」だのがつく子どもたちは小さくなったのだった。

もっとも近頃の彼等はすこしずつ大きな顔をするようになっている。天皇退位が噂にすぎなかったことが近頃はっきりしてきたからである。とにかくそういうわけで昭夫と和夫なら兄弟にちがいない、そして昭夫は兄で、和夫は弟だろうと二人はぴんときたのだった。これは頭の切味などとは何の関係もない、ただの常識というもので、褒められたりしてはかえって面映《おもは》ゆい。

「昭和の兄弟さ成《な》んのは良《え》いども、成《な》って如何《なじょ》すんのですか」

「あなたたちの本当のお姉さんが、この近くの吉原病院に閉じ込められているのよ。そのお姉さんの名前は吉田国子。ようく頭に叩き込んでおいてね」

「すっと、俺が吉田昭夫で、修吉ちゃが吉田和夫か。それで俺達の姉ちゃは何故《なして》吉原病院さ閉じ込められだんだべな」

「病気持ちじゃないかと疑われたわけね」

「どういう病気なんだべ」

「梅毒とかそういった種類の性病ね。吉原病院というのは性病にかかった女の人が入院するところなの」

　修吉は咄嗟《とっさ》に、この四月末、自分たちの町の停車場に丸一日、停っていた進駐軍の衛生展覧車の薄暗い車内を思い浮べた。それは進駐軍の、修吉たちの住む置賜盆地には衛生思想に乏しい人間が大勢いるという判断からやってきた三輛《りょう》編成の特別巡回列車だった。二十歳以下は観覧禁止になっていたけれども、修吉たちは駅長の息子君塚孝の手引きで、早朝、その衛生展覧車へ潜り込んだ。護衛について来ていた進駐軍兵士はジープに乗って米沢のキャンプへ朝食をとりに出かけており、おかげで修吉たちは、性病写真や紫色の蠟細工《ろうざいく》やホルマリン漬の胎児《たいじ》などが展示されている車内をゆっくりと見てまわることができたのだが、そのときの感想を一言で言えば、「なーんだ、つまんない」であった。「夏祭のとき、サーカスと一緒にやってくる衛生博覧会と同じではないか」。もっとも入場料をとられないだけ、この進駐軍の衛生展覧車の方がましかもしれないが、それはとにかく、自分たちの姉だという吉田国子はあの蠟細工のどれに当る病気なのだろう。

「病気は病気でも国子のは軽いのよ。ところが吉原病院の先生方は、完全に治るまで入院していなさいというのね。普通の理由じゃ退院の許可なんて出っこないし、そこであなたたちに応援をお願いしたってわけ。そうね、こうしましょう、あなたたちのお父さんが危篤。お父さんは一目、娘の国子に会って死にたいとうわ言をいいつづけている。見兼ねたあなたたちが姉さんを迎えにやってきた。あなたたちは病院の先生にこういうの。『お父さんに姉を会わせてやってください。お父さんの葬式が終り次第、姉をこの病院へ治療に戻します』って」

「大役だべなス」

「だから一人に千円ずつ出すっていってるじゃない」

「あのう、なんぼ病気が軽くてもスー、病気はやっぱり病気なんだから、ちゃんと治るまで入院して居《え》だ方が良い《えー》んではねえべか」

修吉が訊《き》くと女は、

「それも理屈だわね」

頷きながら例の白いビーズのハンドバッグから煙草を一本抜き出して口の端に挿《はさ》んだ。

「でも、それは吉原病院を知らない人がいえる理屈ね」

吉原病院ぐらい待遇の悪いところはないんだから、と女は修吉にぷーっと煙を吹きかけてきた。定員百名かそこいらのところへ三百名も詰め込んじゃってさ、虱《しらみ》のたかったボロ毛布、イモの切れっ端が二、三切れ浮んでいるだけのお湯のような雑炊、狩り込みと称して勝手に引っぱっておいて入院費はきびしく取り立てる、進駐軍の命令による性病撲滅《ぼくめつ》対策の一環としてなんて綺麗事《きれいごと》をいってるけどさ、狩り込みなんて院長の儲《もう》け仕事じゃないか、その証拠に院長はごりっぱな家を建てて、そればかりじゃない、有楽町の方に、自分の病院をこしらえているんだよ。女のものいい方は急にぞんざいなものになった。修吉は女の言ったことの半分も理解できなかったけれども、その口調から、この女《ひと》も一度か二度、吉原病院というところへ閉じ込められたことがあるらしいぞ、と察しをつけた。

「病気を治すんなら、どっか他所《よそ》の病院に入るわよ。吉原病院に入ってちゃ治る病気も治らなくなっちまうもの。あんな入院費の高いところはこっちから願い下げだわ」

吉原病院に入っているかぎり国子は運から見離されるだろう、と女はつづけた。女によれば、高い入院費が借金となって残る、その借金を返すために無理をする、そこでまた病気になって吉原病院に叩き込まれ、その入院費を払うためにさらに滅茶苦茶な稼ぎを強いられ、やがて潰れてしまう、という仕掛けになっているのだという。

「だから国子を一刻も早くあそこから引っぱり出さなくちゃね。まったくあれで警視庁の直轄病院だというんだからいやになっちゃう」

「その国子さんて、おばちゃんの何さ当《あだ》る人なんだべね」

「RAA《アールエーエー》協会のときからの仲間なの。仲間というよりおばさんと国子はたがいに二人といない親友同士だわね」

またしても修吉は、去年の八月下旬に自分たちの町を席巻した噂のひとつを思い出した。その噂は、それ以前に町を占領していた「アメリカ軍が日本に駐留して最初にやる仕事は、十六歳以上、五十歳以下の女性の全員強姦らしい。二番目の仕事は日本人男性全員の性器のちょん切り……」という噂をいっぺんに駆逐したのだが、詳しくはこうである。「日本の婦女子の安全をはかり、日本女性の貞操の防波堤を築くために、東久邇宮《ひがしくにのみや》内閣は特殊慰安施設協会を発足させることになったという。英語の略語でRAAというこの協会は、いわば女の特攻隊のようなもので、つまりアメリカ兵のための吉原のような施設を警察の肝煎《きもい》りで各地につくり、そこでなにもかも喰い止めてしまうわけだ。内務省からすでに各庁、府県長官宛に秘密無電指令が発せられており、東京ではもうこの女特攻隊員の募集がはじまっているらしい。アメリカ兵は、上陸早々、これらの女特攻隊員に迎え撃たれ、ごっそり精を抜かれて、なにをする気力もなくすにちがいない」。この噂は大体、当っていた。アメリカ兵による強姦事件は皆無ではなかったけれど、しかし大部分の日本国婦女子は安全であり、ちょん切り事件にいたっては一件も発生していない。この女《ひと》と、吉原病院とかに閉じ込められている国子という二人のおばさんは、その意味では自分たちの恩人である。修吉は居住いを改めた。

「RAA協会さ入《へー》って居《え》だ事がある言《つー》うの、早《はえ》ぐ言《ゆ》って呉《け》れば良《え》がったのに。俺《おら》、おばちゃの言《ゆー》う事《ごど》だったら何でもするス」

「千円なんて要《い》らねえスー」

政雄もきちんと坐り直した。

「五百円で良《え》い《が》です」

「千円あげるわよ」

政雄と修吉が協力的になったのをみて女はうれしそうだった。ＲＡＡ協会というのは、Recreation and Amusement Association の略語だが、もっとわかりやすくいえば洋パン協会だろう、この三月下旬にＲＡＡ協会が封鎖になってから自分と国子は銀座のＰＸを根城に商売している。自分は「夕暮」専門だが、国子は「ゴマシオ」なのだと、女はいろいろ説明してくれた。夕暮というのは黒人兵のことで、ゴマシオは白人兵と黒人兵とを両天秤《てんびん》にかけることだそうである。二人が「絶対に本物の牛のチキンカツ」をたべている間に、女は電話を借りて吉原病院にかけた。そして長い間待って国子というおばさんを呼び出し「国子、もうすぐその地獄から出してあげるわよ。間もなく国子の弟が二人、面会に行くからね、うまくお芝居するのよ。弟の名前は昭夫と和夫。つまり昭和、おぼえやすいでしょ。二人の弟は父さんが危篤だというはずよ。そのときは失神する真似ぐらいしてよ。それから国子の田舎だけど、山形県の米沢市郊外ってことになっている。そのつもりでいてね。わたしが姿を見せちゃまずいから病院へは行かない。でもかならず塀《へい》の外で待っててあげる」と打ち合せをしていた。

修吉たちは女に連れられて北に向って十分ばかり歩いた。空襲よけに黒く塗ったコンクリートの塀でかこまれた灰色の三階建のビルが神社の背後にたっていた。それが吉原病院だった。

「さあ、たのむわよ」という女の声に押し出されて二人は狭い前庭を横切り、正面入口へつながる階段をのぼった。入口で守衛さんらしいおじさんが居眠りをしている。二人はその傍《そば》を通り抜けて玄関に入った。

待合室に、木の枠《わく》で緑色のズック地の折畳式の寝台が二十近く並んでいた。右手に「事務室」と書いた藁半紙《わらばんし》をガラス窓代りにした小部屋が見える。その小部屋へ辿《たど》りつくためには寝台の海を斜めに横切らなくてはならないのだが、二人は足がすくんで前へ進めない。寝台の上には、ボウボウ髪で、肌が飴《あめ》色の、そしてよれよれの浴衣の中年女たちが、あぐらをかき、畳んだ毛布に寄りかかり、はだけた襟許《えりもと》に破れ団扇《うちわ》で風を送り込みながら、口々に「野良犬」だの「野犬」だの「どぶ鼠」だのと喚き散していたからである。

野良犬呼ばわりされているのは、白いブラウスに赤いスカートの二十三、四歳の女で、風呂敷包と赤い鼻緒の新品の下駄を大事そうに胸に抱き、寝台と寝台の通路で立往生している。

「ここを通るときにゃ皆に煙草の一本ずつも置いて行くものだ」

破れ団扇の浴衣女がいった。

「ここはあたいたちの病院なんだよ。それがどうだい。おまえたちが狩り込みでどんどん送り込まれてくるようになってから、あたいたちは病室を追い出されてこのザマだ。おい、どうしてくれるね」

「わたしにそんなこといったって仕様がないじゃない」

白いブラウスの女の上唇は厚く、それも口紅が塗られているので鼻の下に金魚が貼《は》りついているように見える。

「通してよ。わたし、退院するんだから」

「だから挨拶をおし、といっているんじゃないか。頭、悪いやね、パンパンてやつは」

「そういうおねえさんたちだって頭悪いんじゃないの」

「なんだと」

「わたしのおねえさんたちはみなこういってるもの。吉原の連中は『飼い殺しのカゴの鳥』だって。『わたしたちは、それにくらべりゃ自由なんだ』って」

　途端に様子はいっそう険悪になった。浴衣の中年女たちが「ひとつとせ　人も知ったる吉原の　ところは仲の町の病院で。　ふたつとせ　両親揃《ふたおやそろ》ってありながら　なんの因果でこの苦労……」と唸《うな》りながら白いブラウスの女をとりかこみ、この奇妙な数え唄に合わせて彼女を小突《こづ》きはじめたのだ。「みっつとせ　みなさんわたしの振りをみて　哀れ不憫《ふびん》とおぼしめせ。よっつとせ　よもやこんなになろうとは　夢にもわたしは知らなんだ。いつつとせ　いつの検査に出てみても　退院許可は下《さが》らない。むっつとせ　むごいお上《かみ》の御規則で　門より外へは出られない。ななつとせ　長い廊下も血の涙　御内証《おへや》じゃ面倒はみてくれぬ。やっつとせ　山中育ちのわたしでも　病院の南《ナン》京米《キンまい》は通らない。ここのつとせ　ここでわたしが死んだとて　軒の雀が泣くばかり。とおとせ　遠いところから会いにきた　会わしておくれよ院長さん」……。

修吉たちがどうやらこうやらこの数え唄の歌詞を理解し得たのは、すぐそばで浴衣女がひとり寝台の上にのぼり、直立不動の姿勢で、しかも細いけれどもいい声で歌っていてくれたからだった。その浴衣女は白いブラウスの女を小突き回すよりも、歌の方へはるかに興味がいっているようで、修吉たちの町へ定期的にやってくる「青空楽団」の娘歌手のように左手の上にそっと右手を重ね両肘《ひじ》を外へ突き出す恰好で、口も気取っておちょぼにしていた。別の浴衣女が途中でその女の前に箒《ほうき》をさかさに立てた。マイクロホンのつもりらしかった。浴衣女たちはそうすると吉原のあのオイランなのだろうか。病院の名前が吉原病院であること、破れ団扇の浴衣女が「ここは自分たちの病院だ」といっていたこと、そしてこの数え唄、たしかに浴衣女たちは吉原のオイランにちがいない。しかしほんとうに、これがあのオイランなのだろうか。修吉はまた八月十五日の直前に近所の大人たちが小声で言い交していた噂《うわさ》を思い出した。

「東京の吉原が春以来、三回も繰り返し空襲をうけているが、これはどうしてか。アメリカはじつは天皇様よりも吉原のことが気になっているのだ。アメリカは、吉原があるかぎり日本人が『敗けました』と降参しないだろうと信じ込んでいるのだ。だから吉原を徹底的に灰にしようとしてるのだぜ。おれも一度、吉原へ上ったことがあるが、オイランの堂々としていること、御真影でみる天皇様の比じゃないものな。おれもこの一点ではアメリカと同じ意見だ。吉原があるかぎり大日本帝国は不滅なんだ。もうひとつ、歌舞伎座が演《や》っているかぎり、日本は安泰だね」

この噂を修吉の家の近くの夕涼みの縁台に持ち込んだのは、駅前の運送店の主人だったが、彼は数日後、警察へ連れて行かれ、さらに数日後、前歯を三本欠かれて戻ってきた。そしてまた数日たってから、彼の店の三頭の馬が残らず軍へ徴用になった。

この噂を耳にしてから修吉は、オイランといえば反射的に町一番の造り酒屋「祝《しゅく》瓶《へい》」の奥様《あねさま》を頭にのぼせるようになった。当時の修吉の知るかぎり、世の中でもっとも堂々とし、そして美しい女性がその祝瓶の奥様《あねさま》だったからだ。しかし目の前の浴衣女たちはボロ屑《くず》みたいだった。修吉たちの母親よりもっと見栄えがわるい。やはり日本は敗けたのだ……。

「修吉ちゃ、小突がれで居《え》る女《ひと》が、国子言《つー》うおばちゃでねえべが」

政雄が修吉の耳に口を持ってきていった。かもしれない。なにしろ白いブラウスの女は退院の支度をしているし、どことなく塀の外で待っている女《ひと》と似通った雰囲気《ふんいき》がある。あの電話のあとで自分の方から「父が危篤です。退院させてください」と願い出て、許されたのかもしれない。時間的にもぴったりだ。

「あのおばちゃだったとして、どうすっぺ」

「助けさ行《え》ぐべ。『姉ちゃ』って飛びついで行《え》ぐのだ。後《あど》の事《ごど》は運さ任せ《まがしぇ》る外《ほが》、ねえべ」

「んだな」

修吉も覚悟を決めた。政雄がこうと睨《にら》んだら絶対にはずれはないのだ。それは午前中の政雄の、あのくじの当て方に照してみてもたしかである。たがいに目顔で合図し合って呼吸を合せ、二人は「姉ちゃ」と叫びながら浴衣女たちの輪の中へ潜り込もうとした。

「昭夫に和夫だな」

二人に答えたのは白いブラウスの女ではなく、ちょうど事務室から汚れた白衣のおじさんと出てきたピンクのブラウスの大柄な女だった。ブラウスの裾はスカートの中へ押し込まず、前できゅっと縛っている。

「ずいぶん見ないうちにすっかり大きくなっちゃって。吉原のおばさんたち、ちょっとどいてちょうだい」

ピンクのブラウスの女は浴衣女たちの輪の中へ潜り込もうとしている修吉と政雄のシャツの背中を摑《つか》んで引っ張った。

「な、なんだよ」

「銀座ＰＸのお国ってもんだよ。一服つけておくれ」

ピンクのブラウスの女は自分の背後に二人をさがらせると、ハンドバッグからくだの絵の描いてある煙草を出して破れ団扇の浴衣女にポイと放った。たちまち浴衣女たちの輪が崩れる。白いブラウスの女が乱れた髪を撫《な》でつけながら外へ駆け出して行った。

「院長先生、わたしの言ってたこと嘘じゃなかったでしょう。弟が二人、ちゃんとこうやって迎えに来ているんだから」

ピンクのブラウスの女は二人の背中を押して玄関へ出る。

「今日までの入院費は事務室の机の上に置いてきたんだしさ、退院させてくださいよ。

父親の死に水もとってあげたいし……」

「検査の結果がまだ出ていない」

白衣のおじさんが追ってきた。

「きみの子宮からとった分泌物をいまオペクトグラスに塗って着色乾燥させているんだ。二時間待ちなさい。そうすれば乾く。すぐ顕微鏡検査が出来る……」

「米沢へ帰って、父親の葬式をすませたら、また出直しますよ。結果はそのときにうかがいます。でもね、院長先生、その検査におっこったらどうなるんです」

「決っているじゃないか。入院加療だよ」

「じゃあペニシリンがいるじゃない」

「梅毒にはペニシリンは使えんよ。傷が大きくなるからね。サルバルサンだな」

「そんなことといって、ペニシリンもサルバルサンもこの病院にはないじゃないの」

「ないことはない……」

「順番を待って半年も入院だなんてごめんだわ。衛生兵を客にとってサルバルサンを手に入れることにする。その上でうかがいます。その方が万一の場合も心強いもの」

「上野や浅草あたりの浮浪児を退院の小道具に使っているわけでもなさそうだな」

白衣のおじさんが修吉たちの顔をじっと見ている。修吉の背中を汗が一筋つーっとパンツのゴム紐《ひも》のところまで流れ落ちる。自分たちがこの国子というおばさんにではなく、白いブラウスの女に「姉ちゃ」と声をかけたのに気付いているだろうか。だとしたらなにもかもおしまいだ……。

「きみたちのお父さんだが、病名は何だい」

「……肺病なんス」

修吉と政雄は声を揃えて答えた。二人にとってもっとも身近かな病人、そして病名は現在のところ、板谷駅ではぐれてしまった横山正の母親であり、正の母親のかかっている肺病だった。そこで打合せもなしに異口同音に「肺病」と答えたのだが、白衣のおじさんは妙に感心して、

「うむ。国子の弟たちを信用することにしよう」

しきりに頷《うなず》き、ピンクのブラウスの女にいった。

「退院ではない。一時外出だ。いいね、かならず戻ってくるんだ」

「はいはい。サルバルサンを手に入れて戻ってきますよ」

「気をつけろよ。GHQは性病にずいぶん神経を尖《とん》がらせている。日本の旧陸軍では性病は三等症として扱われていたが、アメリカ軍では公傷なみの一等症なんだ。吉原病院に叩き込まれているうちはいいが、そのうちにキャンプかなんかに放り込まれる

ことになるよ」

「そうはならないわね」

ピンクのブラウスの女は修吉たちを促して階段をおりながら、

「だってGIたちがよくいうもの。性病なんか怖くない、どんなに危い穴でも、とにかく穴があればいいって」

白衣のおじさんにキスを投げた。修吉たちはにやにやしていた。芝居はどうにかこうにかやりおおせたし、いまの国子というおばさんの一言、これだけは二人にもよくわかったからだった。

塀の外で待っていた白ずくめの女はピンクのブラウスの女を抱きついて迎え、

「国子、まず栄養をとらなくちゃ」

といった。

「新橋に、ホンモノのお寿司《すし》をたべさせてくれるところを見つけたのさ」

「行こう。体力つけてうんと稼《かせ》ぐんだ。でも高いだろう」

「一人前二千円だったかな」

「まああだね。とはいっても、わたし、いま一文なしだけど」

「水くさい。わたしに任せておきなさいよ。あんたたちもお寿司をたべに行こうよ」

聞かれて修吉の気持がすこしだが、動いた。政雄も同じ心境らしく黙って考え込んでいる。

「白い御飯の上に、いろいろな生《なま》のお魚がのっているのよ。死にそうなぐらいおいしいんだから。よかったら御馳走してあげる」

白ずくめの女は百円札の束をハンドバッグから取り出した。

「もちろん、二千円もちゃんとあげますよ」

修吉は生のお魚ということばにたじろいだ。修吉たちの町は、日本海からも太平洋からも荷馬車で二日半の、山の中にある。そこで海の魚が食膳にのぼるころには、たいてい半分腐りかかっている。だから干魚《ひざかな》以外はあまり歓迎されない。なかには「海の魚は、この、唇にぴりぴりっとくるところがなんともいえない」などといって腐れかかった鯖《さば》をたべたりする勇敢な人もいないではないが、きまって二度に一度は中毒になり、町の病院に担ぎ込まれる破目になる。だから寿司と言えば、椎茸《しいたけ》やレンコンや人参《にんじん》を混ぜて炊いた酢の御飯と相場がきまっていた。そこで気持が動いたのだが、生のお魚だなんてとんでもない。それに皆との集合時間までにもう間がない。二人は二千円もらって、この女特攻隊員たちと別れた。

二人は浅草六区の緑色の池の向いにあるダンゴ屋の「桃芳《ももよし》」へ引き返した。さっきこの桃芳で政雄が、ダンゴ五十個を十五分間でたべ損ね、八十一円と中古の神宮ボールをとられてしまったが、神宮ボールをたったの三円に換算されたのが口惜《くや》しくて戻ってきたのである。

「おや、また、ダンゴ五十個に挑戦かい」

例のまんまる顔のおねえさんが修吉たちを見て、うれしそうに笑った。また鴨《かも》が舞い戻ってきたと思ったらしい。

「さあおやんなさい、おやんなさい。その前にお金をみせてもらいますよ。十五分間でダンゴ五十個を平らげたらお代はいただきません。しかし一個でも喰い残したら一個二円の計算で代金をちょうだいいたします。お客さんが喰い残した場合に、お金がありませんでは、こちらが立ち行かない。そこで一応前もってお金を……」

ダンゴはもういいのだと二人はおねえさんの口上を途中で遮《さえぎ》った。

「俺達《おらだつ》は、さっき三円の代りにとりあげられだ神宮《づんぐー》ボールば取り返《げーす》しさ来たんだけっとも」

「売っちゃったわよ」

軽い調子でいって、おねえさんは店の斜め右前から奥山にかけてずらりと並んでいる露店の列を指した。

「こっちの端から三軒目のお店だよ。買い戻したければそっちへお行きよ」
行ってみると、たしかに神宮ボールはあった。ただし値段はもう三円ではなく「今どき稀《まれ》なる軟式野球用のホンモノボール。十五円」という紙が、神宮ボールには貼ってあった。

青深い真夏の昼下りの晴れた空が、修吉と政雄の坊主頭の上にひろがっていた。おまけに浅草田原町から上野駅の方へさわやかに風が渡っている。さらに二人とも例の「まちがいなくホンモノの牛のチキンカツ」なる面妖《めんよう》な御馳走でお腹《なか》を気持よくふくれあがらせていた。そしてなによりも、二人の開襟《かいきん》シャツの胸ポケットはいずれも、ちいさく畳んだ十枚の百円札ではじけそうだった。そこで二人はめったにないような仕合せな気分で焼跡の向うに見えている上野駅の駅舎めざして歩いて行った。

上野駅から水道橋駅に出る道順は、何度も人に聞いてたしかめ諳《そら》んじている。ふたつ目の秋葉原という駅で総武線なるものに乗り替え、西へ二駅行ったところで降りればいいのである。降りて右手に行けば、そこが小松セネタース軍の主要メンバーの集合場所の後楽園球場なのだ。朝彦や昭介が、いま自分たちの手にしている健康ボールや神宮ボールを見たらなんというだろうか。いや、なにもいえないだろう。手にとってこねまわし、ただ黙ってうれし涙を流すだけだろう。また二人合せて二千円も稼いだんだよ、と百円札の束を見せたらなんというだろう、いや、これまたなにもいえないにちがいない。ただ黙って目の玉をまるくしているだけだろう。はやく朝彦や昭介に会いたいと思い、二人は足をはやめた。だがその足はすぐに地面へ膠付《にかわ》けになってしまう。通りに、上野駅まで切れ目なく、露店が軒を並べていたせいだった。露店目当てに大勢の人が出ており、通りはまるですし詰め列車の通路みたいで、たちまち突っかえてしまうのである。また、毛色の変った露店が多く、二人はしばしば自分の方から立ちどまったりしたのだった。

たとえば、蜜柑《みかん》の木箱から引っ剝《ぱ》がしてきたような板切れにコールタールかなんかで乱暴に「中野電球再生ドクター」と書き殴った看板を掲げ、商売道具といえばこれまた木箱ひとつという変なおじさんがいた。

「エー、むかしの電球の値段は、マツダの球《たま》で五十銭、安球《やすだま》だと十銭てのが相場だった。だが、ちかごろはどうだい、配給で六十ワット球が七円六十五銭、百ワット球となると十四円二十五銭もする。しかも配給を待っていちゃァ百年たっても球がまわってこない。そこで闇市を漁《あさ》ることになる。たしかに闇市には球があるよ。しかし高いねえ。安くて一個三十円だ。おまけに三日か四日で芯《しん》が切れちまうという油断のならぬ代物だ」

おじさんの前の木箱の上にはソケットがふたつのっかっていた。おじさんはソケットの中へふっと息を吹き込んでゴミを除くと、また塩辛声を張りあげた。

「たいていの人は、エイ口惜しいてんで、電球を地面に叩きつけたりする。気持はわかるがおよしなさい。生命《いのち》を落せば人間それで一巻のおしまいだが、電球の場合はおしまいにはならない。お医者さんにかかればまた三日、四日と保《も》つのであります。そうしてかく申すわたくしがその名医なんでありまして……」

修吉たちの町では、ついこのあいだまで芯の切れた電球を農家へ持って行くのが普通だった。艶《つや》消《け》しの電球なら米三合と、透明バルブのままの電球であれば米五合と交換してくれるからだ。農家はその電球を竹棒の先に蠟を引いて補強した木綿糸できりりとくくりつけ、田んぼや畑に立てる。すると雀も烏も田畑へ絶対に近づこうとしない。陽光を照り返してあちこちでぎらぎらと輝く電球が、害鳥どもにはなにかとんでもない怪物の目玉に見えるらしいのである。電球バルブはまるいから、害鳥がどこから飛んでこようといつも光っている。だから最上、最良の案山子《かかし》になるのだった。艶消し電球の米との交換比率が低いのは、透明のに較べると光り方が鈍いせいである。ところが近くの米沢市に進駐軍キャンプが出来てから、この電球の案山子は〔危険〕ということばと同じ意味になった。アメリカ兵がジープでやって来て、ライフルや拳銃で電球を片っぱしから撃ち落してしまうからだ。逸《そ》れ弾はむろん危い。そして飛び散った破片で足の指を痛めたりすれば破傷風菌の侵入を許してしまう。そこで近頃は、この秋からはもとの古風な案山子の出番になるだろうと噂されている。アメリカ兵がまた標的がわりにするかもしれないが、中味は藁である。いくら飛び散ったところで破傷風の心配はない。

そうなると芯の切れた電球をどこへ持って行けばいいのか。これが修吉たちの町での、目下最大の関心事である。駅前通りの荒物屋のおじさんが、さっそく「更生業」の看板を掲げた。切れ球をソケットにはめ込み、配線電圧をかけておき、ソケットごと切れ球を振ってみる、というのが荒物屋のおやじさんの更生法だった。運がよければ一発で、運が悪いと三十分ぐらいかかって切れた線条がくっつき、点灯する。荒物屋のおじさんは一躍、修吉たちの町の英雄になったが、その良い評判は一夜にして地に墜《お》ちた。というのは、この方法では消灯と同時にまた線条が離れてしまうからである。点《つ》けっぱなしにすれば線条は離れぬが、だれにもその度胸はない。いや、度胸というよりそういう習慣がなかったというべきだろうか。戦時中、町のいたる所に釘《くぎ》で打ちつけてあった二種類の亜鉛《トタン》板の看板が、町の人たちに「不要の電灯は必ず消しておく」という習慣を植え付けたのだ。ひとつは、

電灯について
手まめに消しませう
灯数を減じませう
小さい電球に変へませう
手もとにさげませう
必ず笠をつけませう
電球をきれいに拭きませう

という看板で、もうひとつはこうだった。

微光も敵機は狙ふ！

二枚とも、マツダランプの東京芝浦電気株式会社の看板である。そういう事情があったので電球更生ドクターの前で修吉と政雄の足に根が生えたのは当然だろう。

「さて、わたくしは電球の更生にエリミネーター式更生機なるものを用います」

おじさんは木箱をポンと叩いた。そのポンに誘われるように、見物のなかからエプロンをしたおばさんが一歩前へ出て、右手に持った透明電球をさしだした。

「へい、いらっしゃい」

おじさんは受け取った透明電球を高く掲げて見物に示した。修吉と政雄は見物の人垣の最前列に出ている。たしかに透明電球の線条の片脚が切れていた。

「つまり更生機に直流電気を蓄えて、直流高圧電源といたします。そして、こう、ソケットに電球をはめ込んで、線条《タングステン》と導入線《ニッケル》とをこうやって……」

おじさんは電球を日本舞踊のお師匠さんのような手つきでゆっくりと振り、やがてぴたりととめた。

「はい、くっついた。では蓄えた電気量を一気に放電させます」

おじさんは木箱のなかに左手を入れた。パチンとスイッチの音がし、同時に電球の内部で小さな小さな光が閃《ひらめ》いた。

「おわかりかな、いま、わたくしは接触点を溶接してしまったんですぞ。直流高圧電源で融着させちまったの。だからいそがしく点滅させても……」

おじさんは電球を別のソケットに差し込み、パチパチパチパチとスイッチを鳴した。

「ほうらこの通りだ。電球は立派によみがえった。エー、新しい優良電球の寿命は、六十ワットの球で千五百時間といわれております。千五百時間使ってないのに切れちゃったという球があったら持ってらっしゃい。五円でくっつけてさしあげます。へい、おくさん、お待ち遠《ど》おさま。五円いただきます」

エリミネーター式更生機か。ようしおぼえておこう。修吉は心にその聞き馴れない名前を刻みつけながら人垣を潜《くぐ》って通りに出た。町へ帰ったらさっそく荒物屋のおやじさんに教えてあげることにしよう。

十米も行かぬうちに人造代用米を売る店があった。

「みなさん、昨今の切迫せる食糧事情に一部では、米の専売制や人民管理が叫ばれております」

喋《しゃべ》っているのは学生服を着た男である。〔おにいさん〕というべきか、〔おじさん〕というべきか、修吉と政雄には咄嗟《とっさ》に判断できない。頬が赤くて、そのへんは〔おにいさん〕風なのだが、額がずいぶん後退している。政雄が修吉を見て、

「法政大学の芳村捕手だべな」

と小声でいった。修吉は頷いて、

「んだな。してがらに慶応義塾大学の久保木清左翼手だべ」

と答えた。法政の芳村捕手は二十八歳で、慶応の久保木左翼手が二十七歳だというこ

とを二人とも新聞で読んで知っていた。野球雑誌でおじさん然とした写真も見ている。両選手とも戦争に出かけていたのですっかり年齢《とし》をとってしまったらしいのだが、ジャイアンツの川上哲治一塁手が芳村捕手と同じ年齢で、セネタースの大下弘外野手が久保木左翼手よりひとつ年下だから、なんとなく変だった。そこで修吉たちは〔おじさん〕風の大学生を「芳村捕手」とか「久保木左翼手」と呼ぶことにしていたのだった。

「……その折りも折り、このたび兵庫県の日東興業株式会社では、かねてより研究開発中だった人造代用米を完成いたしました。カロリーも豊富な上に、この、日本人の咀嚼《そしゃく》の習慣をも考慮いたしまして米粒そっくりにできております」

学生服の男がもうひとりいた。こっちはどう考えてみても四十歳をこしている。その中年学生は背後に積んだ四、五袋の米袋のうちのひとつを前へ運び出し、口紐をほどいた。

「どうですか、白米そっくりでしょう」

嗄《しゃが》れ声でいい、人造代用米をひろげた新聞紙へ一升ばかりあけた。

「白米と見分けがつきますか」

「うん、見分けがつくべ」

思わず修吉は叫んでしまった。

「白米は何となく透きとおって居《え》っこったよ。だすけこの人造代用米とが言《ゆー》うもんは、白墨《はぐぼぐ》みでえに白《すろ》く濁《ぬご》って居《え》っぺ」

「当り前だ」

おじさん風学生は修吉を睨みつけてから、

「なぜ当り前かと申しますと、この人造代用米の原料が甘藷《かんしょ》、馬鈴薯、そして芋蔓《いもづる》などだからであります。すなわちその工程でありますが、原料をよく洗います。次に粉砕機にかけます。粉砕機というのが大きな桶《おけ》でして、中でトゲトゲのついた高速回転ドラムがまわっている。原料はあっという間に糊《のり》のようになる。そこで化学処理を加える。このとき同時に漂白、防腐、殺菌などの処理をいたします」

「化学処理液は秘密であります」

中年学生が注釈を入れた。

「食糧管理局長官から公表を禁じられておりますので……」

「処理がすみましたところで圧縮機にかけ、水分を排除いたします。つづいて粘着剤として、小麦粉、塩、適量の水を加え、円筒混和機で混合させます。さらに、米粒型の凹《へっこ》みを無数に彫りこみました回転円筒を高速回転させ、前段の材料を圧縮し、粒々《つぶつぶ》にいたします。そして天日によって乾燥させて出来上ったのが、この人造代用米なのであります。馬鈴薯一貫目で一升の人造代用米が得られるのでありますが、食糧対策に頭を痛めておいでの農林省のお役人の方々に、先般この人造代用米を御試食いただきましたところ、大変なおほめのことばを頂戴いたしました。『これなら凶作、豊作の波がない。じつにたのもしい発明だ』と、およろこびいただいたのでございます。あ、申しおくれましたが、われわれは京都帝大農学部の学生で、人造代用米の研究に当初から関わってきたものであります。東都の悲惨な食糧事情を黙視することあたわず、とりあえず試作品を八斗運んでまいりました」

「そういう次第でして、交通費だけいただければよろしい。さあ、一升八十五円だ。早い者勝ちだよ。さあ、ないかないか」

「人造代用米だからといって馬鹿にしちゃいけない。こいつで寿司だって握れるんだからな」

一升八十五円と値段をいったときから、二人の学生の口調が急に与太っぽくなったのが修吉にもわかった。極秘の化学処理をしたといっていたけどどうもあやしい。炊いたらびちゃびちゃの藷雑炊《いもぞうすい》になってしまうのではないだろうか。そんなことを思いながら修吉は政雄をうながしておじさん学生と中年学生の露店から去った。

古本の露店もあった。千円も臨時収入があったのだから三分の一ぐらいは古本代にしてもいいなと考え、戦前の『野球界』を十冊ほど選んで、店番の老人に、

「これでなんぼになっぺかね」

とたずねた。すると老人は修吉を舐《な》めまわすように見て、

「代りにどんな本を持ってきたのだね」

とき返してきた。ふと老人の膝《ひざ》の前を見ると、馬糞紙《ボール》が立てかけてあり、それには次のような文章が書いてあった。「交換本をお持ちのお客様にのみ、本をお売りいたします」

東京では本を買うのに、本がいるらしい。さすがは東京だな。修吉は妙に感心した表情になってその古本の露店から離れた。

しばらく行くともっと奇妙な売物に出っ喰わした。チューリップの根を炒《い》って挽《ひ》いた代用コーヒー屋と、烏賊《いか》の内臓を原料にして作ったという代用醤油を売る露店との間の空地で家を商うおじさんがいたのである。おじさんはお札でふくれあがった胴巻を叩いて調子をつけながら、

「さあさあさあ、応急代用住宅はいかがかな。値段はわずかの一万五千八百円。建築に要するお時間はほんの二、三十分。いまご註文くだされば三時のおやつは新居で召

し上れますぜ」

と口上を喋り立てている。おじさんの背後では、兵隊ズボンにランニングの若い男が四人、竹で組んだ筏《いかだ》のようなものを地面に敷いている。

「このほど開催されました日本発明協会主催の応急代用住宅コンクールに於《お》いてみごと最優秀の金賞を得ましたのが、これより組み立ててごらんに入れます竹住宅です」

四人の男たちはその筏のようなものの周囲に八本の太い竹を立てた。筏と太い竹との交わるところを、男たちは手ばやく荒縄でしばる。同時に六尺の高さに細竹を渡し、それと太い竹との交点も縄で固定した。

「いま建てているモデルハウスは完成したとたん、また解体いたします。その関係上、床と柱、柱と梁《はり》、すべて縄をもって固定いたしておりますが、本式には針金を使います。ですから半年や一年ではびくともいたしません。さて柱の上に屋根の骨組みをのせます」

梁に梯子《はしご》がかけられ、男たちが細竹十数本で編んだ竹垣のようなものを柱の上にのっけた。

「再三おことわりしているように、モデルハウスですからすぐ解体しなければならぬ。いまはどれだけ早く建つか、それをお見せしているのであって、屋根までは貼りませんが、屋根はこれだ」

胴巻のおじさんは薄い板状のものを高々と掲げた。畳半分ぐらいの大きさ、正方形である。色は黒褐色をしている。

「屋根だけは自慢できる。これ、耐水繊維板。杉の葉、熊笹、葦《あし》、タバコの茎、とうもろこしのたべ滓《かす》、こういった雑繊維を煮て磨りつぶし、結着剤を加えて木製ローラーにかけたものにアスファルトを塗ってある。水は一滴も通しません。どんな土砂降りにも安心だ。さて、屋根はこの耐水繊維板で葺《ふ》いたことにして、今度は壁だが……」

男たちは藁で編んだ苫《こも》を何連も持ち出して来て、四面をかこった。

「これでひとまず四畳半に三畳、土間つきの住宅が出来上ったわけだが、一万円出してくだされば、床に簀《す》の子を編み、その上に蔓を縦横交互に敷いて、蓆《むしろ》までおまけいたしますぞ。二万五千円お払いいただければ壁が苫でなく耐水繊維板になります。さあ、防空壕《ぼうくうごう》住いはもうやめにしようじゃありませんか」

見る間に家が一軒出来てしまったから、修吉は驚いたが、もうひとつなにもかも応急で代用というのにも驚きを感じていた。よくはわからないが日本て前とちっとも変っていないみたいだ。

一年とちょっと前、大都市が空襲でほとんど焼き払われてしまったから、今度は田舎に爆弾を落される番だ、と町の大人たちがさわぎだした。待避所が要るぞ。……だが待避所はできなかった。応急措置とかで修吉たちは竹をやたらに切らせられた。そして町長が十五軒に一軒の割で選び出した家の屋根にその竹を並べるよう命じられた。なんでもこれは広島鉄道局高松管理部が開発した屋上防弾装置だという。竹の強靱《きょうじん》な繊維と弾力が落下してきた爆弾をはねとばしてしまうのだそうだ。だから敵機来襲の警報が出たら、竹屋根の家へ逃げ込めばよい。そこがすなわち待避所となるだろう。竹屋根に一発も爆弾が落っこちて来ないうちに戦争が終ってしまったが、ほんとうに竹は爆弾に強いのだろうか。ひょっとしたらあれも大人たちが得意とする間に合せだったのではなかったろうか。

同じころ修吉たちの町に、ばたばたと工場が三つもできた。工場といっても国民学校の物置や町立図書館の書庫や役場の倉庫を改造した程度のもので大したことはないのだが、あれも応急代用間に合せだったような気がする。ひとつは百貫釜《がま》を二基備えた松根油工場だった。修吉たちがひと月かかって集めてきた二百貫の松の根っ子が二十時間で一斗とちょっとの原油になるのだが、そのたびに修吉たちは、

「なんだ、俺達《おらだづ》がこのひと月に流した汗の量より少いではねえか」

と狐か狸《たぬき》に化かされたような気持になった。

「この原油ば精製したらば量はさらに半分になっぺ。五升のテレピン油で零戦《ゼロせん》はいったい何時間飛べるんだべな」

ふたつ目のはカゼイン工場だった。牛乳から木製飛行機用の膠着剤《こうちゃくざい》カゼインをつくるのである。カゼイン工場の働き手の大半は町の処女会のおねえさんたちだったけれども、彼女たちの作った膠着剤でほんとうに胴体と翼がくっつくのか、修吉たちは首を傾《かし》げていた。いつも寄ると触ると角の突き合いばかりでひとつにまとまることのない処女会が作った膠着剤にはたして効能があるのかどうか。木製飛行機は空中でばらばらになってしまうのではなかろうか。それよりなにより木製飛行機なんてちゃんと空を飛べるのか。これがだいたい応急の、代用の、間に合せではないか。

三つ目は紫蘇糖《しそとう》工場だった。梅干といっしょに漬け込むあの紫蘇を砂糖に変えてしまうのだという。大蔵省専売局中央研究所というところからなんとかというちょび髭《ひげ》の専売局技師がやってきて町一番の旅館である「米屋《こめや》」に三カ月間も泊り込んで世話を焼いていたが、その三カ月間、「米屋」の入口には次のような貼紙がしてあった。

砂糖が戦時軍需物資として化学工業原料に重要な役割を果してゐる時、これにかはる代用甘味が殊更に必要である。なぜなら全《すべ》ての人が戦時労働に敵前敢闘しつつある折には甘味を非常に望むものだからである。サッカリンは直接爆薬に必要である。乳糖、葡萄糖、果糖もその原料から増産に制限が加へられると共に戦時医薬その他に欠かされぬものなのである。かやうな場合に、しかも本土決戦を前に控へて代用なりといへど幾分でも国民に甘味を与へることが望ましい。

小賢《こざか》しく代用適否論を検討してゐる時機ではないのである。この意味において紫蘇糖も砂糖に代るものとしてよりも、より決戦的な立場から甘味神経刺激剤として活用すべきである。町民諸君の理解と協力を得たいと思ふ。

こんな七面倒くさい文章をおぼえているのは、「米屋」が学校への途中にあって、登校と下校のたびに読んでいたせいだが、原料の紫蘇を町民総出で刈り取って自然乾燥をしている最中に八月十五日がやってきた。役場の倉庫に煉瓦製のかまどが三基も築かれ、その上に大小の水蒸気蒸溜器《じょうりゅうき》や冷却器まで備えつけられたのに全部使わずじまいだった。

あの三つの工場と、人造代用米や代用コーヒーや代用醤油や応急代用の竹住宅と、いったいどこがちがうんだろう。

「同じだ、同じだべ」

修吉が呟《つぶや》くと、政雄がにやっと笑っていった。

「んだな。松根原油工場だの、カゼイン工場だの、紫蘇糖工場だのと同じだ。どこもみんな代用だの、応急だのばっかりだ」

政雄も竹住宅の建築実演を見物しながら修吉と同じことを考えていたらしかった。

「そうすっと戦さはまだ終っていねえのかな。だってもす、代用、応急はあいもかわらずだぞ。何も変っていねえではねえべが」

「だどもやっぱり戦さは終ったべな。もう空襲警報は鳴らねえもの。町から疎開の連中は引き揚げでしまったし、だいたいよ、野球が出来るのも戦さが終ったがらだべ」

「そうか」

頷いた拍子に修吉は、このごろ冴《さ》えない顔で料理屋に集まってはひそひそ声で相談ばかりしている自分の町の旦那さん連のことを思い出した。修吉の町で「旦那さん連」といえば地主たちのことであるが、これまでどんなことがおこっても余裕たっぷりな表情を崩さなかった旦那さん連が、近頃あんな蒼《あお》い顔でうつむき加減に町の通りを歩いているのだからやはり戦さは終ったのだし、世の中もすこし変ったのかもしれないなと思った。去年の十二月、進駐軍から農地改革の指令が出て以後だ、旦那さん連が冴えなくなったのは。凶作にも、小作人にも、天皇陛下の「終戦」の詔勅にも、進駐軍の米沢駐屯にも、いついかなるときにも悠然と構えていた地主たちが（だから、この大人たちは地球最後の日がやってきても平然と落ち着いていられる特別の人間なのだ、と修吉たちは疑わなかったのだが）、あんなに慌てておろおろしているところをみると、やはりなにか変ったんだ。さんざん回り道した末、そういう平凡な結論に落ち着き、修吉はそれをしおに竹住宅の建築実演露店の前から離れた。

「みなさんごぞんじかどうか、人間の生体組織の一片は、五アンペア、百ボルトの電流を持続して出しております。もしこの組織片を電気的に連結することができれば、すばらしく強い電流が無尽蔵に得られるわけであります。つまり人体は電池なのですな」

数軒先の露店では、頭を電線でぐるぐる巻きにしたおじさんが懐中電灯を振りまわしている。

「そう、本日、わたしはみなさんに特別製の懐中電灯をおわけしたい。乾電池なしで半永久的に使えるという大発明品であります。電池は、いまもいったようにみなさんの身体《からだ》だ。なにをいってやがる、そんなことは不可能だ、とおっしゃるお客さんもおいでになるだろうが、そういう方は電気魚を見よ、わが日本の近海を遊泳するしびれえいを見よ。連中はちゃんと自家発電をしているではないですか」

このときの修吉は健康ボールを握りしめて、手をうしろに組んでいたのだが、その手からいきなりボールをもぎとったやつがいた。あっとなって振り向くと、ランニングシャツに半ズボンの裸足《はだし》の子どもが車道へ飛び出すのが見えた。子どもは車道を上野駅へ向って駆けて行く。ちらっとしか見えなかったが、それは頰に黒く垢《あか》をこびりつかせた、目の大きな子どもだった。ランニングシャツの子どもは十米も行かないうちに燕《つばめ》のように身体を翻し、右手の小道へ逃げ込んだ。ランニングシャツに奪われたのは、修吉や政雄にとっては宝物にも等しい新品の健康ボールである。あの健康ボールを盗まれてしまったのでは何の為にこの東京へ大遠征を試みたのかわからない。

「あ、これ、ちょっと待って居《え》で呉《け》ろ」と動顚《どうてん》半分、立腹半分で叫びながら修吉と政雄も露店のひしめき合う大通りから右へ入る小道に折れた。

一面の焼野原に、背の低いバラックがぱらぱらと建っていた。ただ斜め右の方角に巨大な瓦屋根が聳《そび》えている、その入母屋《いりもや》屋根の、修吉たちの方を向いている一面だけでも、野球場の内野ぐらいは充分にありそうだった。お寺の屋根のようだぞ、と修吉は思った。それにしてもあんなに大きな建物をB29はどうして見逃しにしたのだろう。はるか向うに四本の煙突が見えている。修吉のこのとき見た煙突は「千住のお化けエントツ」と呼ばれるものだったのだが、それと知るのはずっと後になってからである。

　やがてランニングはさらに右へ曲った。お寺の裏手へ走り込んだのだ。ランニングとの間はすこしずつ引き離されて行っているようだ。「待《ま》でェー」。二人の叫び声はもう悲鳴に近い。

と向うから白い開襟シャツに黒ズボンの少年がこっちへやってくるのが見えた。

「捕《つかめー》えで呉《け》ろ」

　修吉と政雄の叫ぶのが聞えたらしく、その少年は道の真ン中に仁王立ちになってランニングを待ち構える恰好になった。

「ボール泥棒なのス、取っ捕《つかめー》えで呉《け》ろ」

　ランニングはぴたりと立ちどまった、と思わせて次の瞬間、鉄砲玉のような勢いで少年と道の右側の塀との間へ飛び込んで行った。そこに抜け出せる隙間があると読んだのだろう。だが少年の動きはランニングよりも機敏だった。少年は左足をのばしランニングの脛《すね》を蹴《け》ったのだ。ランニングは、二塁打程度の当りをなんとか三塁打にしようと欲ばる選手がベースめがけて頭から滑り込むような姿勢で地面に四つん這《ば》いになった。健康ボールがランニングの手を離れて砂利道の上を四、五米ころがって止まった。少年はボールを拾って、修吉たちの方へトスしてよこした。

「盗まれた方にも責任があるんだぜ」

少年は修吉たちよりもひとつかふたつ年上の感じである。鼻の下に柔かそうな髭が薄く生えている。

「ボールを剝《む》き出しのまま持っていたんじゃないのかい」

「んだス」

修吉たちは少年に向って最敬礼をした。

「そうだろうと思ったよ。剝き出しにして持って歩くなんて、盗んでくださいといっているようなものだぞ」

「すみませんです」

「これからは気をつけな」

修吉たちを軽く睨みつけてから少年はランニングの傍へしゃがんだ。

「おまえも無茶だな。片側は浅草門跡の塀、反対側はバラック、おまけに道の幅はそう広くもない。おまえ、袋の中の鼠だったんだ。おとなしくボールを放り出して行ってしまえば転ばなくてもよかったのにさ」

「お金がいるんだ」

たたきつけるような口調でいってランニングは立ちあがる。左右の膝頭が砂利と擦《こす》れて血を滲《にじ》み出させている。

「だれだってお金はいるさ」

「でも、おれたちは今、特別にお金がいるんだぞ」

「特別に、だって。ふうん、なにが特別に、なんだよ」

「千葉の連中をこのまま帰すわけには行かないんだ。この一週間、おれたち更生会グループはいろんなことをしてお金を貯めてきた。そのお金を千葉の連中が一銭のこらず巻き上げて帰ろうとしてるんだ。もう一勝負して、連中からお金を取り戻さなくちゃ」

「更生会というと、おまえはこの浅草門跡に住んでいるのか」

少年は塀の中へ顎《あご》をしゃくって、

「それでその千葉の連中ってのはなんだい」

「日曜日になると落花生を背負って浅草へやってくる小学生のグループだよ。落花生を露店に売って、そのお金で映画を観て、喰いたいものを喰って帰るんだ」

東京に近い農村の子どもこそ、今の日本でもっとも仕合せな子どもではないだろうか。二人の会話を聞きながら修吉はそう思った。農村に住んでいれば、それも農家の子であれば、そうおなかを空かすこともないだろう。また、毎日ひと握りずつ米や豆や小豆をちょろまかして貯ったところで東京に出てくれば映画館へ行くのも野球場へ行くのも思いのままだ。自分がいまやっているような遠征が月に二回も三回もできるのだ。しかも日帰りで、だ。自分たちが家に帰ればまずこっぴどく叱られる。二泊の吾妻《あづま》山登山に行くといって出てきたが、こういうことは大抵バレることになっている。こっぴどく叱られた上に、数週間は監視がきびしくなるだろう。そこへ行くと東京の近くの農村の子どもは、その日のうちに帰れるのだから、家の人にもなんとか言いつくろいがきくのではないか。

「千葉の連中が更生会グループのお金を巻き上げたというのはどういうことだい」

少年はポケットから出した鼻紙を一枚大事そうにランニングに渡した。少年の動作を修吉たちはうっとりと眺めていた。修吉たちの田舎町では、子どもが鼻紙を持って歩いているなどあり得ないことである。大人だって鼻紙の持ち歩きはしない。おじさん連は手洟《てばな》をかみ、おばさんたちはたとえば桑の葉を千切る。そこへ行くと東京の「坊っちゃん」たちのなんとひらけていることだろう。

「ひと月ぐらい前、仲見世でその千葉の連中と出会ったんだ。連中、イカの姿焼きをぱくついて歩いていた。これはずいぶん金を持っていそうだなと思ったから寮へとんで帰って憲ちゃんに報告したんだ」

ランニングは道ばたにぺたりと坐り込み、鼻紙で膝の血を抑えにかかった。修吉と政雄もランニングの傍《そば》にしゃがむ。

「そしたら憲ちゃんが、そいつは鴨《かも》だ、更生会まで連れてこい、といった。それでおれたち、大勝館の前で連中をつかまえて、この東本願寺の更生会の寮へ案内してきた。憲ちゃんはトランプのカブで連中から四千円も巻き上げたんだよ。連中は次の日曜日もやってきた。そしてまた五千円も負けて帰ったんだ。憲ちゃんは更生会グループの親分だから巻き上げたお金を一人じめにしたりしないんだ。みんなに平等に分けてくれる。だからおれたち、映画を観たり、買い喰いしたり、ずいぶんいい目にあっちゃった」

「その憲ちゃんていうの、横山憲一のことかい」

「あれ、憲ちゃんのこと知ってるの」

「金龍国民学校で六年の二学期から同級だったんだ。いまは二人とも三中の一年生だけど級がちがうな」

「憲ちゃんの友だちだったのか」

「友だちってほど親しくはないけどね。でも行き会えばオスぐらいはいうよ」

三中といえばあの芥川龍之介の母校ではないか。修吉と政雄は顔を見合せた。自分たちは来春、おそらく米沢市の興譲館中学へ通うことになるだろう。興譲館中学もたしかに悪くはないが、しかしこの東京の府立一中だの、三中だのの前では白熱電灯の周りの蛍《ほたる》のような気がする。修吉と政雄の、少年を仰ぎ見る目に畏敬《いけい》の念がこもる。

「でも憲一君がトランプの名人だとは思わなかったな」

「名人というより、やっぱり三中生だから頭がいいんだ。トランプの裏に針の先でこっそり目印がつけてあるの。千葉の連中、逆立ちしたって勝てってこない」

「だけどおまえはいましがた、千葉の連中にお金を巻きあげられた、といっていたぜ。おかしいじゃないか。憲一君がいて、目印つきのトランプがあるんだろう。それなら負けるはずないじゃないか」

「憲ちゃんがいないんだよう」

ランニングがべそかき声をあげた。

「おれたちのいる東本願寺罹災者更生会の寮は共同炊事が建前なんだ。お母さんたちが当番で全員の食事をつくるんだ。それで出来た食事を人数分で平等に割ってたべる」

「つまり民主主義の寮なんだな」

「うん。買出し当番も順に回わってくる。それで今日は憲ちゃん家《ち》の当番なんだ。だから憲ちゃんはお母さんと朝早くから川越へ行っちゃった。夕方にならないと帰ってこないんだ」

「でもまだ目印つきのトランプがあるんだろ」

「千葉の連中がもうトランプじゃいやだっていうのさ。いままでは更生会グループのいうなりの方法で勝負してきた、今日はおれたちのやり方で勝負しよう、それが民主的ってことだぞ、というんだ。『これが民主的なやり方だ』といわれると反対できないだろう。それでおれたちは仕方がないから『うん』て答えた。千葉の連中は袋に詰めた碁石をどさっとおれたちの前に置いた……」

「碁石か。ふうん、碁石でどういう勝負ができるんだろ。おはじきか」

「碁石つかみ。新ちゃんて六年生の子を立てて勝負することになったんだけど、あっという間だった。再生会グループで用意したお金が十分でなくなっちゃった。千三百円が十分間で、そっくり千葉の連中のポケットに吸い込まれてしまったんだよ。新ちゃんはかっとなって、おれに『三十分以内に百円でも二百円でも作ってこい』って怒鳴った。それで……」

「ボールを盗んだのか」

「うん」

「そういうわけだそうだ」

少年が修吉と政雄の方を向いていった。

「この子はこの子なりにせっぱつまっていたらしい。勘弁してやれよ。このお寺は……」

少年は例の巨大な入母屋屋根を指さした。

「浅草東本願寺といってね、京都の東本願寺の別院なんだ。真宗大谷派の関東地方の総本山だね、つまり。江戸時代、朝鮮からのお使いが将軍に会うために江戸へやってくるだろう。すると宿舎はいつもこの東本願寺。なかなか由緒のあるお寺なんだ。ただし、今は罹災者の人たちの寮になっている。この五月には、連合国最高司令部の公衆衛生部が、ここの罹災者厚生寮の人たちを対象に栄養調査をやった。日本人の栄養状態をここの寮の人たちが代表しているとマッカーサー元帥はみたわけだ。そういう意味でも、なかなか大した寮なのだよ。わかるだろう。大目にみてやれよ」

「良《え》いス」

修吉は勢い込んで納豆餅でも鵜呑《うの》みにするように大きく頷《うなず》いた。ボールを取り返してくれた、いわば恩人のような存在が、大目にみろというのだ、いやだといったりしては恩知らずになってしまうではないか。ましてや相手は三中生だ。

「良《え》いス、良《えー》いス」

修吉はできるだけ大きく目を見開いて、少年に同じことばを繰り返した。大きく目を見開いたのは〔大目に見る〕ということばをなんとか身体の動作で現わしたいと思ってのことである。

「ただ、その碁つかみ言《つー》う賭《かけ》のやり方《がた》ば教《おしえー》えで呉《け》ねべが。それで何《なん》も彼《か》も帳消《ちょーけす》し言《つー》う事《ごど》に為《す》っぺ」

政雄がランニングにいった。後楽園球場で朝彦、昭介、そして孝たちの仲間と落ち合う時間が迫っている。宝物の健康ボールも無事に戻ってきたし、このへんでそろそろミコシをあげた方がいいのではないだろうかと修吉は頭の隅っこで考えた。がしかし政雄の天分が賭け事にあることもよく知っていたので、せきたてるのはやめにした。

「うん。千葉の連中が持ってきた袋の中には、黒い碁石が百個ぐらい入っていたよ」

ランニングはそのへんの小石を掻《か》き寄せて「碁石つかみ」というゲームについて講釈をはじめた。その講釈の内容を整理し、個条書きにまとめると以下の如くである。

①千葉の連中は、本堂の廻廊の下の土間に五十糎四方の四角を描き、「これが場《ば》だぞ。いいな」といった。

②ジャンケンで親と子を決める。勝った者が、親でも子でも、好きな方になる。

③親は右手で袋から碁石を少くとも十個以上は摑《つか》み出し、その手を場の中央に置く。そして左手に持った風呂敷を右手の上にふうわりとかぶせ、子が金を張るのを待つ。むろん親が碁石を何個摑もうと自由勝手である。
④子は、「奇数」(つまり半)か「偶数」(つまり丁)かの、どちらかへ好きなだけの金を賭ける。子が同時に両方へ賭けてはいけない。
⑤子がどちらかへ賭けたところで、親はかぶせた風呂敷を取り除き、子が奇数に賭けたときは一個、偶数のときは二個、右手の中から碁石をとり、子の賭金の上におく。
⑥それから、親は子にもはっきりと見えるように、右手の碁石を二個ずつ除いて行く。
⑦そして最後に二個残った場合、子が偶数に賭けていれば、子の勝ち。親は子へ賭金を返し、さらに賭金分のお金を払う。子が奇数に賭けていれば親の勝ち。子の賭金は親のものになる。
⑧また、最後に一個残った場合、子が奇数に賭けていれば、子の勝ち。子が偶数に賭けていれば親の勝ち。
⑨親は九回で交代する。

最初に親になったのは更生会グループの新ちゃんだったという。子に回った千葉の連中は九回連続して三百円賭けてきた。張り目も九回連続、偶数だった。新ちゃんが五勝（四敗）して三百円もうけた。つまり、新ちゃんは千三百円の元手を千六百円にふやしたのだ。

「でもね、親が千葉の連中に渡ったあたりから、新ちゃんの運が落っこってきちゃった。新ちゃんは四百円ずつ、六回賭けた。勝ったのは最初の一回だけ。残りの五回はつづけざまに新ちゃんの負け」

「面倒《めんど》臭《くせー》いゲームだなス。んで、その新ちゃんはどげな風《ふー》に張ったんだべな」

「奇数に張って勝ち、奇数、奇数、偶数、偶数、奇数で負けたんだ」

「五回連続して勝つなんてなァ只事《ただごと》ではねえなあ」

政雄は眉を八字によせて考えこんだ。

「なにが仕掛《すか》けがしてあるに違《ちげー》いねえぞ」

「そうかなあ。そうは見えなかったけどな」

「或る数の碁石《かんずごえす》ば摑み出せば、きっと勝づ言《つー》う法則みてえなものがあるんではねえべか」

「或る数の碁石を摑み出す？　へん、無理だよ」

ランニングは小石三個をお手玉しながら、

「袋の中へ手を入れるんだぞ。袋の中は見えないんだぞ」

と馬鹿にしたような口調でいった。

「そして袋の中の碁石を手で掻きまわして摑み出すんだぞ。指の先か、手の平に目玉でもついていない限りとっても無理だな」

「すっとやっぱし運かな」

「だと思う」

ランニングは小石を足許《あしもと》へ叩きつけた。

「ああ、困ったな。お金、持って帰らないと新ちゃんに怒鳴られちまうし……。ねえ、君たち、二、三百円、貸してくれないか。百円ずつ張って二、三回勝負する。そうすれば新ちゃんにもツキが回ってくると思うんだ」

「だめだ、だめだ」

政雄は胸のポケットを押えて立ち上った。

「その新《すん》ちゃんが若《も》しも負《す》けたらどうすんのだ。貸《す》した金《ぜに》ァ戻って来ねえべ」

「そのときは別のもので弁償するぜ」

ランニングは急に大人びた表情になり、ぐっと声も低めて、

「妹のを見せてやるよ」

といった。

「それで十分間、触らせてあげるよ。妹のは綺麗《きれい》なんだ。ちょうど桃みたいだぜ。指でちょっと拡げるとペロッと蛇の舌のような赤い中身が見えるんだ。どきっとするよ、ほんとだよ。妹のやつ、おれのいうことならなんでもハイッてきくんだ。顔だって結構可愛らしいんだから」

「小松さだって女童《おなごわらし》は居《え》るよ」

政雄は塀に沿って道を引き返しはじめた。修吉が追いついて行くと、政雄がいった。

「修吉っちゃ、断《こと》わった方が良《え》がったべ」

「うん、なんぼなんでも、二、三百円言《つー》うのは高すぎっぺ」

「んだよな。五十円なら少しは考《す》えだど思《も》うげどな」

そのとき二人の背後でアハハハハ……としゃぼん玉のように軽やかな笑い声があがった。振り返ると、例の三中生が小石を宙に放りあげながら笑っているのが見えた。

「ずいぶん簡単なトリックだねえ」

政雄が駆けて行った。

「あ、あのう碁石《ごえすち》つかみの仕掛《すか》けが判《わが》ったづのすか？」

「うん」

三中生はランニングや修吉にも傍に来るよう手招きして、

「親は、奇数個の碁石を握ればかならず勝てるんだな」

と小石を十一個数え、

「たとえば十一個握ったとしてやってみよう。まず、子が偶数に張ったとする。子が偶数に賭けた時、二個、子の賭金の上におく」

十一個の小石のなかから二個つまみあげ、政雄の前に置いた。

「そうすると残ったのは九個だ。これから二個ずつ取り除いて行くと最後に残るのは一個だろ。つまり親の勝ちだ。次に子が奇数に賭けていた場合、子の賭金の上に一個置く。右手には十個ある。この十個を、二個ずつ取って行くと最後に当然、二個残る。やっぱり親が勝つ……」

それからの数分間、修吉と政雄とランニングは夢中になって小石の数えくらべをした。修吉が一番長くかかったが、それは九十九個の場合をためしていたためである。ちなみに九十九個では次のようになった。

親が九十九個握って、子が偶数に賭けたとする。偶数だから二個、子の賭金の上に置く。すると手中に九十七個残ることになる。その九十七個から二個ずつ取り除くと、四十八回で一個だけになってしまう。つまり残りが奇数だから、偶数に賭けた子の負け、親の勝ち。

親が九十九個握って、子が奇数に張ったとする。奇数だから一個、子の賭金の上に置く。手中に残ったのは九十八個である。そこから二個ずつ取り除くとやはり四十八回で、二個になる。つまり残りが偶数だから、奇数に張った子の負けだ。

「さあ、そうなるとむしろ問題は、どうやれば、袋の中で、一瞬のうちに奇数個の碁石を握ることができるか、だ」

「よっぽど練習したんだべ、その連中は。なす？」

「ぼくはそうは思わない」

政雄の質問に三中生は首を横に振り、

「何個、握っても構わないんだ。さっきこのボール泥棒はなんていった？　千葉の連中のひとりが親になってからの最初の勝負では、連中が負けて、子の新ちゃんてのが勝った、といっていなかったかい？」

「ああ、そう言《ゆ》って居《え》だったす」

「そのとき、親はこう思ったにちがいないんだ。『いま、自分が摑み出した碁石は偶数個である。だから負けたんだ』ってね。そこで勝負が終って、碁石を摑んで袋に戻すときに、その碁石を手放してしまわずに、一個か三個か五個、落しながら袋の中を掻き回わす。そうすれば手の中には奇数個残る」

「あっ、考えだもんだなあ」

「一個、三個、五個と加えても同じことだけどね。新ちゃんて子にこのことを教えてあげるといい」

三中生がランニングにいった。

「新ちゃん、連戦連勝まちがいなしだよ。千葉あたりの在郷《ざいご》太郎《たろ》に鴨にされちゃァ浅草ッ子の恥だからね」

三中生は腰にさげていた汚い手拭で手をふくと、足駄をからころと気持よく鳴しながら遠ざかって行った。

「東京の、一流中学《えづるーつーがぐ》の秀才《すーせー》づな違ったもんだなあ」

感極まった声で修吉が嘆息した。

「俺だったら『どうだべ、大したもんだべ、感心したべ』って、まあ三十分間位《ぐれー》は威張り散らす所《どこ》だがなあ」

「うん、良い《えー》事《ごど》、教え《おしえー》で貰ったもな。小松町さ帰《けー》ったら、今《えま》のトリックで皆ば魂消《たまげ》させでやっぺ」

「三百円、貸してくれないか」

歩き出した二人にランニングが追いすがる。

「二百円でもいいよ。取りっぱぐれのないことはたしかなんだからさ、ぽんと貸しとくれよ」

「急いで居《え》んのだ」

修吉が答えた。

「後楽園球場さ行《え》がねばならねえんだ」

「野球か。今日の試合はジャイアンツ対セネタースだね」

「うん」

「でも、これからじゃあ着く頃にはゲームセットだぞ。試合開始が十時だもん」

「そんでも良い《えー》のだ。出てくる選手がらサイン貰うんだから」

「誰のサインが欲しいんだい」

「大下弘ス」

「貰えるもんか。大下のまわりはいつも黒山の人だぜ。踏み殺されてしまうぞ。でもきみたちはセネタース・ファンみたいだな」

「んだ」

「そうか。一言多十選手のなら三枚持ってんだけどな。熊耳武彦選手のもあるよ。こっちは一枚。利息に一枚ずつあげるよ。それでどうだい」

修吉と政雄の二人は思わず叫んだ。

「良《え》がまっちゃ」

すこし先からは塀がなくなっていた。ランニングの後について二人は境内へ足を踏み入れた。庫裡《くり》の入口の柱に「罹災者更生会　浅草東本願寺」と書いた魚板《まないた》ぐらいの大きさの板が架かっていた。入口を入ってすぐのところが流し場で、小さな女の子が二人、かわるがわる水道の蛇口の下へ顔を持って行っている。蛇口からはちょろちょろと水が滴り落ちていた。いまにも雫《しずく》になり、そして止まってしまいそうなぐらい心細い水の出方だった。

「この頃はいつもあの調子なんだぜ」

ランニングは大人ぶって舌打をしてみせた。本堂の下へ着くまでに二人は、窓の前を三回、通り過ぎた。窓の内側の光景は三回とも似たようなものだった。教室ほども広い部屋。壁は杉の粗板。床板の上には黒ずんだ薄べり。壁に吊《つ》り棚。室内に縦横に張りめぐらされた細引きにぶらさがっているたくさんの下着やズボン。ただしどの部屋もよく整頓されていた。壁沿いにきちんと積みあげられた布団には例外なく上半身裸のおじさんたちが寄りかかり、破れ団扇《うちわ》でのろのろと顔に風を送っている。

「おい、今まで何をしていたんだ。ずいぶん遅かったじゃないか」

本堂の縁の下から渋団扇がぬっと出てランニングに嚙《か》みついてきた。顔が壁みたいで、その上、色の浅黒い少年だったので、修吉には渋団扇のように見えたのである。

「金をつくってきたか」

「うん、金主を二人も連れてきたんだよ。三百円、貸してくれるってさ」

修吉が二百円、政雄が百円、それぞれの胸のポケットから出し、ランニングに渡した。ランニングはその三枚の百円札を扇にひろげて、

「それでね、新ちゃん、ちょっと」

とおいでおいでをした。

「勝負の前にどうしてもいっときたいことがあるんだ」

「なんだよ。うるさいやつだな」

渋団扇が縁の下から這《は》い出した。

「いいからちょっとおいでよ」

ランニングは渋団扇の手を引いて庫裡の方へ引き返した。修吉と政雄は本堂から二、三間離れたところに積まれていた材木に腰をおろす。盗難よけなのだろう、材木の一

本一本に「浅草東本願寺」と墨字が入っていた。

「三百円ぽっちで金主だって」

縁の下から聞えよがしの声があがった。

「しけてやがる。笑わしちゃいけないよ」

近づいて覗《のぞ》いてみると、縁の下にいるのはざっと十人、どれも修吉たちと似たり寄ったりの年恰好の男の子たちだった。開襟《かいきん》シャツを着ているのが五人いて、いずれもこっちに顔を向けていた。一方、背中を見せている子どもたちは裸ありランニングありでばらばらである。開襟シャツの五人が「千葉の連中」なのだろう。

「悪口いわれて口惜《くや》しいか」

将棋の王将のような角ばった顔がいった。

「口惜しければ、千円か二千円、出してみろよ」

「こちの勝手だべ」

政雄が王将を睨《にら》み返した。

「何《なん》も知《しゃー》らな《ね》いで呑気《のんき》なもんだよ」

「訛《なま》ってるな。どこの山の中から来たんだい」

「山形だぞ」

「なんだ田吾作か」

「お前等《めーら》も田吾作だべ。山形山形って馬鹿にすっけっともな、山形がらは小磯国昭大将出で居《え》んのだぞ。A級戦犯なんだがらな」

「千葉にも居るぜ。A級戦犯鈴木貞一陸軍中将は千葉の出身だ。それから白鳥敏夫駐伊大使もそうだぞ」

「大川周明も山形だべ」

修吉が政雄に加勢した。これは藪蛇《やぶへび》だった。千葉の連中が、

「東条英機の頭を叩いたあいつが山形だったのかい」

とげたげた笑い出したのだ。修吉は慌ててつけ加えた。

「清河八郎づ志士《すす》も山形だべ」

「そんなの知らないね。そうだ、山形からプロ野球選手が一人でも出たかい」

出ているはずはなかった。山形県の野球の弱いことは有名である。

「ふん、一人もいないだろう。千葉には二人もいるんだぜ。昭和十一年から十八年まで巨人軍にいた伊藤健太郎は千葉中学の出身なんだ。それから今年、セネタースに入った大木董四郎は千葉商業出だぞ」

政雄が真ッ赤になって修吉を見た。

「修吉っちゃ、おれ、千葉《つば》の田吾作どもばやっつけてやりてえ」

「うん、やれよ、政雄ちゃ」

修吉の頭の中は火事でも起ったようにかっかと熱くなっている。

「連中ば裸に毟《むす》って帰《けーす》してやっぺ」

「よし《す》」

政雄が縁の下に潜り込んだ。

「金主《かねぬす》はやめだ。おれが勝負すんべ」

「この政雄ちゃはス、賭け事の天才なんだ」

修吉も政雄の後から背をかがめて入る。

「今朝もスピード籤《くじ》でな、一身上《ひとすんしょ》拵《こさ》えだばっかりだ。後で泣いだって知らない《しゃーね》がらな」

「碁石つかみだぞ、勝負のやり方は。それでもいいんだな」

千葉の王将は探るように二人を見た。

「これまで碁石つかみをやったことがあるのかい」

「無い《ねー》。初耳《はづみんみ》だ」

「じゃあ説明しよう。まず、これが場だ」

　王将は地面を手の平でぽんぽんと叩いて景気をつけて二人に講釈をはじめた。言うまでもなくその内容はランニングがいっていたのと同じであった。政雄は途中で何度も問い返したりして、碁石つかみについてはまったく何も知らないという風を装っている。やがて王将は講釈を終えて、

「さ、それではジャンケンだ」

と右手を政雄の胸許へ突き出した。ジャンケンは王将の勝ちだった。王将は迷わず親を選んだ。最初からがんがん勝ち進むことに決めたらしい。政雄は、

「最初の九回は小手調《こてすら》べだ」

といいながら百円札を一枚出してそっと地面に置いた。九回連続して取られても、一回百円におさえておけば九百円の損ですむ。資金はまだ充分に残っており、親をとったら挽回《ばんかい》は可能である。妥当な作戦だな、と修吉は思った。

　裏門ですでに「碁石つかみに勝つ秘訣《ひけつ》は、親になったら袋のなかの碁石を奇数個、摑み出すことだ」と府立三中の秀才一年生から教わっている。加えて、その日の午前、渋谷の百貨店のスピード籤売場で、百五十八円のお金と二百三十本のキンシをせしめたことからもわかるように、政雄は当てごとと賭けごとには天才的なものを持っている。そこで修吉はなにも心配していなかった。薄汚れた五升袋のなかに右手を肘《ひじ》のと

ころまで突っこみ、慎重に碁石を摑んでいる王将を眺めながら、修吉は、

〈悪くても引き分けだべナ〉

と思った。

〈政雄ちゃも相手の王将も、どうすれば勝つのか知っているんだから、引き分けになる可能性は大いにあっこった。だども、もうちょっとよく考えると政雄ちゃに分《ぶ》があっと〉

なぜ、政雄が有利か。修吉の考えでは、王将は政雄が必勝法を知っているとは夢にも思っていないはずだから、そこに隙がある。隙のある分だけ王将の方が不利なのではないか。となると見所は政雄がいつ王将のその隙をつくかだが、それは修吉には分らない。

〈いつ、どういう方法で勝負ば決めるつもりだべな。……まあ、ええべ。政雄ちゃさまかせっぺ〉

縁の下の風通しはよく、氷室のようにひんやりしており、じつに快適だった。修吉は、〈もし、政雄ちゃがうまくやって王将の金ば全部、巻き上げたとしたら、俺達《おらだづ》の全財産はなんぼになっぺナ〉と心のなかで算盤《そろばん》をおいてみた。王将は膝《ひざ》の下に百円札の束を敷いていた。その束は四つ、そしてバラ札が三枚。つまり四千三百円だ。

〈さっき、ランニングシャツの子が「……『罹災者更生会』は千三百円、ごっそり千葉の連中に取られてしまった」と言って居《ゆえ》だったな。すっと千葉の連中は三千円の元手ば握って乗り込んで来たわけだな。……それはとにかくとして、四千三百円ば全部、政雄ちゃが巻き上げれば、俺達の身上《しんしょう》は千九百八十五円だから……、六千二百八十五円！　うわあ、校長先生の給料の半年分だべ〉

一回戦は、奇数（半）に賭けた政雄が勝った。政雄の賭金は百円だったので、王将は土の上に描いた五十糎四方の「場《ば》」へ百円札を紙屑《かみくず》でも棄てるようにぞんざいに置いた。

「ほれ、持って行きな、山形の山猿よ」

政雄は挑発には乗らなかった。王将の置いた百円札を場の自分側の描線の上へ、ずるっと引き寄せて、

「二回戦も奇数さ賭けっぺ。賭金は百円だ」

落ち着き払っていった。修吉は政雄の態度を頼もしく思った。いまの勝負で王将が負けたのは、彼が偶数個の碁石を掴み出したのが原因である。偶数個を掴み出したことがわかれば、あとは親である王将の天下だ。碁石を掴んだ手を袋の中へ入れたら、奇数個の碁石をふやすか、減らすかすればいい。そうすれば手の中の碁石は当然、奇

数個になり、もう親＝王将は意のままに戦うことができる。だから政雄は親の番になるまでじっと耐えることが大事だ。せっかちを起して大金を賭けてはいけない。大金を賭ければ、チャンスとばかり王将は勝ちにくる。

「もっと大きく賭けろよ」

「けち、けちんぼ、手前のヘソ嚙んで死んじまえ」

「阿呆の呆助馬の糞《くそ》、秤《はかり》にかけたら何匁」

「虱《しらみ》たかりの肥《こえ》担ぎ」

千葉の開襟シャツ組は政雄を罵倒《ばとう》した。見物の罹災者更生会の子どものなかからも、

「ばかアホー間抜け、死ね死ね死んじまえ」

と叫ぶ声があがった。国民学校二年か三年ぐらい、黒い顔の、まるで煙で燻《いぶ》したような女の子だった。

「更生会の子が俺さ向って悪態つくことはねえべ」

政雄はその女の子を睨みつけた。

「更生会のために、俺《おら》ァ、仇討《あだうち》してやって居《え》んのだぞ。更生会が巻き上げられた銭《ジエン》コば、この俺《おら》が取り戻してやっぺとして居《え》んのだよ」

「ごめんごめん」

女の子の隣にいた才槌頭《さいづち》の少年が代って詫《わ》びをいった。

「こいつ、まだ幼《ちい》さくて敵と味方の区別がはっきりわからないらしいんだ」

才槌頭はとてもすまながって黒い顔の女の子の額を、二度三度と指で弾いた。

さて、王将の親で行われた九回の賭けは、政雄の四勝五敗で終った。政雄は百円損しただけですんだわけだが、しかしむろんこれは王将の作戦にちがいない。百円勝負で勝ちつづけても仕方がないのだ。勝ちつづければかえって〈仕掛けがあるのでは……〉と疑われてしまう。そこで王将は故意に負けてみせたのだろう。それはまあよいとして、三回戦以降、千葉の五人組が、百円札一枚しか賭けようとしない政雄に、また政雄のたったひとりの応援団である修吉に浴びせかけた罵詈《ばり》雑言には凄《すさ》まじいものがあった。修吉が覚えているだけでも、山家の太郎作、ぽんつくぽん太郎、始末屋ヤロー、馬子《まご》太郎、在郷太郎、兵六玉の猿松、処置なしのケチ助、痴作《こけさく》、田吾作、抜け作、野呂作、屁吾助《へごすけ》、へぼ、屁五衛門《へごえもん》、馬鹿蔵、宗《そう》団兵衛、トロ作、うすのろ、うすらトンカチ、とんまの呆助、鈍太鈍八鈍左衛門、おんぼろ呆助……。そして時折、〽山形山猿凧《たこ》上げて、松のてっぺんに突っかかり、父さん母さん取っとくれ、梯子《はしご》がないからとれないよ、あああんあんああーん、だの、〽いろはに呆助、塵紙《ちりがみ》折って、よたれよろけて、小便溜《だめ》に落っこった、しまいによろけて、糞溜に落っこった、だのと囃《はや》し立てもしたのだった。

政雄が親になっての一回目、王将は二百円賭けてきた。賭け目は奇数だった。この勝負は政雄が勝った。ということは政雄が袋から掴み出した碁石は奇数個だったわけである。ちなみにその数は十七個だった。二回目からはこの十七個を基《もと》に偶数個ずつ碁石を増減すればいい。「親が袋の中から碁石を奇数個、掴み出している限り、絶対に勝つ」という大鉄則があるのだから、政雄はもう負けることはないのだ。修吉はすこしほっとした。がしかし王将はこのとき妙なことをきいてきたのだった。

「おい、山猿、おまえ、全部でいくら持っているんだ」

「……二千と八十五円だべ」

「よし。それじゃあ偶数に二千円！」

王将は場に百円札の束をふたつ、叩きつけるように置いた。

「さあ、こいよ、山猿」

政雄は修吉を振り返った。政雄の顔には、修吉たちの町の田の畔道《くろみち》で虻《あぶ》に不意打された馬がよく見せるのと似た軽い当惑が浮んでいる。たしかに当惑は当然である。もとはといえばこの〔碁石つかみ〕を持ち込んできたのは王将たち千葉の連中だ。だから王将たちは必勝法を知っている。知っているからこそ更生会の連中から千三百円、巻き上げることにも成功したのだ。それなのに王将は「子のときに大金張るのは危険である」という理論を無視して攻めてこようとしている。これは二死満塁の好機に打席へ入ろうとしている四番打者を呼び戻し、チームで一番の貧打者を代打に送るような愚策ではないか。だがすぐ修吉はこう思いついた。

〈王将たちは何にも気がついていねえのだ。俺達《おらだづ》がこの碁石つかみの必勝法ば知って居《え》る言う事《つーごど》さ、この連中はまだ気がついていねえのだ。だがら政雄ちゃば甘ぐ見で居《え》んのだべ。そんじえ純粋《づんせー》に賭けば楽しむつもりで大金ば打《ぶ》ってきたんだな〉

そこで修吉は政雄に向って片目をつぶり、かすかに笑いかけた。

「喧嘩《けんか》は買うべ」

「んだな」

政雄も修吉と同じことを考えていたらしくにやりと笑い返すと、シャツのポケットから百円札をありったけ抜き出して、膝の前にゆっくりと並べた。それから政雄は「場」に置いてあった黒の碁石を、百姓衆が白米を扱うときにするような丁寧な手つきで一ヵ所に集め、思い切り右手をひろげて一気に握り込んだのである。

十秒間ほど、政雄の右手は袋の中で微妙に動いていた。やがて動きがぴたりと止まった。

「さあ、勝負だぢゃ」

政雄は袋から抜き出した右手を「場」の中央にとんと置き、下からきゅっと王将を睨《ね》めあげた。

「おめえ、偶数さ二千円賭けたんだったな」

「そうだよ、山猿。おまえのその右手のなかに、最後に二個残ったら偶数に賭けたおれの勝ちだ。二千円いただくぜ」

「残ったのが一個ならこっちの勝ちだぢゃい。まんず、子の賭金の上さ二個、置いでっと」

政雄は手の中の碁石を王将の百円札のふたつの束の上に拇指《おやゆび》と人差指とで静かに弾き落した。修吉たちの町の子どもたちは、おやつに炒《い》り豆を与えられることが多い。だから掌に握りしめたものを拇指と人差指とで正確に、順序よく弾き出す術にみんな長じているのだ。政雄の指さばきにも年期が入っており、二個の碁石はそれぞれ束のまんなかにぴたりと鎮座した。

「さーて。……二の、四の、六の、八の、十《とお》」

なおも鮮やかに政雄は「場」へ二個ずつ碁石を落して行った。

「十二の、十四の、十六の……」

と突然、それまで力み返って桜色をしていた政雄の顔色が粉が吹くほど白くなった。

「おがしい、二個残《すー》った……」

政雄はうわごとのように言い、ゆっくりと右手の指を開いた。国民学校三年の冬、体操場で十字屋映画作品「雪崩《なだれ》」、ウファ映画作品「独逸《ドイツ》の陸軍」、東宝文化映画部作品「開花」の三本立を観せられたことがある。それは東京の製薬会社の田辺商店というところの巡回映画班の好意による映画会で、全校生徒に「毎日の食物にもっと脂溶性栄養《ビタミン》を！　健康確保にはハリバ　肉や卵、魚などが豊富に手に入らぬ戦時下、脂溶性ビタミンの不足から、抗病力が衰へぬやう、毎朝欠かさずハリバを連用され、この栄養源を充分に補給することです。ご家庭用には五百粒入（十円五十銭）がお徳用」と印刷されたチラシと一緒にハリバが三粒ずつ配られ、そのハリバを飴玉《あめだま》がわりに映画を見てとても楽しかった記憶があるけれども、そのときの「開花」という文化映画のなかで次々にまるで生物のように咲いていた花弁《はなびら》と、政雄の指の開き方はなんだかそっくりだった。

「ほんとだ。たしかに二個残ってら」

王将は政雄の手の平から碁石を二つ摘《つま》みあげ、四人の仲間に示した。

「ということは偶数に賭けたおれの勝ちだな」

仲間がぱちぱちと手を叩いた。

「ざまあみろ、肥桶《こえたご》かつぎ」

「べそをかきかきお山へお帰り」

「阿呆の呆助牛の糞、秤にかけたら何匁」

「けちんぼちんぼ、自分のちんぽ嚙んで死んじまえ」

王将は政雄から碁石入りの袋と二千円を引ったくり、

「あばよ、ちばよ、蛙《かえろ》が鳴くから帰ろッと」

と囃すような口調でいいながら縁の下から出て行った。〽失敬もっけい、鼻もっけい、花が咲いたらまたおいで……、四人の仲間は節をつけて言い立てつつ政雄と修吉に尻を向け、その尻をポンポンと右手で叩いて二人を馬鹿にしてから、王将のあとに続いた。東本願寺を仮の宿にする罹災者更生会の子どもたちも、口々に「なーんだ」だの、「簡単に巻き上げられちゃってバカ」だの、「上野駅はこっちの方角だよ、とっとと消えちまえ」だのといいながら縁を這い出してしまった。

「政雄ちゃ、どうしたのス？」

右の手の平をまだじっと見つめている政雄の左肩を修吉は強くゆすぶった。

「大事《でーず》な所《どご》で失敗《まぐれ》するなんて政雄ちゃらしく無《ねー》いべな」

「違う《んね》！　俺はたしかに奇数個、そう《んだ》、十九個、碁石ば摑み出したのス」

政雄はそのへんから大急ぎで小石を搔き寄せると、その小石の山から十七個数えて、「場」の中央に置いた。

「一回目の勝負の時、俺は碁石ば十七個、出したのス」

「然り《ほだ》。俺《おら》も数え《かぜー》だのだ。たしかに十七個、在《あ》ったべ」

「んで、その十七個ば摑んで袋の《ん》中さ入れだ」

政雄は十七個の小石を一遍に摑みとった。

「ほうして、新しぐ二個、足《す》した」

政雄は十七個の小石を握ったまま、拇指と人差指を巧みに動かして小石を二個、取り込んだ。

「十七足す二、碁石は十九個さなった」

「確《たす》かだったんだべが？」

「然りだ《ほだよ》。間《ま》違《づげー》い無《ねー》いべ」

だとすれば、十九個から王将の札束に二個落して、残りは十七個。二、四、六、八……十四、十六と二個ずつ取り除いて行って、最後は一個（奇数）ということになったはずだ。王将は二個（偶数）に賭けていたのだから、完全に政雄の勝ちである。

——だが、現実は二個残って二千円とられ、二人の財産はただの八十五円にがた減りしてしまった。今、「復員」「引揚げ」「闇市」「物交」「インフレ」「たけのこ生活」「新円」「タブロイド版」「カストリ」「浮浪児」「戦災孤児」「パンパン」「放出品」「露天」「労組」「婦人代議士」「処置なし」「民主的」などと肩を並べる勢力ある流行語の「科学的」ということばを念頭において冷静に考えると、答は一つしかない。

「やっぱり、政雄ちゃは袋の中で、碁石ば一個余計に加えでしまったのス。政雄ちゃは二個加えだと思って居《え》だ。だども実際は三個加えでしまって居《え》だったのだ」

「違《んね》う。俺が取り込んだなあ二個だ」

「もうひとつ考えられるなア、袋の中さ碁石ば戻そうとした時、その碁石の数は十七個では無《ね》ぐ、十八個だった……」

「有り得る事《ごと》でねえべ、そげな事《ごだ》ア……」

政雄は小石を地面に叩きつけた。

「一回目の勝負は十七個で決まったんだよ。十七個。ちまり奇数個ス。そのおかげで俺《おら》は二百円、勝ったんだよ。んで、その十七個ばそっくり摑んでおいて、その十七個さ二個加えだのだよ」

「だ、だどもス……」

「んだがら、俺《おら》ァ十九個で勝負したのス」

「だて、実際には二十個だったべス」

「ばか。いつまで仲間揉《も》めしているんだよ」

羅災者更生会の新ちゃんという少年が縁の下を覗き込んでいた。新ちゃんの肩越しに、ランニングシャツの子がこっちの様子を窺《うかが》っている。

「ぼくらに任せてくれれば有金全部ふんだくられずに済んだのにさ」

修吉たちはのろのろと本堂の縁の下から這い出した。境内には強烈な日の光が降り注いでおり、七輪の上の空鍋《からなべ》に立っているように熱い。修吉の額や頸《くび》にどっと汗の粒が吹き出してきた。

「何時頃だべなァ」

「三時過ぎだよ」

ランニングがいった。修吉たちは裏門から二回左に折れ、元の露店の並ぶ賑《にぎ》やかな表通りへ出た。これから後楽園球場へ駆けつけても仕方がない、と修吉は思った。日曜日の試合は午前十時開始だ。試合の方はむろん終っているだろうし、選手たちもとっくに球場から引き揚げてしまっているにちがいない。セネタースの大下弘選手のサインは結局、貰い損ねたわけだ。

「上野駅でウロチョロして居《え》るごとにすっぺか。皆と落ち合う場所は、待合ホールの派出所だったっけな」

修吉は左手に持っていた神宮ボールを、べそをかいている政雄に渡した。そして自分は健康ボールを何回となく両手でこね回して、

「良《えー》いべ、良《えー》いべ。兎《と》に角《がく》、俺達《おらだづ》は軟式ボールば二個も手に入れだんだもの、初《はづ》の上京は、まんず大成功だべ。おまけに、政雄ちゃのポケットさは未《まん》だ八十五円も入《へー》って居《え》る。明日《あした》の朝、小松駅さ着くまでその八十五円で何とか喰い繋《つな》ぐごどが出来《でぎ》っぺよ」

政雄は黙りこくって答えようとせず向い側の露店街へ目をやっていた。いつの間にか政雄はべそをかくのをやめている。よく晴れた日の小川の底のように、政雄の目底がきらきら光っていた。修吉は政雄の視線を辿《たど》って行った。向い側の、やや後方にアイスキャンデーや氷水を売っている店があった。戸板二枚を屋根がわりにした簡便な造りだ。壁などない、四本の丸太柱に戸板で葺《ふ》いたような店だからその奥を見通すことができる。店の奥はバラック建ての商店である。「里見仏具店」と戸口の上の板壁に直接《じか》に黒ペンキで書かれているのが見える。日曜は休みなのだろう、表戸は閉まっていた。が、その表戸に寄りかかってアイスキャンデーを舐《な》め、齧《かじ》り、しゃぶって

いるのは、ひとり残らず子どもたちで、それも全員、見憶《みおぼ》えがある。右手に黄色、左手に赤、宮本武蔵よろしく二刀流で忙しく黄色を舐め、赤に喰いつきしているのは、碁石つかみのトリックを見抜き、修吉たちにその必勝法を伝授してくれた府立三中の秀才一年生だ。その三中生と何か話しながら白いキャンデーをしゃぶっているのは千葉の王将だし、王将の足許にしゃがんで緑色のを口から出し入れしているのは、政雄に「ばかアホー間抜け、死ね死ね死んじまえ」という悪態を吐《つ》いた燻製《くんせい》のように色の黒い女の子にちがいなかった。

アイスキャンデー屋の右隣りは団子屋だが、ここでも顔なじみが串《くし》から団子を喰い千切るのに熱中していた。すなわち千葉の王将の仲間四人、そして罹災者更生会の見物人たち。……千葉の連中と罹災者更生会の子どもたちは互いに仇敵《きゅうてき》の間柄のはずだ。それなのに肩を並べてアイスキャンデーの箸《はし》や団子の串をしゃぶっていていいのか。また、三中生と千葉の連中は互いの顔さえも知らない仲ではないか。しかしあの談笑はなにゆえか。答はひとつしかない。

「全部、ぐるだったんだべ」

政雄と修吉は顔を見合せて同じことをいった。健康ボールを盗《と》って逃げたランニングを三中生は足がらみをかけて捕えてくれたが、これがそもそも罠《わな》だったのだ。碁石つかみの必勝法を教えてくれたのも、自分たちの二千円に目をつけての誘い水。千葉の五人組というのも嘘だろう。皆、罹災者更生会の、つまり東本願寺に住みついている家庭の子どもたちなのだ。すべてがはっきりした。いまだにわからないのは、政雄が奇数個（十九個）の碁石を握ったのに、なぜそれが一個ふえて偶数個になっていたかだが、これにもきっとなにか仕掛けがあったにちがいない。

「如何《なじょ》すっぺ？」

修吉がいった。政雄は答えた。

「金ば返して貰うべ」

「んだな。俺達《おらだづ》はペテンさ引っ掛ったんだもな。金ば返して貰う権利があっこった」

権利もまた流行語のひとつだ。

「あのペテンが一体全体どう言う《どーゆー》ペテンだったか、種明しば聞かせて貰う権利もあっぺ」

「しっ」

政雄が修吉の左腕を摑んですぐ近くの、古着を吊した露店の店先へ連れて行った。

古着屋のおじさんは店の裏の焼けコンクリに腰をかけ西瓜《すいか》をたべていた。じろりと目をあげて修吉たちが客ではないとみてとると前歯を鉋《かんな》がわりに、さも名残り惜し気に果肉や皮を削っており、修吉には、おじさんがまるで西瓜の皮で顔を洗っているように見えた。もっとも修吉はそう長い間、おじさんを観察していたわけではない。すぐ視線を政雄に戻して、

「何だべが」

と訊《き》いた。政雄は答える代りに通りの四、五間うしろへ向って顎《あご》をしゃくった。見ると、例の新ちゃんとランニングが車道へ一足降りて、木炭バスの通りすぎるのを待っているところだ。

「仲間と落ち合うつもりだべ」

「んだ。あのランニングば取っ捕《つかめー》えっぺ。新ちゃんづ野郎《やろ》に分《わが》らぬように捕《つかめー》えっ事《ごと》が出来《でぎ》れば、うめーんだがな」

「人質か」

「んだ。あのランニング童《わらす》ば生け捕《ど》って、あの童《わらす》ど俺達の金どを交換すんのだ」

「そりゃ面白《おもしぇ》い。やっぺ」

三塁を窺って大きく離塁する二塁走者を刺すために泥棒猫よろしく二塁に接近する中堅手のように、二人はランニングの背後へするすると寄って行った。この連繫《れんけい》プレーと隠し球は二人が所属し、かつその主力メンバーでもある少年野球団「小松セネタ

ース」の得意技だったから、うまいものである。木炭バスを追い抜こうとしていた進駐軍ジープに、ギンミ・チューインガムと叫んで手を振るランニングの口を、政雄がうしろから手拭でおさえ、修吉がエイッと腰を抱きあげた。そして、東本願寺の裏門へ至る小路へ連れ込み、周囲を見回した。焼けコンクリを集めて出来た小山がある。修吉は人質を横抱きにしてその小山の蔭《かげ》へ入った。

「な、なにすんだよォ」

ランニングは手拭を吐き出し、足をばたばたさせている。

「修吉ちゃ、そのまま抱えて居《え》で呉《け》ろ。この野郎コの手足ば縛《つ》っちまうがらス」

と言うそばから政雄は、手拭でランニングの両足を、ベルトがわりの真田紐《さなだひも》をさっと引き抜き、それでランニングの両手を縛りあげてしまった。

「人殺し……」

「騒ぐなて。騒ぐと本当《ほんと》に打《ぶ》ち殺すからよ」

政雄はズボンを脱ぎ捨てた。真田紐がない以上、そうするしかないのである。放っておくとずり落ち足首に搦《から》まってそれこそ足手まといになってしまう。政雄は赤ン坊の頭ぐらいの大きさの焼けコンクリを拾いあげた。

「騒ぐとこいつでゴツンとやっちまうからな」

修吉はランニングに腰をおろさせた。そして人質作戦中ずうっと右手に握りしめていた健康ボールを政雄のズボンの上にそっと置いた。政雄のズボンの右ポケットが脹《ふく》らんでいた。きっと神宮ボールが押し込んであるのだろう。

「おい、ランニング、質問さ答えねえと、やっぱりゴツンとやっちまうからな。良《え》いが」

「ランニングじゃないよ、ぼく。庄司勝富《かつとみ》っていうんだよ」

「名前《なめー》なぞどうでも良《え》い。汝《うな》は何年生だ」

「国民学校三年生……」

「三年生にしてはチビ助だべ」

「身体は小さいけどサ、頭はいいんだ」

「ああ、頭は良《え》い様《よん》だな。なにしろ俺達六年生ばコロッと騙《だま》くらかしたんだからな。おい、皆、ぐるだったんだべ」

ランニングは政雄の持っている焼けコンクリを見ながら、かすかに頷いた。

「いづ《え》も、こういう事《ごど》、やって居《え》のが」

「うん。お客を見つけるのはぼくなんだよ。日曜日になると、千葉とか茨城とか埼玉とか、とにかく田舎から米だの、卵だの、落花生かついでのこのこやってくる子がうようよしているんだ。そういう子を見つけてサ、ぼくが東本願寺の裏門まで引っ張って行くの」

「そごさあの三中生が現われるづわけだな」

「そう。でも、山形県のお客は初めてだなあ」

「あの二千円の勝負の時だどもな、俺は絶対に十九個、碁石ば掴んで居《え》だった。それなのに、なんで二十個になって居《え》だったんだ。どげな仕掛けがしてあったんだ。言《ゆ》ってみろ」

「いえないよ、秘密だもの」

「んじゃ、死《す》ぬごどになっぺな」

政雄は砲丸投の選手がするように焼けコンクリをゆっくり肩まで持ちあげた。

「いう、いうよ。あのね、お客には、千葉の五人組と、見物している更生会の子とが、うんと仲が悪いように見えるだろう」

「まあな」

「そこなんだよ、仕掛けは。更生会の子がね、あんたたちが『場』から目を離した隙に、碁石を一個、『場』へころころと転がすわけ」

「『場』から目を離した隙にだづのが」

「うん」

修吉には思い当ることがあった。例の王将が突然、二千円賭けると言いだしたとき、政雄が驚いて自分の方を振り返って見た。あの一瞬が隙だったのだ。あの一瞬を巧みに使って、場の周囲で見物していた更生会のだれかが、十七個の碁石にもう一個加えたのにちがいない。

「そうがや。俺は右手の中さ在る碁石、十七個だと信じて居《え》だったが、あの時《どぎん》、すでに十八個さ殖えで仕舞《すま》って居《え》だのがや」

政雄も、その「隙」をいつ作ったのかさとったらしく、修吉をちらっと見て苦笑した。

「よし。んじゃぼつぼつ俺達の金ば取り返す事《ごど》にすんべ」

政雄は健康ボールを修吉へトスし、

「修吉ちゃ、俺《おら》ァ三中生の処《どご》さ談判さ行《え》って来る」

ズボンをはいて、ランニングの両手を自由にした。

「この野郎コば見張って居《え》で呉《け》ろや」

「ん。任《まがす》しとけ」

修吉は健康ボールを左手に持ちかえ、右手で焼けコンクリを拾いあげた。今朝がた、

〈渋谷区立道玄坂国民学校〉という在りもしない学校の、〔木村弘三郎〕なる子どもに、修吉は米はもとよりズボンまで騙し取られてしまい、それからずうっと白い猿股《さるまた》で通している。それで大切な健康ボールをおさめておくポケットが修吉にはないのだった。ボールを握ったまま歩くのは不用心である。そこで修吉は政雄にいった。

「金が戻ってきたらばス、そこの古着屋で半ズボン買うよ。良《えー》いべ」

「良《えー》いス」

政雄は頷いて焼けコンクリの小山から小路へ出て行った。ランニングはずいぶん神妙にしていた。だが、修吉は気を緩めたりはしない。自由になった両手で足の手拭をほどく機会を狙っているに相違ないと思い、いっときもランニングから目を離さなかった。ちらとでも目を離してはまた「隙」をつくることになる。その「隙」を利用してどんなことを仕掛けてくるかわかったものではない。

「山形というと農村地帯ですね」

そのうちにランニングが改まった口調でたずねてきた。

「農村の毎日は、どんな風なのでしょうか」

「喋《さべ》っては駄目《わがんね》だぞ、人質」

修吉は鋭く注意した。

「今に、二千円と引き換えに仲間の許さ戻《ど》してやっぺ。喋りたければ仲間と喋れや」

「ぼくは低学年だったので疎開に連れて行って貰えませんでした。とても残念です。なぜ残念かといいますと、農家の生活をこの目でたしかめることができなかったからです。えーと、山形あたりでは、木の葉でお尻を拭くそうですね。いまでもそうですか。ぼくらはずっと文化的ですから新聞紙で始末しますよ。山形あたりではまだ藁《わら》の中で寝るんだそうですね。身体がちくちくしません。ぼくらはちゃんと布団に寝ます。山形あたりでは御飯を手づかみでたべるそうですね……」

ランニングは胸や腹に波がうねるように烈しく呼吸を打たせ、切れ目なくまくしてた。こいつ、おれを侮辱しているんだ。黙らせてやれ。修吉はつと立って左手の健康ボールでランニングの頭をこつんとやった。

「黙れてば」

そのときだった。右左から人影がとび出し、修吉に武者振りついてきたのは。そいつらの数は五つ、あるいは六つ。背丈はそろって修吉よりすこし低い。だが、一対五、六ではやはりかなわない。とうとう修吉は焼けコンクリの小山に押しつけられてしまった。ランニングが山形の悪口を並べたのは、味方の接近をさとられないようにするための作戦だったのかもしれないと気づいたがもうおそい。

「おい、こいつの持っている健康ボールをいただいちまえ」

やがて小山のうしろから王将がぬうっと顔を出した。

第六章　バックホーム、タッチアウト

よく言えば咄嗟《とっさ》の機転、わるく言えばやけくそ、修吉は時計回りに力一杯、身体《からだ》を一回転させた。修吉の腰にしがみついていた浅草東本願寺罹災者更生会の子どもたちは、ある者は転び、ある者は転んだ者につまずくのをおそれて手を離した。だが無論子どもたちは逃げやしない。数の優位をたのんで、やや遠まきに修吉を取りかこんだ。どの子も薄笑いを浮べていた。せっかくの獲物《えもの》をあっさり捕《とら》えるのは勿体《もったい》ない、多少出入りがあって手古摺《てこず》った方がよっぽどおもしろいぞ。そう言っているような薄笑いだった。

「へっ、なかなか頑張るじゃないか」

将棋の王将の駒とよく似た、角張った輪郭の顔の持主であるところから、修吉がひそかに〔王将〕と命名している少年が、のっそりと近づいて来た。王将は図体が大きい。ほか五人は国民学校三年生といったところだが、王将はまちがいなく六年生、ひょっとしたらその上だ。

「さすがは田植えや肥撒《こえま》きで鍛えているだけのことはある。でもさ、田吾作、手向っても無駄だぜ。さあ、その健康ボールを放ってよこせよ。でないと裁判にかけるぞ」

「裁判《せーばん》……言《つー》うと？」

「まずおまえを縛り上げる。ぼくが検事になって、『山形の百姓のくせに東京見物などしてけしからん』というようなことを喋る。『子どもの分際で二千円もの大金を持ち歩くのもふとどきだ。親が闇米で大儲《おおもう》けしているから、子どもも札束持ってふらしておるのだな』……」

その裁判とやらはもう始まっているといってもよかった。王将は左手を傲然《ごうぜん》と腰にあてがい、右手をしきりに振った。そして時折、その右手でネクタイや眼鏡を直すような仕草をした。二カ月前の五月中旬、修吉は米沢市の映画館でエノケンとシミキンの東宝映画「幸運の仲間」を観た。エノケンとシミキンの二人は清掃人夫だが、ある日、街で空腹のために倒れていた幸子という娘を助ける。この幸子に扮《ふん》していたのはコロンビア歌手池真理子で、一緒に見物していた政雄ともどもとても気に入ってしまったが、それはとにかく、二人はなじみの簡易食堂カロリー軒へ幸子を連れて行き、ごはんをたべさせる。そして二人ともこの幸子が好きになってしまう。仲好し二人組は幸子をあいだにいがみ合うが、やがて幸子には将来を誓い合った青年のいることがわかり、仲よく失恋し、また元の二人組に戻るという、じつに判りやすい筋の映画だった。ところでこの映画には日映の短篇記録映画「東京裁判・第一輯《しゅう》」というのがついていた。またニュースは「日本ニュース第十七号」で、「A級戦争犯罪人裁判はじまる」という特集だった。王将はそのどちらかを観ているにちがいない、仕草がキーナン主席検事とそっくりである。

「……『百姓どもは東京から行く買出し客の足許《あしもと》を見て、五升や六升の米で、ぼくらのかあさんの他所《よそ》行きの着物を取り上げる。一袋の大豆でとうさんの形見のウォルサムの懐中時計を巻き上げる。こういうことを許してはならんと思います。同じ日本人ではありませんか』。おい、だれか、田吾作の頭をポカッと叩いてやれ」

横合いから棒切れが修吉の頭へ打ちおろされた。手で払いのけたからよかったものの、うっかりしていたら頭に瘤《こぶ》ができるところだった。

「よけちゃいけない。同県人がおまえの頭を叩いたんだぞ。同県人のよしみで大人しく叩かれてやれよ」

するといま棒で叩きに来た子は大川周明ってわけか。修吉はぴんときた。開廷第一日、東条被告の頭を叩いた大川周明は、いまどこにいるのかしらん。本所の陸軍病院から東大病院に移されたという話だが。

「……『いったい百姓どもは東京の食糧危機をなんと思っているのか』」

「なんとも思っちゃいない」

　棒切れを構えた子が叫んだ。

「その証拠に、百姓の子はこのように大金を持って遊びに来ている」

「では死刑だ。……この百姓を弁護するやつはいるか。いたら一歩前へ出て弁護しろ」

「いない！」

　ほかの子どもたちが声を揃《そろ》えていった。

「じゃ、やっぱり死刑だ。死刑は百叩き。そして賠償金のかわりに健康ボールを取り上げる。……どうだ、田吾作、こういう裁判なんだぞ。どうせそのボールはこっちに取り上げられてしまうんだ。だったら裁判は避けた方がお利口さんだ。大人しく渡せば百叩かれずにすむんだぜ」

　長瀬護謨《ゴム》製作所が昭和十八年につくった菊形模様のこの健康ボール、これだけは渡すことはできないぞ。修吉はこの〔小裁判〕のあいだ、ずうっと自分にそう言いきかせていた。健康ボールを求めての今度の東京大旅行のためにどれほどの苦心があったことか。赤穂《あこう》四十七士だってびっくりするぐらいの苦労をしたのだ。夜行列車がどんなに辛かったか、こいつらにはわかるまい。そして東京ではハラハラのしどおしだった。渋谷で自分たちから米を欺《だま》しとった〔木村弘三郎〕という子、渋谷駅の百貨店スピード籤売場での政雄の奮戦、向島区長瀬護謨製作所の隙間だらけの板塀《いたべい》、浅草の「桃芳《ももよし》」というダンゴ屋での大喰い競争、クレゾールの匂いで鼻の曲りそうだった吉原病院……、リードしたかと思うと逆転され、点を取ってまた先行すればすぐ引っくり返され、言ってみれば九対八かなんかのシーソーゲームだった。なんとか辛勝して、その勝利の証《あか》しのこの健康ボールを、殺されたって渡すものではない。ボールなしで小松へ帰るようなことになったら、もう死んだ方がましだ。里芋の茎ボールでは小松ジャイアンツの連中にまたばかにされつづけなければならない。渡すもんか。

修吉は、せっかく入手したボールを脅かされて奪われたと知ったときの山形朝彦や滝沢昭介の顔を思い浮べてみた。二人とも雑巾みたいにくたくたとなり地面に坐り込んでしまうだろう。そしてぐんぐん速度をあげて行く列車に追い縋《すが》ろうとして重さ三十瓩《キロ》を超える二斗の白米を腹部と背中に括《くく》り付け深夜の奥羽本線板谷駅上りホームをよろつきながら走っていた横山正の、いまにも火を発するかと思うようなすさまじい目。ボールを奪われた自分に、あの横山正の目を再び見る勇気があるだろうか。

「大川周明先生ば馬鹿にしては駄目《わがんね》だぞ」

修吉はできるだけゆっくりと言った。

「大川先生は故意《わざと》に狂った真似ばして御座《ござ》っと」

「わざとだと」

王将はアレという表情になった。修吉が思いのほかへこたれていないのを知ってすこし驚いているようだった。

「ふん、いったいどうして狂った真似なぞする必要があるんだよ」

「そりゃ連合国ばからかうためだべ。手玉さ取ろうってわけだな。連合国ば手玉さ取れば、つまり日本人のほうが、頭が良い言う《えーつー》ごどが証明されっぺ」

「ほんとかなあ」

「ほんとス。俺《おら》ァ大川先生とは同県人だから、詳しく知って居《え》っこった。大川先生の頭の良い《えー》ごどは並大抵では無《ね》ーいぞ。アインシュタイン博士でさえ答えられ無《ね》がった難問ば、大川先生はすっぱと解《とえ》いだんだから。知ってだか」

「知らん」

「答ば聞けば簡単だども、それまで誰も解けなかった難問なんだ。あんだらも一寸《ちっと》、考えてみっか」

「とにかくその難問というのを言ってみろよ」

「こうス。『もし同じ長さの蛇がおたがいに尻尾《しっぽ》から共喰いをはじめたら最後はどうなるか』。これがその難問ス。どうだべ」

王将はうーんと唸《うな》って地面にしゃがんだ。それからさっき大川周明をやった子から棒切れを取って地面に円を描いた。手下どももその円を覗《のぞ》き込む。修吉はこの隙を狙って空地を飛び出すと太陽に向って走り出した。時刻は午後四時に近い。とすれば太陽の輝く方角が西だ。西には上野駅があるはずだ。上野駅の大待合室に朝彦や昭介が聖路加《せいるか》病院から戻ってきているかもしれない。もし戻っていなくても、大待合室には交番があるから、その近くへ行けばいい。政雄のことが気になったが、この健康ボールを死守するのが、いまの自分の仕事だと思って走りつづけた。石ころが二つ三つコンコンと跳ねて修吉を追い抜いて行く。

「取っ捕まえろ。絶対に逃がすな」

王将の怒鳴り声も追って来た。

「おれは妙音寺の方から回るからな」

修吉たちは前の年の八月まで、ということは日本国が敗れるまで、少年新聞報国隊に所属していた。新聞配達の手が足りなくなり、少年団員が当番で町中に新聞を配り歩いたのだった。当番は朝五時半に駅に集合し、下りの一番列車がおろして行った六百部の新聞を待合室で仕分けをする。そして一人当たり三十部を七時までに配り終える。駅に近い区域を回る者と駅から遠い区域を回る者とがはっきりわかれては不公平だというので、当番のだれもが二里前後の距離を走って配達するようにコースが組んであった。つまり一時間とちょっとで二里走るのである。おまけに、配達するたびに軽くなるとはいえ、新聞を抱えて走るからへとへとになる。冬場はとくに辛かった。雪の上に両膝《りょうひざ》をつき、夏の盛りの犬のように舌を出してはあはあ息をしたものだ。また、秋、稲刈りがすむと修吉たちは少年稲負い報国隊を兼ねさせられた。これまた特定の農家を役場から割り当てられ、その農家の田から納屋まで背負子《しょいこ》で稲束を運ぶのだ。四、五回往復すると膝の発条《ばね》が壊れてしまう。それにしても「少年〇〇報国隊」がどうしてあんなにたくさんあったのだろう。修吉たちが芋煮会の計画を練っていると、それにさえ担任教師を通じて役場から、「少年芋煮報国隊」を結成するようにと指図が来るぐらいであった。役場とはよほど暇なところにちがいない。それはとにかく新聞配達と稲背負いで、修吉は自分の足に自信を持っていた。それで自分のその足で健康ボールを守ろうと決心したのだった。

もうひとつ、足に自信を持つ理由に肝試《きもだめ》しがある。蜂《はち》の巣を見つけると仲間を集める。次に棒切れを持って蜂の巣の下に並ぶ。そして「一、二の三!」で巣を叩き落す。蜂は怒って追いかけてくる。参加者は、あらかじめ申し合せておいた方向へ一緒になって走る。息のつづかなくなった者は、急に地面にうつ伏せになる。蜂はその上を飛んで行き過ぎ、まだ走っている者を追う。こうして最後にひとり残ったものが勝者になる。これがその肝試しのルールだった。修吉はこの肝試しでいつも最後の三人ぐらいには入ることのできる脚力があった。いつぞやなどは、半里も走って隣の犬川村まで行ってしまったこともある。そのときは「いくら蜂がしつっこくても、隣村まではに追ってこないだろう」と思い、駄菓子屋の店先で朝鮮あめを舐《な》めることにした。間もなく修吉は首筋に、がんと丸太棒で殴られたような衝撃を受けた。思わず手で払うと蜂が二匹、足許へ落ちた。蜂のしつっこさというのも相当なものである。とにかくこの脚力をもってすれば上野駅まで走り通せるのではあるまいか。

なお、蛇の共食い問題についての解答を、修吉はまだ持っていない。動物観察の大家である滝沢昭介が、目下、この答を見つけようとして、納屋の隅においたリンゴ箱に、青大将を二匹、飼っている。餌《えさ》はやらないようにしているからそのうち共食いをはじめるんじゃないだろうか、と昭介が言っていた。折を見計って青大将の尻尾に糸で青蛙《あおがえる》をくくりつけることも考えているらしい。このアイデアを聞いたときは、すごい考えだなあと修吉は舌を巻いた。たしかに青蛙に釣られて青大将は共食いをはじめるにちがいないからだ。答が出たら、浅草東本願寺罹災者更生会にあてて、はがきを一枚書いてやろう。そんなことを考えながら、修吉は西を目指して走りつづけた。その道は、大通りから北へ一本ずれていた。両側には寺が多い。寺のすべてが、境内の樹木を焼夷弾《しょういだん》で焼き払われていて、なんとなく白々しい味気のない道のように見えた。修吉は何度も王将に追いつめられた。一度は、あと三米か四米というところまで追い縋られもした。だが、途中で修吉にとってはまことにありがたい援軍が出現した。この援軍に励まされなかったら、まちがいなく修吉は精も根も尽き果てて、王将に襟首《えりくび》を摑《つか》まれうしろへ引き倒されていただろう。

その援軍とは、痩《や》せおとろえて、故郷の朝日連峰のように高く鋭く肋骨《ろっこつ》を浮き上らせた三匹の野良犬だった。修吉は何日か前に読んだ朝日新聞の記事を思い出し、王将に捕まることよりも野良犬に嚙まれることの方をおそれて、上野駅までの八百米の距離をただの一度も歩いたり立ち止まったりすることなく、とにかく完走しおおせたのである。その記事とはこうだった。「上野公園東照宮裏では真夜中にいたる毎夜のように飢餓のために狼《おおかみ》の如くに化した空腹の野犬が何処《どこ》からか集って来て、右往左往して走り廻り、らんらんと眼を輝かせて獲物を探している。ある通行人は数匹の野犬が人間の足首らしい肉塊を齧っているのを見て、驚愕《きょうがく》して逃げかえったという。人間世界の食糧危機は動物の世界にも如実に反映しているようだ」

突き当ったところが板塀で、板塀の向うが上野駅構内だった。板塀の前では、薄汚れた浴衣に襷《たすき》がけした坊主刈の男の人が塗りの剝《は》げたクラリネットを咥《くわ》えて「夢淡き東京」を鳴していた。すぐそばで浴衣で束ね髪の女の人がぼんやりした目付きで、〽柳青める日　つばめが銀座に飛ぶ日　誰を待つ心　可愛いガラス窓……と口遊《くちずさ》んでいる。束ね髪の女の人の膝の前には空缶《あきかん》が置いてあった。王将はもう追ってこない。また、野良犬も修吉の足首を齧るのを諦《あきら》めて姿を消してしまっていた（犬なのに、ついに国民学校六年生に追いつくことが出来なかったのは、よほど空腹だったからにちがいない）。修吉はシャツを脱ぎ、そのシャツで汗を拭きながら、「可愛いガラス窓」の次を待った。この歌は次に続く「かすむは　春の青空か　あの屋根は……」以下がいいのである。だが、クラリネットは「可愛いガラス窓」からまた「柳青める日」へ戻った。「かすむは　春の青空か」以下が難しいせいで吹かないのだろうか、あるいは暑さのために手抜きしているのだろうか。修吉は物足りなく思ってそこを左へ曲った。

上野駅の大待合室は深夜の深山のように暗かった。電気節約で大待合室には灯りがひとつも点《つ》いていない。おまけに日向《ひなた》に長く居たためもあって、修吉は足で探りを入れながら進まなければならなかった。

「やあ、修吉くん」

構内交番へもう数歩というところで修吉の肩を叩いたものがいる。ようやく目が慣れて、声の主の顔の輪郭が見えてきた。鰓《えら》のはった大人びた顔が笑っている。

「あ、朝彦くんか。もう来て居《え》だのすか」

「三時すぎにここへ着いたんだ」

「後楽園さは行《え》ったのすか」

「間に合わねえと思《も》ったがら行《え》がながったス」

朝彦のうしろに昭介がいた。

「試合《すえー》開始が十時だべ。づごどは、遅ぐも正午《ひる》までには後楽園さ着ける様《よー》でねえと、行っても仕方ねえんでねえの」

「君塚孝はなじょしたべ」

「孝は後楽園さ行ったべよ」

「だべな」

頷《うなず》いた拍子に修吉は、二人にまだ大事なものを見せていなかったことに気付いて、くるくるに丸めて持っていたシャツをゆっくりとひろげてみせた。

「これ、昭和十八年製作の健康ボールだべ。それも新品だべ」

朝彦と昭介はシャツのなかを覗き込んでううと唸った。

「本物だべ。それからな、政雄ちゃは神宮ボールば持ってっこったよ」

修吉が、長瀬護謨製作所からはじまって、上野駅めざしての八百米の完走で終る半日間の冒険譚《ぼうけんたん》を話している間、朝彦と昭介はかわるがわる健康ボールを持ちっこして、撫《な》でたり、こねたり、ズボンで勢いよく擦《こす》ってから鼻の穴へ当てがったりしていた。擦ると護謨の匂いがする。二人ともそれがこたえられないらしい。

「それで朝彦くんと昭介ちゃの方はどうだったべ」

修吉は健康ボールを受けとってシャツにくるんだ。

「聖路加病院さ行ってきたべか」

「そりゃあ行ったさ」

「よく場所がわがったな」

すると朝彦と昭介が小声で歌い出した。〽柳青める日　つばめが銀座に飛ぶ日　誰を待つ心　可愛いガラス窓　かすむは春の青空か　あの屋根は　かがやく聖路加か

……

「あ、そうが」

「そうなんだ。昭介くんが『夢淡き東京』の一番の歌詞を思い出してくれて、『先《まん》ず、銀座言《つー》う処《どこ》さ行ってみんべ。銀座づ処《どこ》がら屋根が見えるわげだがら、その銀座さ出た方が話は早《はえー》いべ』といったんだ。それで銀座に出て聞いたら、聖路加はすぐにわかった」

昭介くんは動物観察の大家というばかりではない、歌詞観察の達人でもある、と修吉は感心した。さて、それから朝彦と昭介がかわるがわる話してくれたことをまとめると次のようになる。

聖路加病院の正面入口にはアメリカ兵が番をしていた。アメリカ兵にキンシをあげてもよろこんではくれまい。だいたい「ぼくたちはストレプトマイシンという新薬について調べたいと思っています。日本人の薬剤師先生に会わせてください」と英語でどういうかがわからない。そこで二人は裏門へ回ってみた。ありがたいことに、裏門守衛は日本人だった。二人は守衛さんにキンシを二十本差し出して「日本人の薬剤師先生に会わせてくださいませんか」と正直に頼んだ。「やさしくて、煙草の好きな先生がいないでしょうか」。すると守衛さんは「梅沢先生がいい」といった。「そうやさしい人ではないが、しかし煙草は大好きな先生だ。電話をしてあげるよ」。

二人は昼休みに裏庭で梅沢という薬剤師に会った。梅沢薬剤師は小松町の国民学校の校長先生よりも年をとっていて、魚の骨よりも痩せていた。木製の弁当箱を開いて甘藷《かんしょ》の混った麦飯をおもしろくもなさそうに食べながら二人の話を聞いていたが、二人が五十本のキンシを出すと、目が妖《あや》しく光り出した。「煙草があれば腹の虫はごまかすことができる。うむ、弁当はそっくり残して、孫への土産に持って帰ろう」

いそいそといって弁当に蓋をし、さっそくキンシに火を点けた。そして二人が話し終えると梅沢薬剤師はこんなことをいった。

〈ストレプトマイシンはこの病院にも二百瓦《グラム》ばかり入っておる。主としてストレプトミセス・グリセウスによって産生される無色の抗生物質で、この抗性物質は、ダイズやピーナツ粉のようなタンパク質に富んだ原料、ある種の糖からなる培地で、液体培養を行うと生じるらしい。まあ、わしら日本人にしてみれば、ダイズやピーナツ粉は、薬の培地にするより、そのまま口に放り込んだ方がずっと滋養になりそうな気がするがね。効く薬かって？　うむ、症状にもよるな。耐性菌ができるおそれがあるので、軽症の初感染肺結核には使うべきではないね。しかし、ここで感染を一時的に抑制すれば、患者が病気に打ち勝てるというような時に投与すると、これはすごいよ。ただし、どうも副作用もあるらしいし、患者の容態を注意深く見守って、ここぞという時に投与して、だらだらと続けないことが大切だろうな。どこへ行けば買えるかだと？ どこにも売っておらんよ。米軍の病院にしかない。一回にどれだけ使うのか？ うむ、一日当り一瓦だ。一瓦でいくらするかだって？ だから日本では売っていないのだよ。いやアメリカでも、だ。いまのところ軍にしかない。盗み出して売ってくれ?! ばかなことといっちゃいかん。わしがクビになったら孫はどうなる。しかし、米一斗とストマイ一瓦の交換というのであれば……、いやだめだ。わしに何を言わせる気だ、まったく。帰れ、帰れ〉

梅沢薬剤師は弁当箱とキンシとを風呂敷に包むと病院の通用口めがけて走って行ったそうだ。

「脈があるとは思わないか」

報告を終えてから、朝彦は修吉にいった。

「米を持って行けば、なんとかなるかもしれない。米に煙草をつけたら、もう絶対だと思う」

「うん。正ちゃさ教《おせー》えでやったらよろこぶべな。その薬で正ちゃの母ちゃの病気の進み塩梅《あんべー》が止まっかも知れねえものな」

「そういうことだ。夏休みになったら、おれは正くんと何回でも東京へ来るつもりだ。

そうして米を担いで聖路加へ行ってみる」

「おれも来るよ」

「おれもだべ」

昭介も力強く頷いた。この計画が役場へ知れたら、どうなるだろうか。「少年闇米報国隊」を結成せよ、と指図してくるかもしれない。いや、戦さが終って間もなく一年になるのだから、報国隊ということはないか。

「んで、それから如何《なじょ》した」

「上野まで歩いてきた。乗物に乗るのは勿体ないからな」

朝彦は左手でシャツの胸ポケットをそっとおさえた。

「まだ五十円のこっている」

「おれは千七百円」

政雄が朝彦と昭介の間から顔を出した。両頬に、振りかけでもしたみたいに塩の粉がこびりついている。汗が乾き切って塩となって残ったのだ。

「だども神宮ボールば何処さが失《な》くしてしまったス。申し訳ねえ」

政雄の話によると事情はこうだった。政雄は真ッ直《ますぐ》、例の府立三中生に向って行った。その見幕におそれをなしたのか、三中生は南の方角へ逃げ出した。足が速くて四米から五米、五米から六米とぐんぐん引き離されてゆく。そこで政雄は手にしていた神宮ボールを三中生の頭めがけて投げつけた。神宮ボールはみごと三中生の絶壁頭に命中した。三中生がふらふらとなってひるんだところへ政雄が飛びついた。組み敷いてポケットにあった千七百円を取り上げた。

「三百円、足んねえぞ」

となじると、三中生は、

「仲間におでんやアイスキャンデーを買ってやったんだ。三百円は勘弁してくれ」

と答えた。使ってしまったとあれば仕方がない、三中生を離してやり、神宮ボールを探すことにした。だが、三中生を捕まえることで頭が一杯だったので、神宮ボールがやつの絶壁頭からどっちへ跳ねていったか、それに気をとめていなかった。そこは常福寺というお寺の境内で、どこへ転がってもすぐに見つかるという計算もあったのだが……。

「その内《うづ》に例の三中生が、助太刀ば大勢連れでこっちさやって来るのが見えだ。『愚図愚図して居《え》っと仕返しされっこったぞ』と、そう思《も》って、おれ、逃げ出した。ほんとに申し訳ねえ」

「良《えー》いべ、良《えー》いべ。俺達《おらだづ》さは、まだ健康ボールがあっぺ」

修吉はシャツから健康ボールを出してみせた。

「健康ボールば探《たん》ねて俺達は東京さ出張《でば》って来た。んで、健康ボールがちゃんと此処《こご》さ在《あ》る。一応《えづおー》、大成功《でーせいこー》だべよ」

「それに現金が全部合せて千七百五十円。巨人軍の川上哲治一塁手の月給の二倍近くもあるんだぜ。なにか食わないか」

たしかに朝彦のいうとおりだ。この六月、巨人軍に復帰した川上選手の月給は千円である。読売新聞にそう書いてあった。

「これだけの収穫があったんだ、お祝いをしてもいいと思うよ」

修吉たちは、上野から御徒町へ向う山手線高架の下の、露店街の一角にひしめき合う食物屋台の内の一軒で腹ごしらえをした。ここの食物屋台に目立つのはシチューと名のつく食物の多いことだ。カレーシチューからはじまって、貝シチュー、シューマイシチュー、コンニャク入りシチュー、タコシチュー、イカシチュー、納豆シチュー、マグシチュー、クジシチューと数えあげればきりがない。マグシチューはマグロ入りの、クジシチューはクジラ入りのシチューのことで、いずれも一杯五円だった。プレーンミソシチューというのがあって、これだけは二円。ずいぶん安いんだなあ、と鍋《なべ》の中を覗くと、ただの味噌汁だった。

あれがいい、これ喰いたいと散々迷った揚句、修吉たちが腰をおろした屋台には「パンカレー　一皿八円　パンもカレーも進駐軍からの直輸入」と記した板が立ててあった。パン、カレー、バター、チーズ、チョコレート、チューインガム……そういった片仮名の食物の名前とその実体とはなかなか合致しない。それでもチョコレートやチューインガムは二、三度、口にしたことがあるので、それらの名前を呪文《じゅもん》のように何回も口にのぼせながら目をつむり一所懸命に努めると、三度に一度ぐらいはチューインガムの切れ味の鋭い甘さやチョコレートのほろ苦い甘さを思い返すことができた。しかしパン、カレーなどになると一度も口にしたことはなく、したがって名前だけあってその味＝実体はない。そこで修吉たちはパンやカレーということばを読み聞きするたびに宙ぶらりんの、なんとなく頼りない気持になるのだ。だが、この屋台で一人八円でことばと味＝実体とを合致させることができる。これがパンカレーの屋台の長床几《しょうぎ》に腰を落ちつけた理由だった。

屋台のおじさんは代金三十二円を受け取ってから、皿を四枚並べた。そして修吉たちが異様な熱心さをもって見守るなかで、その皿の上に甘藷そっくりなものを一個ずつ置いた。置くたびに金属性の、カチンという固い音のしたことが修吉に軽い衝撃を与えた。形はたしかにパンだ。この春、米沢市の映画館で観たＭＧＭの「迷へる天使」のなかで、マーガレット・オブライエンもこれと同じ恰好のパンをたべていたから間違いはない（修吉たちがこの甘藷型のパンを「ロールパン」というのだと知るまでにはもう数年の時間がかかることになる）。マーガレット・オブライエンはその映画のなかでパンを床に落したが、カチンというような耳触りな音をたてたろうか。いや立てなかった。「迷へる天使」を五回も繰り返し観ている修吉は心の中で、そう断言した。音は一切しなかった。彼女の落したパンは孤児院の食堂の木の床の上で、一回、ゆっくりと柔かに弾んだだけだった。ところがこのパンときたら、床に落せば、床を突き破って縁の下まで落ちてしまいそうに硬い。歯が立つかどうかもあやしい。

屋台のおじさんは傍の鍋の木蓋を取って小さな柄杓《ひしゃく》で焦茶色の液体をパンの上にかけた。するとたちまちパンの、いかにも硬そうな、鋭い稜線《りょうせん》がふにゃふにゃと頼りのないものになり、くたくたにとろけて皿の底に平べったくうずくまった。なるほどこれならば歯は立つ。安心したような情けないような気分で修吉たちは黄色い竹箸《たけばし》で、そのへりくだって平たくなったパンを始末にかかった。刺激性の匂いが、かすかにした。

皿を丹念に舐めながら修吉は道をへだてて向き合っている高架のコンクリの壁の上方を眺めた。壁にはポスターやビラや広告がびっしりと貼《は》ってあった。政雄がいやに丁寧にたべているので、その暇に修吉はそこから読める限りのものをすべて読んだ。

御座敷女中を求む。ただし上品で、着物のある方に限る。

貸家（貸間にても可）を求む。お世話くだされた方へ御礼に炭二俵進呈。

至急。家、間を求む。油一升差上ぐ。

家を借り度し。御世話下されし方には自転車を差上げます。

東京では毎日何人かが餓死してゐるぞ！

映画館の前の行列は！

上野、銀座の闇売は！

「これでよいのか。

闇売の諸君よ！

君達は金が欲しいのか？

物が欲しいのか？
良心があるのか？」

大八車貸します。片附仕事に軽くて手頃。時を逃すな。

四百四病の病より政治の貧困恐ろしや。瑞穂《みづほ》の国に生れ来て、米がない！　四面海の海国で魚が食へぬ！　塩さへも乏しいとは!!

隘路《あいろ》隘路《あいろ》で戦ひ敗れ今は隘路で餓死をする。この飢餓人を前にして自由民主の御空論、これぞ餓死の祭典じや。

言論、集会、結社、の自由よりも鰯《いわし》一尾、米三合を与へよ。国民は実生活の政治を要求す。

祖国のために誠をさゝげた復員軍人に厚誼《こうぎ》をつくし、もつて新日本建設のために自由に活躍せしめよ。

産児制限を法制化し、米を大人にも子にも平均に配給しろ。

都会人よ。食糧の生産を農村人のみに任せてゐてよいのですか。私達都会人には食糧を作り出すことは出来ないでせうか。国民の一人一人がかうすれば食糧を得られ餓死を免れる。かうして新日本建設が出来るとお考へになつたことがありますか。（東京都協同食糧生産配給組合）

社交ダンスとは男と女が抱き合つて美しい音楽のリズムを楽しむロマンチックな運動である。これをワイセツだとかいふのは、いふ人間の方が余程ワイセツである。入会金は二百円。米でも可。（社交ダンスの殿堂　銀座クラブ。正午より夕六時まで日本人専用）

米の買上値段が何倍になり俺達都会人の咽喉首《のどくび》をしめ上る。

魚や野菜や果物の自由販売は俺達国民のなぶり殺しの自由でしかない。戦争中役人や軍人と結託して国家権威を笠に着た軍需会社と云ふ山賊共が、どの様に俺達工員や、徴用工、学徒挺身隊《ていしんたい》、をこき使ひ、搾《しぼ》り取つたかを思うて見よ！　ゴマノハイや巾着切共の何十万何百万円の大闇かせぎを思ひ起して見よ！　終戦前後の軍米、官物の隠匿、横領を考へて見よ！

そして俺達善良な国民は日に日に財布は空つぽになり、買へなくなり、飢ゑ死んでゆく。

おお俺達の与へられた自由は餓死だ。

今こそ立ちて国民の吸血鬼財閥と、その同類、山賊、ゴマノハイ、泥棒役人を退治て終《しま》へ！

俺達様の天下を創れ！

戦災、飢餓同胞を救へ（日本仏教讃業会《さんげふ》）

餓死、失業苦はひし〳〵と我々の眼前に迫つてゐる。然し我々は此れを解決する唯一の道を発見した。諸君来りてこの秘訣《ひけつ》を知れ（全日本職人協同組合結成準備会）

読み進むうちに修吉は小さくなって行った。新聞紙を貼り合せたものの上に墨で記されたそれらの檄《げき》に、「都会人」の「農村人」に対する恨みを感じたからだ。檄の、当面の敵は財閥や政治家や役人だが、四番目ぐらいに「農村人」が入っているのではないかと思われたのだった。「農村人」もいろいろあって地主や大きな農家はとにかくも、昭介のような小さな農家や働き手を戦地に出した農家、それから修吉たちのような町場の者は結構たべものに苦労している。それがわかってもらえればなあ。修吉はそう思って目を伏せ、目の前の空皿を見ていた。

「いやあ、まいった」

袖まくりしたワイシャツに兵隊ズボン、皮の半長靴《はんちょうか》をはいた若い男が入ってきた。男はパンカレーを注文しながら木の長床几の一番奥に腰をおろし、

「おやじよ、みごとに一杯喰っちまったよ」

勝手に手をのばしてコップに水を汲《く》み、

「上野日活館の前を通ったら『ハダカゲキダン本日より堂々出演』と書いた立看板が出ていたんだ。ハダカゲキダンだぜ、わかるか」

ここでコップの水を一気に飲み干した。

「ハダカを見逃す手はない。特別料金払って入ってみたら、なんとハダカのハの字も出てこない。女の子が歌を三曲うたい、別の女の子がそれに合せて踊っただけだ。

『インチキ看板立てやがって。特攻帰りをよくも舐めやがったな。次の興行の招待券を二、三十枚もらおうか。いやだというんなら、表の看板、踏み倒してやるぞ』と事務室へ怒鳴りこんだら、女の子の事務員が涼しい顔でこういいやがったね。『お客さんの読み方が悪いんですわ。ハダカゲキダンと一気に続けちゃいけないんです。ハダで切って、カゲキダンとお読みになってください』だとさ。わかるか、羽根《はね》の羽《は》、田《た》んぼの田《た》で羽田《はだ》、羽田歌劇団の御出演なんだとよ。表へ飛び出して立看板を見直してみると、たしかにハダの下に、胡麻粒《ごまつぶ》みたいな、小さな点が打ってあったね。おやじも引っかかっちゃいけないぜ」

喋《しゃべ》り立てながら器用に皿を空にし八円おいて出て行ってしまった。修吉たちもにやにや笑いながら床几から腰を浮かしかけたが、そのとき近くで信号ラッパの音がしたので、一寸の間、金縛りにかかったように身体《からだ》が動かなくなってしまった。その信号ラッパは「威力行進」を吹いていた。十カ月ぶりに聞く威力行進だった。

修吉はとっさにラッパ小父《おんちゃ》の雄姿を思い浮べた。毎夕六時、国民学校の校庭へ、青年団の正装に身を固め信号ラッパをさげてやって来て、速歩行進、駈歩行進、分列行進、徒歩行進、新鋭行進、出征行進、戦捷《せんしょう》行進、威力行進、軍容行進、北進行進、祝賀行進、愛国行進、正々堂々行進、乗馬行進、凱旋《がいせん》行進、戦友行進、登山行進、壮丁行進、帝国行進、護国行進、葬送行進、歩武行進、黎明《れいめい》行進、軽歩行進、東洋行進、国光行進、青年団行進——と必ずこの順序で喨々《りょうりょう》と吹奏し（この二十七曲で四十分はかかるのだった）、長く、修吉たちの尊敬の的となっていたあのラッパ小父《おんちゃ》が、この上野に出てきているのだろうか。それは充分、有り得ることだった。

町で最大の旅館「米屋《こめや》」の次男坊だったラッパ小父《おんちゃ》はかつて陸軍戸山学校軍楽隊に所属していた。だが、音感鋭い音楽家であるだけに、非音楽的な音、たとえば砲声、銃声、近くで聞く機関車の汽笛、雷鳴などをいやがった。いや、いやがるというのは生易しい言い方で、そういう音に対しては恐怖心を抱いた。あるとき、演奏中に近くで空砲が轟《とどろ》き、途端に彼のラッパは他と合わなくなってしまった。一拍も二拍も先行するかと思えば三拍も四拍もおくれる。その上、音はうわずり、ときには吃《ども》る。間もなく彼は帰郷を命じられ、そのときから奇矯な振舞いが目立ちはじめたらしい。兄の引き継ぐ旅館の部屋住みの身分となった彼は風呂焚《ふろた》きの仕事を与えられたが、焚き口に風を送り込む火吹き竹を普通のようには吹かず、プープププップップッププップ、プープップップップップップップ……と『大陸行進曲』のリズムで吹いたりする。豆腐屋がラッパを鳴しながら通りかかると血相を変えて飛び出して行き、呼集信号招呼を教え込もうとする。一時は山形市の精神病院へ連れて行かれそうになったという。だが日支事変がはじまり、在郷軍人たちや青年団や少年団の活動が活発になると彼は大いに重宝された。どこでも信号ラッパが必要になり、彼のところへ教えを乞うためにやって来たからだ。町長の肝煎《きもい》りで「置賜《おきたま》地方喇叭鼓《ラッパこ》練習所」というのが、修吉たちの国民学校の音楽室に設けられた。その所長は町長だが、むろんこれはお飾り、ラッパ小父《おんちゃ》に一切が任せられた。毎日曜、置賜地方の各所から信号ラッパ手志願者が集まってきた。その稽古をのぞくのが修吉たちの新しいたのしみになったが、信号ラッパには「数の号音」や「五十音の号音」があって、それらを組み合せれば、電報文ぐらいの文章（というより、この場合は「音章」とでもいうべきか）ならば、何の造作もなく綴り奏することができると知って大いに驚いたものだった。しかし前年の八月十五日を境に、ラッパ小父《おんちゃ》はふたたびただの役立たずになってしまった。修吉たちは別としてもうだれひとり信号ラッパには見向きもしない。

それでもラッパ小父《おんちゃ》は彼の日課をつづけた。夕方の六時になると国民学校校庭に現われて行進ラッパ曲集全二十七曲を吹き鳴すのである。八月十五日以前には想像もつかなかった反応が起った。町長や警察署長の許に「うるさくてかなわない。一日もはやくあの軍国主義的な騒音をやめさせろ」という文句の声が、学校通りの住民から殺到した。町長と署長は、同じように町の有力者で、実兄に当る「米屋」の主人と相談し、三人一日がかりでラッパ小父《おんちゃ》を説得にかかった。

「もう信号ラッパの時代ではなくなったのだから、そういう馬鹿な真似はやめろよ」

と噛《か》んで含めるように言いきかせているうちに夕方になった。すると、ラッパ小父《おんちゃ》はのそっと立って、日課の二十七曲吹奏のために部屋から出て行ってしまった。

「こりゃだめだ。別の手で行《え》ぐべ」

と、そのとき米屋の主人がいったそうだ。

「わしさ任せて下《おごや》さい」

その夜、米屋の主人はラッパ小父《おんちゃ》の宝物である七本のラッパを一本残らず踏み潰《つぶ》し、ただの真鍮《しんちゅう》の塊にしてしまった。ラッパ小父《おんちゃ》の姿が町から消えたのは数日後の未明のことである。火吹竹をぶうぶう吹きながら小国《おぐに》町へ通じる西の峠を越えて行こうとしているところをたしかに見たという人がいた。いやそうではない、と米屋へ駆けつけた者もあった。問題の日の昼近く、風呂敷包を斜めに背負った中年男が草笛を吹きながら高畠街道を東へのろのろと歩いて行きました、あの御仁《ごじん》がこちらのラッパ狂い様じゃありませんでしょうかねえ、米屋の旦那様。……

だが結局のところ、どの情報も噂《うわさ》の域を出なかった。そして米屋の旦那は弟の探索にあまり熱心ではなかった。そういうわけでラッパ小父《おんちゃ》の消息は以後一切不明のままになっている。こんな事情があったから、威力行進の信号ラッパを耳にして「ひょっとしたら……」と考えついた修吉たちを荒唐無稽としりぞけるわけにはいかないのである。それにその年の四月中旬の朝日新聞の記事「……八百円の持逃げ孤児が新宿駅でつかまった。上野駅の地下道で天然痘《てんねんとう》にかかった孤児が、母の名を叫びながら絶命した。八回も収容所を脱走した子が闇市のイワシ焼きを手伝い、その日その日の飢えをしのいでいた。上野、新宿、品川、田端の駅や浅草、五反田などの闇市から板橋の養育院へ送られた『家なき子』等の年齢で、もっとも多いのは十歳前後。遠くは青森、鹿児島から、富山、広島、大阪、神戸、名古屋の孤児が帝都に集まってきた。『駅へ行けば、おむすびをくれるおじさんがいる。汽車に乗りたくなったから東京へ来てしまったんだよ』とは、上野駅の地下道にいた広島市のH君（十一歳）の話。お金を持っている友だちから現金を借りて、新聞（一部十九銭）を買う。これをふつう三十銭、ときには五十銭にも売る。靴みがきをしても日に五、六十円はかせげる。収容された子のなかには、最高百二十三円六十二銭を持っていたのもいた」が思い出される。そうだ、東京は来やすいところなんだ、自分たちだってこうやっていま上野にいるではないか。

修吉は表へ飛び出した。政雄たちも修吉と同じことを考えていたにちがいない、先を争って修吉につづいた。御徒町の方角、サツマイモアメが原料のお菓子を商う露店がびっしりと並ぶあたりからこっちへ、人垣がゆっくりと移動してくる。信号ラッパはその人垣の中からおこっていた。潜り込んで人垣の内側へ出た。それは奇妙な四人組だった。

人垣の中央にあって上野駅の方へ悠々と歩を進めているのは六尺はたっぷりあるかと思われる大男である。奥目で、しかも左右の目が日本とアメリカぐらいも離れているので、なんとなく素頓狂な印象がある。おまけに大口で大耳だ。頭には、剃《そ》っているのか禿《は》げているのかわからないが、とにかく毛がなかった。この暑いのに大男は紋付に威儀を正していた。おどろいたことに紋は十六菊花章だった。大男のすぐ後に、背中に「南朝奉戴同盟」と記した小幟《このぼり》を立てた、ひねこびた老人が、ふんわりした白《しろ》綸子《りんず》の座布団と塗物の脇息《きょうそく》を捧《ささ》げ持ってつきしたがっていた。さらにその後にもう一人、瘦《や》せた上に背の高い老人がいたが、この老人はいっそう異様である。羊羹《ようかん》色の紋付の羽織、形の崩れた仙台平の袴《はかま》、ここまではいいが、頭上に防空演習用の鉄かぶとをかぶっているのだ。しかもその鉄かぶとは白ペンキで塗られ、正面に菊花紋章が徽《き》章《しょう》がわりに貼ってあり、その上方に「忠」の一字が黒ペンキで書き込んであった。背中の小幟には、「南忠臣罷《まか》り通る」と大書されている。老人は胡麻塩まじりの関羽《かんう》髯《ひげ》を上下させながら甲高い声で喋りまくっていた。

「……責任をとる、これは人間にとって最高の倫理である。現天皇は熟慮の末、聖戦の開始を決断した。これはよろしい。わしはそのこと自体は責めはしない。だれであれ、責任ある地位につくものは、いつか必ず何かを決断しなければならぬ。現天皇もまた日本の最高責任者であったから、決断はいわば彼の義務でもあったのである。しかし、ひとたびその道を採《と》ると決断すれば、決断者は、その決断の結果おこることすべてに責任を持たねばならない。これは当り前のことだ。そしてその結果が『良《よ》し』と出れば、決断者はそれまで以上にあがめられるであろう。だが万一、不幸にもその結果が『悪《わる》し』と出たときは……、責任をとってその地位から退かねばならん。自分でしっかりとけじめをつけなければならん。幼帝に譲位する、そして一億の赤子に『ご苦労だったね』と告げて回るために国土をひっそりと行脚《あんぎゃ》する。これでも責任をとったことになる。君主の、このような態度は、かならずや新日本建設にはげむ国民をはげますだろう。君主自らものごとのけじめを守る。その御姿を拝みたてまつって、国民は向上する。上等上質の人間となる。そしていやが上にも幼帝を盛り立て、上等上質の国家を新たに創りあげ、皇道光被《こうひ》につとめるだろう。しかし残念ながら現天皇には『こんどの責任をとる』という御心が見えぬ。今後、われわれは子どもたちをどうといって導けばよいか、これではわからなくなる。『後始末はきちんとしなさい』『自分のやったことに責任を持ちなさい』『遊びと勉学との間にきちんとけじめをつけなさい』……こういったことを、われわれは子どもたちにいえるだろうか。とてもいえやせんぞ。なにしろ日本国最高の存在がきちんと後始末をつけんのだからな。このままではいかん。日本人は下卑な人間になりさがってしまうだろう。そもそも現天皇家は正統である後南朝の皇位をうばった北朝の系統であるから、正直に申して道義心の質はやや劣る。ここはどうしても後南朝の皇胤《こういん》をあおぎたてまつらなければならん。そうしてこそはじめて日本の行く先に光明が期待できるのでありますぞ……」

すると奥目、大口、大耳の大男が名古屋の洋品雑貨商で、去年の十月、マッカーサー元帥にあてて「今の天皇はニセモノで、ホンモノは自分だ」と手紙を書き、名乗りをあげた、あの熊沢天皇なのだろうか。しかし熊沢天皇のほかにも外村《とのむら》天皇というのもいるし、どっちだろう。普段の修吉たちなら周囲のだれかに「熊沢さんですか、それとも外村さんでしょうか」と聞いたにちがいないが、このときばかりはそれどころではなかった。奥目、大口、大耳の大男のすぐ前で信号ラッパを吹き鳴しながら一行を上野駅の駅舎へと導いて行く中年男の横にへばりついて、懸命の観察をつづけていたのだった。坊主頭が普通の立髪《たてがみ》になっているのが以前とはちがう。もうひとつその信号ラッパ手は鉄かぶとの老人ほどではないが、それでも濃い鬚《あごひげ》を生しており、そこもちがう。以前は剝《む》いた茹《ゆ》で卵のようにつるつるの顔をしていたはずである。しかし、年恰好、身の丈、身体つきなど、見れば見るほどラッパ小父《おんちゃ》とよく似ていた。それでも修吉たちに、

「なす、小父《おんちゃ》。貴方《あんだ》ァラッパ小父《おんちゃ》でながんべかなす」

と声を掛けるのをためらわせたのは、信号ラッパ手の態度だった。威力行進を吹奏中だというのに、天を仰ぎ、かと思うと顔を伏せ、信号ラッパを右へ振り、左へ振り直し、派手に陽気に吹いている。全二十七曲、直立不動の姿勢で吹いていたあのラッパ小父《おんちゃ》がここまで変れるものだろうか。天皇御一行は広い通りを渡って駅構内へと進んで行ったが、修吉たちにはどうしても声をかける勇気が出ない。とうとう修吉たちは構内交番の前で人垣から離れた。

「あ、探してたんだぞ」

交番の前には、正午《ひる》前に渋谷で別れた、羽前小松駅の駅長の息子の君塚孝がいた。

「もう五分、待って来なかったら、ぼく、羽前小松へ一足先に帰っていようと思っていたところだった」

「馬鹿ばかり言《ゆ》ってらい。集合時間は六時だったでねえか」

政雄がいった。

「それよりもよ、孝。いまの信号ラッパ手ば見たべ。ラッパ小父《おんちゃ》とそっくりだったと思《も》うけっとも、孝はどう思《も》うかね?」

「……あのね、四時半の秋田行奥羽本線下りに乗ることになったんだ。もう十五分しかないんだぜ……」

孝は妙に抑揚のない口調でつづけた。

「急にそう決まったんだ。米沢には夜中の二時に着くことになってる。只乗りじゃないんだ。堂々と郵便車に乗っていていいんだ」

「孝が話をつけたのか」

朝彦が訊《き》いた。孝は首を横に振った。

「父さんが上野の駅長さんに頼んだんだよ。父さんが小松から出てきている。今日の午前二時半に米沢から上りの貨物列車に乗ったんだって。で、上野着が午前十一時二十分。父さんはすぐ水道橋駅へ行った。そして駅員に理由《わけ》を話して、あそこの二つの改札口に『山形県東置賜郡羽前小松国民学校六年の君塚孝君他、すぐに駅長室へ来なさい』と書いた紙を貼り出した。……ぼくはさ、その貼紙見てびっくりして駅長室へ飛び込んだ。したら駅長室に父さんがいた。……いま、父さんはこの上野駅の駅長室でお茶を飲んでいるよ」

「ちょっと待てや」

　昭介が孝を睨みつけながら、

「孝の父様《とーちゃ》は何故《なんで》、知って居《え》だったのだ」

と詰め寄った。

「お、お、俺達《おらだづ》、とりわけお前《めー》が、水道橋の後楽園球場さ行《え》ぐって事《ごど》、何故《なんで》、孝の父様《とーちゃ》が知って居《え》だったのだ。お前《めー》、喋ったんだべ」

「正君だよ。横山正君が板谷駅の駅長に喋ったんだ。……あのね、正君はお腹と背中に二斗の白米を括《くく》り付けてたろ。それで四〇六列車にどうでも飛び乗ろうとして、落ちたんだ」

「ど、ど、何処《どこ》さ……？」

「最後尾の客車とホームとの間にだよ。五、六米、枕木の上を引き摺《ず》られたらしい。すぐトロッコで米沢の病院に担ぎ込まれたけど、その間に、板谷駅の駅長と少し話したんだって。板谷駅の駅長は米沢に着くと、うちの父さんに電話を入れたんだ……」

「ん、んで正は？」

「父さんが米沢を発つとき、鉄道診療所の先生は、なんとか保《も》つだろうっていっていたってさ。ただひょっとすると……。つまりそのう、重態であることはたしかだって」

構内の、すべての物音が遠ざかって行き、やがて世界中が深山のようにしーんとなった。修吉の手から昭和十八年長瀬護謨製作所の健康ボールが床に落ちた。このボールを正に見せてやらなくては。そう思って修吉はのろのろとボールを追って行った。

解説

井筒和幸

ついつい朝まで読んでしまうっていうのが冒険小説ですよ。ぼくがこの『下駄の上の卵』を最初に読んだのはだいぶ前だけど、一気読みだったよ。

岩波書店から初版が刊行されたのが一九八〇年だから、もう四十年以上前の本ということになるかな。本になる前はたしか岩波の雑誌「世界」で連載されていて、そん時は目次ぐらいしか知らないし、敗戦直後の子供たちのことが書かれてるぐらいの意識しかなかった。「世界」なんて立ち読みぐらいだったからね。

だから、実際に読むことになったのはもうちょっと後で、一九九〇年代の半ば、『岸和田少年愚連隊』（一九九六年）の撮影準備している頃だったかな。映画会社の宣伝部にいる古い仲間に薦められて。これがまた、とてつもなくおもしろい物語でね。井上ひさしさんの小説自体、お目にかかるのは初めてだったと思うな。『吉《き》里《り》吉《き》里《り》人《じん》』（一九八一年）とかパラパラと読んだりしたことはあっても、まともに向かい合って読んだのはね。

この『下駄の上の卵』は、かつての井上少年が見た夢の話で、山形の小松町で暮らす十二、三歳の少年六人が、宿敵チームに勝つために野球の軟式ボールを手に入れたいと思いたって、東京のゴム工場まで列車で向かう、とんでもない冒険譚《たん》だった。

その舞台となる時代は、敗戦直後つまり一九四六年。天皇が元日に人間宣言した年で、二月頃にマッカーサー率いるGHQ側からあの憲法の草案が出て、民主憲法にちゃんと書き改めろという指導をされて、何回もの協議の末、結局その年の十一月の憲法の公布までに半年間ぐらいかかった。だからその間は憲法がなかったということになるんだよね。旧憲法からの改正作業の真っ最中なわけでしょ。そういう二度とないようなこの特別な年は、とてもアナーキーな一年間だと思うよ。GHQの占領統治下にあって、初の普通選挙でどうにか新政府もできて、戦争はなくなって平和だし、これから何を目標に生きていこうかと庶民自らが一斉に考え出す時でしょ。そんな黎明《れいめい》の時を子供の目線で描いてるのが、『下駄の上の卵』のラジカルなとこだね。

小学六年の子供は無垢《むく》で、戦前の大日本帝国憲法のもとで戦争を遂行した責任者だったわけじゃないから。そういう意味では、子供たち六人組に物語を語らせてるというのが先《ま》ずいいね。彼らが戦後のこれからの自分自身と国というものの狭間《はざま》でどう生きていくかということ。そういう意味じゃ国民の価値基準の代表みたいな存在としてこの六人が描かれている。そもそもマッカーサーが言ってたでしょ、近代文明という尺度からすれば日本人は十二歳の少年だって。日本人はこれから『自由』を味わい、それを実行する機会を得たんだとか、そんなことをね。

日本は四五年八月十五日をもって、結局、連合国軍の占領統治になっちゃったんだから、作中でもマッカーサー元帥《げんすい》は天皇に代わる存在だと、国民全体が思っているというふうに書かれてたよね。井上ひさしさんはイコール主人公の修吉なわけで、その修吉はどう思ったかというと、天皇に代わる存在はセネタースの大下選手なんだと。そういうところが素晴らしいよね。マッカーサーだのGHQだのが民主主義を教えてくれるんだ、つまり米軍に何でも頼るしかないんだと思ったのは、大人たちでね。今までだって天皇天皇と奉《たてまつ》っておきながら手のひら返したというのに。そういういい加減な大人たちを見ながら、でも、オラたちの憧《あこが》れは大下選手だと言いきる。そういう冒頭から始まるのだから、それは引き込まれますよ。

＊

あの一九四六年というのは、日本の未来、社会がどうなっていくのか、これからどうやって誰と生きていったらいいのか、そういうことを考える年だったし、食いものこそなかったけれども、子供たちにとってわくわくする瞬間だったかもしれないな。それで、こりゃ絶対に映画化しなきゃならないと思ったね。

軟式ボールを東京に行って手に入れるという小さな物語だって、彼らにとってはすごく大きな冒険で、凄《すさ》まじい敗戦後のリアリズムが横たわってるわけだから。当時の実相がつぶさに描かれていて、本気で映画にしていったら、これは三百シーングらいになっちゃうけど。とにかくプリミティブなものを感じたんだよ。憲法すらできてないわけだし、この世から神と呼ばれてた人が人間に戻ったわけだから。

映画化は頭にあったわけだけど、結局二十年ほど経《た》ってしまったんです。『黄金を抱いて翔《と》べ』（二〇一二年）を撮り終わった頃に、映画会社から何か井上作品で製作を考えてみませんかという打診があったので、もうこの『下駄の上の卵』しかないと。企画担当者はたしか『モッキンポット師の後始末』（一九七二年）が面白いんじゃないか、と薦めてくれたけど、フジテレビでドラマ化（「ボクのしあわせ」七三年、『家庭口論』と併せた原作）されてたようで。もっと壮大な話をやりたかった。

『下駄の上の卵』も、じつはＮＨＫでドラマ化（「焼け跡のホームランボール」二〇〇二年）してるんだな。時間は八十分もなかったかな。それを観《み》たら、もう少しちゃんとやり遂げなければと思ったんですよ。そこで、本格的に〝合宿〟をはじめた。われわれ映画屋ってのは半年間ぐらい脚本作りに入り、合宿をするんです。〝合宿〟っていうのは勉強期間というか、旅館で缶詰になったりして物語を熟成させる期間。チャート――昔から言われてる〝箱書き〟――を作ったりするんだね。要するにシーンを並べていく作業。この場合はオリジナルじゃないから、つまり、原作を紐解《ひもと》いていく作業。『黄金を抱いて翔べ』が二〇一二年十一月公開だったから、その翌一三年の秋頃からやり出したかな。次作はこれというつもりだったからね。

一年間ぐらい経って、映像化権をもらわないかんことにようやく気づいて、すでに井上さんは亡《な》くなられていたし、奥様に連絡を取って、二〇一五年だったかな、御快諾をいただいた。元々は映画会社からの提案で進めていたし、膨大な枚数の初稿だけは上げてたんだけど、そう簡単には映画ってのは形にできなくて。なにしろこの作品、ちゃんと描こうと思ったら制作費に五億六億は平気でかかるからね。

それでも実際に、主人公の修吉じゃないけど、ぼくも〝健康ボール〟を探し求めに行ったよ。東京市向島区隅田町にあった長瀬護謨《ゴム》製作所（現・ナガセケンコー）へ。長瀬護謨はね、小説の中では焼け残った街の一角にある。当時アメリカは焼夷弾《しょういだん》を無差別に落としてたわけでしょ。長瀬護謨があるあたりはかなり痛めつけられたところだし、よくまあ長瀬の工場が生き残ったもので。でも、今やそこも住宅密集地になってるし、探すのに一苦労。迷いながら行ったら、忽然《こつぜん》とあったんだ。

ここで、ボールはね、一説では、真っ白いってことで民主主義の象徴と言われるけど、それよりもね、ぼくが思うにそれは〝いいもの〟なんだね。いい小説でも映画でも音楽でもいい、お父さんでもお母さんでも、なんでもいいんだよ。言葉では言い表わしがたいけど子供にとって、一番に〝いいもの〟なんだよね。井上さんの考えたのも同じで、もっともっと原初的な〝いいもの〟なんだと思うんですよ。たぶん、いま生きてらしたら横で頷《うなず》いてくださると思う。これが六人の冒険のモチベーションってやつになるんだよね。この軟式ボールというものは、たんに野球の道具ということじゃなくて〝いいもの〟なんだ。それを求めに行く。これはまさしく希望というか、いろんなことの象徴——憧れなんだね。

それはともかく、その〝健康ボール〟を、実際に長瀬護謨製作所まで行ってわけてもらおうとしたんです。修吉と同じで、最後にはボールください、と。何に使うのって訊《き》かれて、野球じゃなくて映画作るんです、と。訊いてみたら、ボールは一個だけやったのかな。でもね、それもレプリカなんですよ。もう型がなくなっちゃってて作れないとかで一個二個しかない。まあ持って帰りなさいと言われて譲ってもらったけれど、どうしたものかなと思って帰ってきたわけです。だって型がないとなると、小道具部に頼んで最初から作らなきゃならない。工場にもらいに行こうとするシーンではボールが何百個と必要になってくるだろうし、一個じゃね。困っていたところ、そしたら次の日です。型が見つかりましたって長瀬護謨から連絡があった。だから、発注さえしてくれれば何個でも作れますよって。

そこまで進めていても映画っていうのはそうは簡単に作れるものじゃない。結局は具体化できなかったんだな。つまり、その映画会社での企画は流れちゃったんです。松竹が山田洋次監督で『母と暮せば』（二〇一五年）を作りかけてた頃かな。

その後、『無頼』（二〇二〇年）を撮る前にも別の映画会社に提案はしたんだけど、製作費が集まらずで。でも、絶対にやりたいんだ。何ケ月も合宿したし、超大作にしたいんだけどね。少年たちの大冒険、絶対絶命三時間ぐらいで。『スタンド・バイ・ミー』（一九八六年）なんかよりはもっとずっと面白いと思う。

＊

〝実相〟という話でいうと、『下駄の上の卵』にはまったく知らないことばっかり書かれていて、その嘘《うそ》みたいに面白い話が、あとで調べたら事実だったりするんだな。

少年たちが東京へ向かう前に、ボール欲しさに地元の置賜《おきたま》博物館を訪ねるんだけど、そこで言及される朝日新聞の〈野球と其害毒〉っていう記事の話も噓みたいで面白いんですよ。野球クラブのオーナーにまでなったそこの館長が、野球自体を諦《あきら》めたのは、朝日が明治四十四年に二十二回にわたって載せたこのアンチ野球記事のせいだったというやつ。そんな朝日新聞も、いまや全国高校野球選手権大会の主催者に名を連ねてるんだけどね。だから朝日憎しの館長は、秘蔵の軟式ボールを一、二球譲らないでもないけれども、朝日新聞を取ってる家の子供にはボールはあげられない、とね。

さらに井上さんは、ここで毎日新聞は紙が硬くて色も黒っぽい、朝日新聞の紙質は白くてもっと柔らかい、包装紙として喜ばれるし落とし紙としてもまあまあだと、この当時の子供たちの感じ方をみごとに語らせてる。これぞ井上節だね。

また、米を携えて東京へ向かおうと乗り込んだ列車内で、修吉たちは闇米《やみごめ》摘発のための取り締まりに遭遇するんですよ。

月に一回ぐらい東京へ買い出しに行ったりしている下宿の学生・吉本さんのリアルな情報もあって、まずは米を用意しようということになる。六人の冒険物語はそこから始まるんだね。ぼくがいちばん感心したとこです。東京になくて山形にあるもの、つまり白米だ。それが軍資金。そして学生の兄ちゃんの情報、さらには敵チーム、小松ジャイアンツ所属の国鉄マニア、孝を添乗員がわりにして、冒険が成立することになる。その大事な軍資金にあたる米を列車で運ぼうとするんだけど、闇米の一斉検問があって、見つかればすべて水の泡。そこが中盤のサスペンスなわけですよ。

あとね、〈ＲＡＡ協会〉というのにも驚かされたね。屋台の団子屋での大食いチャレンジで負かされた直後、修吉と仲間の政雄に声をかけてきた娼婦《しょうふ》の和枝。妹分がガサ入れで検挙されて、性病だっつうことで強制的に吉原病院に入院させられていてなかなか出してもらえないわけですよね。性病蔓延《まんえん》防止のために。そこで、なんとか逃げ出すのを手伝ってくれないかと。弟たちのふりをして親が危篤《きとく》だと泣きついてね。その妹分というのが、ＲＡＡ協会の時からの仲間なんだと。

このＲＡＡ協会というのは女特攻隊みたいなものだと説明されるんだな。修吉が町の噂話《うわさばなし》で思い出したことには、敗戦後の日本に入ってくるアメリカ兵たちの最初の仕事が、日本の女子全員を強姦《ごうかん》することで、次の仕事は男性全員の性器をちょん切ることだ――云々《うんぬん》。そこで、米兵のための吉原のような慰安所を警察の肝入りで各地に作って彼らの目的を食い止めようということなんだね。つまりプロの娼婦たちによる性暴力の砦《とりで》のようなものを立ち上げて、米兵は上陸早々これらの女性たちに迎撃され、ごっそり精力を抜かれて何をする気力もなくすに違いないと。それこそが、ＲＡＡ協会（Recreation and Amusement Association、特殊慰安施設協会）だった。

井上さんが、テレビでも話してらしたんだよね。八月十五日の敗戦後、日本政府が最初に行った政策がこのＲＡＡ協会の立ち上げで、実際、町の噂話と同様に、内閣が警視総監に相談して、内務省が警視庁に段取りさせたんだ。日本の健全なるお嬢さんたちを守るために、プロを集めて助けてもらおうって。実際にはＲＡＡ協会を作っても日本中強姦事件だらけだったんでしょ。挙句にはＲＡＡ協会自体も問題視されて、天皇が人間宣言してから廃止になるんですよ。

あと、浅草の浅草寺の仮本堂に群がっているあの得体の知れない戦災孤児たちとの対決っていうのも最高にスリリングでまさに映画的で。これは最後のクライマックス部分だよ。健康ボールの目的も果たし、もらうものはもらって、それで煙草《たばこ》とかを金銭に換えて、おまけに和枝姉ちゃんに多額の謝礼金までもらい、あとは仲間と上野で合流して帰るだけとなったところで、この大団円が待ち受けてるんですよね。

浅草東本願寺の辺りで更生会っつうのが出てくる。戦災孤児ばかりの寮になっていてね。彼らが罠《わな》をかけてくるんだよ。まず道端でボールを盗まれるんですが、で、追っかけて捕まえる、ところがそれもすべて計画通りなんだよね。ものすごく周到なトリックが待ちかまえてる。ここの部分だけは唯一《ゆいいつ》、井上さんの戯曲らしい部分、創作だと思う。けど、その元ネタ自体は事実で、実際、上野や浅草近辺には戦災孤児たちが一万人二万人いた時代だからね。戦災孤児狩りっていうのもあって、みんな役所に連れていかれるんだよね、トラックに乗せられて収容所に入れられる。

かつて清水宏《ひろし》さんっていう松竹の映画監督で篤志家《とくしか》の方がいて、『蜂《はち》の巣の子供たち』（一九四八年）っていう映画を作ってるんだよ。登場するのは本物の戦災孤児たちと、復員兵だけ。何が目的で作ったかというと、その孤児たちの両親、親戚《しんせき》を探すため。顔がわかったら連絡くださいってお知らせの字幕も出る。プロの役者も出てこない。下関から広島へ歩いて向かう流浪《るろう》のロードムービーで、なかなかよく作られてるんですよ。まともに戦災孤児が出てくるような映画は日本でこの一本くらいだろうな。

それでも、そんな映画にすら、十三歳のガキが煙草ふかしてるシーンなんかないんですよ。実際の上野・浅草の戦災孤児は、全員がシケモクとか拾って吸ってるんだけどね。ニュース映像やドキュメンタリーでは時々出てくるけど、民放テレビじゃあまり映さない。公序良俗とは言えないからね。でも、ほんとうの戦災孤児の生きざまというか実相ってのはそんなことなんだよ。そういうところをきちんと物語の中に押さえている、そこが井上さんの劇作家としての思想性だと思うね。ここ何十年、日本映画の中でも戦争孤児の実態なんて見たことはないからね。

結局修吉たちが戦災孤児たちのイカサマを見破って、ランニングシャツの悪ガキを捕まえ、憂《う》さを晴らしたところで、その悪ガキ仲間が軍団で押しかけてきて逆に捕まっちゃうわけね。そこで、なんと！　裁判にかけられる。これは極東国際軍事裁判の模倣《もほう》なんだよね。戦争責任の話まで出てくる。子供たちがラジオニュースなどで聞いたあの裁判自体をおちょくってるというか、それが裁判ゲームになるわけですよ。

＊

この小説を読んでの所感は、ここで描かれる敗戦直後の悲惨な東京の風景というのが、じつは現代とそんなに変わらないなって井上さんも思ったんじゃないかということ。いまでこそ闇市はないけれども、別の闇がそこ彼処《かしこ》にあるじゃないかと。

戦後、日本はがむしゃらに高度経済成長を遂げてきたものの、〝いいもの〟を発見できたかというと、ボールはどこかにコロコロ転がっていっちゃって発見できてないんだよな。欲望の資本主義の理屈どおりというか格差は蔓延してる。貧乏人たちは夢を摘まれてしまって変わらないまま。まだこの終戦の時の子供たちには夢があったと思うんだけど。なんとなくそんな闇の中を漂流してるこの日本人っていうのは、混乱してるというか混沌《こんとん》としたままというか。要するに、国家というより社会の〝いい形〟がなかなか見つからない現代日本という印象がボクにはあって。井上さんが伝えたかったのもそこかなと勝手に思ってます。これだけ豊かに見えても、不幸だと思う人が大勢いる日本社会って何なんだろうかと。それをくっきりと知らしめるためなのか、全篇にわたって、飲み食いのため、少年らの目的遂行のための金銭のやり取りが事細かな数字で記されているんだよね。一人五升ずつ白米を担《かつ》いでいくと五人で二斗五升で、一升五十円の米を東京で誰に売るとどうなって、東京での電車賃が一人何十円とか。

それだけに、朝日新聞の野球害毒説だのRAA協会だの戦災孤児の実情だの、戦争直後の実相を描いて、あらゆる食べものや取引を具体的な数字でなぞらえておきながら、そんななかで軟式ボールは、少年たちにとってはまったく次元の違うことで、あくまで〝いいもの〟なんだよね。遂《つい》には、食いものとお金のやり取りと並んで、いや、それよりも大切な価値あるものについて語ることになるんだな。

裁判ゲームから隙《すき》を見て逃げ出した修吉と政雄は、残りの仲間と合流して、二斗の白米を体に括《くく》りつけていたために列車に乗り損ねた正が病院にいることをはじめて知るんだよね。友だちっていうものは宝物でしょ。一刻も早く病院に駆けつけてあげたいと願うのが、いまいちばんの価値あることなんだと。そして再会できたら、ああだったこうだったよと冒険の報告をしてあげたい。それが彼の思う価値あるものですよ。野球を一緒にできる友だちとは何ぞや、ってね。もちろんボールも大事だけど、誰か頼れる人間、信じたい人間がいないと自分は生きていけないと。価値の計り知れない〝いいもの〟を一緒に追いかけるわけなんだから。

（令和四年六月、映画監督）

この作品は昭和五十五年十一月岩波書店より刊行された。

文字づかいについて

新潮文庫の文字表記については、なるべく原文を尊重するという見地に立ち、次のように方針を定めた。

一、口語文の作品は、旧仮名づかいで書かれているものは現代仮名づかいに改める。
二、文語文の作品は旧仮名づかいのままとする。
三、一般には常用漢字表以外の漢字も音訓も使用する。
四、難読と思われる漢字には振仮名をつける。
五、送り仮名はなるべく原文を重んじて、みだりに送らない。
六、極端な宛て字と思われるもの及び代名詞、副詞、接続詞等のうち、仮名にしても原文を損うおそれが少ないと思われるものを仮名に改める。

井上ひさし著
父と暮せば
愛する者を原爆で失い、一人生き残った負い目で恋に対してかたくなな娘、彼女を励ます父。絶望を乗り越えて再生に向かう魂の物語。

井上ひさし著
一週間
昭和21年早春。ハバロフスクの捕虜収容所に移送された小松修吉は、ある秘密を武器に当局と徹底抗戦を始める。著者の文学的集大成。

井上ひさし著
言語小説集
あっという結末、抱腹絶倒の大どんでん返し。言葉の魔術師が言語をテーマに紡いだ奇想天外な七編。単行本未収録の幻の四編を追加！

井上ひさし著
新版 國語元年
十種もの方言が飛び交う南郷家の当主・清之輔が「全国統一話し言葉」制定に励む！　幾度も舞台化され、なお色褪せぬ傑作喜劇。

米原万里著
不実な美女か貞淑な醜女か
読売文学賞受賞
瞬時の判断を要求される同時通訳の現場は、緊張とスリルに満ちた修羅場。そこからつぎつぎ飛び出す珍談・奇談。爆笑の「通訳論」。

米原万里著
魔女の1ダース
—正義と常識に冷や水を浴びせる13章—
講談社エッセイ賞受賞
魔女の世界では、「13」が1ダース!?　そう、世界には我々の知らない「常識」があるんです。知的興奮と笑いに満ちた異文化エッセイ。

下駄《げた》の上《うえ》の卵《たまご》

新潮文庫　い－14－10

昭和五十七年九月二十五日　発行
平成　六　年七月二十日　十四刷
令和　四　年八月　一　日　新版発行

著者　井《いの》上《うえ》ひさし
発行者　佐藤隆信
発行所　株式会社新潮社
郵便番号　一六二―八七一一
東京都新宿区矢来町七一
電話　編集部(〇三)三二六六―五四四〇
　　　読者係(〇三)三二六六―五一一一
https://www.shinchosha.co.jp

価格はカバーに表示してあります。

乱丁・落丁本は、ご面倒ですが小社読者係宛ご送付ください。送料小社負担にてお取替えいたします。

印刷・株式会社三秀舎　製本・株式会社植木製本所

ISBN978-4-10-116836-4 C0193